Please renew or return items by the date shown on your receipt

www.hertsdirect.org/libraries

Renewals and enquiries: 0300 123 4049

Textphone for hearing or 0300 123 4041
speech impaired users:

L32

Książka jest fikcją literacką. Wszelka zbieżność nazwisk i zdarzeń jest przypadkowa. Samborzewo, Annopol i Wierzbiniec to fikcyjne miejscowości umieszczone przez Autorkę w okolicy Inowrocławia.

Część 1

Toruń, 4 listopada 2011, piątek

Kilka minut po szóstej rano napisałam w notatniku dziecinnie prosty tekst:

Na świecie są trzy rodzaje wojen: wojny minione, wojny toczące się aktualnie oraz wojny, które kiedyś gdzieś wybuchną.
W moim kraju od sześćdziesięciu sześciu lat trwa pokój.

Potem weszłam do łazienki i przeniosłam się w przeszłość.

1 września 1939, piątek

W Annopolu padał deszcz.

O wpół do siódmej usiadłam przy radiu. Najpierw spiker podał wiadomość, że o godzinie piątej minut czterdzieści oddziały niemieckie przekroczyły granice Polski i że zbombardowano wiele miast. Następnie głos zabrał prezydent

Warszawy, Stefan Starzyński. Mówił krótko i mądrze. Cały komunikat zajął minutę.

Wyłączyłam radio, lecz w głowie wciąż tłukły mi się usłyszane przed chwilą słowa Starzyńskiego: „[...] Weszliśmy w okres wojny. Wysiłek całego narodu musi iść w jednym kierunku: wszyscy jesteśmy żołnierzami. [...]"*.

Tak jak większość ludzi boję się przemocy, nigdy nie dotknęłam granatu, pistoletu czy karabinu, a jednak Starzyński miał rację – od dziś jestem żołnierzem.

Przestraszona tą myślą, raptownym ruchem oderwałam guzik od swetra i jednocześnie usłyszałam tupot nóg. Do biblioteki wpadł inny żołnierz – kucharka Celińska w narzuconym na koszulę szlafroku.

– Wojna! – zawołała od progu. – W radiu powiedzieli, że wojna.

– Wiem, pani Felicjo. Słyszałam komunikat.

Spojrzałyśmy sobie w oczy jak w lustro, w którym odbijał się własny strach. Celińska pierwsza przymknęła powieki i z cichym jękiem wpadła mi w ramiona.

Tak zastała nas Wandzia.

– Co się stało?

– Niemcy weszli – powiedziałam. – Weszli i wlecieli, bo już bombardują.

Wandzia klapnęła na kanapę, nabrała głęboko powietrza w płuca, ale nie zamierzała płakać.

– Jak wlecieli, to i wylecą. Mówię wam!

---

* Radiowe przemówienie S. Starzyńskiego,
  http://www.polskieradio.pl/5/3/Artykul/922187,Wojna-na-antenie-radia-
  -Musimy-myslec-o-jednym-walka-az-do-zwyciestwa.

Reszta tego historycznego dnia upłynęła mi na... niczym. Jak duch snułam się po pokojach, bezwiednie przestawiając porcelanowe figurki albo wygładzając frędzle przy serwecie. Wszystko robiłam lewą ręką, ponieważ w prawej ciągle zaciskałam guzik, który oderwałam od swetra. Ściskałam mały zielony guzik z głupią determinacją, jakby to mogło coś pomóc.

Wieczorem okazało się, że w domu nie ma Bajki. Czułam, że znów uciekła do Samborzewa, tam, gdzie ostatni raz widziała swojego pana.

Poprzedniego dnia Olek został zmobilizowany i szykował się do wyjazdu na wojnę, to znaczy do punktu zbornego w Toruniu.

Pożegnał się z ludźmi z folwarku, dłuższą chwilę spędził w stajni z Ciotką, później w domu ucałował Wandzię i Felicję (która rozpłakała się w głos, po czym, zakrywając twarz fartuchem, uciekła do kuchni).

Kocica, Ton i Muszka spokojnie zniosły moment rozstania, ale Bajka nie chciała puścić Olka. Zębami chwytała nogawki jego spodni, skomląc błagalnie, żeby nie wyjeżdżał. Nigdy dotąd tak się nie zachowywała. Skąd wiedziała, że to nie jest zwykłe wyjście do pracy czy wyjazd na wakacje? Może unoszące się w powietrzu niebezpieczeństwo ma jakiś zapach? Kto wie.

Kiedy wsiadaliśmy do bryczki, dom żegnał Olka płaczem zamkniętej w środku Bajki.

Na dworcu w Samborzewie panował tłok. Męska część narodu wyjeżdżała na wojnę, a żeńska nie wstydziła się łez. Idąc przez peron, obok męża, który niósł na ręku Walentynkę, kilka razy słyszałam ten sam krótki dialog, wypowiadany przez różnych ludzi:

– Obiecaj, że wrócisz.

– Wrócę, obiecuję.

Gdy pociąg wjeżdżał na peron, Olek z całej siły przytulił Walentynkę, potem uniósł rondo mojego kapelusza, zdjął mi okulary słoneczne i zobaczył spokojnie uśmiechnięte oczy swojej żony.

– Aniu, jesteś całym moim życiem.

– Kocham cię, Ol... Olku.

Nie zaczęłam się nagle jąkać, po prostu w dokończeniu słowa przeszkodziło mi głośne: hau, hau, hau! To Bajka zakosami biegła przez peron, starając się omijać wyrastających jej na drodze ludzi. Pobiła chyba światowy rekord w psim biegu na cztery kilometry, była bowiem umęczona do granic możliwości. Miała jednak jeszcze tyle siły, by skoczyć Olkowi na piersi.

Do odjazdu pociągu pozostało pełnych pięć minut. Pięć minut szczęścia dla rodziny Obryckich, do której Bajka też należała.

⟡

Na stacji w Samborzewie powoli zapadał zmrok.

Zegar dworcowy wskazywał kwadrans po ósmej, najbliższy pociąg osobowy odchodził za godzinę, lecz na obu peronach było już gęsto od podróżnych. Jedni spokojnie siedzieli na ławkach lub walizkach, inni kręcili się, zagadując każdą napotkaną grupkę, bez względu na to, czy ją znali, czy nie. Dało się słyszeć dwa tematy rozmów: kiedy skończy się wojna i czy pociąg przyjedzie.

Większość podróżnych co rusz spoglądała w górę, na niebezpieczne niebo, jednak o tym nie rozmawiano. Słowo „nalot" budziło zbyt wielką grozę, lepiej nie wywoływać wilka z lasu.

Naczelnik stacji, Dominik Polanisz, minąwszy magazyn przesyłek bagażowych, wszedł do biura dyżurnego ruchu. Na jego widok dyżurny Glapiński oraz telegrafista Żak wstali od biurka.

– Wszystko dobrze? – spytał Polanisz.

– Tak jest, panie naczelniku – zameldował Glapiński, prężąc się służbiście. – Stacja Mogilno pytała już o wolną drogę dla towarowego.

W tym momencie telegraf wystukał następne zapytanie, więc Żak zajął się odczytywaniem paska taśmy, a Polanisz sięgnął po dzienniki ruchu, które leżały obok karbidowej latarki z zielonym szkiełkiem. Pobieżnie przejrzał ostatnie zapisy w dziennikach, potem skinął głową obu mężczyznom i wyszedł na zewnątrz, by zapalić papierosa.

Od czternastu godzin był na nogach, podobnie jak cały personel dworca, poczynając od robotników torowych, a na dyżurnych ruchu kończąc. Wszyscy ci ludzie rozumieli, że teraz stacja w Samborzewie stała się odcinkiem frontu. Pociągi muszą jechać po torach, tak jak krew musi płynąć w żyłach.

Przechadzając się wolnym krokiem po peronie, Dominik widział mnóstwo kierowanych na siebie spojrzeń, bo jego kolejarski mundur dawał podróżnym to, czego potrzebowali najbardziej – poczucie bezpieczeństwa.

– Panie naczelniku! – zawołał jakiś starszy mężczyzna.

– Panie naczelniku, przepraszam uprzejmie, chciałem tylko zapytać, czy nasz pociąg przyjedzie planowo?

Dominik był poznaniakiem, dopiero dwa miesiące temu objął stację w Samborzewie, niewielu więc mieszkańców miasteczka znał z nazwiska, lecz tego mężczyznę poznał bez trudu. To Garlicki, ślusarz, który niedawno dorabiał mu zapasowe klucze.

– Dzień dobry, panie Garlicki. – Uśmiechnął się, przykładając żartobliwie dwa palce do daszka swojej czapki. – Niech pan będzie spokojny, pociąg przyjedzie planowo.

– A pomieścimy się wszyscy? Bo zatłoczony może być.

Polanisz spojrzał na obwiązaną sznurkiem walizkę Garlickiego i na dużego psa, który warował przy walizce.

– Z takim towarzyszem na pewno pan do pociągu wsiądzie – ocenił wesoło. – Wystarczy, że raz warknie, a ludzie zaraz się przesuną.

– Panie, to nie jest mój pies! Nie poznaje pan? To suka Obryckich z Annopola. Już godzinę włóczy się po dworcu, a teraz siadła koło mojej walizki.

Dominik nigdy nie słyszał o Obryckich z Annopola, ale uzmysłowił sobie, że chyba tę samą sukę – wilczura w czerwonej obroży – widział wczoraj na dworcu. Pies biegł przez peron z takim impetem, że zwrócił powszechną uwagę. A potem, gdy znalazł swojego pana i szalał z radości, wokół zebrał się tłumek widzów.

To wspomnienie z poprzedniego dnia wydało się Dominikowi nieskończenie odległe; nagle spochmurniał i poczuł, jak bardzo jest zmęczony. Zmęczony i głodny. Pożegnał się ze ślusarzem, ale na psa w czerwonej obroży już nie spojrzał.

Bocznym wejściem wszedł do budynku dworca, bo tam na piętrze było jego mieszkanie.

Na szafce w przedpokoju położył czapkę i idąc do kuchni, zastanawiał się, czy usmażyć jajecznicę na boczku, czy po prostu zjeść kilka wczorajszych bułek z masłem. Kładł już rękę na klamce, kiedy zza drzwi jadalni dobiegł go cichy głos Joanny:

– Misiu, tu jestem.

Siedziała przy stole, w zupełnie ciemnym pokoju, ponieważ szyby w oknach były zakryte czarnym papierem.

– Nie zapalaj lampy – poprosiła. – Wystarczy to światło, które wpada z korytarza.

– Nie zapalę – szepnął i przywitał się, wtulając twarz we włosy Joanny. – Dobrze, że przyszłaś.

Dotknął ręką jej skroni i powoli, pieszczotliwie, zsuwał okulary w drucianych oprawkach, które zawsze nosiła. Ale Joanna nie pozwoliła ich zdjąć.

– Misiu, wpadłam tylko na chwilę. Pożegnać się. Jutro wyjeżdżamy. Alfred ma rodzinę za Radomiem, zdecydował, że u nich przeczekamy wojnę. On mówi, że za miesiąc wrócimy.

– Skąd twój mąż wie, kiedy się skończy wojna? Z gwiazd wywróżył? Wojna może potrwać nawet do świąt.

– Och, daj spokój, nie będziemy się teraz kłócili – powiedziała pojednawczym tonem. – Przyniosłam ci kapuśniak. Stoi w kuchni, jeszcze ciepły.

– Dziękuję.

– A na biurku położyłam klucze od naszego mieszkania.

– Naszego? To znaczy czyjego?

– No... Alfreda i mojego.

W pokoju było zbyt ciemno, by dostrzec barwę skóry, ale Dominik wiedział, że Joanna się zarumieniła. Pomilczała kilka sekund, później wstała od stołu.

– Muszę już iść...

– Tak... musisz... – Znów wtulił twarz w jej włosy i zamruczał: – Będę tęsknił.

Ciasno objęci poszli do korytarza, który w porównaniu z ciemnym pokojem wydał się Dominikowi przeraźliwie jasny. Joanna stanęła przy lustrze, poprawiła fryzurę i nagle zawołała:

– Ojej, zapomniałabym! Przyniosłam ci Sierotkę. Alfred powiedział, że nie możemy jej zabrać ze sobą, kazał wypuścić na ulicę, ale przecież tak nie można. Przygarniesz ją? – zakończyła, wskazując wzrokiem stojącą obok szafkę.

Dopiero wtedy Dominik zauważył Sierotkę – zwinięta w kłębek, leżała na jego czapce kolejarskiej. Popatrzył obojętnie na kota i kiwnął głową.

Joanna uznała to za wystarczającą odpowiedź, uśmiechnęła się, po czym wróciła spojrzeniem do lustra. Dominik obserwował, jak przygładza kołnierzyk bluzki, wsuwa torebkę pod pachę, a na ostatek sprawdza szwy w pończochach. Szew na prawej łydce był trochę przekrzywiony, więc nachyliła się, aby go poprawić.

Wtedy doszedł do wniosku, że takie krótkie pożegnanie jest bez sensu. Wyciągnął ręce i przyciągnął plecy Joanny do siebie. Mocno. A potem tak długo całował jej szyję, aż usłyszał to, na co czekał:

– Misiu... możesz zdjąć mi okulary.

2 września 1939

Zaraz po śniadaniu pojechałam po Bajkę.

Dworzec w Samborzewie przeżywał istne oblężenie, część podróżnych kręciła się po peronach, a część znalazła sobie miejsca siedzące na obrośniętym trawą nasypie kolejowym.

Gdy wysiadłam z bryczki, podeszła do mnie kasjerka z dworcowej kasy, Tekla.

– Pani Obrycka, jak przyjechała pani po swojego wilczura, to siedzi w kantorku. Zamknęłam go, bo na dworcu narodu a narodu.

– Dziękuję, pani Teklo, już zabieram psa – powiedziałam, zawiązując lejce na specjalnej, służącej do tego celu barierce. – Tu rzeczywiście pełno ludzi. Chyba wszyscy się nie pomieszczą w pociągach?

– Jest nadzieja, że się pomieszczą. Poznań planuje puścić dzisiaj specjalne pociągi ewakuacyjne dla ludności. Czekamy. A ci, co nie chcieli czekać, poszli pieszo. Podobno droga do Inowrocławia cała zatłoczona.

Tak opowiadając, kasjerka zaprowadziła mnie do kantorka, który na kilka godzin zamienił się w areszt dla psa. Kiedy stanęłam w drzwiach, Bajka doskoczyła do mnie z radosnym szczeknięciem, ale zaraz potem cofnęła się w kąt, jakby zapraszała mnie do środka. Widocznie uznała, że przyjechałam tu po to, by zamieszkać razem z nią w kantorku i razem z nią czekać na powrót Olka.

Przy użyciu siły perswazji oraz siły fizycznej, to znaczy ciągnięcia za smycz, udało mi się wyprowadzić sukę z budynku dworca. Prosto na Bibi Wysocką!

– Ani!

– Bibi! Dokąd ty idziesz z tymi wiadrami?

Moja przyjaciółka postawiła wiadra na ziemi i roześmiała się ni to wesoło, ni niewesoło:

– Idę napoić spragnionych. Widzisz, co tu się dzieje! Jak masz ochotę, to możesz mi pomóc.

Okazało się, że w wiadrach jest herbata, którą Bibi przyniosła dla koczujących na dworcu ludzi.

– Ignaś ma jakieś sprawy z kolegami, a ja w pustym domu wariuję – tłumaczyła. – Nagotowałam więc herbaty, do torebki włożyłam dwa kubki i jestem. To co, Ani? Łapiesz się za wiadro?

– Łapię się, tylko najpierw zaprowadzę psa do kantorka.

– Jakiego kantorka?

Gdy opowiedziałam o ucieczkach Bajki na dworzec, Wysocka przycichła, a później stwierdziła z przekonaniem:

– Skoro ona czeka, to znaczy, że Olek wróci z wojny. – I drżącym głosem spytała: – Jak myślisz? Mój Stefan też wróci?

Na tak postawione pytanie jest tylko jedna odpowiedź.

– Wróci, Bibi. Jestem pewna, że wróci.

❧

Oprócz starego Niteckiego i kilku wyrostków w folwarku pozostały same kobiety. W sobotę jak zwykle przyszły do pracy, obrządziły inwentarz, a następnie zadbały o własny interes. Przez okno niebieskiej sypialni widziałam, jak wynoszą worki ze zbożem i konwie ze świeżo udojonym mlekiem. Nie oburzała mnie ta kradzież, na ich miejscu robiłabym to samo. Chwilowo w folwarku oraz w całym majątku ziemskim rotmistrza panowało bezkrólewie. Gibowscy nie zdążyli wrócić z Monte Carlo i w ogóle nie wiadomo było, co się z nimi dzieje. Zresztą nikt się tym nie przejmował.

Teraz rozmawiano tylko o tym, gdzie walczy polskie wojsko i czy Niemiec się zbliża.

Niemiec oczywiście zbliżał się, lecz tylko ja wiedziałam, że w przeogromnej masie prawie dwóch milionów żołnierzy. Okolice Samborzewa miały przed sobą zaledwie kilka dni wolności, a cała Polska – niewiele więcej.

Pomyślałam o Nałęczowie...

Z dawnych opowieści mamy wiedziałam, że pod koniec sierpnia w domu Babci Zofii zrobiło się ludnie, bo nadciągająca wojna zagoniła wszystkie Leśniaczki pod rodzinny dach. Tosia, Sabina i Władzia, jakby zwołane dęciem w róg, wróciły do Nałęczowa, do mamusi, Stasi i Jasi. Drużyna znów znalazła się razem.

Jednak sen z powiek spędzał im niepokój o Kajetana i Janka. Zięciowie Babci pojechali na wojnę, nikt nie wiedział, jakie są ich losy. Trzeba było czekać.

Wujek Kajetan – mąż Tosi – wrócił do domu na górce już trzeciego września, ponieważ w wojskowym punkcie zbornym, do którego się zgłosił, zabrakło dla niego munduru i broni (nie tylko dla niego jednego, tak bywało).

Na Janka – męża Sabiny – musiały czekać dłużej, ale też wszystko dobrze się skończyło.

Wujek Janek brał udział w obronie Warszawy, walczył na Okęciu i tam Niemcy wzięli go do niewoli. Razem z grupą innych jeńców zapakowali go do ciężarówki i gdzieś powieźli. Uzbrojony konwojent siedział w szoferce, była więc szansa na ucieczkę. Zdecydował się na nią Janek oraz jeszcze jeden mężczyzna. Zdjęli buty, po czym boso, prawie bezgłośnie, wyskoczyli z ciężarówki.

Mogli połamać sobie nogi albo zostać zastrzeleni przez konwojenta, na szczęście nic takiego się nie stało. Ciężarówka pojechała dalej, był czas, aby doskoczyć do lasu.

Później przez tydzień przedzierali się do Nałęczowa, aż w końcu dotarli do domu – brudni, wygłodniali, bosi, lecz cali i zdrowi.

Na górce zapanowała radość. Babcia, popłakując ze szczęścia, gotowała rosół, Sabina maścią własnego wyrobu smarowała poranione stopy Janka i jego wojennego kolegi, natomiast reszta Leśniaczek kręciła się po gospodarstwie, znosząc a to poduszki pod plecy, a to dzbanek herbaty lub świeżo narwane jabłka. Odkopały nawet spod bzu butelkę dobrej wódki ze sklepu Rejmaka (pod tym bzem zakopano spory zapas alkoholu, później radio, które po roku zżarła rdza, a jeszcze później chowano tam pistolety i karabiny, ale to już zupełnie inna historia).

Kolega Janka odpoczął u Babci kilka dni, a gdy nabrał sił, ruszył w dalszą drogę na wschód, do swojego domu.

Przed odejściem zrobił jednak coś, co wspominano potem latami.

Otóż przy południowej ścianie domu rosła biała, pnąca róża, która pięła się chętnie, lecz kwiatów dawała niewiele. Kolega Janka – okazało się, że ogrodnik z zawodu – poświęcił róży kilka kwadransów, po czym żartobliwym tonem zapewnił, że w przyszłym roku róża zadziwi rodzinę.

Następnego dnia podziękował za gościnę, pożegnał się i odszedł.

O róży nikt nie myślał aż do wiosny, kiedy to obsypała się kwiatami; o dziwo – kremowymi, pachnącymi cynamonem! Później z roku na rok kwitła coraz piękniej i przeszła do rodzinnej legendy. Tak samo jak człowiek, który jej pomógł. Nikt nie zapamiętał jego imienia ani nazwiska, mówiło się po prostu: „ten ogrodnik, który uciekł z Jankiem z niewoli".

Nie wiem, czy „ten ogrodnik" przeżył wojnę. Mam nadzieję, że tak.

Nałęczowskie wspomnienia spotęgowały moją tęsknotę za bliskimi. Na razie nie mogłam wysłać listu do Babci Zofii, ale mogłam zadzwonić do Babci Heleny, która została w Toruniu zupełnie sama, ponieważ Rawiczowie utknęli we Francji, dokąd w sierpniu pojechali na wakacje, zaś Józek, podobnie jak Olek, walczył na wojnie.

Niestety centrala telefoniczna w Samborzewie milczała. Niemile tym zdziwiona, odłożyłam słuchawkę w dość nerwowy sposób. Prawdę powiedziawszy, to po chamsku, z całej siły trzasnęłam słuchawką w widełki, nie zdając sobie sprawy, że Walentynka uważnie mnie obserwuje.

– Mama... zepsujesz telefon.

– Przepraszam. Jestem zdenerwowana.

– Czym?

– Wojną.

Pierwszy raz to słowo padło w rozmowie z Walentynką. Czekała na dalsze wyjaśnienia, patrząc na mnie niebieskimi oczami, które do tej pory oglądały świat tylko z dobrej strony.

– Widzisz, kochanie, teraz będzie inaczej. Obce wojsko napadło na Polskę, zaczęła się wojna, czyli bitwy – zaczęłam nieporadnie i nagle się poddałam. – To za trudne, nie umiem ci tego wytłumaczyć.

– Nie tłumacz, mama. Ja sama rozumiem: wojna to duża kłótnia.

– Tak, Walentynko – powiedziałam, sadzając ją sobie na kolanach. – Masz rację, ta wojna to duża kłótnia światowa.

Następne dni września 1939

W trzecim dniu wojny annopolska kuchnia zamieniła się w wytwórnię sucharków. Co pół godziny z pieca wychodziła następna partia niedużych chlebków, które kroiłyśmy na kromki i rozkładałyśmy na ciepłej płycie kuchennej. Całą pracą dyrygowała oczywiście pani Felicja.

– Musimy nasuszyć przynajmniej dwa worki – oznajmiła, idąc do spiżarni po słój mąki. – I to jeszcze dziś!

– Jutro też jest dzień – prychnęła Wandzia.

– Jutro będziemy suszyły śliwki.

– Kucharka to by teraz tylko suszyła, suszyła i wory napychała!

– Nie marudź, Wandzia. Od przybytku głowa nie boli. – Celińska zdążyła już wrócić ze spiżarni i właśnie kolanem domykała drzwi.

Wyrabiając ciasto na chleb, słuchałam tych utarczek jak melodii świata, który przemijał, i jednocześnie nadsłuchiwałam, co dzieje się w świecie, który nadchodził.

– Wandziu, możesz głośniej nastawić radio?

Gdy pokojówka pokręciła gałką, usłyszałyśmy wiwatujący tłum oraz rozentuzjazmowany głos sprawozdawcy radiowego: „Dziesiątki tysięcy ludzi, cała ulica jest wypełniona zbitym tłumem, zwartym tłumem [...]. Niech żyje nasz sojusznik! [...] Niech żyją Anglicy! Niech żyje Wielka Brytania! Połączeni, zwyciężymy wroga!"*.

Już przy pierwszych słowach wszystkie trzy dopadłyśmy do radia, Celińskiej zaszkliły się oczy, zaś Wandzia chwyciła moje oblepione ciastem ręce i podskakiwała jak dziecko.

Z dalszej relacji wynikało, że transmisja nadawana jest sprzed ambasady brytyjskiej w Warszawie. Na balkonie tej ambasady minister spraw zagranicznych, pułkownik Józef Beck, ściskał prawicę brytyjskiemu ambasadorowi, ponieważ Anglia wypowiedziała wojnę Niemcom.

---

* Transmisja radiowa z 3 września 1939 roku.

– Brawo Anglia! Brawo Anglia! – wykrzykiwała Wandzia, nie zdając sobie sprawy, że aż do bólu zgniata mi palce. – Anglia! Anglia!

Pani Celińska wyraziła swoje uczucia w inny sposób, mianowicie zlustrowała suszące się na piecu kromki chleba i oświadczyła, że „na dzisiaj koniec z sucharkami, bo mamy święto!".

Dwadzieścia minut później dowiedziałyśmy się, że mamy podwójne święto – Francja też przystąpiła do wojny.

Radio na żywo transmitowało następną spontaniczną manifestację, tym razem sprzed ambasady francuskiej. Zgromadziły się tam tysiące ludzi, którzy wznosili okrzyki: *Vive La France!*, a potem jednym głosem śpiewali:

My, Pierwsza Brygada,
Strzelecka gromada,
Na stos rzuciliśmy – swój życia los,
Na stos, na stos*.

Wandzia i Celińska śpiewały razem z warszawskim tłumem, ja też cichutko śpiewałam. Fałszując.

Po południu przyjechał do nas konno Waluś, chłopak stajenny z Wierzbińca.

– Jaśnie pani przysłała mnie z listem i paczką. I kazała czekać na odpowiedź.

---

* Pieśń Pierwszej Brygady Legionów Polskich, słowa – Andrzej Hałaciński i Tadeusz Biernacki, muzyka – prawdopodobnie Andrzej Brzuchal--Sikorski.

Waluś miał czternaście lat, obdarte portki oraz krzywo obciętą grzywkę, lecz zachowywał się z powagą godną królewskiego posłańca. Wręczywszy mi przesyłkę od Hektorowej, cofnął się o trzy kroki i zastygł w oczekiwaniu.

– Nie będziesz tak tu stał przed gankiem, Waluś. Chodź do kuchni – zaprosiłam go serdecznie. – Napijesz się kompotu, a ja przeczytam list.

Pani Krajewska donosiła, co następuje:

Wierzbiniec, 3 września 1939 roku

Aniu nasza droga,

Bóg czuwa nad Polską! Anglia i Francja to potęgi. Razem z nimi écrasons l'infâme*. Od dzisiaj jesteśmy z Lulą dobrej myśli. Ufamy, że zawierucha rychło się skończy.

Co do domowych spraw, to wszystko u nas dobrze. Dzieciątko zdrowe i, Bóg da, niedługo ojca swego zobaczy. Liczę, że za miesiąc Jerzy, jak i Oleś wrócą z wojny.

Napisz mi słówko o sobie i czy Walentynka zdrowa.

Tulę Was do serca

Antonina Krajewska

Dzieciątko, o którym Hektorowa wspomniała, to Krzyś, synek Zadwornych. Krzyś przyszedł na świat dwudziestego piątego sierpnia, pięć dni przed powszechną mobilizacją. Jerzy zdążył więc wziąć w ramiona swoje dziecko, a nawet zorganizować przeprowadzkę, bo – gdy pokój wisiał na wło-

---

* *Écrasons...* (fr.) – zmiażdżymy, co nikczemne.

sku – Krajewska zażądała, aby Lula wraz z synkiem przeniosła się do Wierzbińca.

W dołączonej do listu paczce znalazłam puszkę angielskiej herbaty oraz francuski koniak. Ha!

Wypadało odwdzięczyć się podobnym podarunkiem. Ale czym?

Nie miałam pod ręką chorągiewek z Union Jackiem ani z trójkolorową kokardą, zresztą to byłaby przesada. Rozglądając się po kuchni, zatrzymałam wzrok na sucharkach. W dzisiejszej sytuacji politycznej idealnie nadawały się na symboliczny prezent, ale tylko ja o tym wiedziałam. Gdybym wysłała do Wierzbińca sucharki, moje przyjaciółki doszłyby do wniosku, że ze strachu przed wojną zgłupiałam lub, co gorsza, stałam się chorobliwie skąpa.

W rezultacie Waluś zawiózł Hektorowej mój list oraz pudełko wedlowskich czekoladek, bezsprzecznie polskich.

❧

W łóżku było teraz dużo wolnego miejsca, mimo że spałam razem z córką, kocicą oraz Muszką. Muszka układała się wieczorem w nogach, a potem, niezauważalnie, centymetr po centymetrze, przesuwała się w stronę Walentynki. O drugiej w nocy docierała w pobliże poduszki, po czym, uszczęśliwiona, zasypiała na dobre. Obserwowałam tę psią wędrówkę, kręcąc się z boku na bok, wzdychając i czekając na sen, który nie nadchodził.

Ostatnio małżeńskie łóżko stało się dla mnie czymś zupełnie innym, niż było przedtem, a mianowicie miejscem rozmyślań o Olku.

Gdzie on w tej chwili jest? W bagnistych lasach pod Mławą? W jakichś okopach? A może w szpitalu polowym, ranny?

Gdy nocą nachodzą człowieka takie myśli, to puchowa kołdra drażni, jakby była wypchana igliwiem, zaś prześcieradło wydaje się lodowate. Aby uspokoić nerwy, spoglądałam w stronę obrazu z modrzewiem. Ciągle wisiał w tym samym miejscu, zaszła tylko jedna zmiana – znów zastawiłam go parawanem. Nie mogłam dopuścić, by Walentynka zobaczyła, jak jej mama w niewytłumaczalny sposób znika przy obrazie lub w równie dziwny sposób pojawia się przy nim.

A na początku wojny mama korzystała z modrzewia wyjątkowo często.

Dwa dni po wyjeździe Olka zaczęłam ogołacać Annopol z najcenniejszych przedmiotów. Na początek zajęłam się literaturą. Z szafy bibliotecznej wyjęłam kilkanaście książek, które były pamiątkami z rodzinnego domu mojego męża. Między innymi: *Ojczyznę w pieśniach poetów polskich* z podpisem matki Olka, *Wyspę tajemniczą* Juliusza Verne'a w ozdobionej bizantyjskim ornamentem oprawie oraz *Bajki, nauczki, opisy, powiastki i różne wierszyki z 40 obrazkami* Stanisława Jachowicza.

Moja córka znała na pamięć wiele wierszyków z tej ostatniej książki i recytowała je z upodobaniem każdemu, kto chciał słuchać: pani Felicji, mnie, Muszce. Stałym punktem repertuaru Walentynki była rymowanka o szewczyku:

Jestem szewczyk na dorobku
mam sto butów na warsztacie;

Hej, panowie! słudzy, chłopku!
Próżno grosza nie wydacie [...]*.

Z czystym sumieniem przeniosłam wybrane książki za modrzew, do roku 2011, aby tam przeleżały wojnę. Później wrócą do Obryckich, jakoś „cudem się odnajdą".

Wyniosłam z Annopola też inne rzeczy: albumy ze zdjęciami, dwanaście starych podstawek do szklanek, srebrną solniczkę na czterech łapkach, szkatułkę z Nałęczowa oraz niektóre z namalowanych przez mojego męża akwareli.

Obraz przedstawiający pasącą się krowę został na miejscu, ponieważ zakrywał wmurowany w ścianę sejf, w którym przechowywaliśmy trzydzieści pięć tysięcy złotych (nasze, wypłacone z banku, oszczędności) i brylant od cioci Marysi.

W warunkach wojennych ten sejf nie wydawał mi się dobrą skrytką, toteż cały majątek Obryckich trafił do współczesnego mieszkania Anki Duszkowskiej. Brylant schowałam w nodze jesionowej szafy, plik banknotów zaś wrzuciłam do szuflady.

W tej samej szufladzie trzymałam coś, co obecnie miało dla mnie najwyższą wartość – mój list żelazny. List gwarantujący mi przejazd przez obce terytorium, czyli... przez wojnę.

Były to po prostu dwie kartki, na których wydrukowałam znalezione w internecie informacje o losach rodziny

---

* S. Jachowicz *Pieśń szewczyka*, w: *Upominek z prac Stanisława Jachowicza: bajki, nauczki, opisy, powiastki i różne wierszyki z 40 obrazkami*, wyd. 3, druk i nakład Jarosława Leitgebra, Poznań 1902, s. 127.

Obryckich. Na pierwszej kartce znajdowały się fragmenty wspomnień profesora Bronisława Sokolnickiego.

W październiku 1939 roku majątek ziemski Annopol znalazł się w rękach rodziny von Bruggen. Jesienią 1943 roku w oficynie, w której mieszkali Felicja Celińska oraz administrator Obrycki z żoną i córką, wybuchł pożar. Spłonęło pół dachu, jednakże ludziom nie stała się krzywda.

Na drugiej kartce był opatrzony zdjęciem artykuł ze szwajcarskiej gazety „Courrier de Vaud", która ukazała się 18 grudnia 1961 roku. Artykuł opisywał historię uratowanego przez Walentynę Obrycką psa Barniego, a fotografia przedstawiała oprócz psa dorosłą Walentynkę oraz jej starych rodziców – Olka i mnie.

Ten list żelazny dawał mi pewność, że wraz z rodziną przeżyję wojnę. Pozostawała kwestia: jak?

Jak będzie wyglądało nasze życie w ciągu najbliższych dwóch tysięcy siedemdziesięciu dwóch dni i dwóch tysięcy siedemdziesięciu dwóch nocy?

❧

Samborzewo jakby obumarło. Okna i drzwi sklepów pozabijano deskami, zaś ludzie pozamykali się w domach i z lękiem czekali na chwilę, kiedy niemiecka armia wejdzie do miasta, które zostało pozostawione własnemu losowi.

Ostatniego dnia sierpnia z powodu powszechnej mobilizacji wyjechała stąd większość mężczyzn. Kilka dni potem opustoszał budynek ratusza, ponieważ burmistrz spakował ważne dokumenty państwowe do wielkiej skrzyni i wraz z żoną, urzędnikami, policją oraz z tą skrzynią ewakuował się na wschód.

Niemieckie wojsko miało więc do wykonania łatwe zadanie – zdobyć miasteczko zamieszkane głównie przez kobiety, dzieci, chorych i starców. Sprawę ułatwiało to, że w Samborzewie na Wehrmacht czekało kilkunastu miejscowych, żyjących tu od pokoleń, Niemców. Niemcy nie pozamykali się w domach. Przeciwnie, wykupili z kwiaciarni wszystkie kwiaty, aby radośnie i kolorowo powitać swoją armię, a pewnie i przy okazji przekazać różne cenne informacje, na przykład kogo z samborzewian należałoby rozstrzelać w pierwszej kolejności.

Jednak w mieście znalazła się grupa ludzi, którzy postanowili dać odpór i bronić swojego kawałka Polski.

Już w pierwszych dniach września stworzono stuosobową Straż Obywatelską składającą się z kolejarzy, harcerzy, strażaków ochotniczej straży pożarnej oraz mężczyzn niezdolnych do służby wojskowej. Oni mieli stawić czoło niemieckiej nawale. Bronić kobiet, dzieci i starców.

◈

We wtorek stacji strzegło dwudziestu czterech kolejarzy z biało-czerwonymi opaskami na rękawach mundurów.

Dominik stał oparty plecami o ścianę budynku dworca i myślał o tym, że najgorsze jest czekanie.

– Panie naczelniku! A może oni dziś nie wejdą? – spytał nastawniczy Różański, nerwowo przekładając swoją dubeltówkę z jednej ręki do drugiej.

– Zobaczymy.

Na tym rozmowa się urwała. Znów zaległa cisza, która od rana panowała w całym Samborzewie. Wszyscy czekali na głos dzwonu. Tak było umówione. Dwóch harcerzy czuwało na dzwonnicy, trzeci, uzbrojony w lornetkę, wypatrywał wroga z wieży kościelnej.

Dzwon odezwał się w porze obiadu. Najpierw uderzył raz, jakoś bezdźwięcznie, a potem rozkołysał się i bił z całą mocą.

Gdy zamilkł, kolejarze usłyszeli strzelaninę. Odgłosy walki dochodziły od strony ratusza, tam gdzie na Niemców czekał pierwszy posterunek Straży Obywatelskiej.

Dwadzieścia minut późnej ulicą Kolejową zbliżał się do dworca odkryty samochód; na jego stopniach stało po dwóch żołnierzy Wehrmachtu z bronią gotową do strzału.

Dominik wiedział, że zaraz przyjadą następne auta, ale nie chciał o tym myśleć. Odbezpieczył pistolet, po czym skrył się za rosnącym przed stacją dębem.

Pierwsza kula, jaką wystrzelił, strąciła ze stopnia stojącego tam Niemca. Rozpoczęło się starcie między Wehrmachtem a kolejarzami. Przez jakiś czas na stacji słychać tylko było świst kul, pojedyncze krzyki, tupot nóg, lecz potem nadjechał inny wóz i Niemcy odpowiedzieli ogniem z broni maszynowej.

Przez moment seria siepała pień dębu, za którym stał Polanisz, później pociski poleciały w bok, w kierunku głównego wejścia do budynku dworca, skąd odzywała się dubeltówka Różańskiego. Dominik widział, jak nastawniczy osuwa się na ziemię, a następna seria niepotrzebnie dziurawi jego martwe już ciało.

Nierówna walka trwała do chwili, gdy kolejarzom skończyła się amunicja. Kiedy ucichły strzały ze strony dworca, Niemcy zeskoczyli z samochodów na ziemię, którą właśnie zdobyli.

Dominik dopadł do sterty worków z piaskiem, przeczołgał się kawałek i uciekł za budynek magazynu i dalej, w stronę nastawni. Zorientowawszy się, że nikt go nie goni, przebiegł przez ulicę do stojącej *vis-à-vis* nastawni kamienicy. Kamienica nie miała bramy, lecz dwuskrzydłowe frontowe drzwi. Szarpnął za klamkę, jednak drzwi nie ustąpiły, pobiegł więc na tyły domu. Wejście od podwórka było otwarte – parter, drewniane schody, piętro, znowuż schody, poddasze. Koniec drogi. Na podeście znajdowało się dwoje drzwi – jedne zamknięte na kłódkę, drugie na zwykły skobel. Otworzył te drugie i znalazł się w obszernej suszarni z małymi okienkami. Na linkach wisiało mokre pranie: prześcieradła, fartuchy, dziecięce ubranka.

Dominik stanął przy ścianie, obok koszyka z klamerkami i zacisnął rękę na pistolecie, w którym tkwił ostatni nabój.

Od strony schodów nie dochodziły żadne dźwięki, więc po pięciu minutach czujnego nadsłuchiwania odważył się podejść do okienka. Ze strychu widać było dworzec oraz panoszących się na nim Niemców. W wojskowym gaziku siedziało trzech oficerów, jeden śmiał się z czegoś, pokazując ręką pień dębu. Dominik spojrzał na dąb, ale oprócz śladów po świeżo odłupanych kawałkach kory niczego godnego uwagi nie dostrzegł.

Po tym rekonesansie przeniósł się w najciemniejszy kąt strychu, bo nic innego nie mógł zrobić.

Przez następne godziny sytuacja zmieniała się o tyle, że rozwieszone na linkach pranie schło i w zapadających ciemnościach stawało się coraz mniej widoczne.

Wtem około jedenastej wieczorem Dominik wyłowił uchem jakieś szuranie na schodach. Błyskawicznie schował się za największym prześcieradłem i czekał w napięciu na odgłos otwierających się drzwi. Ale drzwi od strychu pozostały zamknięte. Usłyszał tylko jakieś stuknięcie o podłogę, a potem oddalające się kroki.

Po chwili ostrożnie otworzył drzwi – na podłodze stały naczynia. Ktoś nieznajomy przyniósł mu kubek herbaty oraz dwie pajdy chleba z dżemem.

~~~

Zelektryzował nas warkot silnika.

– Przyjechali! – krzyknęła Wandzia, podbiegając do okna.

– Na motorach!

Poprawiłam włosy, jakby to miało jakiekolwiek znaczenie, dotknęłam palcem obrączki i dopiero wtedy wstałam z leniwca.

– Wyjdę przed dom, ty pilnuj dziecka.

Nogi mi drżały, ale nie było tego widać, bo moja czarna spódnica w luźnych fałdach spływała prawie do kostek.

Gdy stanęłam w otwartych drzwiach, u szczytu schodów, cały lęk nagle odpłynął. Wszak setki razy widziałam taką scenę – wielkie, ciężkie motory z przyczepami, prowadzone przez żołnierzy w hełmach i gumowych płaszczach. Jeden z Niemców rysami twarzy przypominał Christopha

Waltza, który w roku 2010 dostał Oscara za rolę pułkownika Landy w *Bękartach wojny*.

Przemknęło mi przez głowę, że w Annopolu kręcone są zdjęcia plenerowe do jakiegoś wojennego filmu produkcji amerykańsko-niemieckiej. Ci przystojni mężczyźni zaraz zeskoczą z motorów, odłożą atrapy karabinów i odpinając pod brodami paski hełmów, rozejrzą się po parku znudzonym wzrokiem gwiazd filmowych.

Poczucie hollywoodzkiego odrealnienia trwało krótko, do momentu gdy żołnierz trzymający kierownicę jednego z dwóch stojących przed gankiem motorów wrzasnął do mnie:

– Niemiecki rozumie?

– Rozumie.

– Mężczyźni są w domu?

– Nie ma – odpowiedziałam, odsuwając się od futryny ze strachu, że za chwilę zostanę stratowana.

Żołnierz popatrzył na mnie groźnie, ale nie miał zamiaru zsiadać ze swojej maszyny, ograniczył się jedynie do wydania rozkazu:

– Zostać na miejscu, nie ruszać się!

Zawarczały silniki motorów, Niemcy okrążyli klomb przed gankiem i zniknęli za bramą. Koniec wizyty. Kiedy wracałam do biblioteki, nogi już mi nie drżały, jednak przed oczami ciągle miałam twarze wrogów.

To ostatnie słowo nasunęło mi się automatycznie, a przecież w dwudziestym pierwszym wieku znałam wielu Niemców i nigdy o żadnym z nich nie pomyślałam: wróg.

∾

Noc na poddaszu mijała niespokojnie.

Nad ranem Dominik musiał wyjść za potrzebą, zdjął więc buty i w samych skarpetkach wymknął się na podwórko. Potem nie mógł już zasnąć, bo wciąż na nowo rozpamiętywał wczorajszą walkę i śmierć Różańskiego.

Gdy zrobiło się jasno, wrócił strach o własną skórę. Obserwując przejeżdżające ulicą Kolejową samochody, błogosławił kryjówkę na strychu i dobrą duszę, która przyniosła mu jedzenie. Jeśli raz przyniosła, to może znów przyniesie...

Jednak przez wiele godzin nikt nie pojawił się na poddaszu. Dopiero późnym popołudniem usłyszał kroki. Ktoś podszedł do drzwi i zduszonym głosem zapytał:

– Jest tam pan?

– Jestem.

– Wczoraj na rynku rozstrzelali dwudziestu mężczyzn.

Potem stuk stawianych na podłodze naczyń i oddalające się stąpanie.

Dominik nie potrafił opanować zwierzęcego głodu. Łapczywie zjadł znaleziony za drzwiami chleb z serem, popił kawą zbożową, po czym zapadł w dziwne odrętwienie.

Była już noc, kiedy na strychu rozległo się skrzypienie otwieranych drzwi. W ciemnościach zamajaczyła jakaś postać.

– Pan pójdzie ze mną.

Rozpoznał ten głos, więc o nic nie zapytał. Po prostu wstał i jak pies poszedł za kobietą, która przynosiła mu jedzenie.

Zeszli na dół do znajdującego się na parterze mieszkania. Kobieta po omacku zamknęła drzwi na klucz, zasunęła zasuwę i w końcu zapaliła światło.

– Jestem Alicja Tarnowska. – Podała mu rękę szybkim ruchem, jakby chciała tę prezentację oraz wszelkie konwenanse mieć już za sobą. – Wdowa po kolejarzu.

– Dominik Polanisz, kolejarz.

– Ja pana znam, przecież stacja po drugiej stronie ulicy.

– Uśmiechnęła się leciutko i zaraz spoważniała. – Wczoraj wszystko widziałam... Musimy się naradzić, ale najpierw dam panu zupy. Chodźmy do kuchni.

– Nie chcę sprawiać kłopotu – Dominik wypowiedział grzecznościową formułkę, zdając sobie sprawę, że w obecnych okolicznościach te słowa brzmią niedorzecznie.

Tarnowska zrobiła zniecierpliwioną minę.

– Nic głupszego nie mógł pan powiedzieć – burknęła bezceremonialnie. – Kłopot to my teraz mamy wszyscy wspólny. I niech pan wreszcie siada! – dodała, wskazując gościowi krzesło przy kuchennym stole.

Takie postawienie sprawy spodobało się Dominikowi, toteż bez gadania usiadł przy stole nakrytym kretonowym obrusem w pomarańczowe kwiatki. Pani Alicja musiała lubić pomarańczowy kolor, bo zasłony w oknie też miała pomarańczowe. Tylko zaciemniający szybę koc był przepisowo czarny.

Gdy Dominik odwrócił wzrok od okna, na stole czekał już talerz gorącej kartoflanki z pływającymi po wierzchu grzankami.

– Niech pan je na zdrowie.

– Dziękuję, pani Alicjo.

– Wszyscy mówią do mnie: Lusia.

– Dobrze, pani Lusiu. – Uśmiechnął się, biorąc do ręki łyżkę.

Zupa była bardzo smaczna, on zaś – bardzo głodny, więc prędko ukazało się dno talerza. A potem ten talerz zniknął Dominikowi sprzed nosa.

– Nie pytam, czy pan chce dolewkę, bo wiadomo, że taki wielki chłop to potrzebuje zjeść – oświadczyła Tarnowska, nalewając do talerza następną solidną porcję kartoflanki.

Polanisz nie protestował. Szybko zjadł dolewkę i wyczekująco spojrzał na panią Lusię, która siedziała naprzeciw niego, opierając łokieć o stół i podtrzymując brodę na zwiniętej w kułak dłoni.

Tarnowska powoli przesunęła pusty talerz w prawo, a potem opowiedziała, co się dzieje w Samborzewie.

Już pierwszego dnia Niemcy wywlekli z domów dwudziestu mężczyzn, zapędzili ich przed ratusz i tam rozstrzelali.

Wśród zabitych byli ludzie, których Dominik znał: kierownik szkoły – Majchrzak, właściciel księgarni na rynku – Posadzy oraz stary Danielewicz, powstaniec wielkopolski. Ten ostatni co niedzielę spacerował po miasteczku w odświętnym garniturze, z Krzyżem Walecznych wpiętym w klapę marynarki i uprzejmie, uchylając kapelusza, odpowiadał na ukłony przechodniów. Czasem zachodził na stację, by popatrzeć na lokomotywy i porozmawiać ze swoją córką Teklą, która pracowała w dworcowej kasie.

– Dziś się uspokoiło, nikogo z domu nie wyciągnęli, ale za to na ratuszu powiesili hakenkreuz – pani Lusia zakończyła opowieść, dodając smętnym głosem: – A naszego orła zwalili.

– To dopiero pierwsze dni wojny – odezwał się po chwili.

– Wojsko walczy, a ja...

W słowach, które nie padły, Tarnowska bezbłędnie odczytała tę jego cholerną bezsilność.

– Pan już swoje zrobił! – powiedziała. – Teraz trzeba myśleć, jak przeżyć. Zamelinować się gdzieś i cicho siedzieć. Wiadomo, że do swojego mieszkania nie może pan wrócić, bo tam Niemcy. – Tarnowska zrobiła pauzę i spojrzała Dominikowi prosto w oczy. – Zapytam bez ogródek: czy ma pan dokąd pójść?

– Nie, ale coś znajdę.

– Pan nowy w Samborzewie, lepiej ja się tym zajmę. Już po południu obmyśliłam, że porozmawiam z Janikowską, dobrze ją znam. Ona mieszka przy Szkolnej i zawsze bierze kogoś na pokój, a teraz akurat nie ma lokatora. Jutro z samego rana pójdę i zapytam Janikowską, czy pana weźmie. Zgoda?

Dominik nie miał nic przeciwko temu, aby jakaś pani Janikowska „wzięła go", jednak nie zdążył tego powiedzieć, bo nagle otworzyły się drzwi i do kuchni wpadła młoda kobieta. Ładna.

– Do Janikowskiej nie! – krzyknęła.

– Podsłuchiwałaś? – spytała Tarnowska, wstając z krzesła.

– Podsłuchiwałam.

Tarnowska westchnęła, ale bez złości, po czym przedstawiła Dominikowi nowo przybyłą w oryginalny sposób:

– To Madzia Długie Ucho, moja synowa.

Madzia zbyła ten przytyk prychnięciem, ciaśniej zawiązała pasek swojego szlafroka i od razu przeszła do rzeczy.

– U Janikowskiej niedobre miejsce, bo na tym samym piętrze mieszka Grossmeier.

– No i co z tego? – Tarnowska się zdziwiła. – To porządny człowiek.

– Porządny – przyznała Madzia. – Ale Niemiec! Pewnie teraz ze swoimi trzyma.

W kuchni zrobiło się cicho, więc Dominik zrozumiał, że pomysł z wynajęciem pokoju u Janikowskiej upadł.

– Może bliżej coś się znajdzie? – zapytał. – Na Kolejowej.

– Nie, tu wszystko zajęte – odparła Tarnowska w zamyśleniu, a potem zwróciła się do synowej: – A gdyby tak pan Polanisz na wieś się przedostał? Na wsi jest bezpieczniej.

– Jak się przedostanie, mamo? Pofrunie w tym mundurze? I właściwie do kogo? – Madzia wykpiła pomysł teściowej i przedstawiła własny. – U nas w kamienicy wszystkie mieszkania zajęte, ale w oficynie jest wolny pokoik.

– To akurat coś dla mnie – ucieszył się Dominik, bo jakoś czuł, że powinien zostać blisko dworca.

– Czy ja wiem...? – mruknęła Tarnowska z powątpiewaniem. – Ten pokoik to zatęchła nora.

– Każdą norę można przewietrzyć, pani Lusiu.

❧

Następnego dnia życie przyspieszyło jak lukstorpeda.

Już rano Tarnowska odwiedziła mieszkających na pierwszym piętrze właścicieli kamienicy. Wizyta trwała dziesięć minut i zakończyła się wręczeniem klucza do pokoju w oficynie. Potem Dominik w asyście pani Lusi poszedł obejrzeć swoje nowe lokum.

Była to izdebka, do której wchodziło się prosto z podwórza. W środku stało kilka gratów: metalowe łóżko ze śmierdzącym siennikiem, kulawy stół, krzesło oraz rozlatująca się szafa. Wyposażenie uzupełniały zardzewiały zlew i piec do gotowania.

– No i jak się panu tu podoba? – spytała Tarnowska, otwierając okno, które miało parapet na wysokości jej kolan.

– Piękny salon, pani Lusiu. Tylko kandelabrów brakuje.

Odwróciła się od okna z uśmiechem.

– O kandelabrach pomyślimy kiedy indziej, a teraz chodźmy do mnie, dam panu pościel i naczynia – powiedziała serdecznie. – I stary piernat na sprężyny, bo ten siennik trzeba spalić.

Dwie godziny później pokoik był już wysprzątany i uładzony; na łóżku leżała świeża pościel, pod płytą kuchenną buzował ogień, na stole stał dzbanek z gorącą herbatą.

Wszystkie potrzebne do zagospodarowania rzeczy Dominik dostał od Tarnowskich. Pani Lusia dała mu nawet trochę męskich ubrań, które należały do jej syna Seweryna.

Za takie dary powinien się odwdzięczyć. Tylko jak? Wszystko, co miał, zostało w mieszkaniu na dworcu...

Nagle zerwał się z krzesła i otworzył szafę.

Jest!

Z kieszeni kolejarskiego munduru wyjął portfel, w którym miał tysiąc dwieście złotych, bo w dniu wybuchu wojny wszystkim kolejarzom wypłacono z góry trzymiesięczne pobory.

Pani Tarnowska nie chciała przyjąć pieniędzy, lecz w końcu po długich namowach wzięła sto pięćdziesiąt złotych z zastrzeżeniem, że Dominik będzie przychodził do niej na obiady.

Gdy zadowolony z takiego obrotu sprawy wracał do siebie, kątem oka dostrzegł jakieś czarne mignięcie koło śmietnika.

– Kici, kici! – zawołał z nadzieją.

Mówi się, że nadzieja jest matką głupich, ale Dominik nie zgadzał się z tym powiedzeniem. Według niego nadzieja była matką wszystkich ludzi, i głupich, i mądrych. On zawsze miał nadzieję, a za głupiego się nie uważał.

– Kici, kici...

Zza śmietnika wynurzyła się czarna główka. Złote oczy Sierotki spojrzały na Dominika z wyrzutem.

– Kici, kici! – zawołał dziwnie wzruszony.

Sierotka podbiegła i otarła się o jego przykrótkie, trochę śmieszne nogawki.

– Chodź do domu – powiedział, biorąc kota na ręce.

Ostatnio czułam się w Annopolu jak księżniczka, która siedzi w oddalonej od świata wieży i czeka na smoka. Smok raz się pokazał, ryknął i odjechał, lecz wiedziałam, że wróci.

Do mojej wieży nie docierały żadne wieści z okolicy, bo przesyłanie listów przez gołębie pocztowe wyszło z mody, a innych sposobów na kontaktowanie się teraz nie było. Pozostawało więc czekać i rozmyślać.

Wieczorem siedemnastego września poprosiłam Celińską, aby zabrała do siebie na noc Walentynkę.

– A co się stało? Chyba z wizytą towarzyską nigdzie się pani nie wybiera? – spytała ironicznie.

– Nie wybieram się, pani Felicjo, tyle że dziś w nocy chcę być sama. Muszę zrobić porządek w papierach.

– Noc jest od spania – mruknęła, a potem się uśmiechnęła. – A Walentynkę niech pani przyprowadzi. Lubię ją mieć przy sobie.

2011

Tę noc spędziłam w jesionowej szafie, która w trudnych chwilach służyła mi za schronienie. A chwila była wyjątkowo trudna, ponieważ dziś – mam na myśli dziś w 1939 roku – do polskiej trumny został wbity ostatni gwóźdź.

Ze wschodu zaatakował nas Związek Sowiecki, następny agresor.

Kodeks podwórkowy mówi, że we dwóch na jednego się nie napada, ale politycy kierują się zupełnie innym kodeksem.

Siedząc w landarze, wyobraziłam sobie mapę Polski z dwiema płonącymi granicami i to, co się teraz dzieje nad Bzurą, w twierdzy Modlin, w Grodnie, pod Sarnami oraz w wielu innych miejscach.

Wszędzie trwały walki, jednak na tej samej mapie znajdowały się także Kuty, przygraniczne miasteczko, w którym był most prowadzący prosto do Rumunii. Tamtędy dzisiejszej nocy ucieknie wielki szczur.

Przymknęłam powieki i uruchomiłam wyobraźnię.

༄

Najpierw pojawił się obraz drewnianego mostu nad rzeką Czeremosz.

W ciemności idą ludzie, całe tłumy. Wojsko i cywile. Wszyscy mają umęczone, smutne twarze. Jakiś mężczyzna z tobołem na plecach zaciska pięść. Nie! On ściska w garści grudkę ziemi. Pewnie schylił się po nią przed chwilą i wziął na pamiątkę...

Nagle zadudniły drewniane przęsła – na most wjechała kolumna aut: ciężarówki, zwykłe samochody, limuzyny. To ewakuuje się polski rząd. Jadą skrzynie ze złotem i dostojnicy państwowi.

W jednej z limuzyn dostrzegłam prezydenta Ignacego Mościckiego. Siedzi zgarbiony, prawą ręką dotyka skroni.

O czym myśli?

Może o swoim orędziu do narodu, które wydał pierwszego września, zaledwie siedemnaście dni temu: „[...] Cały Naród Polski, pobłogosławiony przez Boga, w walce o swoją świętą i słuszną sprawę, zjednoczony z Armią, pójdzie ramię przy ramieniu do boju i pełnego zwycięstwa"*.

Żal mi było Mościckiego, jakoś po ludzku rozumiałam go, ale szacunku nie czułam.

Kolumna rządowa przejeżdżała długo, prawie godzinę trwało, zanim ostatni samochód znalazł się po rumuńskiej stronie. Potem most znów zaludnił się pieszymi, cichym, znużonym tłumem, który przepływał przed moimi oczami.

---

* Orędzie prezydenta Ignacego Mościckiego z 1 września 1939 roku.

Raptem wśród grupy cywilów dostrzegłam dwie znajome sylwetki. Przyjrzałam się im bliżej i ku swemu zdumieniu rozpoznałam w nich państwa Nowakowskich! Oboje dźwigali po dwie walizy i widać było, że ciągną resztkami sił.

Skąd oni się tu wzięli? Gdzie Samborzewo, a gdzie Kuty?

Hieronim Nowakowski do niedawna był burmistrzem Samborzewa. Wiedziałam, że czwartego września ewakuował się razem ze swoimi urzędnikami i policją, ale przed wyjazdem zdążył zorganizować Straż Obywatelską do obrony miasteczka.

Hmm... Dziwne to wszystko.

Zaczynało już świtać, kiedy nastąpiła najważniejsza chwila – do mostu zbliżyły się dwie ciężarówki oraz kilka limuzyn. W jednej z nich jechał wódz naczelny Wojska Polskiego, marszałek Edward Śmigły-Rydz, człowiek, który trzy lata wcześniej otrzymał z rąk prezydenta buławę marszałkowską. Wręczenie buławy odbyło się bardzo uroczyście, w obecności przedstawicieli rządu, delegacji pułków, duchowieństwa i wojskowych pocztów sztandarowych.

Ale wtedy był pokój, a teraz jest wojna i ostatni most, przez który trzeba przejechać.

Zobaczyłam, jak od grupy stojących przy budce strażniczej żołnierzy oderwał się czterdziestokilkuletni oficer. Cały roztrzęsiony wbiegł na środek mostu, zatrzymując w ten sposób nadjeżdżającą kolumnę. To był pułkownik Ludwik Bociański.

Podszedł do limuzyny, otworzył drzwi i powiedział:

– Wodzu! Żołnierze walczą, a pan ucieka z pola bitwy? Tu chodzi o honor Wojska Polskiego!

Wódz Naczelny coś odpowiedział z głębi samochodu, jednak tak cicho, że nie usłyszałam, ale po minie widać było, że nie ma teraz ochoty rozmawiać o jakimś honorze. Z limuzyny wysunęła się ręka nakazująca Bociańskiemu zejść z drogi.

Wtenczas zdesperowany Bociański wyjął z kabury pistolet i strzelił sobie w serce.

Była czwarta rano – w Kutach i na moim zegarku.

Wyszłam z szafy i aby podnieść się na duchu, zrobiłam sobie mocną kawę, a potem – niestety – zapaliłam papierosa. Pierwszego od wiosny 1933 roku.

Śledząc smużki wydmuchiwanego dymu, myślałam o hetmanach. Kiedyś mówiło się, że hetman nigdy nie opuszcza swoich wojsk, ale tyle w tym prawdy, ile słonej wody płynie w Czeremoszu.

Październik, listopad, grudzień 1939

Drogi Misiu!

Mieszkamy teraz w Parczewie i oboje z Alfredem pracujemy w krochmalni. Wszystko się zmieniło. Wczoraj powiedziałam Alfredowi prawdę o mnie i o Tobie. Alfred mi wybaczył i kazał napisać ten list, abyś również Ty wiedział, że kocham męża, co zrozumiałam dopiero, gdy...

Swoim pięknym kaligraficznym pismem Joanna zapisała jeszcze dwie stronice jakimiś skomplikowanymi wynurzeniami, z których nic nie wynikało. Jedynie końcówka listu była klarowna:

Prosiłabym Cię bardzo, żebyś w krótkich przynajmniej słowach napisał, czy mnie rozumiesz.
Przesyłam Ci moc najserdeczniejszych pozdrowień.

Joanna Wilska

Dominik odłożył list i pogłaskał łebek Sierotki, która spała na jego kolanach.

– Rozumiem ją – powiedział do kota.

≈⚬

Stefan Wysocki i Józek Duszkowski wrócili z wojny.

Jeden walczył pod Sieradzem, drugi nad Bzurą. Gdy wojsko poszło w rozsypkę, udało im się przemknąć do domu. Nocami, polami, opłotkami.

Stefan wędrował w cywilnych łachmanach zdjętych ze stracha na wróble, natomiast Józkowi pomogła jakaś gospodyni, która podarowała mu stare ubranie po dziadku oraz bochenek chleba na drogę.

Hmm... Z punktu widzenia Anny Duszkowskiej ten bochenek został podarowany kilkadziesiąt lat temu...

Są takie bochenki, które dostaje się w potrzebie, bez pieniędzy, tylko za Bóg zapłać. I na zawsze pozostają we wdzięcznej pamięci.

Stefan i Józek wrócili, lecz Jerzy Zadworny jeszcze nie wrócił i Olek też nie!

W październiku każdy dzień zaczynałam myślą: „Może to dziś?!". Może dzisiaj Bajka rzuci się jak szalona do drzwi, a ja pobiegnę za nią. Zobaczę zapadnięte policzki, dziesięciodniowy zarost, zszarzałą od brudu skórę i oczy – mądre, trochę smutne, kochające.

Niestety, jedynym mężczyzną, który pojawiał się w naszych drzwiach, był stary Nitecki, chuderlawy, mamroczący pod nosem i w ogóle do Olka niepodobny.

W Annopolu pozornie nic się nie zmieniło, Nitecki przynosił węgiel do kuchennego pieca, Celińska piekła naleśniki, Wandzia zamiatała podłogi, ale to wszystko działo się w innym kraju! Już nie mieszkaliśmy w Polsce, mieszkaliśmy na terenie „wcielonych ziem wschodnich" – oczywiście wcielonych do Rzeszy. Adolf Hitler osobiście nas wcielił i teraz cała władza była hitlerowska, a wiadomo, że to słowo oznacza wszystko, co najgorsze.

W samym Samborzewie hitlerowcy zabili dwadzieścia osób, następnych zaś dwadzieścia – w tym proboszcza Grzybowskiego i aptekarza Majewskiego – wywieźli do inowrocławskiego więzienia.

– Jak tak dalej pójdzie, to Hitler zeżre nas do ostatniej kosteczki – zawyrokowała Wandzia. – Do najostatniejszej!

Pani Felicja nie odezwała się ani słowem, ja też milczałam, lecz nagle do rozmowy wtrąciła się Walentynka, która akurat weszła do kuchni i usłyszała ostatnie zdanie.

– A co to Hitler? – spytała.

– Co? Samo zło! – warknęła Wandzia.

– A gdzie to zło?

– Wszędzie!

Mała rozejrzała się z lękiem po kuchni, powiedziałam więc pogodnie:

– Walentynko, my żartujemy. Hitler to taki wilk z baśni.

– Jak ten wilk z bajki o Czerwonym Kapturku?

– Tak, kochanie – potwierdziłam, przepraszając w myśli wszystkie wilki.

~⚬~

W nocy z soboty na niedzielę obudził go krzyk:

– *Polizei! Aufmachen!**

Dominik wiedział, że to już koniec.

Zapalił światło i otworzył drzwi.

Do mieszkania wpadło trzech umundurowanych Niemców. Jeden z nich, dość spokojnym głosem, spytał:

– Dominik Polanisz?

– Tak.

– *Sich anziehen***.

To wszystko. Nie było obraźliwych wrzasków, nie było też żadnych wyjaśnień. Poczekali, aż Dominik włoży spodnie, sweter, buty, a potem zaprowadzili go prosto do stojącej na ulicy ciężarówki.

~⚬~

Świtało, kiedy ciężarówka wioząca aresztowanych mężczyzn gdzieś się zatrzymała. Dominik usłyszał hałas otwieranej bramy, ciężarówka przejechała jeszcze kilka metrów, po czym ktoś otworzył tylną burtę, wrzeszcząc po niemiecku:

---

* *Polizei...* (niem.) – Policja! Otwierać!
** *Sich...* (niem.) – Ubierać się.

– Wysiadać! Szybko!

Popędzani krzykiem wyskoczyli na ziemię i zobaczyli to, czego się spodziewali – mur z drutem kolczastym.

– Więzienie w Inowrocławiu – szepnął jeden z przywiezionych ciężarówką Polaków.

– Skąd pan wie, że w Inowrocławiu? – też szeptem spytał Dominik.

– Przez dziurę w plandece widziałem kościół garnizonowy Świętej Barbary. On stoi w pobliżu.

– Aha.

Dominik był w Inowrocławiu tylko trzy razy, na randkach z Joanną. Zapamiętał z tych wypraw słoneczne ulice, łódkę, którą pływali po parkowym stawie, smak kawy pitej w ogródku wiedeńskim i radość Joanny.

W Inowrocławiu mogli bowiem pokazywać się razem bez wywoływania sensacji, bez udawania, że nie widzą karcących spojrzeń przechodniów. Joanna mówiła, że idąc Królówką z Dominikiem pod rękę, czuje się wolna jak wiatr.

Wtedy w ogóle nie wiedział, że w Inowrocławiu jest więzienie.

Z otoczonego murem dziedzińca zaprowadzono go do kancelarii, gdzie jakiś Polak wpisywał do księgi personalia nowych więźniów i odbierał od nich depozyty – zegarki, portfele, okulary.

Dominik miał przy sobie jedynie chusteczkę do nosa, toteż związane z jego osobą formalności trwały krótko.

– Idziemy, Polanisz, do celi. – Dozorca klepnął go w ramię jak przyjaciel i zarechotał jak wróg. – Zaczynasz ostatni rozdział swojego życia.

Zatęsknił nagle do ciemnej ciężarówki. Tam było lepiej, cieplej. Nie musiał patrzeć na metalowe schody, rząd metalowych drzwi i bezczelną twarz dozorcy.

W celi, do której trafił, spało czterech mężczyzn. Trzej z nich przebudzili się na chwilę, pozdrowili nowego towarzysza i znów zapadli w sen. Natomiast czwarty – młody człowiek z sąsiedniej pryczy – okazał się rozmowny.

– Ja jestem Teodor Szweda. A ty?

– Dominik Polanisz.

– Chcesz posłuchać, jak tu wygląda życie?

– Tak.

Od Teodora dowiedział się, że w więzieniu panował ruch. Niektórych więźniów gdzieś zabierano, innych, nowych – dowożono. Byli to najczęściej inteligenci, działacze społeczni i właściciele okolicznych majątków. W jednej z cel znajdował się przedwojenny prezydent Inowrocławia Apolinary Jankowski.

Prawie każdego dnia, o szóstej rano przed więzienie podjeżdżał autobus, którym gestapowcy zabierali następną grupę ludzi. Nie wiadomo dokąd i nie wiadomo po co.

Teodor zwierzył się jeszcze, że do wojny był kierownikiem szkoły w Rusinowie pod Kruszwicą, że w domu czeka na niego żona z dwójką malutkich dzieci i że ma złe przeczucie.

Dominik też miał złe przeczucie, jednak nie powiedział tego na głos.

– A na ciebie ktoś czeka? – spytał Teodor.

– Nie.

– To lepiej.

– Może i lepiej.

Na tym rozmowa się skończyła. Zamknął oczy i zaczął rozmyślać o sobie i o wilczych dołach, dawnej metodzie polowania.

To podłe – wykopać dół, zakryć go darnią, a potem, gdy zwierzę wpadnie w pułapkę, pastwić się nad nim. Dominik nie musiał zastanawiać się, co czuje uwięziony w dole wilk. Zdrowy, z kłami, z pazurami, a mimo to zupełnie bezradny, pozbawiony godności.

Pierwszy dzień w więzieniu przeraził Polanisza swoją długością. Ta niedziela składała się wyłącznie z nieznośnego czekania. Dopiero noc przyniosła ulgę. Gdy wokół zapadła ciemność, naciągnął na głowę koc, by nic mu nie przeszkadzało w snuciu wspomnień.

Dominik był pogrobowcem. Jego ojciec zmarł na gruźlicę, zanim on się urodził. Matka mawiała, że jak ojcu nie było dane, to synowi musi być dane.

– Co dane, mamo? – spytał kiedyś, gdy miał osiem albo dziesięć lat.

– Szczęście. Zapamiętaj, synku, przed tobą długie i szczęśliwe życie.

Uwierzył w te słowa, bo matka nigdy nie kłamała.

Kiedy umarła, Dominik został sam. Od pięciu lat był sam, ale czuł jej obecność. Czasem nawet słyszał w głowie głos matki, wymawiający jego imię.

Leżąc na pryczy, przypominał sobie różne chwile z dzieciństwa.

Zniknęła cela. Znów był w rodzinnym domu, strugał łódkę z kory, a mama śmiała się, że pewnie zostanie marynarzem.

Nagle w te myśli wdarł się prawdziwy śmiech. Gdzieś niżej, na parterze więzienia, ktoś ryczał ze śmiechu. Śmiech oddalał się, zanikał, a później huknął strzał.

Dominik odrzucił koc, wszystkie prycze zatrzeszczały. W celi nikt już nie spał. W piątkę podeszli do drzwi i nasłuchiwali.

W więzieniu coś się działo.

Dochodził ich szczęk odmykanych rygli, tupot buciorów, niemieckie wrzaski i śmiech... też niemiecki.

Znów padł strzał, po nim następne. Razem osiem.

– Mordują ludzi, mordują ludzi – szeptał Teodor Szweda. – Zaraz przyjdą po nas.

– Czym szybciej, tym lepiej – głośno powiedział inny współwięzień.

Dominik go rozumiał. Nie ma nic gorszego, niż być zdanym na łaskę wroga i czekać na śmierć.

Ale musieli czekać. Długo.

I wciąż słyszeli odgłosy z piekła: strzały, jakiś straszny hałas, jęki i krzyki bólu, którego człowiek znieść nie może.

Później wrzask zbliżył się do ich celi. Drzwi zostały otwarte. Do środka wpadło światło oraz pijany żandarm z pistoletem. Zatoczył się prosto na Dominika.

– Ty wysoki psie! Wyłaź! – krzyknął po niemiecku.

Reszty więźniów jakby nie widział. Wypchnął Dominika na zewnątrz i kopniakiem skierował w stronę metalowych schodów.

Nie było już ciemnej celi. Znalazł się raptem w tłumie poganianych wyzwiskami ludzi, którzy w panice schodzili na parter. Niektórzy płakali, inni się modlili, a jeszcze inni sprawiali wrażenie nieobecnych duchem.

Na dole, w holu zwanym areną, zobaczył więźniów ustawionych w szereg. Przed szeregiem przechadzało się dwóch pijanych, rozbawionych Niemców. Obaj w wieku Dominika. Widać było, że to jakieś ważne figury, bo dozorcy i żandarmi gorliwie wykonywali ich rozkazy. Tłukli wskazanych więźniów żelaznymi drągami albo rękojeściami pistoletów, a potem wyprowadzali ich na dziedziniec.

Tych dwóch ważnych także się nie leniło. Jeden z nich ze śmiechem strzelił do starego mężczyzny, który stał dalej w szeregu. Gdy mężczyzna zwalił się na ziemię, Niemiec krzyknął jak zwycięzca:

– Trafiony!

Dominik widział jego oczy – puste, ogłupiałe wódką, żądne dalszej zabawy w zabijanie – i nic nie mógł zrobić. Musiał czekać na swoją kolej. Wreszcie Niemiec zbliżył się do niego.

– Twój zawód, polska świnio?! – wrzasnął.

– Kolejarz – odpowiedział, myśląc, że to ostatnie słowo, jakie wymawia w życiu.

Niemiec roześmiał się głupio, czknął, po czym wydał rozkaz:

– Wachmistrzu, odprowadzić kolejarza na podwórze, cha, cha. – Znów czknął. – I zastrzelić!

Na więziennym dziedzińcu panowały ciemności. Gdzieniegdzie tylko migało światło ręcznych latarek, którymi posługiwali się dozorcy. Dzięki temu Dominik dostrzegł stertę ciał. Niektóre były nagie, inne w bieliźnie, ale wszystkie nieruchome, martwe.

– Klękaj! – krzyknął ten, który przyprowadził Dominika na podwórze.

– Nie.

Nie chciał już nic słyszeć i nic widzieć. Jednak widział i słyszał. Blisko niego jakiś zakrwawiony człowiek własną marynarką ścierał z betonu kałużę swojej krwi.

Raptem wachmistrz zostawił Dominika, bo na schodach, w oświetlonym wejściu, pojawiło się tych dwóch ważnych Niemców oraz cztery kobiety.

Kobiety były bose, jedna z nich tylko w koszuli. Tuliły się do siebie, wiedząc, że to ostatnia chwila.

Pierwszy ważny Niemiec strzelił do dziewczyny w koszuli, trafiając ją w ramię. Drugi ważny Niemiec wybrał sobie następną. Mierzył z pistoletu w jej czoło, lecz nagle opuścił rękę.

– Kobiety nie – powiedział do siebie.

Kazał dozorcy otworzyć więzienną bramę i wypuścić je na wolność.

To był cud. Brama się otworzyła, więc cztery kobiety, poganiane niemieckim krzykiem: „Szybciej, szybciej!", po prostu wybiegły.

Dominik nie mógł oderwać wzroku od zamykającej się bramy tego grobowca i wówczas zdarzył się drugi cud.

Dozorca, widząc, że tamci Niemcy zniknęli w głębi budynku, zawołał do Dominika:

– Wynocha!

Wystarczyło przebiec kilka kroków i przecisnąć się przez niedomkniętą bramę, która natychmiast się za nim zatrzasnęła.

Dominik był oszołomiony, lecz zrozumiał, że jest za murem, że to ulica. Cztery kobiety musiały już uciec, bo nigdzie ich nie dostrzegł.

Dookoła panował spokój. W ciemności majaczył kościół garnizonowy z wyniosłą kopułą w kształcie żołnierskiego hełmu. Dominik spojrzał wyżej, w niebo. Świeciło tam kilka gwiazd, ale wolałby, żeby spadły na jego głowę i wypaliły z pamięci to, co zobaczył w więzieniu.

~♦~

Droga powrotna do domu zajęła mu kilka godzin. Wracał piechotą do Samborzewa, do swojej oficyny, bo gdzieś musiał mieszkać.

Nie wiedział, czy Niemcy dadzą mu spokój i ile czasu jeszcze po... pomieszka.

~♦~

W drugiej połowie miesiąca przyjechała do nas jakaś komisja.

Pięciu uzbrojonych w pióra i skoroszyty urzędników skrupulatnie spisało annopolski inwentarz, martwy oraz żywy: krowie ogony, dworskie meble, świnie, obrazy, bryczki, dywany oraz całą resztę, ma się rozumieć w bardziej sensownej kolejności.

Majątek Gibowskich został oficjalnie przejęty przez Rzeszę, bo przecież po to są wojny – by przejąć, wcielić, zająć, ukraść.

Gdy komisja wyjechała, Wandzia zrobiła kwaśną minę i rzekła:

– Niedługo Annopol dostanie nowego jaśnie pana.

Tak też się stało.

Pewnego dnia usłyszałyśmy dźwięki klaksonu. Wandzia pobiegła do drzwi, ja zaś wyjrzałam przez okno.

Ze stojącego przed gankiem mercedesa wyskoczył owczarek niemiecki, a za nim wynurzył się sześćdziesięcioletni mężczyzna o niebrzydkiej twarzy (z wysokim czołem i wyraźnie zarysowaną szczęką). Ubrany był po cywilnemu, w ręku trzymał gazetę. Oprócz gazety przywiózł coś jeszcze, gdyż kierowca mercedesa, żołnierz Wehrmachtu, wyciągał z bagażnika czarny neseser.

Kiedy weszłam do holu, mężczyzna z gazetą już tam był i to on odezwał się pierwszy, po niemiecku:

– Kim pani jest?

– Anna Obrycka, żona administratora.

Moje słowa wypadły bardzo efektownie, gdyż towarzyszyło im warczenie Bajki i Tona. Pies Niemca nie odwarknął, nawet się nie zjeżył, jakby czuł, że przewaga i tak jest po jego stronie.

– A administrator gdzie? – mężczyzna dociekał dalej, nie zwracając uwagi na psią rozgrywkę.

– Do tej pory nie wrócił z... dłuższego wyjazdu.

– Wobec tego to panią proszę na rozmowę.

Razem z psem wszedł w otwarte drzwi salonu, nakazałam więc Bajce i Tonowi warować, a sama podążyłam za Niemcem.

Rozmowa w salonie trwała krótko i odbywała się na stojąco.

– Do wieczoru opuści pani Annopol – rzekł chłodnym tonem.

Kompletne zaskoczenie! Byłam przekonana, że facet każe mi się przeprowadzić do oficyny, a gdy Olek wróci z wojny, zatrudni go w majątku. Tak wynikało z listu żelaznego, to znaczy z umieszczonych w internecie wspomnień profesora Sokolnickiego. Ale przecież nie polecę teraz z pretensjami do siedmioletniego Bronka i nie zawołam: „Panie profesorze! Dlaczego napisał pan nieprawdę?!".

Nieprawdę...? Naraz uświadomiłam sobie, że Sokolnicki ani słówkiem nie napomknął o tym, gdzie mieszkała rodzina Obryckich w ciągu pierwszych czterech lat wojny. Ten okres jest wielką tajemnicą, którą będę odkrywać dzień po dniu.

Dzisiaj jej rąbek został uchylony – dowiedziałam się, że wiatr dziejowy wywiewa mnie z Annopola.

Milczenie przedłużało się ponad miarę, wróciłam więc myślami do salonu.

– Rozumiem. Czy mogę zabrać swojego konia i niektóre ze swoich mebli?

– Naturalnie. Dam pani furmankę. A koń może zostać w stajni tak długo, aż znajdzie pani dla niego miejsce.

Podziękowałam uprzejmie, rzuciłam jeszcze pożegnalne spojrzenie obu Tycjanowskim Miłościom, ziemskiej i niebiańskiej, potem skinęłam głową „jaśnie panu" i opuściłam salon. To znaczy prawie opuściłam.

W momencie gdy chwytałam za klamkę, usłyszałam za plecami:

– *Frau* Obrycka, proszę zaczekać...

– Tak? Słucham pana.

– Czy w piśmie niemieckim jest pani równie biegła, jak w mowie?

– Jestem absolwentką uniwersytetu w Heidelbergu.

– Ach, tak... – Podszedł do herbacianego stolika i wskazał mi krzesło. – Proszę spocząć.

Spoczęłam, niczego dobrego się nie spodziewając, jednak intuicja mnie zawiodła, bo nowy właściciel Annopola zapytał, czy zechcę zostać jego sekretarką oraz dolmeczerką*.

Przez chwilę udawałam, że zastanawiam się nad odpowiedzią, lecz od razu wiedziałam, że przyjmę tę pracę z pocałowaniem ręki (to tylko taki zwrot).

Etat sekretarki był bardzo pożądany, ponieważ w czasie okupacji obowiązek pracy obejmował każdego Polaka i każdą Polkę. Czternastoletniego chłopca i matkę wychowującą małe dziecko. Maluchy zostawały same w domu, a reszta rodziny szła na dwanaście godzin do pracy.

Jeszcze gorzej jednak mieli ludzie, którzy nie znaleźli zatrudnienia. Tych *Arbeitsamt* (urząd pracy) wysyłał na przymusowe roboty do Reichu.

Gdy oświadczyłam, że przyjmuję propozycję, Niemiec powiedział kilka słów o moich przyszłych obowiązkach, zaznaczając, że zaczynam pracę w najbliższy czwartek, punktualnie o godzinie dziewiątej.

---

* Od niem. *Dolmetscher* – tłumacz ustny.

„*Jawohl Herr General!*" – pomyślałam żartem i znów spojrzałam w stronę obrazu z Miłościami. Na ich twarzach błąkał się półuśmieszek zadowolenia, jakby się cieszyły, że znów mnie zobaczą.

Wstając z krzesła, puściłam do nich perskie oko i wtedy mój pracodawca raczył sobie o czymś przypomnieć:

– Nazywam się Rudolf von Bruggen.

～

Zaraz po mnie na audiencję została zaproszona służba domowa, której Bruggen, jak się okazało, nie zamierzał wyrzucać. Pani Felicja i Wandzia usłyszały, że pozostają na miejscu i oczekuje się od nich rzetelnej pracy, w zamian za co dostaną wynagrodzenie w markach. A dziś mają pomóc pani Obryckiej w przeprowadzce.

Kilka godzin później pani Obrycka wyjechała z Annopola.

Dla kogoś, kto patrzył z boku, musiał to być smutny widok.

Na furmance, wśród tobołów i poprzykrywanych kapami mebli, siedziała bezdomna kobieta. Na kolanach trzymała dziecko oraz koszyk z kotem, a przy jej nogach wierciły się trzy psy. Jeden z psów skowyczał rozpaczliwie.

Tym psem był Ton, który chyba najwyżej z całej rodziny cenił sobie dworskie życie.

Jednak nasze dworskie życie stało się już zamkniętym rozdziałem. Raz na zawsze.

– Pani Obrycka, dokąd mam jechać? – spytał Gudejko, obracając się do mnie z kozła furmanki.

– Muszę pomyśleć…

W Wierzbińcu nie miałam czego szukać, ponieważ tam rządy objął *treuhänder** Hans Littmann, który łaskawie przeznaczył dwie sypialnie do dyspozycji Hektorowej i Luli.

Pozostawali Wysoccy... Oni mieszkają sami i przyjmą mnie z otwartymi ramionami, ale... był pewien kłopot. Goszcząc u Bibi, nie mogłabym swobodnie korzystać z modrzewia, to znaczy znikać z domu w różnych porach dnia i nocy. Prędzej czy później Wysocka zauważyłaby... moje nieusprawiedliwione nieobecności – i wtedy klops!

Był też drugi, bardziej istotny powód, by nie wprowadzać się na Ogrodową. Wkrótce zaczną się wysiedlenia do Generalnej Guberni i na pierwszy ogień pójdą samborzewianie zajmujący atrakcyjne, z punktu widzenia Niemców, domy, takie jak dom Wysockich.

Najlepiej będzie, jeśli znajdę gdzieś własny kąt.

– Panie Gudejko, jedziemy do Samborzewa – oznajmiłam zadowolona z podjętej decyzji.

– Na Ogrodową? Do państwa Wysockich?

– Nie. Na rynek, do sklepu Klimeckiego.

– A po co do niego? – zdziwił się.

– Bo Klimecki jest najlepiej poinformowaną osobą w Samborzewie i może będzie wiedział, gdzie jest jakieś mieszkanie do wynajęcia.

– To dobry pomysł, pani Obrycka. – Gudejko uśmiechnął się pogodnie, a potem zachęcił konie do szybszego biegu, wołając: – Wio, moje kochane! Wio!

---

* *Treuhänder* (niem.) – człowiek zaufany, powiernik.

Jechaliśmy w milczeniu, słuchając słabnącego skowytu Tona. Walentynka głaskała go raz po raz, trochę oszołomiona i jednocześnie radośnie podekscytowana.

Zanim wsiadłyśmy do furmanki, wytłumaczyłam jej, że wyprowadzamy się z Annopola, bo już za długo mieszkaliśmy w jednym miejscu. Teraz do dworu wprowadził się pan Bruggen, a my znajdziemy sobie jakiś inny dom. Powiedziałam też, że często będziemy odwiedzały panią Felicję i panią Wandzię. Takie naświetlenie nowej sytuacji wystarczyło, by córka potraktowała nasze wygnanie jako wielką przygodę.

Jedyne, co zasmucało Walentynkę, to brak taty. Codziennie pytała, kiedy tatuś wróci, a ja codziennie odpowiadałam, że nie wiem kiedy, ale wiem, że na pewno wróci. Potem oglądałyśmy zdjęcia, na których był Olek, wspominałyśmy jakieś wesołe zdarzenia z nim i mała się uspokajała. Dopiero następnego dnia padało pytanie: „Mama, kiedy tatuś wróci?".

W Samborzewie zobaczyłam czerwone flagi ze swastykami, które wyglądały jak pająki na tle krwi. Ulicami przechodzili nadludzie oraz podludzie. Nadludzi rozpoznawało się po mundurach, broni albo przypiętych do ubrania znaczkach partyjnych NSDAP. Natomiast podludzie wyglądali zwyczajnie – jak Gudejko, Walentynka i ja.

W sklepie Klimeckiego, gdy otwierałam drzwi, zabrzęczał ten sam stary dzwonek, jednak w środku dużo się zmieniło. Półki opustoszały, zniknęły z nich wędliny, sery, alkohole oraz inne bardziej atrakcyjne towary, łącznie z cukrem i mąką. Została kawa zbożowa, cebula, marmolada.

Ale najważniejsze, że na ladzie leżały bochenki chleba, a za ladą stał pan Klimecki.

– Witam szanowną dobrodziejkę! – Ucieszył się na mój widok. – Dawno pani nie widziałem, pani Obrycka.

– Dzień dobry, panie Klimecki. Ja też stęskniłam się za panem. I bałam się, czy tu wszystko w porządku... – powiedziałam, podając mu rękę, lecz tym razem nie był to zwykły gest powitania, ale coś więcej.

– U mnie w porządku – odparł cicho. – A u pani? Mąż wrócił?

– Jeszcze nie...

Wyjaśniłam, jak u nas sprawy wyglądają, i spytałam, czy nie zna kogoś, kto chce odnająć mieszkanie.

Klimecki się zafrasował.

– Chyba nic pani nie pomogę. Niemcy zabrali dla siebie najlepsze lokale, wszystko zajęte.

– Ale ja muszę coś znaleźć! – zawołałam. – Chociaż mały pokoik!

– Powiada pani: pokoik? – Sklepikarz swoim zwyczajem podrapał się po łysinie. – Myślałem, że chodzi o duże mieszkanie. Mały pokoik to może się znajdzie. Ten po Jeleńskim. Jemu już niepotrzebny... Wczoraj przeprowadził się na cmentarz.

– Niemcy go zabili? – spytałam, nie wiedząc, o kim mowa, bo nigdy nie słyszałam o Jeleńskim.

Klimecki pokręcił głową w jakiś zabawny sposób.

– Jeleński był kapelusznikiem, i to jakim! Nawet z Poznania elegantki przyjeżdżały do niego na przymiarki, ale to było za Wilusia, znaczy za cesarza Wilhelma.

– Za cesarza Wilhelma? – zaciekawiłam się, choć na podwórku za sklepem czekał Gudejko z Walentynką i całą furmanką.

– A tak! Pamiętam, że moja babcia chodziła w kapeluszach od Jeleńskiego, takich wielkich, z piórami rajskich ptaków. Potem babcia umarła ze starości, a Jeleński żył i żył. W maju tego roku skończył sto cztery lata!

Klimecki udarł kawałek papieru pakowego i kopiowym ołówkiem zapisał mi adres, pod którym do niedawna mieszkał artysta kapelusznik, urodzony w roku 1835!

– Niech pani wejdzie na pierwsze piętro, tam mieszkają właściciele kamienicy, z nimi trzeba załatwiać – doradził, po czym szarmancko odprowadził mnie do drzwi sklepu.

Walentynka została na furmance, pod opieką Gudejki, a jej mama ruszyła na poszukiwanie dachu nad głową.

Idąc pod wskazany przez Klimeckiego adres, zauważyłam, jak bardzo Samborzewo się zmieniło.

W witrynie księgarni straszył Hitler, wystawiono tam bowiem dwa jego portrety oraz kilkanaście egzemplarzy *Mein Kampf*. Szkoła nie była już szkołą, lecz posterunkiem niemieckiej żandarmerii. Na domach umieszczono tablice z nowymi nazwami ulic. Zamiast więc skręcić z Piłsudskiego w Norwida, skręciłam z Adolf-Hitler-Strasse w Hermann-Goering-Strasse.

Za rogiem napatoczyłam się na jakiegoś młodego mężczyznę w mundurze.

– *Raus! Sie Schweine Pole!** – krzyknął. Do mnie krzyknął!

---

* *Raus...* (niem) – Z drogi, ty polska świnio!

Dopiero po trzech sekundach zrozumiałam, o co mu chodzi – przepisy nakazywały, by Polacy, mijając na ulicy Niemca, usuwali się na brzeg chodnika.

Natychmiast zareagowałam, bo ten szczeniak mógł mnie zepchnąć do rynsztoka, uderzyć w twarz albo zrobić jeszcze coś gorszego. Przeszłam więc brzeżkiem chodnika skulona i spokorniała. W oczach miałam fałszywą uległość, a w duszy pogardę. Pogardę dla bezmiernej głupoty tego Niemca! Jak tysiące innych dał się zmanipulować, uwierzył w wyższość swojej rasy i teraz pławił się w tej wyższości. Był p a - n e m, idiota jeden.

Po incydencie na Norwida zrezygnowałam z wędrówki głównymi ulicami. Skręciłam w pierwszą przecznicę i zaułkami doszłam do kamienicy, w której miałam nadzieję zamieszkać.

Na drzwiach właścicieli tej kamienicy wisiała mosiężna wizytówka z napisem: „TO Łabędź".

Literki T i O nie były rozdzielone kropkami, ale na pewno oznaczały imiona państwa Łabędziów, na przykład Teofil i Olga lub Tadeusz i Oliwia. Tak czy inaczej, napis „TO Łabędź" nastroił mnie optymistycznie, bo z łabędziami zawsze się dogadywałam.

Ofelia (!) Łabędziowa, okrąglutka pani w średnim wieku, nie miała nic przeciwko temu, abym została jej lokatorką.

– Świętej pamięci pan Jeleński był dusza człowiek – mówiła, schodząc ze mną na parter. – Taki zgodny, nikomu niewadzący staruszek, co muchy nie skrzywdzi. Codziennie przychodziła do niego prawnuczka, więc lokal nie jest zapuszczony. Zresztą zaraz sama pani zobaczy.

Cóż... Zobaczyłam zszarzałe ściany z oknami wychodzącymi na podwórko i spróchniałą gdzieniegdzie podłogę. Mieszkanie składało się z korytarza, kuchni i pokoju. W kuchni stały odrapany kredens oraz stół z krzesłami, zaś w pokoju znajdowała się wbudowana we wnękę szafa. Całość nie przekraczała trzydziestu pięciu metrów.

Pomyślałam smętnie, że w Annopolu tyle liczyła nasza sypialnia, najmniejsza z czterech na piętrze. Ale potem przypomniałam sobie słowa cioci Marysi: „Na wozie czy pod wozem, byle razem", uśmiechnęłam się więc do pani Łabędziowej i oświadczyłam:

– Odpowiada mi to mieszkanie. Ile wynosi czynsz?

– Trzydzieści pięć złotych miesięcznie.

Zapłaciłam z góry za dwa miesiące, a właścicielka wręczyła mi klucz. Sprawa załatwiona.

Nie było tak źle, miałam pracę i mieszkanie. Co prawda, ciasne, z ustępem na podwórku, lecz zauważyłam coś, co osłodziło te braki, mianowicie – zamykaną na klucz spiżarnię. Idealne miejsce dla obrazu z modrzewiem!

Poza tym w czasie okupacji małe, pozbawione wygód mieszkanko było o wiele bezpieczniejszym schronieniem niż jakiś luksusowy apartament.

◈

W ciągu kilku dni urządziłam się na nowych śmieciach.

W pokoju stały teraz przywiezione z Annopola meble: łóżko, nieduży stół z krzesłami, leniwiec, drugi, mniejszy fotel, cichy służący i etażerka. Na podłodze leżał gruby dywan, w oknie zawisła firanka.

Kuchnia prezentowała się trochę gorzej, lecz zrobiłam, co mogłam. Plamy na ścianach zasłoniłam dużym lustrem oraz akwarelkami przedstawiającymi ptaki. Na kuchennym stole położyłam ceratę w różowo-białą kratkę, postarałam się nawet o wazon z astrami w tych samych kolorach.

Tak więc dwie obskurne izby zamieniłam w dość wygodne i przytulne gniazdko.

Niestety to była tylko moja opinia. Inni mieli obiekcje.

– Jutro przeprowadzasz się do nas – oświadczyła Wysocka, gdy zaprosiłam ją na herbatę i pokazałam mieszkanie. – Bezdyskusyjnie.

– Dziękuję, Bibi, ale nie ruszę się stąd.

– Chyba nie wiesz, co mówisz – jęknęła.

– Wiem, co mówię, i wiem, co robię. Na takie mieszkanie Niemcy się nie połaszczą...

W powietrzu zawisła sugestia, którą Bibi odczytała bez trudu.

– Chcesz powiedzieć, że na mój dom mogą się połaszczyć?

– Tak! I radzę ci z całego serca: wyprowadźcie się z Ogrodowej!

Przez chwilę patrzyła na brudną ścianę, a potem zacisnęła usta i powoli pokręciła głową w bezgłośnym: „Nie, nie i jeszcze raz nie!".

Znałam moją przyjaciółkę, wiedziałam więc, że nawet jeśli uklęknę teraz przed nią, to zdania nie zmieni.

Także Walentynce nie podobało się nowe mieszkanie.

Czyściłam kuchenny zlew, kiedy córka nagle objęła moją nogę i oznajmiła:

– Mama, ja chcę wrócić do domu.

– Tu jest nasz dom, kochanie, innego nie mamy – powiedziałam, opłukując ręce, bo czułam, że zanosi się na dłuższą rozmowę.

– Mamy dom! – upierała się. – W Annopolu!

– W Annopolu mieszka teraz pan Bruggen, mówiłam ci.

– To poszukaj innego domu, bo ten jest niedobry. Nie ma łazienki!

Spojrzałam w stronę spiżarni. Tam wisiał modrzew i tamtędy wchodziło się do łazienki z wanną, z prysznicem oraz oknem, z którego widać było dwudziesty pierwszy wiek.

Ta paradoksalna sytuacja wydała mi się komiczna, zaczęłam więc głośno chichotać, co niestety rozdrażniło Walentynkę. Raptem jej oczy zapełniły się łzami.

– W ustępie na podwórku brzydko pachnie! Ja nie chcę tam choo...dzić! – zapłakała, a właściwie to rozdarła się histerycznie.

– Kochanie, nie musisz chodzić do ustępu – powiedziałam ugodowym tonem. – Mamy nocnik!

– I ty wyniesiesz, mama?

– Tak, wyniosę – odparłam, przemilczając to, że wyniosę do swojej pięknej łazienki.

Potem wzięłam Walentynkę na obie ręce, jak małego dzidziusia, i zaczęłam jej opowiadać bajkę o szczęśliwej dziewczynce, która mieszkała w malutkim pokoiku z trzema kotami i jednym psem.

– Domyślasz się, jak miał na imię ten pies? – spytałam.

Moja córka zrobiła śmieszną minkę i dała taką odpowiedź, jakiej oczekiwałam:

– Miał na imię Pan Pies. I co było dalej, mama?

– Pewnego listopadowego dnia...

Nagle ktoś zapukał do drzwi, więc zakończyłam zdanie zgodnie z okolicznościami:

– ...ktoś zapukał do drzwi. Chodź, Walentynko, zobaczymy, kto nas odwiedził.

Za drzwiami ujrzałam upozowaną artystycznie grupę, coś jakby żywy obraz.

Centralną postacią „obrazu" była matrona trzymająca tacę, na której znajdowało się sześć szklanych miseczek z kisielem. Pod tacą stała dziewczynka w wieku Walentynki, z tyłu zaś, zza spódnicy kobiety, wychylały się dwie chłopięce główki.

– Dzień dobry – odezwała się matrona. – Jestem Lusia Tarnowska, sąsiadka spod dwójki, a to moje wnuki: Tola, Felek i Piotruś.

– Dzień dobry, serdecznie zapraszam.

Żywy obraz przesunął się do pokoju, nie zmieniając konfiguracji postaci, aż do chwili, kiedy taca została postawiona na stole. Wtedy nastąpiła dalsza część prezentacji, wszyscy wszystkich poznali i zaczęło się spotkanie towarzyskie przy kisielu.

Dzieci razem z psami siedziały na dywanie, zaś ja z nowo poznaną sąsiadką – przy stole. W pokoju zrobiło się tak ciasno, głośno i wesoło, że kocica wymaszerowała do kuchni.

– Prawdę rzekłszy, to wiedziałam, jak się pani nazywa – zagaiła Tarnowska. – W Samborzewie ludzie znają Obryckich. Klimecki mówił, że pani mąż z wojny nie wrócił.

– Jeszcze nie. A pani mąż?

– Już nieboszczyk. Zmarło mu się cztery lata temu...

Tarnowska zjadła trochę kisielu, a następnie opowiedziała mi o zmarłym mężu, który był kolejarzem i hodował rybki akwariowe, o synu Sewerynie, który szczęśliwie wrócił z wojny, i o jego żonie, Madzi.

– Seweryn uczył geografii w naszej szkole, teraz u Niemca robi jako robotnik szosowy, a synowa jest pomywaczką w restauracji.

– W Niespodziance? – spytałam.

– Tak, ale Niemcy zdjęli polski szyld i powiesili swój: *Das grüne Haus**, a na drzwiach napisali: *Nur für Deutsche***.

Ostatnie słowa spowodowały, że zerwałam się od stołu, mówiąc:

– Poczęstuję panią taką kawą, jakiej żaden Niemiec dziś w Samborzewie nie wypije!

– Pani Anno, pani sobie kłopotu nie robi...

Pani Anna uśmiechnęła się serdecznie, po czym zniknęła w kuchni. Dokładniej mówiąc, przeszła przez kuchnię, zamknęła się w spiżarni i tam naprawdę zniknęła.

Kilka minut później wróciłam do pokoju z tacą zastawioną jak na wojenne czasy po królewsku oraz z obawą, czy nie wyjdę na osobę, która popisuje się zamożnością.

---

* *Das grüne Haus* (niem.) – zielony dom.
** *Nur für Deutsche* (niem.) – tylko dla Niemców.

– Wczoraj odwiedziła mnie pani Wysocka i przyniosła tyle łakoci, że same z Walentynką nie damy rady ich zjeść – powiedziałam, stawiając na stole paterę z ciastkami, a także dwie filiżanki wybornej kawy oraz cztery kubki kakao. – Musicie nam pomóc.

Córka rzuciła w moją stronę trochę zdziwione spojrzenie, ale nie odezwała się ani słowem. Mądre dziecko.

– Ludzie powinni sobie pomagać. – Tarnowska się zaśmiała i bez ceregieli zaczęła nakładać pączki oraz kawałki sernika na talerzyki, a potem zawołała: – Dzieciarnia! Do mnie!

Okrzyk właściwie nie był potrzebny, bo rzeczona dzieciarnia już czekała przy stole w kolejce. Walentynka ustawiła się jako trzecia, między Tolą a Piotrusiem.

I w tym momencie wpadła mi do głowy pewna myśl, którą wyjawiłam pół godziny później, gdy sąsiedzka wizyta dobiegała końca.

– Pani Lusiu, niech pani jeszcze chwilę zostanie – poprosiłam. – Chcę o coś zapytać. Pojutrze zaczynam pracę w Annopolu i nie mam z kim zostawić dziecka. Może pani by...

Tarnowska nie ociągała się z odpowiedzią.

– Czemu nie? Chętnie wezmę paniną Walentynkę pod skrzydła. Trójka czy czwórka to dla mnie żadna różnica.

– A jak się rozliczymy?

– To już według pani uznania – odparła.

Wiedziałam, że w Samborzewie robiło się głodno. Wciąż napływali do nas nowi Niemcy i to oni mieli pierwszeństwo w zaopatrywaniu się w żywność. Polaków obowiązywało

zarządzenie zezwalające im wejść do sklepu spożywcze-
go dopiero po godzinie drugiej, gdy na półkach zostawały
marne resztki.

O takie produkty jak cukier, jajka, sery czy mleko było
więc coraz trudniej... a banknoty są niejadalne.

– Może odwdzięczę się pieniędzmi i mlekiem? – zaproponowałam.

– O! Mleko bardzo by się przydało – westchnęła Tarnowska. – Tylko skąd pani je weźmie?

– Z Annopola.

– Legalnie? – zdziwiła się.

– Będę szmuglowała – odpowiedziałam, uśmiechając się
jak sprytny lisek.

༺∾༻

W czwartek pojawiłam się w Annopolu pół godziny
przed czasem, ponieważ po drodze zabrał mnie woźnica
Pujanek, który wracał do folwarku z pustymi konwiami.

– Pani Obrycka, po co ma pani drałować na piechotę –
rzekł, kiedy wspinałam się na furmankę. – Ja codziennie
odwożę bańki z mlekiem do mleczarni, to co mi szkodzi
brać panią nazad, do majątku.

– Dziękuję, panie Pujanek, chętnie skorzystam.

– To jutro świeżą derkę położę na koźle, żeby pani się
nie upaprała. – Pujanek spojrzał z szacunkiem na mój granatowy płaszcz, świsnął w powietrzu batem i ruszyliśmy
z miejsca w akompaniamencie pobrzękujących za naszymi
plecami konwi.

Gdy pokazał się Annopol, przypomniałam sobie dzień
ślubu i chwilę, kiedy pierwszy raz podjechałam pod dwor-

ską bramę. Wtedy padał śnieg, siedziałam w landzie, tulona przez Olka, szczęśliwa i podekscytowana nowym życiem. Teraz były wojna i furmanka, którą przyjechałam do pracy u jakiegoś von Niemca, a najgorsze, że od dawna nikt mnie nie tulił.

Co jednak mogłam zrobić?

Przestać markocić i zeskoczyć z furmanki.

Podziękowawszy Pujankowi, poszłam prosto do kancelarii w oficynie, ale drzwi były zamknięte. Nie pozostawało nic innego, jak iść do dworu po klucz.

– Pani Obrycka! Dzień dobry! – Wandzia ucieszyła się na mój widok. – Obie z kucharką czekamy na panią, w bibliotece już napalone, a kawę zaraz przyniosę.

– Wandziu! Oprzytomnij! – odezwałam się głośnym szeptem, potrząsając ją za ramię. – Ja tylko przyszłam po klucz do kancelarii.

– Ach, racja! – Pokojówka złapała się za głowę. – Pani nic nie wie! Kancelaria jest teraz w bibliotece, bo ten Bruggen tak zarządził, a w oficynie mieszka nowy administrator.

– Kto?

– Niemiec, nazywa się Hubert Foergen, ale Celińska mówi o nim: „Guten Morgen".

– A Bruggen gdzie? – spytałam, zdejmując płaszcz.

– Jeszcze śpi, z Oskarem.

– Ma kochanka?

Wandzia roześmiała się znacząco, po czym spojrzała na mój „służbowy mundurek" (granatowy kostium, biała bluzka, pod szyją aksamitka zawiązana na kokardkę).

– Szykownie pani wygląda! – pochwaliła. – Nawet w wojnę!

Wesołość Wandzi dobrze na mnie podziałała, bo ni stąd, ni zowąd stanęłam na baczność i salutując, zameldowałam:

– Dziękuję, panie sierżancie. A teraz w celach szpiegowskich odmaszeruję na posterunek.

To, oczywiście, był żart, taki poranny, do kawy.

Na środku biblioteki stało obce biurko, na którym znalazłam list od pracodawcy. Rudolf von Bruggen objaśniał w nim, co mam dzisiaj przetłumaczyć, przejrzeć, napisać. Same nudy. Jedynie postscriptum przeczytałam z zainteresowaniem:

Wszystkie należące do Pani rzeczy znajdują się na strychu, łącznie z książkami. Na pani życzenie zostaną odwiezione pod wskazany adres.

Hmm... Doceniłam ten gest, szczególnie dotyczący książek. Wiedziałam, że za miesiąc zacznie się konfiskowanie polskich księgozbiorów. Nasza kultura była pierwszą rzeczą, jaką Niemcy chcieli zabić, bo to bardzo ułatwia niszczenie narodu.

Z powyższych względów zabranie książek wydało mi się ryzykowne. Niech leżą cichaczem pod niemieckim dachem i czekają na lepsze czasy.

Następne godziny minęły na monotonnej papierkowej dłubaninie, którą urozmaiciły dwa wydarzenia.

O jedenastej, gdy Wandzia przyniosła drugie śniadanie, od razu złapałam tacę i przeniosłam się do kuchni.

– Czułam, że pani o tej porze do mnie zajdzie. – Celińska przerwała zmywanie, po czym długo wycierała ręce, by ukryć wzruszenie. – Stęskniłam się, co tu kryć... – Wierzchem dłoni otarła policzki, ale łzy kapały dalej.

– Pani Felicjo... – Głos mi uwiązł w gardle. – Ja też!

Później usiadłyśmy do wspólnego śniadania. Dowiedziałam się, że Bruggen nie jest taki zły. Jedzenie chwali, a do kuchni w ogóle nie zagląda.

– Za nisko tu dla niego. Rozumie pani?

– Tak.

Drugim wydarzeniem była rozmowa służbowa.

Bruggen przyszedł do biblioteki razem z Oskarem, który na powitanie polizał mnie po ręce. Inaczej nie umiał okazać sympatii, ponieważ należał do psiego rodu (ach, ta Wandzia!).

Jego pan też zachowywał się nad wyraz uprzejmie. Zapytał nawet, gdzie mieszkam i czy moje dziecko jest zdrowe.

Odpowiadałam grzecznie na pytania, uśmiechałam się, lecz ani na moment nie zapomniałam, że ten mężczyzna w klapie marynarki nosi odznakę NSDAP.

O godzinie trzeciej skończył się mój pierwszy dzień pracy, który upłynął o wiele przyjemniej, niż się spodziewałam. Oczywiście największa była w tym zasługa Felicji i Wandzi, lecz Bruggenowi też nie mogłam niczego zarzucić. Nowy pracodawca zachował się całkiem przyzwoicie, a jego pies kilkoma liźnięciami oraz poczciwym spojrzeniem z miejsca zdobył moją sympatię.

Poza tym dobrze było siedzieć przy biurku w bibliotece, bo wystarczyło przymknąć oczy i już widziałam Olka z gazetą na leniwcu albo na kanapie. Ze mną.

∿

Przy biurku naczelnika stacji stało inne krzesło, duże, z półkolistym oparciem. Naczelnik Jacob Rittgen mieścił się na połowie tego krzesła, bo był chudy jak szczapa.

Rittgen poświęcił Dominikowi trzy minuty swojego cennego czasu, ale nie można powiedzieć, że zachowywał się nieuprzejmie.

W pierwszej kolejności rzucił okiem na przyniesione przez Dominika papiery z Arbeitsamtu, później zapytał po niemiecku:

– Praca zwrotniczego panu odpowiada?

– Tak.

– To jutro od rana może pan zacząć. Dyżurny ruchu przydzieli panu okręg nastawczy. Wszystko.

Ostatnie słowo zakończyło rozmowę, Dominik, pożegnawszy się, ruszył do drzwi i wtedy za plecami usłyszał ciche:

– *Herr* Polanisz... jeszcze coś...

– Słucham.

– Ja wiem, że przedtem pan tu był naczelnikiem.

W oczach Niemca Dominik zobaczył błysk zwykłej kolejarskiej sympatii. Po sekundzie błysk zgasł, Rittgen z hałasem otworzył szufladę i udawał, że czegoś w niej szuka.

Dominik zawahał się: podziękować uśmiechem i wyjść czy pociągnąć Rittgena za język?

Zdecydował się na to drugie. Szybko podszedł do biurka.

– A czy wie pan, że siedziałem w więzieniu... jeden dzień?

Naczelnik zostawił szufladę w spokoju i uniósł głowę.

– Słyszałem o tym. Było, minęło – sapnął jakoś dziwnie.

– Proszę już iść.

– Dziękuję. Do widzenia.

Wychodząc z dworca, Dominik powtarzał sobie w myśli: „Było, minęło. Było, minęło". Co Niemiec chciał przez to powiedzieć? Czy słowo „minęło" może znaczyć: „Nie bój się, drugi raz cię nie wezmą?".

Po wizycie u naczelnika Dominik poszedł na cmentarz, odwiedzić kolegów.

Nastawniczy Różański, telegrafista Żak i maszynista Kaczmarek leżeli w różnych alejkach, ale dość blisko siebie.

Marian Różański
*15 V 1900 +1939
Pokój jego duszy

Wiktor Żak
ur. 1911 zm. 1939
Ave Maria

Leon Kaczmarek
*1885 +1939
Czeka tu na zmartwychwstanie

Na tabliczkach nie było napisane, że zginęli w obronie dworca, to znaczy w obronie ojczyzny. Nie mogło być napisane. Niemcy wszędzie węszyli.

Grób Różańskiego znajdował się w samym rogu cmentarza, przy kamiennym murze. Dominik pomyślał, że to bardzo dobre miejsce, zaciszne, trochę odosobnione. Nastawniczy ma tu spokój, na jaki zasłużył...

Nagle w wyobraźni Dominika pojawiła się sterta ciał leżących na dziedzińcu inowrocławskiego więzienia. Ten obraz wciąż go prześladował, tak jak inne straszne sceny z nocy w więzieniu. Najgorsze było wspomnienie krzyku katowanych ludzi, bo w nim słychać głębię cierpienia, którego obraz pokazać nie może.

Dominik długo spacerował po cmentarzu, uważnie czytając napisy na płytach nagrobnych, oglądając drzewa, licząc kupki zgrabionych liści. Wszystko po to, by przegonić z głowy widmo tamtej nocy. W końcu udało się, nie wiedział na jak długo, ale się udało.

Gdy szedł w kierunku bramy cmentarnej, zauważył, że przy mogile telegrafisty Żaka klęczy teraz jakaś zapłakana kobieta, pewnie żona. Patrząc na jej drgające od spazmów plecy, poczuł się bardzo samotny, bo na całym świecie nie było ani jednej osoby, która tak płakałaby nad jego grobem.

Ale o to Dominik mógł mieć pretensje wyłącznie do siebie.

∾

W następnych dniach zaczęłam przyzwyczajać się do nowych, nielekkich, obowiązków. Prawdę mówiąc, to jeszcze nigdy nie było mi tak ciężko.

O szóstej rano dzwonił budzik i wcale nie żartował. Nie mogłam przewrócić się na drugi bok albo z zamkniętymi oczami zgadywać, co pani Felicja poda na śniadanie: maślane bułeczki czy rogale z konfiturą.

Prawą ręką wyłączałam budzik, lewą odgarniałam kołdrę i od tego momentu liczyło się tempo.

Najpierw – napalić w piecu. Gdy bryłki węgla powoli się rozżarzały, zostawiałam niedomknięte drzwiczki pieca i zabierałam psy na półgodzinny spacer (listopad, siódma rano, dokucza chłód, pada deszcz, ewentualnie wieje silny wiatr).

Po spacerze:

nakarmić psy i kota,

dać śniadanie rozespanej Walentynce i odprowadzić ją do Tarnowskiej,

zadbać o swój wygląd,

biegiem do mleczarni, gdzie czekała furmanka Pujanka.

Później wiele godzin pracy u Bruggena oraz powrót piechotą do Samborzewa.

Kilometr przed miasteczkiem znajdował się punkt kontrolny niemieckiej żandarmerii. Każdy, kto tędy przechodził, musiał pokazać, co niesie w torbie, teczce czy koszyku. Żandarmi szukali głównie mięsa i jajek. Jeśli coś znaleźli, to z wrzaskiem odbierali żywność, a złapany na szmuglu delikwent dziękował Bogu, że tylko na tym się skończyło.

Moja torba nieodmiennie budziła zdumienie żandarmów, ponieważ wypchana była pogniecionymi egzemplarzami gazety „Kujawischer Bote" i niczym więcej. Nie obawiałam się więc rewizji, ale kto lubi, gdy obce łapy grzebią mu w torbie?

W domu nie czekał na mnie obiad z deserem i kawką, lecz dalszy ciąg harówki, tym razem za modrzewiem.

2011

W Toruniu musiałam ugotować obiad i jedzenie dla psów,
zrobić zakupy,
nastawić pranie,
skoczyć do piwnicy po wiaderko węgla.
Z tym węglem to była cała heca.

Od pół wieku mieszkańcy mojej kamienicy przy Słowackiego korzystali z dobrodziejstwa kaloryferów i nikt węgla nie kupował... aż do jesieni 2011 roku.

Czwartego listopada pod dom podjechała wywrotka, która przywiozła zamówiony przeze mnie węgiel. I od razu zrobiła się sensacja!

Najpierw sąsiadka z parteru, Sylwia, wychyliła się z okna, krzycząc na całą ulicę:

– Anka! Po cholerę ci ten węgiel?

– Lokata kapitału – odpowiedziałam głupio. – Nie słyszałaś, że węgiel to czarne złoto?

Sylwia popukała się palcem w czoło, ale minę miała dziwnie zafrasowaną.

Znoszenie węgla do piwnicy odbywało się już przy pełnej widowni. Dwaj mężczyźni, którzy przyjechali wywrotką, biegali z wiadrami, a moi sąsiedzi śledzili tę pracę zza lekko odsuniętych firanek, zapewne myśląc, że Duszkowska zbikowała albo... wie o czymś, o czym oni nie wiedzą.

W pewnej chwili przed domem zatrzymało się volvo chirurga Malego Yattary, który też mieszkał w naszej kamienicy. Mali wysiadł z auta prosto na mnie.

– Co się dzieje? – zapytał. – Będą nam kaloryfery odłączali?

– Nie, Mali. Ja tylko... – bąknęłam, nie mając pojęcia, jak skończę to zdanie. – Ja potrzebuję brył węgla do rzeźbienia główek, wiesz... takie carbo art...

– To zacznij od mojej główki, idealnie się nadaje – zażartował, wchodząc do bramy.

1939

Gdy wiadro węgla zostało przyniesione i wszystko inne zrobione, nareszcie mogłam odebrać Walentynkę, a przy okazji wręczyć Tarnowskiej obiecane mleko (uprzednio przelane z kartonów do kanki) oraz jakąś dodatkową zdobycz – a to sześć jajek, a to kawałek boczku lub trochę cukru.

Pani Lusia przyjmowała każdą paczuszkę z wdzięcznością, bez niepotrzebnych obiekcji, bo przecież Walentynka miała u niej opiekę wraz z wiktem.

Potem, jeszcze przed godziną policyjną, musiałam wyjść z psami i to był ostatni obowiązek dnia. Wieczorem mogłam odpocząć, przygotować się psychicznie do następnego dnia oraz rozmyślać, jak by wyglądało moje życie, gdybym nie miała modrzewia.

∾

Ślęczałam nad papierami, gdy otworzyły się drzwi i do biblioteki wpadła Wandzia.

– Miodyński przywiózł pocztę i jest list od pana Obryckiego! – krzyknęła.

W tym samym momencie na biurko wskoczyła łasiczka. Wyglądała nieco śmiesznie, bo na uszach miała malutką czapkę listonosza. Rzuciła tę czapeczkę pod sufit, zaś sama zaczęła się turlać między skoroszytami, niczym puszysty złoty wałeczek.

Wandzia nie widziała łasiczki, nie pojmowała więc, dlaczego jeszcze nie wyjęłam listu z koperty.

– No dalej! Niech pani przeczyta! – ponagliła mnie.

Pierwsze zdanie listu było cudowne, a drugie – zaskakujące:

Aniu, moja najdroższa, jestem cały i zdrów.
Teraz mieszkam w Bremie.

Szybko przebiegłam wzrokiem tekst.

Mój mąż walczył pod Kutnem, gdzie pod koniec września dostał się do niewoli. Niemcy zamknęli go w obozie przejściowym, a po kilku tygodniach wywieźli na roboty przymusowe w fabryce dywanów w Bremie.

Ze względu na cenzurę Olek zrelacjonował to wszystko innymi słowami, trochę tak, jakby pisał list z wakacji, podczas których postanowił dorobić sobie w fabryce dywanów.

W liście nie było nic o miłości, tęsknocie czy innych uczuciach. Rozumiałam to. Mój mąż nie chciał, aby niemiecki cenzor, pewnie jakiś faszysta, czytał o najważniejszych dla nas sprawach. Znalazłam jednak pewien zaszyfrowany, przeznaczony wyłącznie dla mnie, fragment:

Śniło mi się, że rano przed śniadaniem dałem ci zegarek. To był piękny sen.

„Był piękny, kochanie. I jeszcze nieraz się powtórzy" – pomyślałam, składając kartkę na pół.

– Pan Obrycki zdrowy? Przyjedzie? – Wandzia przypomniała mi o swojej obecności.

– Zdrowy, ale nie przyjedzie. Pracuje w fabryce dywanów, przymusowo.

– Gdzie ta fabryka?

– W Bremie – odparłam. – Chodź, Wandziu, do kuchni, opowiemy wszystko pani Felicji.

Idąc przez hol, myślałam o poczcie przy Blumenstrasse i o moim berlińskim modrzewiu. Ciągle był dostępny. W każdej chwili mogłam w cudowny sposób przenieść się do Berlina, tylko co by to dało? Nic.

Nie miałam takiej mocy, aby wyrwać Olka z fabryki i przywieźć go do domu.

∞

Paczki wysyłane do Polaków pracujących w Rzeszy były przeglądane i okradane z co cenniejszej zawartości, takiej jak sucha kiełbasa, konserwy mięsne, czekolada i kakao. W związku z tym Anna Obrycka wysłała swojemu mężowi nieduży karton, do którego włożyła ciepłą, acz mocno zniszczoną odzież, dwa kilogramy lichego proszku do prania oraz naiwnym stylem napisany list:

Kochany Olku,

Obie z Walentynką jesteśmy zdrowe i dobrze sobie radzimy.

Przeprowadziłyśmy się do Samborzewa, do kamienicy blisko dworca (ulica Kolejowa 10 m. 1). Pracuję teraz jako sekretarka u pana Rudolfa von Bruggena, w Annopolu. W pracy t r z e b a być o dziewiątej.

Walentynkę odprowadzam do sąsiadki. Jeść mamy co, porobiłam różne zapasy, wszystko dobrze zorganizowałam.

Wysyłam ci paczkę z ubraniem.

Pujanek odwozi do Samborzewa mleko, więc jeździmy razem.

Kuchnię mam całkiem wygodnie urządzoną. W spiżarni trzymam ziemniaki. Niczego nam nie brakuje, nawet proszku do pieczenia. W piwnicy mam dwie tony węgla i drewno. Tran, który kupiłam dla Walentynki, jest dobrej marki, mała przełyka go bez krzywienia się.

Pani Hektorowa z Lulą i Krzysiem zostały w Wierzbińcu. Jerzy jest w oflagu, zdrowy. U Duszkowskich, Wysockich, Celińskiej i Wandzi wszystko dobrze.

Rawiczowie jeszcze się nie odezwali.

Ciotka dalej mieszka w swoim boksie, pan Bruggen pozwolił, aby została. Muszę tylko płacić za jej utrzymanie. Psy i kocica są ze mną. Bajce bardzo podoba się, że mieszkamy blisko dworca, to dla niej teraz najważniejsze miejsce na świecie. I dla nas też.

Pozdrawiamy Cię i ściskamy

Ania i Walentynka

PS Kupiłam kilka motków włóczki, bo uczę się robić swetry na drutach. Na razie nie mam wprawy, co dziewiąte oczko spada mi z drutów. Czasem wszystko muszę spruć i trzeba zacząć od początku, t r z e b a!

A.

Spreparowanie tego listu było niezłą łamigłówką, ponieważ musiałam zaszyfrować pewną wiadomość, jednak w taki sposób, by Olek mógł ją odczytać.

Oto co wymyśliłam.

Po pierwsze – mój mąż od razu zauważy, że list jest w połowie jakiś głupawy, i to będzie sygnał: „szukaj ukrytej informacji".

Po drugie – wyraz „trzeba" nie bez powodu został dwa razy wyróżniony.

Po trzecie – robienie swetrów na drutach nie leży w naturze żony Aleksandra Obryckiego, ona wolałaby rąbać drwa, toteż postscriptum zostanie dokładnie przeanalizowane.

Miałam nadzieję, że wynik tej analizy będzie następujący:

„Co dziewiąte oczko spada mi z drutów" – czyli: czytaj co dziewiąty wyraz!

Czytanie listu tą metodą nic nie da, więc Olek jeszcze raz zastanowi się nad postscriptum:

„(...) trzeba zacząć od początku, t r z e b a!" – to znaczy: początkiem informacji jest wyraz „trzeba".

W tym momencie wszystko będzie jasne, mój mąż dowie się, że:

„Trzeba jeść. Wysyłam mleko w proszku i marki".

A jeśli Olek nie złamie szyfru, to też żadne nieszczęście. Któregoś dnia odkryje, że w firmowych torbach z napisem „Soda do prania" jest mleko w proszku, zaś na dnie każdej torby leżą zapakowane w folię banknoty. Razem tysiąc marek.

~❦~

Wyrzucałam popiół do śmietnika, a Walentynka kręciła się po podwórku, blisko drzwi warsztatu szewskiego, który znajdował się w oficynie. W pewnej chwili, nie pytając mnie o zgodę, nacisnęła klamkę i weszła do środka. Z rozbawieniem pomyślałam, że moje dziecko przestaje być prowadzonym za rączkę maleństwem i samo organizuje sobie życie towarzyskie.

Odczekałam pięć minut, a później, gdy umilkł stukot szewskiego młotka, zbliżyłam się do drzwi. Ściślej mówiąc, to przyłożyłam ucho do tych drzwi.

W środku odbywał się popis recytatorski:

Jestem szewczyk na dorobku
mam sto butów na warsztacie;
Hej, panowie! słudzy, chłopku!
Próżno grosza nie wydacie.
Robię mocno, to mą chwałą,
Oj! ja dratwy nie żałuję:
Możesz hasać przez noc całą
A mój but się nie rozpruje [...]*.

---

* S. Jachowicz *Upominek...*, op. cit.

Nasz szewc nie był szewczykiem na dorobku, ale spodobał mu się wierszyk Walentynki, bo na zakończenie dał brawo. Uznałam, że to dobry moment, by dołączyć do towarzystwa.

– Dzień dobry, panie Ulman.

– ...dobry – odpowiedział po swojemu, to znaczy cicho i niewyraźnie.

Pan Joachim Ulman, nasz sąsiad z parteru, był mężczyzną chorobliwie małomównym, poza tym na wszystko patrzył jakby z boku, ponieważ głowa opadała mu w stronę prawego barku.

Kilka dni wcześniej Tarnowska wyjaśniła mi, dlaczego ten człowiek prawie w ogóle się nie odzywa.

– Ulman jest słaby na umyśle – szepnęła, gdy obie obserwowałyśmy go przez okno. – Ale taki się zrobił dopiero po wypadku, jak spadł ze schodów. Przedtem był mądry.

– A szewc z niego dobry?

– O, bardzo dobry! Klientów mu nie brakuje, pani Anno, tyle że płacą żonie, bo on na pieniądzach przestał się rozumieć.

Wracam do warsztatu.

Gdy weszłam, pan Joachim mruknął swoje: „...dobry", po czym przeniósł spojrzenie z powrotem na Walentynkę, która świetnie się tu czuła.

– Mogę powiedzieć jeszcze jeden wierszyk, chce pan? – spytała.

Mężczyzna wyraźnie chciał, więc córka kontynuowała występ:

Zamiast kwiatków, zamiast wstążki
kupowała Wandzia książki,
ale żadnej nie czytała;
Ot tak tylko, byle miała [...].

Leciał wierszyk za wierszykiem, szewc w przerwach klaskał, a ja rozglądałam się po warsztacie, w którym pachniało skórą, klejem oraz palącym się w małym piecyku drewnem.

W głębi, na półkach stały buty: wysokie, zwane szklankami, oficerki, damskie botki, sznurowane, dziecięce buciki, a najwięcej było zwykłych, mocno znoszonych półbutów.

Przy oknie znajdował się solidny stół z szufladami. Na jego blacie leżały szydła, prawidła, gwoździki, gładziki, zelówki, fleki, podeszwy i szewcy wiedzą co jeszcze.

Wśród kłębków dratwy zauważyłam wyrzeźbionego w drewnie łabędzia, który z dzioba wydał mi się podobny do pani Ofelii Łabędziowej. Zaciekawiona, podeszłam bliżej i raptem łabędź przestał mnie interesować, bo przez szybę zobaczyłam coś niepokojącego.

Od strony ulicy na podwórko wszedł robotnik kolejowy, który mieszkał w oficynie naszej kamienicy. Był brudny i sterany pracą, jednak miał jeszcze dość siły na głupie żarty albo na zrobienie czegoś gorszego. Podszedł bowiem do okna mojej kuchni, capnął siedzącą na parapecie Panią Kotkę i zabrał ją do swojego mieszkania.

Kilka sekund później pukałam już do jego drzwi, a gdy otworzył, odezwałam się ostro:

---

* S. Jachowicz *Wandzia*, w: *Upominek...*, op. cit., s. 9.

– Przyszłam po kotkę!

– Nie rozumiem.

– Niech pan nie udaje! Przed chwilą widziałam, jak pan ją zabrał z okna!

Facet spojrzał na mnie z wysokości swojego wzrostu i z jakimś rozbawieniem.

– Pani zawsze tak krzyczy?

– Nie! Tylko we wtorki! – wrzasnęłam. – Proszę o zwrot kota!

– Pracuję jako zwrotniczy, ale zwrotami kotów się nie zajmuję – powiedział spokojnie. – Sierotki nie oddam.

– To nie jest sierotka. Ona ma dom!

– Niech pani poczeka – westchnął z rezygnacją. – Przyniosę kota.

Zniknął w głębi swojego pokoju, a ja sapnęłam z zadowolenia, które... krótko trwało, bowiem po chwili trzymałam w rękach obcą czarną kocinę ze złotymi oczami!

– Przepraszam pana, pomyliłam się – bąknęłam, stawiając zwierzaka na progu. – Nie wiedziałam, że pan mieszka z kotem.

– Nazywa się Sierotka.

– A ja Anna Obrycka. – Podałam mu rękę z przyjaznym uśmiechem.

– Polanisz... Dominik.

W tym momencie uważniej przyjrzałam się temu mężczyźnie i zauważyłam dwie rzeczy: że jest przystojny (bardzo) i że nad prawą skronią ma pasmo siwych włosów.

❦

Była już godzina policyjna, gdy usłyszałam pukanie. Na palcach, w asyście Bajki, Tona oraz Muszki, zbliżyłam się do drzwi.

– Kto tam?

– To ja.

Głos należał do Lusi Tarnowskiej, która, jak się okazało, przyszła z zaproszeniem.

– Pani Anno, pani zajdzie do mnie, mamy świeże płotki na kolację.

– Ale Walentynka już śpi...

– To niech ją pani przeniesie do łóżeczka Toli, zmieszczą się obie.

– Dobrze, zaraz przyjdę.

Walentynka nawet nie zauważyła przenosin. Ułożyłam ją obok Toli, otuliłam kołderką i... na płotki!

W kuchni Tarnowskich było ludno i gwarno. Pani Lusia z Madzią oczyszczały z łusek ostatnią partię rybek, Seweryn zaś siedział na parapecie i przez lornetkę obserwował patelnię ze smażącymi się płotkami oraz stojącego przy patelni Polanisza, którego poznałam trzy godziny wcześniej.

Gdy stanęłam w progu, lornetka została skierowana w moją stronę.

– Widzę rozbitka! Dominik, rzucaj koło ratunkowe! – zawołał Seweryn.

Polanisz, zamiast koła, rzucił mi krótkie:

– Ahoj!

– Ahoj – powiedziałam wszystkim, podchodząc do stołu, na którym leżały surowe rybki oraz mnóstwo łusek.

– Już kończymy tę brudną robotę – odezwała się Tarnowska. – Zaraz chleba nakroję i będzie kolacja.

– To może ja nakroję?

– Chleb jest w kredensie po prawej. – Wskazała mi szafkę, po czym zwróciła się do syna: – A ty przestań bawić się lornetką, złaź z okna i zrób herbatę.

– Mamo, ja się nie bawię lornetką, ja się z nią żegnam! – Seweryn, odkładając lornetkę, pocałował ją w komiczny sposób, a potem sprawdził, ile herbacianej esencji jest w dzbanuszku.

Domyśliłam się, że Tarnowski musi odnieść swoją lornetkę na posterunek żandarmerii, ponieważ Niemcy pod rygorem surowych kar kazali oddawać broń, odbiorniki radiowe, aparaty fotograficzne, rowery, maszyny do pisania i nawet lornetki. Za posiadanie broni lub radia groziła kara śmierci.

– Jutro ją pan oddaje? – spytałam cicho, bo oboje staliśmy przy kredensie.

– Tak.

– Trudno, po wojnie kupi pan sobie drugą.

– Ale tę dał mi ojciec – westchnął. – Za maturę.

– To może ja ją przechowam? Mam najlepszą kryjówkę na świecie.

Wtem do rozmowy wtrąciła się Madzia (Długie Ucho).

– Przy rewizji Niemcy wszystko znajdą. Podobno odrywają nawet deski od podłogi.

Wytłumaczyłam im, że moja kryjówka jest bezpieczna, poza tym nic nie ryzykuję, bo to nie u mnie w domu.

– A gdzie? – zaciekawiła się pani Lusia.

– Tam, gdzie nie ma wojny – powiedziałam wesoło.

– To chyba na dnie Bałtyku – mruknął Polanisz, zestawiając patelnię na brzeg pieca, po czym ogłosił: – Kolacja gotowa!

Stół został szybko uprzątnięty, nakryty obrusem w pomarańczowe kwiatki i wraz z lornetką zasiedliśmy do uczty.

– Ulmanowa twierdzi, że wojna skończy się ósmego grudnia – tajemniczym tonem oświadczyła Tarnowska.

– A skąd ona wie? Dostała telegram od Hitlera? – zakpił Seweryn.

Tarnowska puściła to mimo uszu.

– Podobno jest takie proroctwo świętego Andrzeja Boboli – ciągnęła. – Że wojna potrwa równe sto dni.

– I mama w to wierzy?

– Wierzyć nie wierzę, ale dobrze, że ludzie tak gadają. Zawsze lżej na duszy. Dziś, jak zobaczyłam latarnię z napisem *nur für Deutsche*, to też mi się lżej na duszy zrobiło.

– I dopiero teraz mama o tym mówi? – zawołał Seweryn. – W którym miejscu?

– Na Norwida, koło kwiaciarni.

– Słyszeliście? – Klasnął z zadowoleniem. – Duch w narodzie nie ginie!

Pomyślałam, że napis na pewno został już usunięty, ale wciąż żył i poprawiał ludziom humor, bo poczta pantoflowa w Samborzewie zawsze dobrze działała.

Błyskawicznym potwierdzeniem moich rozmyślań było następne klaśnięcie w ręce.

– Do rybki przydałoby się coś mocniejszego, niechże mama wyciągnie tę butelkę z bieliźniarki.

Pani Lusia przyniosła butelkę, lecz prawie pustą. Wódki starczyło ledwo na cztery kieliszki, poszłam więc do siebie po francuski koniak, który dostałam od Hektorowej.

Kiedy wróciłam z butelką, w kuchni nagle zgasło światło i wtedy zawadziłam nogą o stojące przy piecu wiadro z węglem. Zachwiałam się, lecz nie upadłam dzięki Polaniszowi, który zdążył mnie podtrzymać. W sumie nic się nie stało oprócz tego, że butelka uderzyła w rant pieca i zamieniła się w kawałki rozbitego szkła oraz kałużę drogocennego płynu.

– Ale pech! – zmartwiła się Madzia, zapalając świecę.

– Żaden pech. To na szczęście... i szczęście, że mam w domu drugą butelkę.

Anna Obrycka nie miała w domu następnego koniaku ani innego alkoholu, ale Anka Duszkowska posiadała nieźle zaopatrzony barek.

Krótko potem na stole pojawiła się więc butelka dwudziestopierwszowiecznej starki i rybki zaczęły pływać. Tak dobrze im się pływało, że po dwóch godzinach przyniosłam następną starkę.

Kolacja przy świecach dobiegła końca dopiero o pierwszej w nocy, kiedy elektrownia włączyła prąd.

Dominik Polanisz przeniósł śpiącą Walentynkę (i lornetkę Seweryna) do mojego mieszkania, a przy okazji zapoznał się z psami, które dokładnie go obwąchały.

– Te dwa – wskazał Bajkę i Tona – wyglądają na groźne bestie.

– Są łagodne jak baranki. – Zmrużyłam ironicznie oczy.

– To tak jak ja. – Dominik też ironicznie zmrużył oczy, po czym pożegnał się, całując mnie w rękę, a właściwie w nadgarstek.

– Dobranoc, Aniu.

– Dobranoc, Dominiku.

❧

Rano obudziłam się z zaschniętymi ustami, z lekkim bólem głowy oraz z rozkoszną świadomością, że jest niedziela i nie muszę telepać się furmanką po wiejskich drogach. Ale życie lubi zaskakiwać.

Już o jedenastej wsiadałam razem z Walentynką, co prawda nie na furmankę, lecz do bryczki, którą przysłała po nas pani Krajewska.

Z pozoru Wierzbiniec wyglądał po dawnemu, te same drzewa rosły w parku, ławki spokojnie obrastały mchem, zaś w otwartych drzwiach dworu czekała Lula.

– Aniu!

– Lulu!

Wycałowałyśmy się serdecznie, a potem poszłyśmy na górę, do sypialni Hektorowej. Spodziewałam się zastać starą damę w łóżku, ale ani w łóżku, ani w żadnym innym miejscu sypialni jej nie było.

– Gdzie twoja ciocia? – spytałam.

– W pracy – Lula powiedziała to z jakąś mieszanką ironii i goryczy.

Pani Krajewska dotąd nie przepracowała w swoim życiu ani jednego dnia, toteż wydało mi się zupełnie nieprawdopodobne, aby w wieku osiemdziesięciu czterech lat zajęła się pracą zarobkową.

Lula, widząc moje zdumienie, od razu wyjaśniła:

– Ciocia gra w karty na pieniądze.

– Żar... żartujesz?

Wcale nie żartowała. Usiadłyśmy przy kołysce, w której spał Krzyś, i poznałam najnowszy rozdział życia wierzbinieckiego dworu.

Otóż Hans Littmann, człowiek, któremu Trzecia Rzesza powierzyła pieczę nad Wierzbińcem, w cywilu urzędnik magistratu w Oldenburgu, zwyczajnie nudził się na wsi.

Kilka godzin porannych wystarczało mu na załatwienie spraw gospodarskich, a przez resztę dnia błąkał się po salonach, nie zapominając, że na piętrze mieszkają dwie polskie ziemianki, jedna stara i błyskotliwa, druga młoda i piękna.

Treuhänder Littmann bardzo by chciał nawiązać przyjazne stosunki z obiema damami, zapraszać je na obiady, przejażdżki powozem czy spacery po parku i równocześnie napawać się obcowaniem z wyższymi sferami, które do tej pory znał z książek.

Sęk w tym, że wspomnianym damom nie było to w smak. Hektorowa uprzejmie, acz konsekwentnie, dawała do zrozumienia, że nie życzy sobie bliższej znajomości z najeźdźcą. Jednak otwarte okazywanie wrogości nie wchodziło w grę, ponieważ rozdrażniony Littmann mógł wyrzucić swoje „sublokatorki" z Wierzbińca. Z tego powodu pani Krajewska raz w tygodniu „chodziła do pracy", to znaczy grała z Littmannem w kanastę.

– Na duże pieniądze grają? – spytałam.

– Nie, grają na drobne sumy, ciocia zawsze...

Wtem Walentynka rzuciła się w stronę otwartych drzwi. Odwróciłam głowę i zobaczyłam, jak całuje rękę pani Hektorowej, a stara dama przygarnia dziecko do siebie. To była piękna scena, niespieszna i pozbawiona ckliwości.

– Aniu, droga! – zawołała Krajewska, gdy podbiegłam się witać. – Jak dobrze znów cię widzieć! Zaraz mi wszystko opowiesz, ale wpierw muszę szepnąć coś do tego małego uszka.

I rzeczywiście szepnęła Walentynce coś, na co mała zareagowała zadowoloną minką oraz kiwnięciem głowy.

– Co to za konszachty?

– Nic takiego. – Hektorowa uśmiechnęła się figlarnie. – Właśnie uzgodniłyśmy, że Walentynka zostanie w Wierzbińcu co najmniej tydzień.

– Ależ to zbyt duży kłopot dla pani i dla Luli.

– Ty mi się nie sprzeciwiaj! – Krajewska stuknęła laską o podłogę. – Bo poskarżę się Olesiowi, gdy przyjedzie do mnie w pierwszy dzień świąt.

Spojrzałam na nią spłoszona, myśląc o demencji, która wcześniej czy później dopada wszystkich starszych ludzi. Te myśli chyba było widać na mojej twarzy, bo Hektorowa jeszcze raz stuknęła laską.

– Nie patrz tak na mnie! Wiem, co mówię! Wczoraj śniło mi się, że Oleś w samą Wigilię wrócił do domu, a ja miewam prorocze sny! Tak więc twoja córka zostaje u nas i nie ma o czym mówić! – Krajewska uznała temat za zakończony. – Tylko pamiętaj, wieczorem, gdy Marczak cię odwiezie, podaj mu ubranka dla małej.

Wizja powracającego Olka, chociażby w czyichś snach, podziałała na mnie jak opium.

– Będę pamiętała o ubrankach – szepnęłam. – Dziękuję pani.

Wówczas Hektorowa odłożyła laskę i spojrzała mi prosto w oczy.

– Teraz opowiadaj, dziecko, jak sobie radzisz.

Podczas rozmowy okazało się, że moje przyjaciółki nie mają pojęcia, co dzieje się w okolicy. Siedziały w Wierzbińcu jak pod kloszem i jedynym Niemcem, z którym się stykały, był łagodny Littmann.

Gdy powiedziałam, że Polakom nie wolno mówić w miejscach publicznych w swoim języku, jeździć bez zezwolenia pociągiem ani nawet grać na boisku w piłkę lub wsiąść do dorożki, Hektorowa westchnęła ze smutkiem.

– Niemcy chcą nas upokorzyć i wynarodowić... To już było w historii.

– Myli się pani, teraz jest inaczej! – zaoponowałam ostro (być może okazując zbyt mało szacunku leciwej damie). – Teraz chcą nas unicestwić!

– Aniu droga, nie pojmuję, co masz na myśli.

– Słyszałam, że zaczęły się masowe mordy Żydów i Polaków!

Zdanie o masowych mordach Hektorowa uznała za przesadę.

– Nie może być! – stwierdziła z mocą i z taką samą mocą uderzyła laską o podłogę. – Ja znam Niemców, cokolwiek by mówić, to cywilizowany naród!

W tym momencie do rozmowy wtrąciła się Lula.

– Ciociu... świat się zmienił. Może hitlerowcy są groźniejsi, niż się wszystkim wydaje? Prawda, Aniu?

– Prawda, Lulu.

Wracając z Marczakiem do domu, paliłam papierosa i oddawałam się marzeniom...

Dwudziestego czwartego grudnia, po południu, na stację w Samborzewie wjedzie pociąg, z którego wysiądzie niewielu pasażerów. Jeden z nich będzie miał bardzo krótką drogę do domu.

Przed dworcem, przy starym dębie przejdzie przez jezdnię do stojącego po drugiej stronie ulicy budynku. Będzie chciał wejść od frontu, lecz okaże się, że dwuskrzydłowe drzwi są zamknięte na klucz. Wtedy, mijając moje okna, okrąży kamienicę i od strony podwórka wejdzie na klatkę schodową.

Zapuka do pierwszego mieszkania po lewej stronie...

Jak on zapuka? Mocno, niecierpliwie czy raczej delikatnie, aby mnie nie przestraszyć?

Właściwie to nieważne, bo i tak najpierw usłyszę wariacką radość psów, które pierwsze pobiegną do przedpokoju.

Przez chwilę będę się szamotać z kluczem i zasuwką, aż wreszcie otworzę dzielące nas drzwi. Na progu zobaczę Olka, ale niewyraźnie, bo przecież przez łzy gorzej się widzi.

A potem w małym mieszkanku przy Kolejowej spędzimy najpiękniejszą Wigilię. Razem.

*

– ...oku! – Marczak coś powiedział, lecz, zajęta własnymi myślami, nie usłyszałam.

– Co pan mówi?

– Że marne święta będziemy mieli w tym roku! – powtórzył.

– Może nie będą takie złe, panie Marczak.

Wzruszył tylko ramionami i resztę drogi przebyliśmy w milczeniu.

᠌᠌᠌᠌᠌᠌ᦂ

W nocy z niedzieli na poniedziałek przyśnił mi się poprzedni lokator mojego mieszkania, kapelusznik Jeleński. Miał długą brodę, lecz nie wyglądał jak stuletni staruszek, raczej jak grecki filozof, bo ubrany był w białą togę oraz sandały.

W swobodnej pozie leżał na parapecie, opierając stopy o okienną wnękę, i w kółko powtarzał jedno zdanie:

– Dobrze, że tu u mnie jesteś, przydasz się...

Chciałam spytać, do czego się przydam, ale sen zaczął zanikać, ponieważ Pani Kotka uderzyła mnie łapką w policzek. Po trzecim uderzeniu otworzyłam oczy – wszystkie moje psy stały przy łóżku. Zjeżone.

Szybko włożyłam szlafrok i pobiegłam nasłuchiwać do korytarza. Mimo nocnej godziny w kamienicy coś się działo. Ktoś trzasnął wejściowymi drzwiami, ktoś tupał na schodach, a potem usłyszałam dochodzący z pierwszego piętra rozkaz:

– *Los! Aufmachen!**

---

* *Los...* (niem.) – Dalej, otwierać!

I łomot, jak w wierszu Broniewskiego.

Chciałam razem ze zwierzętami uciec za modrzew, lecz jakaś siła kazała mi zostać. Po kwadransie ciszy na schodach zrobił się ruch, kilka osób wychodziło z domu. Ostatnim odgłosem, jaki usłyszałam, był warkot odjeżdżającej ciężarówki.

Pozostałe godziny nocy spędziłam na fotelu w nerwowym oczekiwaniu na łoskot. Ale nikt nie załomotał. Dopiero o szóstej rano usłyszałam jedenaście cichych puknięć wystukanych w rytmie *Ach, jak przyjemnie kołysać się wśród fal**. Był to nowy, umówiony między mną a Tarnowskimi sposób pukania.

Gdy otworzyłam drzwi, do środka wślizgnęła się Lusia.

– Wie pani, że w nocy wywieźli Łabędziów? – spytała szeptem.

– Wiem. Napije się pani kawy?

– Z przyjemnością. – Weszła do pokoju. – Kawa dobrze mi zrobi, bo nie spałam całą noc.

– Ja też – powiedziałam tonem, z którego wynikało, że ja też się bałam.

Z kuchni (tej drugiej) przyniosłam dwie filiżanki kawy oraz lekarstwo na stres, to znaczy tabliczkę czekolady, i zaczęłyśmy rozmawiać.

– Podobno wywożą ludzi do Poznania, a stamtąd pociągami towarowymi na Lubelszczyznę – oświadczyła Tarnowska, odłamując kosteczkę czekolady. – Kto by pomyślał, że Łabędziów spotka taki los...

– Niemcom spodobało się ich mieszkanie – mruknęłam.

---

* *Ach, jak przyjemnie...* – piosenka z filmu *Zapomniana melodia* (1938), słowa – Ludwik Starski, muzyka – Henryk Wars.

– Ładne jest, to prawda. Łabędziowie mieli pięć pokoi i własną łazienkę! – Ostatnie słowa wymówiła tak jak w dwudziestym pierwszym wieku niektórzy wymawiają: „i własny samolot!". – Ale gdy ciężarówka podjechała pod dom, to myślałam, że znów po Polanisza przyjechali.

– Nie rozumiem. Został wysiedlony i wrócił?

– To pani nic o nim nie wie?

– Wiem, że jest dowcipny, ma czarnego kota i że pracuje na kolei jako zwrotniczy.

– Jaki tam zwrotniczy! – prychnęła. – Do wojny był naczelnikiem stacji! – Upiła łyk gorącej kawy i mówiła dalej: – We wrześniu organizował Straż Obywatelską, a jak Niemcy weszli, razem z innymi kolejarzami bronił dworca, ale, pani Aniu, co oni mogli poradzić? Mieli tylko ćwiczebne karabiny z przysposobienia wojskowego i trochę broni od myśliwych. Musiało się tak skończyć, jak się skończyło. Pan Dominik uciekł do naszej kamienicy, a później wynajął tu pokoik w oficynie, bo do swojego mieszkania na dworcu nie mógł wrócić. – W tym miejscu Tarnowska zrobiła przerwę. Powoli przesuwała palcami po uchu filiżanki i dopiero po chwili dokończyła. – Potem ktoś wydał pana Polanisza... W nocy przyjechała ciężarówka i zabrali go do więzienia w Inowrocławiu. Długo tam nie był...

– Wypuścili go? – zdziwiłam się.

– Wypuścili, ale przeżył coś strasznego. Więcej nie powiem, bo pan Dominik może sobie nie życzy.

2011

Zaraz po wyjściu Tarnowskiej, zaintrygowana jej słowami, przeszłam przez modrzew i wpisałam do przeglądarki hasło: „Inowrocław 1939 więzienie".

Wyskoczyło wiele witryn, w których znalazłam informacje o tym, co wydarzyło się w Inowrocławiu w nocy z dwudziestego drugiego na dwudziestego trzeciego października. Zaczęło się od spotkania towarzyskiego.

Otto von Hirschfeld, młody prawnik piastujący urząd komisarycznego starosty w Inowrocławiu, pojechał na polowanie do majątku swojego kumpla, Hansa Jahnza, ziemianina mieszkającego całe życie w Polsce, a poza tym członka SS.

Po polowaniu, jak to po polowaniu, była popijawa we dworze. Ale później zrobiło się mniej typowo.

Pijany Hirschfeld i pijany Jahnz wpadli na pomysł, aby pojechać do inowrocławskiego więzienia i tam pozabijać inną zwierzynę – Polaków.

Więzienie zamieniło się w krwawą jatkę.

Czytając o makabrycznych szczegółach, płakałam jak bóbr, bo przecież dla mnie nie wydarzyło się to siedemdziesiąt dwa lata temu, lecz przed sześcioma tygodniami. Mój sąsiad Dominik przeszedł piekło... I stąd miał siwe pasmo na włosach.

Schowałam twarz w dłoniach, zastanawiając się, jakimi kobietami były matki Hirschfelda i Jahnza. Czy w ogóle istniały? Bo może ci bandyci zrodzili się z kamienia albo z cuchnącego szlamu?

W nocy z dwudziestego drugiego na dwudziestego trzeciego października szlam zabił pięćdziesiąt sześć osób, a małą grupę wypuścił z więzienia.

Na liście ofiar, wśród wielu innych, znalazłam przedwojennego prezydenta Inowrocławia – Apolinarego Jankowskiego, jego zastępcę – Władysława Juengsta, działacza PPS – Stanisława Kiełbasiewicza, hrabiego Edwarda Ponińskiego*.

Żadnego z tych mężczyzn nie znałam osobiście, ale ze słyszenia – tak.

Z internetu dowiedziałam się jeszcze, że krwawa więzienna noc natychmiast zyskała międzynarodowy rozgłos. Stało się to dzięki uczniom i nauczycielom inowrocławskiego gimnazjum, którzy przy użyciu tajnej radiostacji powiadomili Europę o bestialstwie Hirschfelda i Jahnza. Potem ten komunikat powtórzyły francuskie i brytyjskie rozgłośnie, nawet Winston Churchill, przemawiając w Izbie Gmin, wspomniał o zbrodni w Inowrocławiu.

Władze niemieckie (o dziwo!) zareagowały. W 1940 roku odbył się sąd nad Hirschfeldem i Jahnzem. Jahnza uniewinniono (znana śpiewka: „wykonywał rozkazy przełożonego"), zaś Hirschfelda skazano na piętnaście lat więzienia.

---

* Opis autentycznego wydarzenia, tzw. krwawa niedziela w Inowrocławiu; http://www.inowroclawfakty.pl/tragiczna-noc-z-22-na-23-x-1939-roku/.

Na koniec dotarłam do bardzo ważnej dla mnie informacji, mianowicie – żadna z osób wypuszczonych tej nocy na wolność nie została powtórnie zamknięta w więzieniu. A to znaczyło, że Dominik jest bezpieczny.

1939

W poniedziałek całe Samborzewo szeptało o akcji, podczas której Niemcy wysiedlili z miasteczka pięćdziesiąt rodzin. Wszystko odbywało się według tego samego scenariusza – wchodzili do mieszkania, dawali ludziom piętnaście minut na spakowanie podręcznego bagażu, a potem kazali wsiadać do czekającej pod domem ciężarówki.

Gdy wróciłam z pracy, dowiedziałam się od Tarnowskich, że wśród wywiezionych znalazła się też rodzina Wysockich, Bibi, Stefan i Ignaś.

Smutek, którego nie ma z kim podzielić, to jedna z najgorszych rzeczy, jakie znam.

Po południu przesiedziałam godzinę w fotelu, myśląc o własnej samotności i o Bibi.

Co moja przyjaciółka teraz czuje? Czy myśli o naszej rozmowie, w której doradzałam jej przeprowadzkę do skromnego mieszkanka? Czy żałuje, że nie poszła za moją radą?

A może rada wcale nie była taka dobra? Rodzina Wysockich mogła zostać wpisana na jakąś niemiecką listę i gdziekolwiek by mieszkali, to i tak wywieziono by ich do Generalnej Guberni?

Istniał jeszcze inny aspekt sprawy: wcale nie jest powiedziane, że podczas wojny lepiej być w Samborzewie niż gdzieś między Lublinem a Krakowem.

Do nas napłyną wkrótce dziesiątki albo setki niemieckich osadników, którzy będą się panoszyć w miasteczku, spychając Polaków na brzeg chodnika, do gorszej pracy, na ostatnie miejsce w kolejce po chleb.

W Generalnej Guberni też będzie potwornie ciężko, ale bardziej swojsko. I leśnie. Partyzancko.

Wysoccy o tym wszystkim jeszcze nie wiedzieli. Może jednak nadejdzie chwila, kiedy pogodzą się z losem wysiedleńców? Najważniejsze, żeby w tułaczce trafili na dobrych ludzi, tak jak ja na Tarnowskich. Tego życzyłam im z całego samotnego serca.

◈

We wtorek rano, gdy przyjechałam do Annopola, listonosz przyniósł mi paczkę. Właściwie paczuszkę. Nie, to za dużo powiedziane, dostałam szarą, sztywną kopertę z czymś sypkim w środku. W poprzek koperty biegła adnotacja: „Próbka bez wartości", ale wiedziałam, że trzymam w ręku cenną rzecz, ponieważ po charakterze pisma, jakim zaadresowano kopertę, poznałam nadawcę.

Przesyłka z tajemniczym proszkiem była znakiem życia od Marysi Rawiczowej, mojej matki chrzestnej!

W bibliotece, do której w każdym momencie mógł wejść Bruggen, nie miałam odpowiednich warunków do zaznajamiania się z rodzinną korespondencją, toteż kopertę otworzyłam dopiero po paru godzinach, w zaciszu własnego domu.

Znalazłam w niej dwie garstki kaszy manny oraz krótki, przypominający telegram, list:

Kochani Aniu, Olku i Walentynko,
jesteśmy z Tadziem w dobrym zdrowiu. Mieszkamy w Tuluzie
i bardzo martwimy się o Mamę, Józka i o Was. Koniecznie na-
piszcie, jak żyjecie!

Ściskamy was mocno
Marysia i Tadeusz

PS Nasz adres: Rue Saint-Antoine 12, Toulouse, France
Pozdrowienia od rozgadanej M.

Domyśliłam się, że podpis w *postscriptum* należy potrak-tować jako wskazówkę, bo liścik, który właśnie przeczyta-łam, z pewnością „rozgadany" nie był.

Koperta składała się z dwóch warstw papieru: grubego na zewnątrz oraz cienkiego w środku. Skalpelem delikatnie rozcięłam ten cienki papier i dotarłam do kilku prawie prze-zroczystych, maczkiem zapisanych bibułek. Na nich znala-złam obszerny opis wojennych perypetii Rawiczów.

Otóż: dwudziestego piątego sierpnia wyruszyli w podróż powrotną z południowej Francji do Polski. Pech chciał, że tego samego dnia Niemcy przerwały na swoim terytorium komunikację międzynarodową. Pociąg, który wiózł Mary-się i Tadzia, dojechał do granicy francusko-niemieckiej i tam usłyszeli: *„Halt!"*.

Wojna jeszcze nie wybuchła, lecz hitlerowcy trzymali już nogi w blokach startowych. Za chwilę chcieli zawładnąć Europą, więc zrozumiałe, że jakieś obce pociągi nie powinny pałętać się po ich torach.

Zrozpaczeni Rawiczowie wrócili do Tuluzy, wynajęli tam pokój w skromnym pensjonacie (u *madame* Florence Durand) i czekali na rozwój wypadków.

Potem wiesz, Aniu, co było! Pierwszego września myślałam, że zwariuję. Siedzieliśmy z Tadziem jak pokraki przy radiu i nic nie mogliśmy zrobić! Nie wiemy, czy żyjecie!

Teraz, kiedy ruszyła poczta, wysyłam dwa listy: do Torunia i do Annopola. Modlę się o odpowiedź.

List Marysi oczywiście nie zaskoczył mnie. Znałam tę historię z rodzinnych opowieści, jednak teraz zwyczajnie popłakałam się nad kaszą manną i bibułkami pokrytymi znajomym pismem.

Jeszcze tego samego dnia, we wtorek, wysłałam dwa listy – jeden do Francji, drugi do Babci Heleny z wiadomością o szczęśliwym odnalezieniu się Tadziów. Natomiast w środę dostałam list z Torunia, w którym Babcia donosiła mi o... szczęśliwym odnalezieniu się Tadziów.

Nasze listy się rozminęły, ale to nawet lepiej, bo radosna nowina została w jakimś sensie pomnożona.

∽

Dominik wracał do domu z zakupami. W siatce niósł bochenek chleba, kostkę solonej margaryny i słoik musztardy. Nic innego do jedzenia nie udało mu się dostać, ale pocieszał się, że margaryna z musztardą nie jest taka zła, poza tym w kuchennej szafce miał jeszcze herbatę i kaszankę dla Sierotki. Chciał już jak najprędzej być w domu, zjeść kolację, a później zwalić się na łóżko i zasnąć kamiennym snem. To był najlepszy sposób na wypoczynek po dziesięciu godzinach ciężkiej pracy na stacji.

Zdarzało się jednak, że sen nie nadchodził. Dominik zaparzał wówczas dzbanek herbaty i przeczekiwał noc w pokoju, który zamieniał się w więzienny dziedziniec. Czasem wśród zabitych ludzi widział siebie, swoje martwe ciało.

Rankiem koszmarne wizje znikały, Dominik był śpiący, zmęczony, ale chciało mu się jeść.

Gdy skręcił w Kolejową, zobaczył, że przy wieży ciśnień biegają dwa wilczury i czarny kundelek, natomiast właścicielka psów spaceruje kawałek dalej, wzdłuż płotu następnej posesji.

– Aniu! – zawołał. – Liczysz sztachety?

– Nie zgadłeś! Liczę gwoździe w sztachetach.

– I ile naliczyłaś?

– Całą skrzynkę – odpowiedziała wesoło, po czym gwizdnęła na psy i dodała: – Poczekaj, my też już wracamy.

Ania Obrycka mieszkała po sąsiedzku. Dominik poznał ją niedawno, na kolacji u Tarnowskich. Tamtego dnia był w marnym nastroju, lecz przez grzeczność dał się namówić pani Lusi na świeże rybki.

Stał przy piecu i smażył płotki, męcząc się jak potępieniec, sam przypiekany przez złe wspomnienia, kiedy do kuchni przyszła Obrycka. Od razu zrobiło się znośniej, a po godzinie zapomniał o... zaciemnieniu. Świat na moment wrócił do swoich ram, on zaś poczuł, że ma krew w żyłach.

Teraz z przyjemnością patrzył, jak Ania idzie w jego stronę, a właściwie płynie na tych smukłych nogach, i żałował, że tak krótko to trwało.

– Wracasz ze sklepu? – zagadnęła, spoglądając na jego siatkę. – Udało ci się dostać coś dobrego?

– Jak najbardziej. – Zaśmiał się swobodnie. – Dostałem margarynę i chleb. Innych rarytasów nie było.

– Jeśli masz ochotę na prawdziwe rarytasy, to zapraszam cię na kolację.

– Żartujesz?

– Żartuję – przytaknęła, podnosząc kołnierz płaszcza, i nagle wybuchnęła śmiechem. – Ale nie w tej chwili! To co? Przyjdziesz?

– Przyjdę... i cały czas będę żartował – obiecał, puszczając w niepamięć swoje plany na dzisiejszy wieczór.

– W takim razie kolacja zapowiada się interesująco...

– A o której się zaczyna?

– O siódmej.

Do siódmej pozostawała pełna godzina. Po powrocie do domu Dominik nakarmił kota, umył ręce, a potem doszedł do wniosku, że nie zaszkodziłoby się ogolić. Zmęczenie i chęć snu gdzieś odpłynęły, a głodem nie musiał się przejmować, bo przecież Ania zaprosiła go na kolację.

O wpół do siódmej usiadł na krześle i z niezadowoloną miną oglądał swoje nogi w przykrótkich spodniach, które dostał od Tarnowskich. Nie! Te portki nie nadawały się na dzisiejszą wizytę.

Po chwili wyjmował już z szafy czarne spodnie od munduru, porządne, bo z gabardyny i szyte na miarę. Do tego biała kolejarska koszula i pulower od Seweryna, niebieski.

Nad zlewem wisiało małe lusterko, jednak Dominik nawet do niego nie podszedł. Teraz, gdy się przebrał, nie potrzebował lustra, by wiedzieć, że dobrze wygląda.

Wychodząc z domu, zatrzymał się przy drzwiach i zagadał do leżącej na łóżku Sierotki.

– Przydałyby się jakieś kwiaty dla niej, ale skąd ja teraz wytrzasnę bukiet?

Zamiast odpowiedzieć, Sierotka miękkim ruchem zwinęła się w kłębek.

– No to śpij sobie, kocie – mruknął. – A ja wychodzę i nie wiem, kiedy wrócę.

Ania doceniła starania Dominika, bo otworzywszy drzwi, zawołała:

– Ho, ho, ho! Zaprosiłam zwrotniczego, a widzę, że przyszedł naczelnik stacji!

– Wybacz, że bez kwiatów...

– Wybaczam.

Wprowadziła go do pokoju, w którym już raz był, ale słabo zapamiętał, więc teraz z ciekawością rozejrzał się wokół. Przy ścianie, obok zasłoniętego parawanem łóżka stała etażerka z dziecięcymi zabawkami. Wśród lalek i misiów siedział tam czarny, dużo większy od Sierotki, kot.

– Wielki ten twój kocur!

– To Pani Kotka. – Ania zrobiła śmieszną minę i poklepała kręcące się przy jej nogach psy. – Tych domowników nie muszę ci przedstawiać.

– A gdzie Walentynka? Już śpi? – zapytał, ściszając głos.

– Zostawiłam ją na parę dni w Wierzbińcu, u przyjaciół – wyjaśniła. – Rozgość się, Dominiku, a ja zmykam do kuchni, bo mi się befsztyk przypali.

Gdy wyszła, usiadł przy nakrytym do kolacji stole, na którego środku stała salaterka z sałatą. Jeszcze przed chwilą był głodny, lecz nagle jedzenie zeszło na dalszy plan. Wprawdzie z przyjemnością myślał o befsztyku i o polanej gęstą śmietaną sałacie, zachodząc w głowę, skąd Ania bierze takie smakowitości, ale największą smakowitością wydawała mu się sama gospodyni. Dominik zauważył, że bardzo jej do twarzy w granatowej sukience ozdobionej srebrną broszką w kształcie rybki.

Po pięciu minutach oczekiwania, które spędził pod czujnym okiem czworga zwierząt, Ania wróciła do pokoju, ze swoją srebrną rybką oraz z dużą tacą. Przyniosła na niej befsztyki, makaron z sosem pomidorowym i jakieś złociste, wygięte w półkola wałeczki, wyglądające jak upieczone litery C.

– Co to jest?

W odpowiedzi uśmiechnęła się żartobliwie.

– To danie specjalne!

– A jak się nazywa?

– Nazywa się... przysmak wieloryba – oświadczyła, siadając do stołu. – Podaj mi, proszę, swoją filiżankę.

Uroda Ani, jej dobry humor, gorąca herbata, befsztyki i przysmak wieloryba – wszystko to sprawiło, że poczuł się jak człowiek, który wygrał główną nagrodę na loterii. Preludium do nagrody była rozmowa.

– Wyobrażasz sobie czasem, Dominiku, coś, co nie istnieje, ale jest możliwe?

– Na przykład co?

– No... – Zastanowiła się. – Na przykład pociąg jeżdżący w tunelu wykopanym pod kanałem La Manche.

– Myślisz, że to realne?

– Chyba tak...

Są ludzie, których zapas tematów szybko się wyczerpuje, lecz z Anią Obrycką można było rozmawiać o wszystkim: o pociągach, Samborzewie, Januszu Kusocińskim, o Jessem Owensie i o igrzyskach w Berlinie, a nawet o cesarzu Japonii.

Gdy Dominik zjadł już befsztyk i próbował jednej z upieczonych literek C, Ania zaczęła mówić o kimonach.

– Czy wiesz, co w dniu ślubu musi zrobić Japonka z rękawami swojego kimona?

– Musi je zjeść? – zażartował, myśląc o przysmaku wieloryba, który wcale nie przypadł mu do gustu.

– Nie. Zaraz po ślubie Japonka obcina te szerokie rękawy wzdłuż i zostawia akurat tyle jedwabiu, by po zszyciu rękawy były o połowę węższe. – Demonstrowała omawianą czynność, udając, że w ręku trzyma nożyczki. – Bo po szerokości rękawów kimona Japończycy odróżniają pannę od mężatki.

– To coś takiego jak u nas oczepiny.

– Uhm – przytaknęła, podnosząc półmisek z przysmakami wieloryba. – Jeszcze trochę?

– Nie. Dziękuję.

Po kolacji przenieśli się na fotele stojące po obu stronach ładnego dwupoziomowego stolika. Ania wskazała mu większy fotel, a sama wyjęła z szafy butelkę wina i kieliszki.

– Wino z twoich przedwojennych zapasów?

– Nie, dostałam je od Rudolfa von Bruggena na święta.

– To ten Niemiec, który przejął Annopol i który cię zatrudnił?

– Tak.

– Ciężko ci teraz? – zapytał cicho.

– Wszystkim teraz ciężko – odparła, spoglądając na ścianę, gdzie wisiał portret mężczyzny w średnim wieku.

Dominik już na początku wizyty domyślił się, że to zdjęcie przedstawia Obryckiego, męża Ani, więc kiwnął tylko głową.

– Przedtem, to znaczy przed wojną, nigdy nie pracowałaś zawodowo?

– Pracowałam! Najpierw w Toruniu, w kancelarii prawnej jako tłumacz przysięgły, a po zamążpójściu zmieniłam zawód i zostałam bajkopisarką.

– Bajkopisarką?! Chyba żar... – Dominik za późno ugryzł się w język.

– A cóż w ty dziwnego, panie niedowiarku?

– Nie wiem... Nigdy nie znałem bliżej żadnej bajkopisarki.

– A ja nigdy nie znałam bliżej żadnego kolejarza – odparowała.

– No to teraz się poznaliśmy! – Wypił spory łyk wina, próbując przewidzieć, czym Ania go jeszcze dzisiaj zaskoczy.

Zaskoczyła go natychmiast, bo nagle uklękła, odgięła róg dywanu i podniosła z podłogi cztery niewielkie książeczki.

– To moje bajki, *Las Idealny* wydany przez Naszą Księgarnię. Chcesz obejrzeć ilustracje?

– Chcę. – Znów upił trochę wina.

Ania swobodnie przysiadła się do Dominika i pokazywała mu obrazki ze zwierzętami. Potem czytała bajkę o orle, ale mało co rozumiał, bo czuł tylko ciepło oraz zapach ciała siedzącej blisko niego kobiety.

Gdy zabawnym tonem recytowała historyjkę o żuczkach, Dominik spojrzał na wiszący pod sufitem żyrandol. O tej porze elektrownia często wyłączała prąd, jednak dziś jak na złość wszystkie żarówki świeciły równym, jasnym światłem i nawet ani razu nie zamrugały. Nie ma na co czekać.

Wiedząc, że taka chwila bliskości prędko się nie powtórzy, objął Anię i delikatnie przesunął ręką po jej biodrze.

W jednej sekundzie zamilkła, lecz nie wykonała żadnego ruchu, nie zesztywniała, nie odsunęła się... ani nie przysunęła. W ciszy pokoju oboje usłyszeli ostrzegawcze warknięcie. To Bajka wstała na cztery łapy i powarkując, podchodziła do fotela.

– Ona tęskni za Olkiem... i ja też... – Łagodny głos Ani uspokoił psa.

W kieliszkach było jeszcze wino, lecz zrozumiał, że kolacja z jego przyczyny dobiegła końca.

– To już sobie pójdę – szepnął, podnosząc się z fotela.

– Tak. Tak będzie najlepiej...

Wracając przez podwórko do swojego pokoiku, Dominik wiedział, że skóra Ani ma najpiękniejszy kobiecy zapach, ale nie wiedział, czy dalej są w dobrosąsiedzkich stosunkach, czy też wszystko zepsuł.

∾∾

W połowie grudnia Rudolf von Bruggen spakował neseser i razem z Oskarem wyjechał do Augsburga, nie poinformowawszy sekretarki, co ma robić podczas jego nieobecności. W związku z tym moje obowiązki służbowe polegały teraz wyłącznie na dojeżdżaniu do pracy, bo gdy już dojechałam, to w annopolskim dworze nie czekała na mnie kancelaria z biurkiem, lecz Celińska z Wandzią. Innymi słowy – kiedy kota nie ma, myszy harcują.

Harcowałyśmy głównie w kuchni, bo tam było najcieplej. Pani Felicja gotowała obiad dla administratora majątku, Huberta Foergena, my z Wandzią pomagałyśmy jej i wszystkie trzy plotkowałyśmy, ile dusza zapragnie. Najwięcej, oczywiście, plotkowała Wandzia.

– Pani Obrycka, a wie pani, kogo ten Bruggen ma w Augsburgu?

– Mówił, że wyjeżdża do córki...

– No tak – przyznała. – On ma córkę, ale kogo ma ta córka?

– A kogo może mieć? Göringa za kochanka? – zażartowałam.

– Nie, ona ma męża, a ten mąż ma...

– A ten mąż ma brata, a ten brat ma swata. – Dobry humor mnie nie opuszczał.

Celińska zachichotała, natomiast Wandzia lekko się rozzłościła.

– Wcale nie! – fuknęła, przecinając na pół główkę kapusty. – Ten mąż ma wpływy, nazywa się Otto von Plottnitz i jest dyrektorem personalnym w fabryce samolotów Messerschmitt!

– Fiu! To gruba ryba! Bruggen ci o tym powiedział?

– Powiedział... nie powiedział. Grunt, że wiem! Dzięki pani wiem.

– Wandziu, mów jaśniej.

Jaśniej było tak:

Rudolf von Bruggen porozumiewał się ze swoją służącą przy użyciu kilkunastu wyraźnie wymawianych niemieckich słów, najczęściej takich jak: umyć, poprawić, położyć, czystość, dzień dobry, do widzenia. I do głowy mu nie przychodziło, że polska pokojówka *Fräulein* Wanda Graczyk po zakończeniu pracy podczytuje sobie powieści, które on sprowadza z Niemiec (na przykład *Jeźdźca na siwym koniu* Theodora Storma).

Krótko mówiąc, Bruggen traktował Wandzię niczym osobę głuchą i ślepą na język niemiecki – nie przerywał rozmowy telefonicznej, gdy wchodziła do pokoju, nie zamykał na klucz swoich prywatnych listów ani innych dokumentów.

– Niedawno gadał do kogoś, że przez zięcia wszystko może załatwić.

– To niech załatwi, żeby Hitler zdechł – mruknęła Celińska.

Słowo „Hitler" zmroziło kuchnię, szybko więc wróciłam do głównego tematu.

– A o żonie Bruggena coś wiecie?

– Leży pod Tapą.

– Nie rozumiem, pod kim leży?

– W grobie leży, pani Obrycka. Bruggenowie mieli kiedyś majątek pod Tapą i ona tam została, na cmentarzu.

– A gdzie ta Tapa? – spytałam.

– W północnej Estonii, sprawdziłam na mapie.

Wtenczas przypomniało mi się, że sześć lat temu, kiedy zaczynałam lekcje z Wandzią, ta dziewczyna nie miała pojęcia o istnieniu Estonii. A teraz? Proszę! Pewnie zna nawet współrzędne geograficzne miasta Tapy. I jest dociekliwa!

To bardzo miłe uczucie wiedzieć, że nauka nie poszła w las.

～⋄

Nad ranem Dominikowi przyśniły się okulary Joanny i chwile, gdy okulary leżały na stoliku obok łóżka. Albo na parapecie w stołowym pokoju. Albo w kuchni na podłodze. W tym śnie nie widział twarzy Joanny.

～⋄

Krótko przed świętami do Annopola zadzwonił Bruggen, by poinformować mnie, że wraca piątego stycznia i do tego czasu nie muszę przyjeżdżać do pracy. Niespodziewany urlop bardzo mnie ucieszył, bo nastały takie mrozy, jakich nie było od lat.

Na szczęście moje nowe mieszkanie okazało się ciepłe, rzecz jasna pod warunkiem że codziennie spalałam w piecu dwa wiadra węgla. Siedziałyśmy więc z Walentynką w dobrze ogrzanym pokoju i nic nas nie obchodził panujący na zewnątrz ziąb.

Psy też nie mroziły sobie łap, ponieważ wyprowadzałam je na spacer „drugimi drzwiami", czyli przez modrzew.

Toruń w roku 2011 wydawał mi się teraz cudownym miejscem:

nie obowiązywała tu godzina policyjna,

po ulicach nie chodzili gestapowcy z bronią,

nie było mrozu – ani w duszach, ani w powietrzu.

Kiedy ja spacerowałam na Słowackiego z psami, Walentynka bawiła się z Tolą, Felkiem i Piotrusiem pod okiem Tarnowskiej. W ostatnich dniach pani Lusia była jedyną dorosłą osobą, z którą rozmawiałam, bo życie towarzyskie w naszej kamienicy jakby obumarło.

Z powodu mrozów szewc Ulman zamknął swój warsztat w podwórku i nie wychylał nosa z domu. Czasem tylko na schodach spotykałam jego żonę – wielką, postawną kobietę z resztkami nieprzeciętnej urody na twarzy. Mówiłyśmy sobie dzień dobry i to wszystko.

Madzia i Seweryn Tarnowscy wracali z pracy o ósmej wieczorem tak zmordowani, że już na nic nie mieli siły.

Dominik Polanisz też jakoś przycichł. Nasze kontakty sprowadzały się teraz do tego, że przechodząc obok moich okien, pukał w szybę takim sąsiedzkim: „Halo! Ja żyję, a ty?". Odpukiwałam w tym samym rytmie, gdyż przez zamrożoną szybę nie mogliśmy się zobaczyć, to znaczy widzieliśmy się, ale niewyraźnie.

Dominik stukał w szybę delikatnie, trochę nieśmiało, wiedziałam jednak, że nieśmiały nie jest.

Jeszcze zanim przyszły mrozy, zaprosiłam go na kolację i tylko na kolację. Podkreślam to, bo Dominik sądził, że zaproszenie obejmuje także śniadanie. W sumie nic się nie stało, oprócz tego, że wizyta byłego naczelnika stacji zakończyła się nagle i przed czasem. A szkoda, bo po przejściach w więzieniu Dominikowi należy się coś od życia.

Zbliżające się święta wzmagały moją tęsknotę za Olkiem. Kiedyś, jeszcze przed ślubem, napisał w liście, że gdy już przyjadę do niego, to wszystkie w życiu święta spędzimy razem. Los zdecydował inaczej, ale nigdy nie wiadomo, czy los w ostatniej chwili nie odwróci karty.

Właśnie dlatego codziennie po południu, kwadrans po piątej, wychodziłam z domu, bo wtedy na samborzewski dworzec wjeżdżał pociąg z Poznania. Tym pociągiem mógł przyjechać mój mąż... gdyby sen pani Hektorowej miał się sprawdzić.

Rozum mi mówił, że Olek jest w Bremie, lecz nogi leciały na stację.

Stojąc przed budynkiem dworca, wsłuchiwałam się w szum nadjeżdżającej lokomotywy, w pisk stalowych kół hamujących na szynach, a później czekałam na moment, kiedy przed dworzec wyjdą podróżni, którzy przyjechali tym pociągiem.

Wychodzili, ale Olka wśród nich nie było.

W Wigilię wyszłam na dworzec o wpół do piątej. Z pociągu, który nadjechał z przeciwnej strony, to znaczy ze wschodu, wysiedli Babcia Helena oraz Józek – moi goście, moja rodzina, moi kochani.

Ostatnio widziałam się z nimi w sierpniu, jeszcze przed powszechną mobilizacją, kiedy wojna wisiała w powietrzu, lecz ciągle była hipotetyczna. A teraz trwała i zataczała coraz ciemniejsze kręgi.

– Heleno! Józku! – zawołałam nieswoim, jakby wydobywającym się z podziemnego schronu, głosem. – Jesteście!

– Jesteśmy, Aniu. – Babcia pierwsza wpadła mi w ramiona. – Dzień dobry!

Józek, który do tej pory zwracał się do mnie w trzeciej osobie i tytułował kuzynką Anną, zmienił ten zwyczaj, gdyż witając się, oświadczył:

– Aniu, wyglądasz tak jak przed wojną!

Nie mogłam odpowiedzieć, że on też, bo od razu zauważyłam, jak bardzo się zmienił. To już nie był beztroski chłopak, który głównie myśli o tym, co grają w kinach. We wrześniu życie pokazało mu taki film, że wszystkie inne filmy zbladły. Wiedziałam, że do samej śmierci mój ojciec nie zapomni ani jednej minuty z bitwy nad Bzurą. Wśród tych minut były i takie, w których cudem nie zginął.

Raz na przykład poczuł, że został postrzelony w brzuch. Świst pocisku i palący ból obezwładniły go na chwilę, ale gdy szybko rozpiął swój żołnierski pas, ból ustąpił. Wówczas ojciec zrozumiał, że gorący nabój trafił w sam środek paska i utkwił w grubej świńskiej skórze niczym kieł śmierci, który nie wykonał zadania.

– A ty wyprzystojniałeś. – Uśmiechnęłam się teraz do Józka, biorąc ich oboje pod ręce. – Idziemy do domu.

– Daleko?

– Pół minuty drogi stąd.

Moje mieszkanko nie zaskoczyło Duszkowskich, ponieważ wszystko opisałam w listach, a trzy dni temu wysłałam im telegram z zawiadomieniem, że w nocy ze środy na czwartek umarł dziadek Ksawery.

Dziadek Ksawery oczywiście nie istniał, wymyśliłam go *ad hoc* na potrzeby niemieckiej biurokracji. Pogrzeb w rodzinie był bowiem doskonałym pretekstem, aby otrzymać zezwolenie na jazdę pociągiem. Może to dziwne, lecz urzędnicy nie żądali przedstawienia aktu zgonu, wystarczyło pokazać telegram.

Gdy Duszkowscy już się u mnie rozgościli, wyszliśmy wszyscy przed dom wypatrywać pierwszej gwiazdki (przez zaciemnione kocami okna nic nie można było zobaczyć).

– Mama! Widzę ją! Tam! – Walentynka ruszyła do przodu, jakby chciała dobiec do tej gwiazdki.

Spojrzałam wtedy na zegarek – wskazywał kwadrans po piątej.

– O! Jakiś pociąg jedzie – zauważył Józek, rzucając w stronę Walentynki śnieżką, którą właśnie ulepił. – Trafiłem!

Bawili się śnieżkami, a ja patrzyłam na wychodzących z dworca podróżnych. I nic. Sen Hektorowej się nie ziścił.

– Gwiazdka świeci, możemy zaczynać wigilię – westchnęłam, odwracając wzrok od obcych ludzi, i w tym momencie rzucona przez Józka śnieżka wylądowała na mojej twarzy.

Śnieg jest zimny, jednak na policzku poczułam ciepło.

W dzieciństwie ojciec dziesiątki razy rzucał we mnie śnieżkami i wcale się nie przejmował, gdy któraś z kulek wpadła mi za kołnierz. Potem razem lepiliśmy bałwana albo robiliśmy orły na świeżym śniegu. Jego orzeł był duży, mój mały – jak orlątko.

Wspomnienie z odległych czasów podziałało kojąco. Dziś mam przy sobie Józka i Babcię, nie powinnam więcej żądać od losu. A Olek wróci. Wróci na pewno, tylko muszę cierpliwie czekać. Po tej myśli wzięłam głęboki oddech i nareszcie spokojnie spojrzałam w niebo, na migotliwe światło wydobywające się z kosmicznych skupisk wodoru i helu, czyli z gwiazd.

Podczas kolacji wigilijnej Babcia Helena podziwiała moje zdolności, nie tyle kulinarne, ile aprowizacyjne. Gdy postawiłam na stole paterę z ciastem, zrobiła wielkie oczy i zawołała:

– Mak, ser i jajka to chyba cudem zdobyłaś!

– Można tak powiedzieć – potwierdziłam zgodnie z prawdą. – Dla was upiekłam dodatkowe dwie blachy.

– Na wynos? – na poły żartobliwie spytał Józek.

– A jakże! Nadźwigasz się, bo jeszcze jest indyk i inne takie tam...

– Aniu, czy ty od ust sobie nie odejmujesz, żeby nam dać? – zmartwiła się Babcia.

Kiedy wytłumaczyłam, że w Annopolu o wszystko łatwiej, z uznaniem pokiwała głową.

– Bez męża dobrze sobie radzisz...

– Bo jestem trochę Obrycka, a trochę Duszkowska – powiedziałam, przymykając jedno oko, a potem klasnęłam w ręce. – Rozpakujemy prezenty?

Zabrzmiało to jakoś przedwojennie, jakby pod choinką leżało mnóstwo paczek i paczuszek, lecz tak nie było. Już wcześniej umówiliśmy się w listach, że prezenty będą skromne.

Ja ofiarowałam Babci i Józkowi po parze futrzanych rękawiczek (bardzo ciepłych, z jednym palcem), oni zaś przywieźli drewnianego pajacyka dla Walentynki, a dla mnie coś, czego w ogóle się nie spodziewałam, mianowicie stary, poprzecierany tu i ówdzie męski portfel z monogramem AD.

– To pamiątka po moim mężu, a twoim stryju. Pomyślałam, że może chciałabyś mieć po nim jakiś drobiazg.

– Dziękuję, Heleno.

W jednej z przegródek portfela, który kiedyś należał do mojego dziadka Adama Duszkowskiego, znalazłam zdjęcie na sztywnej tekturce. Przedstawiało chłopczyka w odświętnym ubranku z koronkowym kołnierzykiem. Obok chłopczyka stał duży zabawkowy baranek na kółkach.

– To dzia... to stryj Adam w dzieciństwie?

– Tak. Tu widać, że Adam miał takie samo czoło jak Walentynka.

Patrząc na fotografię, myślałam o przemijaniu. W roku 1880 urodził się mały Adaś Duszkowski, potem, dzień po dniu, przeżył swoje niezbyt długie życie i odszedł. Zostały po nim zdjęcia, obrączka, Krzyż Walecznych, wizytówki, portfel i chyba nic więcej. Ale zostaliśmy też my – jego rodzina.

Pewnego dnia przekażę córce album z najważniejszymi zdjęciami, wśród których będzie dziewiętnastowieczna sztywna tekturka przedstawiająca chłopczyka z barankiem.

O dziesiątej wieczorem, kiedy Walentynka zasnęła, przenieśliśmy się do kuchni.

Najpierw rozmawialiśmy o nieobecnych – o Olku i o Rawiczach.

– W środę dostałam list od Marysi – powiedziała Babcia, nalewając do szklanek kompot z suszonych śliwek. –

Pisze, że przeprowadzili się do Tulonu i że Tadzio pracuje teraz w elektrowni.

– Do mnie z Tulonu jeszcze nie napisała. Co Tadzio robi w elektrowni?

– Pewnie prąd – roześmiał się Józek.

– Nie wiemy, co robi. – Babcia podała mi szklankę z kompotem. – Ale najważniejsze, że są bezpieczni, we Francji nie ma wojny.

– Na razie – mruknęłam.

– Myślisz, że Niemcy wejdą do Francji?

– Tak, ale bardziej martwię się o was... – szepnęłam i palcem pokazałam sufit.

Zdziwieni, spojrzeli w górę. Józek zaczął nerwowo chichotać, zaś Babcia zapytała:

– Masz przeczucie, że niedługo przeniesiemy się do nieba?

– Nie! – krzyknęłam. – Boję się, że mogą was wysiedlić z mieszkania, tak jak państwa Łabędziów, którzy mieszkali nade mną.

– Aha, o to ci chodzi... – szepnęła, udając, że oddycha z ulgą, a potem spoważniała. – Z Torunia też już wysiedlają... jesteśmy z Józkiem przygotowani.

Przygotowanie polegało na tym, że najpotrzebniejsze rzeczy zostały spakowane do dwóch walizek, ponadto w spiżarni czekało wiaderko ze smalcem. Stare, odrapane wiaderko było ważne, bo na jego dnie, zatopione w smalcu, leżały wszystkie drogocenności Duszkowskich i Rawiczów.

– Przed wyjazdem do Francji Marysia zostawiła mi swoje klucze – zwierzała się Babcia. – Więc, rozumiesz, we wrześniu, zanim Niemcy weszli, poprzynosiłam z Mickiewicza na Słowackiego, co się dało, kasetkę z biżuterią też.

– I od razu przełożyłaś biżuterię do wiaderka?

– Nie. Wiaderko przyszykowałam niedawno, gdy zaczęli nocą ludzi z domów wyrzucać... – Raptem zamilkła, a potem, patrząc na wiszący obok kredensu pusty plecak, poprosiła: – Na wszelki wypadek spakuj trochę rzeczy do tego plecaka, bo w ostatniej chwili, jak Niemcy poganiają, to traci się głowę. Słyszałam o pewnej kobiecie, która wychodząc z domu, w jednej ręce niosła poduszkę, a w drugiej salaterkę z utartym chrzanem.

– Wzięła salaterkę z chrzanem? – zdumiałam się. – Przecież to bez sensu.

– Aniu, w panice różne głupstwa się wyczynia.

– No, tak... Zaraz po... – Chciałam powiedzieć, że zaraz po świętach spakuję plecak, ale zamiast tego, robiąc zabawną minę, przyłożyłam sobie dłoń do ust.

Bo gdy z Babcią mówiłyśmy o pakowaniu i wysiedleniach, Józek bazgrał coś mydłem na lustrze. Teraz się odsunął i zobaczyłyśmy wielki biały napis:

AŻ DO ODWOŁANIA
ZAKAZUJE SIĘ ROZMAWIAĆ O WOJNIE!

– Masz rację, synu. – Helena uśmiechnęła się do Józka, po czym pięknym, melodyjnym głosem zaintonowała:

Cicha noc, święta noc,
Pokój niesie ludziom wszem,

A u żłóbka Matka Święta
Czuwa sama uśmiechnięta
Nad dzieciątka snem,
Nad dzieciątka snem*.

Spać poszliśmy dopiero o czwartej nad ranem. Babcię położyłam w moim jedynym łóżku, razem z Walentynką, dla Józka zorganizowałam legowisko na podłodze, sama zaś ułożyłam się w leniwcu.

Gdy Duszkowscy zasnęli, dumałam w ciemnościach o tym, że już za kilka tygodni zostaną wysiedleni do Kocka i nie zobaczę ich bardzo długo. Albo nigdy.

Następnego dnia po obiedzie moi goście odjechali do Torunia. Pożegnanie na dworcu było wesołe, bo ciągle obowiązywał zakaz wypisany mydłem na lustrze.

Józek żartował, że upieczony indyk, którego niósł w torbie, zamienił się w upieczonego mamuta, Babcia łaskotała Walentynkę, Walentynka chichotała, psy merdały ogonami, padał śnieg – aż przyjechał pociąg i było już bardzo mało czasu na pocałunki i ostatnie słowa.

– Aniu, kochana, dziękujemy ci za te królewskie święta!

– Ja wam też dziękuję. Za wszystko...

Kiedy odjechali, wzięłam Walentynkę za rękę i wolnym krokiem wróciłyśmy do domu.

---

* *Cicha noc*, słowa – Joseph Mohr (niem.), Piotr Maszyński (pol.), muzyka – Franz Xaver Gruber.

Jednak zanim wyszłyśmy z dworca, zdarzyło się coś, co poprawiło mi humor, choć na początku wyglądało przygnębiająco.

Otóż z pociągu towarowego wysiadła grupa jeńców wojennych, polskich oficerów, którzy mieli w Samborzewie przesiadkę. Gdy pod eskortą strażników przechodzili do drugiego pociągu, na peronie zrobiło się cicho. Inni podróżni ze współczuciem patrzyli na tych mężczyzn – obdartych, przygarbionych, idących niemrawym krokiem, z nędznymi tobołkami na plecach. Z pewnością byli głodni, zawszeni, dręczyła ich tęsknota za domem.

Wtem jeden z jeńców podniósł swój tobołek ponad głowę i mocnym, przywołującym głosem krzyknął:

– Bagażowy!

Gruchnął śmiech na cały dworzec. W ułamku sekundy przygnębieni jeńcy przeistoczyli się w roześmianych facetów. Posypały się następne żarty, ktoś tam kogoś klepnął w plecy, ktoś zawadiackim ruchem podrzucił czapkę.

A strażnicy wyglądali, jakby się bali tego śmiechu.

⁓

Przekręcając umieszczony w dźwigni semaforowej klucz, Dominik ustawił semafor na wolną drogę. Za chwilę planowo przejedzie przez stację towarowy piętnasta dziesięć, ostatni pociąg na dzisiejszej służbie.

Dominik był zmęczony. Przez cały dzień biegał od zwrotnicy do zwrotnicy i przekładał drążki z ciężarkami. Musiał także odmiatać zaśnieżone rozjazdy, a potem podgrzewać je brykietowym piecykiem, bo inaczej zwrotnice by zamarzły.

To była ciężka praca, ale nie wymagała skupienia, mógł więc myśleć, o czym chciał, na przykład o tym, że nienawidzi faszystów, o sporym kawałku boczku, który miał w domu, albo o dzisiejszym obiedzie u pani Lusi.

Po skończonej pracy, gdy szedł międzytorzem w kierunku nastawni, z lokomotywy manewrowej wychylił się Glapiński.

– Już do domu?

– Tak. Nareszcie mam święta.

– Dużo tych świąt nie zostało. – Glapiński rękawem starł szron, który osiadł mu na wąsach. – Raptem parę godzin, sama końcówka.

– Czasem końcówki są najle… – Dominik urwał nagle i dokończył przygaszonym tonem: – Najlepsze.

W jednej chwili stracił humor, ponieważ zobaczył, jak Ania Obrycka razem z dzieckiem wsiada do stojącego przed dworcem powozu. A przecież miała być na obiedzie u Tarnowskich! Dominik chciał jej ofiarować jedwabną apaszkę, którą przed świętami kupił w sklepie tekstylnym na rynku. Poza tym wspólny obiad był dobrą okazją, by się przekonać, czy Ania ma do niego jakiś żal.

Bo od dwóch tygodni w ogóle jej nie widział, nie pokazywała się ani na podwórku, ani przy wieży ciśnień, gdzie lubiła wyprowadzać psy. Jedynym znakiem życia, jaki dawała, było odpukiwanie w szybę, wtedy kiedy on stukał do jej okna. Ale co z takiego odpukiwania wynika? Nic.

U Tarnowskich pachniało choinką i drożdżowym plackiem.

– Na dworze mróz aż trzeszczy – mówiła pani Lusia, prowadząc Dominika do pokoju, w którym siedziała cała rodzina. – Na taką pogodę nie ma nic lepszego jak gorący rosół.

– Niech mama nie przesadza – odezwał się Seweryn. – Zupa na wołowych kościach to jeszcze nie rosół.

– Na narzekaj, bo może być gorzej. – Lusia spojrzała na stół, sprawdzając, czy wszystko jest, jak trzeba. – Siadajcie, a ja idę do kuchni po wazę.

Przez następną godzinę Dominik grzał się u Tarnowskich ciepłym powietrzem, rosołem z kluskami oraz kapustą z grzybami. Deser też był świąteczny – placek z kruszonką i pierniki.

– Te pierniki przyniosła nam dziś pani Ania – oświadczyła w pewnej chwili Tarnowska. – Sama nie mogła przyjść, bo przysłali po nią powóz z Wierzbińca, ale wpadła na moment i podała paczki. Dla nas i dla pana, z najlepszymi życzeniami.

Madzia siedziała najbliżej okna, sięgnęła więc po leżące na parapecie dwie duże papierowe torby.

– To zostawiła dla ciebie.

Nie zaglądając do toreb, wyczuł przez papier, że w jednej są pierniki, zaś w drugiej... chyba groch! Zaintrygowany podarunkiem, zajrzał do środka.

– Myślałem, że to groch – roześmiał się, wyciągając z torby garść brązowych kuleczek. – A to słodycze. Madziu, podaj miseczkę.

Kilka minut później wszyscy zajadali się nieznanymi łakociami, które, choć nie słodkie, miały egzotyczny, łagodny smak. Gdy miseczka się opróżniła, dosypał następną porcje kuleczek i wtedy z torby wypadła jakaś kartka. Dominik wziął ją do ręki, po czym przeczytał na głos:

To jest jedzenie dla Sierotki,
mam nadzieję, że będzie jej smakowało.

                                                               A.

– Fu! Fuj! – Madzia wypluła na dłoń to, co miała w ustach.
– Nie wiedziałam, że w sklepach można kupić takie żarcie dla kotów! – krzyknęła, a potem spojrzała na swoje dzieci, które, niczym wiewiórki, dalej chrupały brązowe kuleczki, i odsunęła miseczkę w stronę teściowej. – Nie słyszeliście, co pan Dominik powiedział? Koniec jedzenia!

– Mama, nie zabieraj... – Piotruś się rozpłakał. – To dobre.

Tola i Felek także mieli zawiedzione miny, cała trójka dostała więc na pociechę po kawałku drożdżowego placka. Pani Lusia szybko przesypała kuleczki z powrotem do torby, Seweryn zaś pokładał się ze śmiechu.

– Tego jeszcze w rodzinie Tarnowskich nie było! – rechotał. – Kocią ucztę sobie w święta zrobiliśmy!

Dominik też się śmiał i równocześnie zaglądał do drugiej torby, tej z piernikami, bo tknęła go pewna myśl. I się nie zawiódł – między piernikami leżała świąteczna kartka przedstawiająca gałązkę świerku, a na odwrocie życzenia:

Boże Narodzenie 1939 roku
Wesołych Świąt, Dominiku!

                                                            Ania

PS Zimą lepiej zastukać do drzwi niż do okienka, panie ułanie.

A.

Raptem poczuł taki przypływ energii, że podbiegł do Tarnowskiej, chwycił ją wpół, podniósł do góry i zakręcił się w kółko.

– Jezus Maria! Co pan robi? – krzyknęła z głową pod sufitem. – Panie Dominiku? Panie Dominiku!

– Cieszę się, pani Lusiu, cieszę się świętami!

∽

W środę o czwartej po południu Dominik zapukał do drzwi. Trzy razy, zdecydowanie. Odpowiedzią była cisza, odczekał więc chwilę i znów zapukał, tym razem ze skutkiem.

– Kto tam?

– Dominik.

Usłyszał zgrzyt przekręcanego w zamku klucza, szczęk zasuwki, a potem w otwartych drzwiach zobaczył Anię, jakiej jeszcze nie widział – zaspaną, potarganą, w niebieskim aksamitnym szlafroku. Z wrażenia przełknął ślinę.

– Obudziłem cię? Przepraszam.

– Nie masz za co przepraszać. Proszę, wejdź.

Odsunęła się krok w głąb korytarza, ale Dominik został przed drzwiami.

– Nie będę wchodził. Przyszedłem tylko zapytać, czy... spędzisz ze mną sylwestra?

– Zapraszasz mnie na bal?

Nie dostosował się do jej lekkiego tonu, nawet się nie uśmiechnął.

– Zapraszam cię na kanapki z boczkiem i herbatę bez cukru. Przyjdziesz?

– Przyjdę, Dominiku – powiedziała poważnie. – Z chęcią przyjdę.

～

Pisanie listów do Bremy stało się jedną z moich przyjemności, bo siedząc nad kartką, nie widziałam papieru, lecz Olka. Wyglądał tak, jak zapamiętałam go z naszego pożegnania na dworcu – zadbany, opalony, wpatrzony we mnie.

W ostatnim dniu roku napisałam do męża długi list o świętach z Duszkowskimi, o sąsiadach, o łasiczce, która mnie nie opuściła, i o tym, że zaczęłam uczyć naszą córeczkę liter.

Walentynka potrafi już napisać trzy słowa: mama, tata i swoje imię.

Wysyłam Ci razem z listem jej rysunek, pierwszy, jaki podpisała.

Rysunek Walentynki przedstawiał wielkiego różowego kota oraz równie wielką różową mysz, więc oczywiste, że całość nastrajała optymistycznie.

– Mama, pójdziemy na pocztę wysłać ten list do taty? – spytała córka, gdy zaklejałam kopertę.

– Tak, wkładaj buty.

Zamykałam kluczem drzwi, kiedy do kamienicy weszli jacyś ludzie z bagażami: mężczyzna, dwaj kilkunastoletni chłopcy oraz kobieta w futrze ze srebrnych lisów. Pierwsze trzy osoby od razu poszły schodami do góry, natomiast kobieta zatrzymała się i pozdrowiła mnie uprzejmie:

– *Guten Tag.*

– *Guten Tag* – odpowiedziałam, mając pewność, że reszta rozmowy odbędzie się w języku niemieckim.

– Długo pani tu mieszka?

– Od dwóch miesięcy.

– A my teraz się wprowadzamy. – Postawiła walizkę na ziemi i wyciągnęła do mnie rękę. – Jestem Ursula Schultz.

Nie zdążyłam się przedstawić, bo natychmiast zaczęła mówić o sobie: że jej mąż jest kuśnierzem, że mają dwóch synów – czternastoletniego Franza i o rok młodszego Gustava – i że podróż do Samborzewa była ciężka.

– Z jakiego miasta państwo przyjechali? – spytałam.

– Z Kłajpedy, a pani?

W tym momencie zrozumiałam, że *Frau* Schultz wzięła mnie za Niemkę, która także mieszkała w Prusach i dlatego ma obcy akcent.

– Ja przedtem mieszkałam na wsi, pod Samborzewem. Nazywam się Anna Obrycka i jestem Polką.

– Aha... aha. – Na jej twarzy pojawił się trudny do określenia uśmiech. – No, cóż... *Auf Wiedersehen, Frau* Obrycka.

Wzięła walizkę i poszła na piętro do swojego pięciopokojowego mieszkania z pełnym wyposażeniem. Pokoje były pełne mebli, kredensy pełne porcelany, a jedna z bieliźniarek w sypialni – pełna bielizny, różnych majtek, staników i halek, które jeszcze niedawno należały do Ofelii Łabędziowej.

Gdy na schodach ucichło, z mieszkania Tarnowskich wychyliła się głowa Lusi.

– Pani Aniu, wszystko słyszałam! Ale nie rozumiem po niemiecku. To nasi nowi sąsiedzi?

– Tak.

Tarnowska zrobiła dwa kroki do przodu i bezceremonialnie wciągnęła mnie i Walentynkę do siebie.

– No, dalej, niech pani opowiada – powiedziała, zamykając drzwi. – Co to za jedni?

Kiedy zreferowałam rozmowę z Ursulą Schultz, westchnęła jak człowiek pogodzony z rzeczywistością.

– W samego sylwestra baltoki nam się trafiły.

– Na to wygląda – przytaknęłam, wiedząc, że baltokami mieszkańcy Samborzewa nazywali Niemców, którzy napływali do nas z krajów nadbałtyckich. – Światowo się w kamienicy robi, pani Lusiu.

– Dziękuję za taką światowość pod lufami karabinów – prychnęła. – Musimy trzymać się razem: pani, my, Ulmanowie i Polanisz.

– Przecież się trzymamy – powiedziałam wesoło. – Ja na przykład idę dziś do Polanisza na kolację.

– A z dzieckiem co pani zrobi?

– Owinę w kołdrę i zabiorę ze sobą.

– Ale! Mowy nie ma! Przyjdziesz na noc do Toli, prawda? – Tarnowska uśmiechnęła się do Walentynki, a potem szepnęła mi prosto do ucha: – W oficynie są pluskwy.

– Dziękuję, pani Lusiu.

Z takiego obrotu sprawy wszystkie byłyśmy zadowolone. Oprócz pluskiew.

2011

Bajka, Ton i Muszka czuły się na Słowackiego jak w swoim drugim domu, postanowiłam więc, że tę noc spędzą w Toruniu.

Wieczorem, kiedy psy zjadły kolację i zapadły w drzemkę, zrobiłam sobie kąpiel. Leżąc po szyję w gorącej wodzie, słuchałam najnowszej płyty zespołu Myslovitz i dziękowałam losowi za dobrych sąsiadów, na których trafiłam, wprowadzając się do kamienicy przy dworcu. Bez Tarnowskich i Polanisza byłabym teraz zamkniętą w czterech ścianach nieszczęśnicą; nic, tylko się położyć i umrzeć... No, może nie od razu umrzeć, ale wyć z samotności.

Po kąpieli zwilżyłam policzki tonikiem ot tak, dla przyjemności, bo przecież nie miało to żadnego wpływu na mój wygląd. Twarz, która się nie starzeje, nie potrzebuje toników, kremów, żeli, olejków czy innych maseczek. Stosowałam teraz tylko kosmetyki do makijażu i za każdym razem, kiedy przed lustrem nakładałam tusz na rzęsy albo pudrowałam nos, myślałam o tym, że młoda skóra i dojrzała dusza to dla kobiety najlepsza kombinacja.

Po wysuszeniu włosów wybrałam wygodny strój na dzisiejszy wieczór – lekko rozkloszowaną spódnicę z wełenki oraz czarny golf, bez ozdób... i bez perfum. Od pewnego czasu straciłam bowiem upodobanie do zapachów

z pięknych buteleczek. Wolałam pachnieć zwyczajnie, sobą, a nie tuberozą, wanilią albo dębowym mchem z dodat-
kiem piżma.

O dziesiątej byłam już gotowa do wyjścia, to znaczy –
do zniknięcia z tego mieszkania. Pogłaskałam psy na do
widzenia i aby nie czuły się osamotnione, zostawiłam im
cichutko grające radio. Idąc do łazienki, słyszałam śpiewa-
jącą Korę:

Przez bardzo, bardzo krótką chwilę
Dookoła widzę rój motyli.
Stopy mam takie gorące,
Gorące w ustach słońce.
Jem słodkie, słodkie winogrona,
Ty śpisz w moich, moich ramionach.
Morze i niebo ostro lśni,
Dobrze mi, ach, jak dobrze mi*.

1939

Przy stole stały dwa krzesła, każde z innej parafii.

– Usiądź tutaj. – Dominik wskazał mi krzesło, na którym spała Sierotka, więc przysiadłam obok niej i rozejrzałam się po królestwie mojego sąsiada.

---

* *Cykady na cykladach*, Maanam (1981).

Dużo do oglądania to tu nie było: w kącie szafa pamiętająca chyba czasy króla Ćwieczka, obok szafy kaflowy piec i łóżko z białą, nieprzykrytą żadną kapą pościelą. Pozostałą część izby zajmowała kuchnia – zlew, półki oraz węglowy piec do gotowania, na którym stały patelnia ze skwierczącymi plastrami boczku i niebieski, brzuchaty czajnik. Pokrywka na czajniku żyła własnym życiem, hałasując i tańcząc w kłębach pary, bo woda na herbatę właśnie się zagotowała.

Dominik zestawił czajnik na brzeg płyty i posługując się pogrzebaczem, zakrył fajerkami otwór, z którego buchnął ogień.

– Gorąco u ciebie – powiedziałam, spoglądając w prawo, a potem w lewo, w te miejsca, gdzie stały piece. – Z dwóch stron się grzejesz.

– Z trzech!

– Nie rozumiem.

– Jest jeszcze trzeci, malutki piecyk. – Wzrokiem pokazał kota. – Nazywa się Sierotka.

Usłyszawszy swoje imię, Sierotka zeskoczyła na podłogę, podbiegła do Dominika i wspięła się po nim, jakby był drzewem.

– Ona prosi o następną porcję tych groszków od ciebie – wyjaśnił, zdejmując sobie kota z szyi. – Uwielbia je.

„Nie dziwię się – pomyślałam. – To najlepsza karma dla wybrednych kotów, z łososiem, żurawiną i kwasami omega-6".

Dominik nasypał garść chrupek do Sierocej miseczki, zaparzył w dzbanku herbatę i zaczęła się sylwestrowa kolacja – z obiecanym boczkiem, chlebem oraz nadprogramowym słoikiem marynowanych grzybków. Na stole znajdowało się też coś niejadalnego, mianowicie duży blaszany budzik z okrągłym cyferblatem i nóżkami w kształcie gwoździ.

Ten budzik trochę mnie denerwował, bo tykał jakoś przejmująco, niczym bomba zegarowa, która nie wiadomo kiedy wybuchnie.

– Już niedługo skończy się stary rok. – Dominik postawił budzik bokiem, abyśmy oboje widzieli upływający czas.

– A nowy rok będzie lepszy.

– Co masz na myśli?

– W tym roku świat się ruszy, zobaczysz, Aniu, Francuzi, Anglicy, Amerykanie! Oni wykurzą Niemców.

Pokiwałam głową, udając, że też wierzę w rychły koniec wojny, i jednocześnie musnęłam wzrokiem pasmo siwych włosów nad skronią Dominika. Widok tej jasnej smugi rozczulał mnie i przepełniał współczuciem, którego nie miałam prawa okazać. Może kiedyś Dominik opowie mi, co przeżył w więzieniu, i wtedy...

– Opowiedz mi o swojej pracy – poprosiłam, zmieniając temat.

– Przed wojną?

– Uhm, ale najpierw powiedz, dlaczego wciąż trzymasz się tego dworca?

Spojrzał na mnie jak lampart, który udaje małego kotka.

– Niemieckie przepisy mówią, że każdy kolejarz może się poruszać, gdzie chce i kiedy chce, bez zezwoleń, w dzień i w nocy.

– To takie ważne?

– Ważne, ale jest jeszcze drugi powód, dla którego trzymam się dworca. – Komicznie ściszył głos. – Lubię patrzeć na lokomotywy.

– I wdychać woń oliwy?

– Skąd wiesz?

– Ja nawet wiem, jakie masz sny.

– No? Jakie? – Uniósł brwi i czekał, co wymyślę.

– Towarowe i osobowe.

– Trochę się pomyliłaś, sny mam wyłącznie osobowe – mruknął z kpiną, nalewając do mojego kubka herbatę.

Herbata była gorąca, dwa piece w pokoju gorące, więc nic dziwnego, że mnie też zrobiło się gorąco. Chętnie zdjęłabym sweter, jednak nie mogłam tego zrobić, ponieważ pod spodem miałam T-shirt z nadrukiem z dwudziestego pierwszego wieku.

Dominik chyba by z krzesła spadł, gdyby zobaczył na moich piersiach plakat z filmu *Rozmowy kontrolowane*, przedstawiający łysego Stanisława Tyma w pończochach i biustonoszu!

Ciocia Marysia mawiała, że pewnych rzeczy kobieta nigdy nie pokazuje, i teraz okazało się, że do tych rzeczy należy roznegliżowany Tym.

– Tym ty rym, tym ty rym. – Odreagowałam sytuację, bębniąc palcami w stół. – Skąd masz grzybki?

– Od pani Lusi. – Dominik przysunął patelnię z boczkiem w moją stronę. – Jedz, póki gorące.

– Dziękuję, ale jakoś nie mam ochoty, wolę grzyby.

Przełożyłam sobie kilka maślaków na talerz i pojadając je, słuchałam opowieści o parowozach i o dziadku Domi-

nika, który był konduktorem Kolei Warszawsko-Wiedeń-
skiej.

– Pewnego razu dziadek postanowił...

Nie dowiedziałam się, co dziadek postanowił, bo nagle
zgasło światło.

– Aniu, mam lampę naftową. – Dominik zerwał się
z miejsca.

– Nie zapalaj lampy, tak będzie przyjemniej.

– Chcesz siedzieć po ciemku?

– Przecież zupełnie ciemno nie jest – oświadczyłam, wyciągając rękę w kierunku kuchennego pieca. Z jego uchylo-
nych drzwiczek wydostawało się nieco światła, zaś żeliwną
płytę ozdabiały złociste kręgi, czyli podświetlone ogniem
szpary między fajerkami.

Dominik wrócił do stołu, ale już nie opowiadał o dziadku, bo zmiana oświetlenia zmieniła nastrój. W ciszy, która
nie była krępująca, piliśmy herbatę i patrzyliśmy na piec.

– Dominiku...

– Tak?

– Schowaj budzik do szafy.

– Dobrze.

Gdy budzik zniknął, ogarnął mnie spokój, jakiego dawno nie czułam. Była sylwestrowa noc, pierwsza z sześciu
wojennych, lecz wiedziałam, że znajdę siły, by przetrzymać
ten straszny czas.

Wypiłam łyk herbaty i znów spojrzałam na piec. Za
czajnikiem mignął jakiś cień – to łasiczka! Najpierw obe-
szła czajnik dookoła, a potem urządziła sobie spacer po piecu. Ostrożnie stąpała wzdłuż brzegu rozgrzanej płyty, sta-

wiając łapki w miejscach, które – choć gorące – nie groziły poparzeniem. Wiedziałam, że gdyby na sąsiednim krześle siedział Olek, to łasiczka wskoczyłaby mi na kolana. Olek jednak był w Bremie i tęsknił teraz za mną tak samo jak ja za nim.

Moje zadumanie przerwał głos Dominika.

– Myślisz o mężu?

– Uhm.

– I co noc śni ci się ten sam pociąg – szepnął jakoś nieszczęśliwie.

Nie odpowiedziałam, bo to nie było pytanie. Kilka sekund minęło w ciszy, a później Dominik gwałtownym ruchem wstał z krzesła, podszedł do drzwi i otworzył je na oścież. Do pokoju wpadło świeże, mroźne powietrze.

– Chodź, Aniu. Zobacz, ile śniegu napadało.

Kiedy staliśmy w progu, obserwując wirujące płatki śniegu i przytupując z zimna, w szafie zaterkotał budzik.

– Północ? – spytałam.

– Tak! Północ!

– Wszystkiego najlepszego w nowym roku! – Wspięłam się na palce, aby pocałować Dominika w policzek, ale on tego nie chciał.

Przytulił mi głowę do swojego ramienia i uniósł do ust moją rękę.

– Szczęśliwego nowego roku, Aniu.

Luty, 1940

We współczesnym Toruniu znam taki sklepik warzywny, w którym sprzedawca – dziewiętnastoletni chłopak o sprytnych oczkach – tytułuje wszystkie klientki per kochana.

– Kochana, do zakupów dorzucam ci w gratisie pęczek koperku... Na malinowe pomidory, kochana, mamy promocję.

Raz kupiłam tam grejpfruty, drugi raz pomidory, natomiast za trzecim razem ominęłam sklep szerokim łukiem, bo „kochana" to dla mnie ważne słowo, a nie warstwa lukru dorzucana w gratisie.

W lutym dostałam trzy listy, które zaczynały się w najpiękniejszy sposób:

Moja Ani jedyna (od Bibi),
Aniu nasza kochana (od Babci Heleny)
Droga Pani Anno (od Babci Zofii).

Bibi napisała do mnie otwartym tekstem, bez szyfrów, przenośni, zawoalowań, i jakimś cudem cenzura przepuściła ten list:

Ani moja jedyna,
nie chcę Cię zasmucać, ale muszę wszystko opisać, bo jesteś
moją najbliższą przyjaciółką.

To, co przeżyliśmy, przechodzi ludzkie wyobrażenie! Podróż trwała tydzień. Jechaliśmy w zimnym bydlęcym wagonie. Widziałam, jak jednej pani umarło dziecko – na jej rękach.

Świat jest zupełnie inny, niż myślałam.

Niemcy wysadzili nas w Kraśniku, potem furmankami zawieźli do Dzierzkowic, gdzie puścili wolno. Wynajęliśmy izbę w chłopskiej chacie i wtedy zaczęło się najgorsze – zachorowałam na tyfus. Przez trzy tygodnie leżałam nieprzytomna w szpitalu w Lublinie. Lekarz pozwolił Stefanowi pilnować mnie i spać przy moim łóżku. Jeden sanitariusz pożyczył nam kożuch, żeby Stefan nie musiał leżeć na gołej podłodze. W szpitalu ludzie marli jak muchy. Ja byłam w malignie, ale Stefan widział, jak przez szpitalne podwórko dzień w dzień przejeżdżał wóz z trumną. Konik i wóz zawsze były te same, tylko trumna inna.

Teraz jestem już w domu, bardzo słaba. Ani! Ja zupełnie wyłysiałam!

W Dzierzkowicach warunki skromne, ale mamy co jeść i siedzimy w cieple. Stefan pomaga sąsiadom, leczy okoliczne zwierzęta.

Napisz mi, kochana, jak najwięcej o sobie. Czy jesteście zdrowi? Co z Walentynką? Jak Aleksander wytrzymuje w Bremie? Bardzo się za Wami stęskniliśmy.

Jeśli możesz, to przyślij nam cukier, herbatę, mydło, przyprawy, bo tutaj trudno o takie rzeczy.

Ściskamy Cię serdecznie, ucałuj od nas Aleksandra i Walentynkę.

Stefan, Ignaś i Twoja Bibi

PS I Tutaj, blisko Dzierzkowic, jest Annopol. Jakiś inny, ale Annopol!

PS II Zaczęły mi odrastać włosy. Mam na głowie mały me-
szek, Stefan mówi, że rudy. Czy to możliwe u ciemnej szatynki?

B.

Czytając ten list, czułam się jak człowiek, który wpadł do studni, a potem zauważył zamontowane w betonowych kręgach klamry, jedna nad drugą. Chwyciłam się klamer i wyszłam ze studni; poobijana, lecz z nadzieją, bo w *post-scriptum* o rudym meszku odnalazłam dawną Bibi.

Dobrze rozumiałam, że moja przyjaciółka była o krok od śmierci i wyzdrowiała tylko dzięki dwóm siłom: sile swojego organizmu oraz sile miłości męża. Teraz jako rekonwalescentka potrzebowała pożywnego jedzenia, prosiła o cukier...

Hmm... Mogłam pocztą wysłać paczki do Generalnej Guberni, ale tylko dwukilogramowe i nie za często. Poza tym wartościowe produkty z reguły po drodze ginęły. Trzeba znaleźć inny sposób wysyłki. Myślałam nad tym dobrą chwilę i wymyśliłam Dominika! Podobno kolejarze to zgrana brać. Oni mogliby mi pomóc.

Następnego dnia sprawa została załatwiona pozytywnie. Polanisz, wysłuchawszy mojej prośby, kiwnął głową.

– To się da załatwić, Aniu. Od nas paczka pojedzie do Torunia, tam będzie miała przesiadkę do Warszawy. Później Lublin i Kraśnik. Maszyniści znają się między sobą, rozumiesz. Tylko skąd pani Wysocka będzie wiedziała, że na dworcu w Kraśniku czeka na nią przesyłka?

– No właśnie... – westchnęłam, myśląc z ironią, że przez telefon komórkowy do Bibi nie zadzwonię. W zwykłym liście też nie mogłam napisać o kolejowym przerzucie, bo to niebezpieczne, a poza tym trudno byłoby określić dokładny termin dostawy.

W końcu wspólnie z Dominikiem postanowiliśmy, że trzeba zaufać ludziom z Kraśnika. Stamtąd do Dzierzkowic niedaleko. Ktoś komuś szepnie do ucha o paczce, która przejechała kilkaset kilometrów ukryta pod stertą węgla, jeszcze jedno zaufane ucho – i wiadomość dotrze do Wysockich.

Po tych ustaleniach zrobiłam za modrzewiem odpowiednie zakupy: cukier, kakao, przyprawy, herbata, kawa, witaminy, lekarstwa, mydła, a na dokładkę *Zbrodnia i kara* Dostojewskiego.

Wszystko zapakowałam tak, by nie pozostawić śladów dwudziestego pierwszego wieku, i zaniosłam do Dominika, on zaś nocą podał paczkę do pociągu.

Tutu, tutu, tutu.

Polubiłam ten dźwięk. Może dlatego, że mieszkam przy stacji, a może dlatego, że Dominik go lubi.

Kilka dni później przyszły listy od moich Babć, oba w niebieskich kopertach. Rozcinałam te koperty bez drżenia rąk, bo przecież znałam losy rodziny i wiedziałam, że najgorsze okropności wojny ominęły moich bliskich.

Aniu nasza kochana – pisała Babcia Helena. – *W pierwszych słowach donoszę Ci, że żyjemy i jesteśmy zdrowi. Po ciężkiej podróży całą grupą trafiliśmy do wsi Białobrzegi. Przez dwa tygodnie mieszkaliśmy u gospodarzy, a teraz przenieśliśmy się do Kocka, bo Józek stara się tu o pracę w sklepie. Do Marysi* i *Tadzia, do F. napisałam, ale boję się, że list nie dojdzie, więc proszę cię bardzo, Aniu, napisz do nich, że mieszkamy w Kocku i że wszystko jest dobrze. Niech się nie zamartwiają. Mamy wiaderko smalcu ze skwarkami...*

W tym miejscu uśmiechnęłam się do siebie, ponieważ „skwarki" w wiaderku na pewno ułatwiały to i owo, na przykład zdobycie jedzenia oraz opału.

W Nałęczowie „skwarków" nie było, lecz był własny dach nad głową. Oto wyjątek z listu Babci Zofii:

Niedawno spadł taki śnieg, że od strony werandy zasypało nas aż po okap dachu. Janek z Kajetanem musieli wykopać w śniegu tunel od schodów do wygódki, bo innego sposobu nie było, żeby tam się dostać. W domu wszystko idzie jak w zegarku. Sabinka z Jasią gotują, Władzia pali w piecach, Tosia i Stasia sprzątają. Zięciowie noszą wodę z Marzanny i próbują pracować dla zarobku, ale od przypadku do przypadku. Na razie przejadamy zapasy. To mnie mało martwi, najgorszy jest inny strach. Naszych sąsiadów zza płotu, tych co mieli sklep z pasmanterią, już nie ma. Pamięta ich Pani?

Bardzo dobrze pamiętałam. Za płotem, od południowej strony mieszkali państwo Zelikowie. Żydzi. Kiedyś mama powiedziała mi, że na początku 1940 roku Niemcy wypędzili z Nałęczowa wszystkich Żydów. Mama widziała, jak gnali ich drogą w stronę Lublina. W grupie Żydów szedł nałęczowski szklarz, młody człowiek, który niedawno się ożenił. Tulił żonę i płacząc, patrzył w niebo.

Kiedy myślę o Żydach z Nałęczowa, zawsze przed oczami staje mi ten szklarz, choć nigdy go nie poznałam.

～

Urząd prezydenta niemieckiej rejencji znajdował się przy ulicy Bismarckstrasse w mieście Hohensalza, inaczej mówiąc, przy ulicy Narutowicza w Inowrocławiu.

Pod koniec lutego pojechałam służbowo do urzędu prezydenta rejencji po pewne dokumenty dla Bruggena. Była to moja pierwsza podróż w czasie okupacji. Nic przyjemnego. W pociągu Niemcy siedzieli w swoich wagonach, a Polacy w swoich, co wciąż wydawało mi się paranoiczne.

Inowrocław wyglądał gorzej niż Samborzewo dlatego, że na ulicach widziało się więcej esesmanów, czarnych samochodów oraz porozklejanych na murach obwieszczeń.

Gdziekolwiek człowiek spojrzał, tam straszyły napisane gotykiem słowa:

*Achtung!**
*Bekanntmachung!***
Zakazuje się...
Nakazuje się...
kara więzienia...
kara śmierci...

A obok hitlerowska gapa ze swastyką w szponach.

Ludzie (mam na myśli mieszkańców Inowrocławia) nie zatrzymywali się przed obwieszczeniami. Szli dalej, przy-

---

* *Achtung!* (niem.) – Uwaga!
** *Bekanntmachung* (niem.) – obwieszczenie, komunikat.

gnębieni, ze smutnymi oczami, które nie chciały czytać następnego: *Achtung!*.

Inowrocław zlodowaciał i nie miało to nic wspólnego z lutowym mrozem.

Urzędowe sprawy Bruggena załatwiłam w dwa kwadranse, a po wyjściu z budynku rozejrzałam się wokół, wypatrując mojej przyjaciółki Ireny Bożenko. Umówiłyśmy się bowiem listownie, że w tym miejscu będzie na mnie czekała i razem spędzimy kilka godzin, pierwszy raz od wybuchu wojny.

Dojrzałam ją po drugiej stronie ulicy. Bez torebki, z rękami w kieszeniach płaszcza spacerowała przed kościołem Świętej Barbary. Uścisnęłyśmy się bez słów, wzruszone i jednocześnie usiłujące nie okazywać tego wzruszenia.

– Idziemy na Poznańską – szepnęła, przesuwając mi kosmyk włosów za ucho. – Zobaczysz mój nowy pokój.

Miesiąc wcześniej Irena zmieniła adres, ale nie zmieniła swojego przyzwyczajenia – jak zawsze zamieszkała w wynajętym pokoju, przy rodzinie.

– U kogo teraz mieszkasz? – spytałam.

– U państwa Kwiatkowskich.

– Dobrze ci u nich?

– Bardzo dobrze. – Pchnęła mnie lekko w stronę budynku sądu, za którym skrywało się więzienie. – Chodźmy, bo tu pełno Niemców.

Do nowego lokum Ireny szłyśmy dziesięć minut. Po drodze zauważyłam, że zniknęła szkoła wydziałowa, która stała *vis-à-vis* sądu, nie było już synagogi przy ulicy Solankowej, na końcu Królówki zaś zabrakło pięknej kamienicy, w której mieściła się apteka Pod Orłem. Nie pytałam Ireny, co się stało z tymi budynkami, bo rozumiałam, że zabrała je wojna. Odeszły do przeszłości w przyspieszonym tempie, tak samo jak tysiące innych w całej Polsce.

Państwo Kwiatkowscy mieszkali w szarej kamienicy, za rynkiem. Kiedy weszłyśmy na pierwsze piętro, Irena zatrzymała się przy drzwiach, których górna część przypominała witraż, i nacisnęła dzwonek.

– Nie masz klucza?

– Mam, ale Kwiatkowscy lubią, gdy dzwonię.

Zanim dokończyła to zdanie, otworzyły się drzwi i zobaczyłam w nich młodego mężczyznę w mundurze Wehrmachtu!

W głowie błyskawicznie przewinęły mi się sceny z filmów o okupacji. Może to kocioł? Pułapka? Nerwowo spojrzałam w stronę schodów i wtedy usłyszałam głos tego Niemca.

– O! Gościa pani prowadzi – odezwał się najczystszą polszczyzną. – To ja powiem mamie, żeby zrobiła herbatę.

– Dziękuję, Albercie. – Irena weszła do korytarza, więc ja za nią, lekko oniemiała.

Kiedy znalazłyśmy się same w pokoju, spytałam szeptem:

– Ten Albert to jakiś przebieraniec?

– Siadaj, Aniu, zaraz ci wszystko wytłumaczę.

I wytłumaczyła.

Albert, syn państwa Kwiatkowskich, był kiedyś uczniem Ireny. W grudniu trzydziestego dziewiątego roku, kiedy skończył osiemnaście lat, został wcielony do Wehrmachtu. Nikogo to nie zaskoczyło, ponieważ jego ojciec, pan Josef Kwiatkowski, był rodowitym Niemcem.

– Rodowity Niemiec nazywa się Kwiatkowski? – Przerwałam Irenie opowieść.

– Nie dziw się tak! Mało to Polaków nosi niemieckie nazwiska? Nazwisko nie jest ważne, tylko... – ściszyła głos.

– Widzisz, chodzi o coś innego: żona Kwiatkowskiego jest Polką i oni wszyscy nienawidzą Hitlera. Teraz Albert ma urlop, ale za trzy dni wraca do... szeregu.

Więcej Irena nie musiała mówić.

Spojrzałam na drzwi. Gdzieś blisko, w innym pokoju, siedział chłopak, który był synem Niemca i Polki. W dwudziestym pierwszym wieku zwyczajna rzecz, a tu – dramat.

Po chwili Albert przyniósł dwie szklanki herbaty i zapytał, czy nie będzie nam przeszkadzało, jeśli on pogra sobie na skrzypcach.

– Graj, ile dusza zapragnie! – zaśmiała się Irena. – To dla nas deser.

Piłyśmy więc zielonkawą herbatę o dziwnym smaku, w głębi mieszkania zaś koncertował skrzypek w mundurze Wehrmachtu. Przez parę minut słuchałyśmy muzyki, a potem dostawiłam swoje krzesło do krzesła Ireny, tak że stykałyśmy się kolami, i rzuciłam jedno słowo:

– Mów!

Ludzie, żeby nie zwariować, muszą dzielić się myślami z innymi ludźmi, tymi, których nazywają przyjaciółmi. A jeżeli ktoś nie ma przyjaciół, to idzie wygadać się do psychoterapeuty, na kozetkę.

W czasie wojny kozetki, rzecz jasna, odpadały. Tu nikt nie powierzyłby skrytych myśli obcemu człowiekowi, który mógł okazać się szpiclem – kapusiem – donosicielem lub inną szują. Tu otwierało się duszę tylko przed przyjaciółmi.

Irena zwierzyła mi się, że pracuje teraz w sklepie z damską konfekcją, a poza tym cichaczem uczy dzieci.

– To bardzo niebezpieczne – mruknęłam (za tajne nauczanie groziła kara śmierci).

– A co innego możemy zrobić? Przecież wiesz, że Niemcy pozamykali szkoły.

– Wiem.

– No właśnie. – Spojrzała na mnie jak starsza siostra. – Dlatego nie siedzę z założonymi rękami, tylko robię swoje.

Dalej dowiedziałam się, że moja przyjaciółka regularnie odwiedza kilka domów, w których czekało na nią dwoje – troje uczniów. Pretekstem do tych wizyt była pomoc przy sprzątaniu i dlatego, idąc na lekcje, zabierała ze sobą fartuch oraz ryżową szczotkę. Dzieci wiedziały, że w razie łomotu do drzwi należy schować zeszyty, wyciągnąć spod stołu przygotowane wcześniej wiadro z mydlinami, a potem paść na kolana i razem z panią Bożenko myć podłogę.

Dodatkowym zabezpieczeniem było czuwanie rodziców. Gdy w pokoju toczyła się lekcja, ojciec albo matka pełnili straż, kręcąc się przed domem lub przez okno, zza firanki, lustrując ulicę.

W związku z tym tajne nauczanie stało się pracą zespołową, a właściwie wspólną walką z okupantem. Za walkę nie przyjmuje się wynagrodzenia, więc Irena udzielała lekcji bezpłatnie, co najwyżej czasem z rodziną ucznia zjadła trochę gorącej zupy.

– Z menażki? – zażartowałam.

– Dlaczego z menażki?

– Bo jesteś żołnierzem, Ireno.

– Ty też możesz być... – Zawiesiła głos, dając mi coś do zrozumienia.

– Ale ja nie umiem... Zrozum, nie jestem nauczycielką.

– Wiłam się jak piskorz. – Nie poradzę sobie.

Myślałam, że Irena zacznie mnie przekonywać do nauczycielskiej pracy, mówiąc, że nie święci garnki lepią, ale zareagowała zupełnie inaczej. Roześmiała się, a potem wstała z krzesła.

– Chodź, pokażę ci mój skarb.

Skarb znajdował się na podwórku, w drewutni. Pod stertą drewna leżał brezentowy worek wypełniony książkami.

Irena stała w drzwiach drewutni, na czatach, ja zaś przeglądałam ten „trefny towar":

podręczniki do nauki języka polskiego i historii (w tym bardzo chwalony podręcznik Pohoskiej i Wysznackiej *Z naszej przeszłości*),

książki dla dzieci (*Siwa gąska* Januszewskiej, *Anaruk* Centkiewicza, *Jaś i Kasia* Porazińskiej oraz... *Las Idealny* Obryckiej).

– Chodzi o więcej takich skarbów? – szepnęłam, wychodząc z drewutni.

– Tak, przydałyby się. Głównie podręczniki.

– Pomyślę.

Myśleć zaczęłam od razu.

Od dawna wiedziałam, że teraz bieda z książkami, bo Niemcy skonfiskowali większość prywatnych oraz bibliotecznych księgozbiorów, a poza tym zakazali posiadania jakichkolwiek polskich książek.

Skąd wziąć podręczniki?

Wśród moich książek złożonych na annopolskim poddaszu nie było szkolnych podręczników, ale przecież mogłam „sprowadzać" je zza modrzewia... Nie! Dwudziestopierwszowieczne podręczniki nie nadawały się, zwłaszcza te do nauki historii, bo tu historia jest krótsza.

Trzeba wykombinować coś innego. Tylko co?

Odpowiedź na to pytanie przyszła błyskawicznie.

– Może spróbujesz załatwić przez Naszą Księgarnię? – odezwała się Irena. – Oni wydawali tyle podręczników, może mają jakieś zapasy w piwnicach?

– W piwnicach, na strychach albo w drewutniach – przytaknęłam wesoło. – Masz rację, spróbuję tą drogą.

Obiecałam, że napiszę listy do kilku osób z wydawnictwa na ich prywatne adresy i dowiem się, czy mają jakieś podręczniki albo książki dla dzieci.

– Ale bądź ostrożna! – ostrzegła mnie Irena. – Niemcy czytają listy.

– Moich nie przeczytają.

– A co? Zakażesz im? – zakpiła.

– Nie. Po prostu wyślę listy przez zaprzyjaźnionych kolejarzy.

– Nic nie mówiłaś, że masz zaprzyjaźnionych kolejarzy.

– Mam jednego. Nie wyobrażasz sobie, jaki przystojny!

Irena wzruszyła ramionami, uśmiechając się nieznacznie.

– Nie interesuje mnie, jak wygląda, tylko czy można mu zaufać.

– Można.

Wróciłyśmy do mieszkania i tam opowiedziałam mojej przyjaciółce o Dominiku Polaniszu. O tym, że bronił dworca, później był w więzieniu i w tę straszną noc Niemcy wypuścili go za bramę.

Gdy skończyłam, Irena westchnęła.

– Twój Polanisz miał wielkie szczęście, bo większość tych, którzy ocaleli, Niemcy i tak wymordowali. Wywozili więźniów pod Gniewkowo, do lasu i... – Głos jej się załamał. – Aniu, ja znam szczegóły!

Szczegóły były ponure, lecz mnie nie zaskoczyły. Znałam z historii całą wojnę, natomiast Irena nie miała pojęcia, jakie bestialstwa jeszcze będą się działy. Minęło zaledwie kilka miesięcy niemieckich rządów, nikt nie słyszał o Auschwitz, gettach, Holokauście. To wszystko kłuło się dopiero w głowach nazistów.

W listopadzie Irena rozmawiała z człowiekiem, który był świadkiem jednej z leśnych egzekucji. Ten człowiek (Edmund Górski) stał ukryty za drzewem i widział, jak na polanę wjechały dwa autobusy.

Tragedia rozegrała się szybko, bo długi, dziesięciometrowy dół był już wykopany. Niemcy wypędzili ludzi z autobusów, kazali im się rozebrać, później ustawili ich grupami w szeregu przy dole i strzelali.

Martwe ciała wpadały do dołu, a oprawcy ustawiali już następny szereg.

Wśród strzelających Górski rozpoznał właściciela przedsiębiorstwa budowlanego w Gniewkowie Hansa Conradta

oraz Hansa Jahnza (tego samego, który razem z Hirschfeldem mordował ludzi w więzieniu, gdy trafił tam Dominik).

Kiedy w dole leżały ciała stu Polaków i nie było już kogo
zabijać, Niemcy odjechali.

W lesie zrobiło się cicho. Dół pozostał niezakopany*.

Relacjonując przebieg egzekucji, Irena jakby skąpiła mi
słów. Używała jedynie tych niezbędnych, najprostszych.
Głos, którym wypowiadała zdanie po zdaniu, brzmiał
zwyczajnie, tylko że co parę sekund przełykała ślinę.

∽

Ziemniaki już się ugotowały, więc Dominik odcedził je
i przerzucił do miski.

– Lubisz kartofle w mundurkach? – zapytał Tarnowskiego.

– Jak są w polskich mundurkach, to lubię.

Obaj się roześmieli i usiedli do kolacji składającej się
z ziemniaków, herbaty oraz przyniesionej przez Seweryna
wódki.

Spojrzawszy na to menu, Dominik komicznie westchnął.

– Szwaby mówią, że jesteśmy narodem, który wyrósł na
wódce i kartoflach.

– Słyszałem gorsze rzeczy. – Tarnowski specjalnie się tym
nie przejął i dalej z apetytem jadł gorącego ziemniaka. – Powiedz lepiej, co w radiu mówią.

– Ostatnio nie słuchałem, nie było okazji.

Okazja polegała na zdobyciu klucza do biura ekspedycji
kolejowej, w którym stało niemieckie radio. Od czasu do

---

* Na podstawie danych z dokumentów Instytutu Pamięci Narodowej (Od-
działowa Komisja Ścigania Zbrodni przeciwko Narodowi Polskiemu. Po-
stanowienie o umorzeniu śledztwa z dnia 25.10.2013).

czasu, wieczorami albo nocą, zakradał się tam i po ciemku, z uchem przyłożonym do głośnika, tak długo kręcił gałką, aż znalazł BBC. Ta stacja nadawała audycje w języku polskim, najczęściej komunikaty o tym, co się dzieje w Polsce, lub odezwy do narodu.

Niedawno w radiu wygłosił przemówienie Ignacy Paderewski, ale mówił tylko patetyczne ogólniki: że Polska nie zginie i będzie żyć w wiecznej chwale, bo Polacy są rycerskim narodem.

– To nic nowego nie wiesz? – Seweryn był zawiedziony brakiem wiadomości.

– Wiem, ale nie z radia, tylko od znajomych maszynistów. W Inowrocławiu, na rogatkach, Niemcy wystawili tablicę z napisem: *Die Stadt ist Judenfrei**, a w jakimś lesie pod Toruniem ciągle są egzekucje, rozstrzelali kilkaset osób, polskich urzędników, nauczycieli...

Seweryn odsunął talerz z niedojedzonym ziemniakiem, sięgnął po butelkę i nalał wódki do kieliszków.

– To nie wojna, to rzeź... Dominik, co my możemy zrobić?

– Mówisz „my" jako wszyscy czy my dwaj?

– A co to za różnica?

– Duża.

Tarnowski potrzebował kilku sekund na zastanowienie się, potem pokiwał głową i wyjął z kieszeni paczkę papierosów juno.

– Zapalimy?

– Tak.

---

* *Die Stadt...* (niem.) – Miasto wolne od Żydów.

Zaczęli rozmawiać o drobnych rzeczach, które były możliwe do zrobienia: o przekazywaniu wiadomości od ucha do ucha, o sypaniu żwiru do panewek przy osiach kół pociągu, o przemycaniu polskich książek.

W pewnym momencie Dominik zdecydował się na zwierzenie.

– Słuchaj, Sewer, u nas na poddaszu pod podłogą leży pistolet.

– Twój?

– Mój, jeszcze z września.

Tarnowski nie był zachwycony tą informacją.

– Przecież Schultzowie wieszają pranie na strychu, mogą przypadkiem go znaleźć i wtedy po nas. Owiń to żelastwo w naoliwioną szmatę i zakop gdzieś.

– W taki mróz nie dam rady rozkopać ziemi.

– To znajdź jakąś dziuplę.

Od razu pomyślał o rosnącym przed dworcem dębie, który uratował mu życie.

– Dobra, jutro zabieram pistolet ze strychu – obiecał. – Schowam go w naszym dębie.

– Tym przed stacją? – Seweryn się roześmiał. – Pod samym nosem Niemców?

– Uhm.

– Wypijmy za dziuplę i idę, bo Madzia nie lubi, jak późno wracam.

Gdy Tarnowski zbierał się do wyjścia, Dominik wyjął z szafy zieloną, ozdobioną rysunkiem wyspy z palmami puszkę landrynek od Fuchsa.

– Dostałem dziś od naszej kasjerki, Helgi Schau – powiedział. – Weź dla dzieci.

Wtedy Seweryn oparł się plecami o futrynę i spojrzał na Dominika jak na raroga.

– Powiedz, co te baby w tobie widzą?

– Jakie baby? Jedna Helga to nie baby.

W odpowiedzi Tarnowski zagwizdał tylko jakąś melodyjkę, wziął landrynki, po czym zniknął w ciemnym podwórku.

A Dominik został sam, ze swoimi myślami.

❧

Obudził się przed świtem, z gorąca. Uspokoił przyspieszony oddech i mocno ścisnął róg kołdry. Znów śniło mu się, że on z Anią...

❧

Następnego dnia rozpoczynał służbę dopiero o ósmej wieczorem, więc po śniadaniu zabrał się do prania. Po potrzebny sprzęt poszedł do Tarnowskiej.

– Panie Dominiku, pan znowu swoje – westchnęła, gdy wyjawił swoją prośbę. – Przecież mówiłam, że chętnie panu upiorę, co trzeba, wystarczy mi przynieść.

– Ja też mówiłem, że własne brudy piorę sam, nie pamięta pani?

– Pamiętam, pamiętam, ale myślałam, że od ostatniego razu pan zmądrzał.

Powyższa wymiana zdań odbywała się przy okazji każdego prania, a później Dominik wracał do siebie z balią, tarą oraz kotłem do gotowania pościeli.

Gdy pranie zostało zrobione, pozostało tylko rozwiesić je w suszarni na poddaszu.

Znalazłszy się tam, Dominik zatarasował drzwi blaszaną wanienką, w której przyniósł pranie, a następnie śrubokrętem podważył trzecią, licząc od okna, deskę w podłodze.

Pistolet leżał na swoim miejscu, owinięty w nasączoną olejem flanelę.

Dominik przesunął ręką po zimnej stali, wspominając dzień, kiedy kulą przywitał pierwszego Niemca, którego zobaczył przed dworcem.

„Jednego szwaba mniej" – pomyślał z zapiekłą nienawiścią i wyjrzał przed okno.

Od razu jego uwagę przykuła biegnąca środkiem ulicy dziewczyna w niebieskim berecie. Wyglądało tak, jakby przed kimś uciekała, więc spojrzał w drugą stronę. Nikt dziewczyny nie gonił, lecz pod dębem, naprzeciw siebie, stało dwóch mężczyzn: znienawidzony w Samborzewie gestapowiec Elert oraz cieszący się powszechnym szacunkiem sklepikarz Klimecki.

Tylko przez kilka sekund widział, że obaj stoją, bo nagle rozległ się strzał i Klimecki upadł na ziemię. Grupka gapiów, obserwujących tę scenę, natychmiast skryła się w budynku dworca, zaś Elert spokojnie schował pistolet do kabury.

Dominik zacisnął usta z bezsilności, zdrętwiały i przerażony światem, w którym przyszło mu żyć. Już odsuwał się od okna, kiedy kątem oka zobaczył Anię Obrycką.

Biegła przez jezdnię w stronę dębu! Tam, gdzie leżał Klimecki i gdzie stał gestapowiec Elert!

Wstrzymał oddech, nie chcąc nawet myśleć o tym, co za chwilę może się stać.

Ania uklękła przy Klimeckim, coś do niego szeptała, a obok, na brzydko rozkraczonych nogach, chybotał się Elert. Raptem przestał się chybotać i z impetem kopnął Anię w plecy.

Dominik nie usłyszał jej krzyku, bo okno było zamknięte, lecz widział, że wije się z bólu przy nogach gestapowca, bezbronna niczym pisklę. Wówczas zrozumiał, że nikt na świecie nie jest mu tak bliski jak ta kobieta i że wszystko dla niej zrobi...

Dominik odbezpieczył pistolet.

Miał tylko jeden nabój, musiał więc mierzyć prosto w serce Elerta. Otworzył okno, wysunął rękę z bronią i wycelował.

Myśli zniknęły. Teraz liczyły się dwie rzeczy: trzymanie pistoletu pewną ręką oraz koncentracja wzroku.

Muszka pośrodku szczerbinki.

Gdy chciał nacisnąć spust, tułów Elerta przesunął się do tyłu. Ten bandyta kopnął Anię drugi raz, w głowę.

Dominik czuł, że jego czoło, przed chwilą chłodne, zrobiło się lodowato zimne.

Znów zgrał muszkę ze szczerbinką, lecz nie zdążył strzelić, bo od strony ulicy Świętego Piotra nadjechała ciężarówka z wojskiem. Samochód zatrzymał się przy dębie, zasłaniając widok, zatem cofnął rękę z pistoletem i czekał.

Z ciężarówki wyskoczyło kilku rozjuszonych wehrmachtowców. Ale dlaczego tak wyglądali i co robili za ciężarówką, tego Dominik nie wiedział.

Upłynęła minuta albo dwie.

Potem żołnierze na powrót wskoczyli do wozu, zawarkotał silnik, ciężarówka ruszyła w dalszą drogę.

Przyłożył rękę do szyi; co zobaczy?

Ania już nie leżała na śniegu, obok Klimeckiego, który nie dawał oznak życia, lecz szła do domu, trzymając dłoń na zakrwawionym policzku. Elert natomiast uciekał w stronę nastawni, bez czapki, w rozchełstanym mundurze.

Dominik wybiegł z poddasza. Na półpiętrze przystanął, schował pistolet do kieszeni i ściskając poręcz, zastanawiał się, czy ma prawo iść do Ani. Może ona potrzebuje teraz drugiej kobiety? Może poprosić Tarnowską?

Nie! On pójdzie do Ani! Ma prawo, bo przed chwilą położył na szali swoje życie.

Drzwi mieszkania na parterze nie były zamknięte na klucz, wszedł do korytarza, jeszcze kilka kroków i zobaczył ją – leżała na łóżku z twarzą w pościeli. Na poduszce czerwieniła się krew.

– Aniu... wszystko widziałem. Mogę ci jakoś pomóc?

– Tak. Potrzymaj mnie za rękę.

❧

O dwunastej Bruggen powiedział, że na dzisiaj koniec pracy, pożegnałam się więc uprzejmie i ruszyłam w drogę powrotną do domu.

Daleko nie uszłam, bo zaraz za bramą Annopola zatrzymała się przy mnie furmanka, którą powoził Gudejko.

– Pani Obrycka, jadę do Samborzewa po węgiel, to podwiozę panią pod sam dom.

– W taki mróz z nieba mi pan spadł!

– Albo ze stajni. – Mrugnął okiem, pomagając mi wdrapać się na furmankę. – Przed chwilą czyściłem Ciotkę.

Dla Wacława Gudejki stajnia była czymś w rodzaju nieba, miejscem zamieszkiwanym przez istoty w jego pojęciu nieziemskie, toteż nie martwiłam się o Ciotkę. Miałam pewność, że pod opieką tego człowieka włos z ogona jej nie wypadnie.

Piętnaście minut później stałam już przed swoją kamienicą i wzrokiem odprowadzałam Gudejkę, który odjeżdżał w kierunku Petristrasse, czyli ulicy Świętego Piotra. Kiedy furmanka zniknęła za zakrętem, odwróciłam się, by wejść na podwórko, i wtedy rozległ się krzyk.

Po drugiej stronie ulicy, przed dworcem, znany w Samborzewie gestapowiec Elert trzymał za ramiona młodą kobietę w niebieskim berecie i uderzał jej plecami o pień dębu.

– Ty polska zdziro! – Uderzenie o drzewo. – Ja cię nauczę grzeczności! – Uderzenie o drzewo. – Zapamiętasz mnie! – wrzeszczał zapijaczonym głosem.

Patrzyłam na tego Niemca, na jego szary gestapowski mundur i nie wiedziałam, co mam zrobić.

Ale ktoś inny wiedział! Nagle usłyszałam polski język.

– Zostaw ją! Zostaw!

To krzyczał właściciel sklepu na rynku, pan Klimecki, który akurat z walizką w ręku wyszedł z dworca.

Zobaczywszy, co się dzieje, cisnął walizkę o ziemię, dobiegł do gestapowca i odepchnął go od kobiety. Zaatakowana uciekła, zaś Elert przez kilka sekund stał nieruchomo, oszołomiony tym, że jakiś Polak śmiał go szarpnąć. Potem wyjął pistolet i strzelił do Klimeckiego.

Usłyszałam huk i zobaczyłam huk – był wielki, szary, lodowaty.

Klimecki upadł na śnieg. W zwolnionym tempie, jakby powietrze zgęstniało.

Jednak dobrze widziałam jego twarz, pełną smutnego zdziwienia – że świat tak wygląda, że ktoś strzelił do niego i że w swoim nieszczęściu jest teraz sam.

Nie! To nieprawda! Rzuciłam się do niego przez jezdnię.

– Panie Kazimierzu... – Uklęknęłam i delikatnie podłożyłam mu rękę pod głowę. – Panie Kazimierzu...

Słyszał mój szept, czuł mój dotyk, rozumiał, co mówią moje oczy. I płakał.

Mnie też łzy leciały po policzkach, lecz ani na moment nie oderwałam wzroku od oczu Klimeckiego, a on trzymał się tego spojrzenia jak ostatniej nitki.

Raptem, krzycząc z bólu, padłam na śnieg, bo Elert z całej siły kopnął mnie w plecy.

– *Raus! Raus!*

Nieopatrznie podniosłam głowę i wówczas przed oczami zobaczyłam czarny bucior. Uderzenie w czoło bolało bardziej niż w plecy. Prawe oko zalała mi krew. Jęknęłam, myśląc, że to już koniec, że Niemiec stratuje mnie na śmierć.

Ale czarny bucior nie wymierzył następnego ciosu. Wokół zrobiło się jakieś zamieszanie. Znów podniosłam głowę i zobaczyłam, że na jezdni stoi wojskowa ciężarówka, której wcześniej tu nie było.

Wyskoczyło z niej kilku żołnierzy Wehrmachtu. Wykrzykiwali wściekłe słowa. Potem jeden z żołnierzy uderzył gestapowca w szczękę, inny wygrażał mu pięścią, jeszcze inny pomógł mi wstać. Podnosząc się z ziemi, spojrzałam na pana Kazimierza – na jego twarzy zastygł niebiański spokój.

Skulona powlokłam się do domu.

Kamienica, wejście od podwórka, trzy schodki, moje drzwi, korytarz, łóżko.

Rzuciłam się w pościel i płakałam bez łez, ponieważ pierwszy raz w życiu czułam nienawiść, która była ważniejsza niż ja sama.

Okropnie bolał mnie kręgosłup, w głowie szumiało, z rozciętego łuku brwiowego ciekła krew, a ja myślałam tylko o tym, aby za modrzewiem kupić karabin maszynowy, a potem wejść do budynku gestapo i pozabijać to zło.

Część 2

Rok 1942

Od wielu miesięcy nie napisałam ani jednej linijki, bo... bo łasiczka wyłysiała.

W dniu śmierci Klimeckiego wypadły jej wszystkie włosy i potem długo nie odrastały. Pewnie dlatego, że dwa następne lata były beznadziejnie smutne.

Niemcy wygrywali na wszystkich frontach. Błyskawicznie weszli do Danii, Francji, Norwegii, Holandii i Belgii, bombardowali Anglię, a w końcu zaatakowali Związek Sowiecki.

Wtedy na stacji w Samborzewie zrobił się ruch. W kierunku wschodu mknęły po szynach wojskowe pociągi, jeden za drugim – po zwycięstwo.

Tak przynajmniej wynikało z napisów, które Niemcy umieszczali na lokomotywach: *Räder müssen rollen für den Sieg**.

Propaganda hitlerowska trąbiła o zwycięstwach, gdzie się dało: w gazetach, z głośników na ulicach, na przyklejonych do murów plakatach. Bywało, że w nocy budziło mnie bicie

---

* *Räder müssen...* (niem.) – Koła muszą toczyć się do zwycięstwa.

kościelnego dzwonu, ogłaszające kolejny sukces niezwyciężonej Rzeszy. Następnego ranka w całym mieście powiewały swastyki i nazistowskie gapy, zaś Niemcy zachłystywali się własną wielkością.

Herr Puschke, właściciel księgarni na rynku, wystawił w witrynie mapę Europy, na której specjalnymi chorągiewkami zaznaczał zdobyte przez Niemców tereny. Każdą chorągiewkę wpinał z dumą i należytą, jego zdaniem, celebracją.

Jednak pewnego letniego dnia 1942 roku Puschke zwinął swoją mapę, bo nie było już czego celebrować.

Pod Stalingradem toczyła się wielka bitwa, jedna z największych w historii ludzkości. Niemcy stracili impet, ktoś ich wreszcie zatrzymał.

Do Samborzewa wróciła nadzieja, a łasiczce zaczęło wyrastać nowe futerko.

～

Kiedyś Walentynka mówiła tak:

– Mama, cię wyjść.

Później, gdy trochę podrosła, mówiła:

– Mama, weź mnie na spacer.

W wieku ośmiu lat rzadko kiedy używała słowa „mama". Teraz nazywała mnie mamusią.

– Mamusiu, pójdziemy na spacer?

– Tak, kochanie.

– Na polski cmentarz?

– Tak.

Od roku mieliśmy w Samborzewie dwa wyraźnie oznakowane cmentarze.

Na bramie starego cmentarza Niemcy powiesili tablicę z napisem: *Polnischer Friedhof**, zaś dla siebie ogrodzili nowy placyk i przy wejściu – żeby broń Boże nikt się nie pomylił – umieścili napis: *Deutscher Friedhof***.

Ta pośmiertna segregacja oburzała mnie i równocześnie cieszyła, bo nasz cmentarz stał się miejscem wolnym od Niemców. To znaczy na powierzchni wolnym, bo pod powierzchnią spoczywali tu Niemcy, którzy przed wojną mieszkali w Samborzewie i przed wojną zostali pochowani. Wśród Polaków.

W drodze na cmentarz, przechodząc ulicą Szkolną, napatoczyłyśmy się z Walentynką na mały pochód.

Środkiem jezdni w trójkowym szyku maszerowała młodzież. Pochód otwierał chłopak niosący proporzec ze swastyką. Za chłopakiem szła trójka siedemnastoletnich młodzieńców z werblami. Pałeczki sprawnie uderzały w bębenki, wystukując rytm, zgodnie z którym maszerował cały pochód – krótko ostrzyżeni chłopcy i schludnie uczesane dziewczyny, wszyscy w strojach organizacyjnych Hitlerjugend, czyli w wojskowych koszulach z krawatami.

Raz, dwa, trzy!

Raz, dwa, trzy!

Patrzyłam, jak podnoszą kolana, jak wymachują rękami, jak czują się szczęśliwi w swojej młodości, jedności i miłości do Adolfa Hitlera.

Raz, dwa, trzy!

Raz, dwa, trzy!

---

* *Polnischer...* (niem.) – Polski cmentarz.
** *Deutscher...* (niem.) – Niemiecki cmentarz.

Chłopcy maszerowali w dumnym milczeniu, a idące za nimi dziewczyny skandowały głośno:

– *Sei wahr, sei klar, sei deutsch**.

Podobne pochody odbywały się w Samborzewie często, bo przecież niemiecki narybek miał nasiąkać nazizmem, chciał czy nie chciał.

Tę starą metodę w dwudziestym pierwszym wieku stosuje Kim Dzong Un w Korei Północnej. W telewizji można zobaczyć marsze młodziutkich Koreańczyków, którzy nieprzytomnie kochają swego przywódcę, ponieważ wszyscy wokół kochają go nieprzytomnie.

Raz, dwa, trzy!

Bądź stad-ny!

I niech cię ręka boska broni przed samodzielnym myśleniem!

Na ulicy Szkolnej, w trzeciej trójce pochodu, szli synowie naszych sąsiadów z kamienicy, Franz i Gustav Schultzowie. Niczym nie odróżniali się od reszty niemieckiej młodzieży, maszerowali zgodnie z rytmem, uśmiechnięci, w euforii.

Mieli powody do szczeniackiej radości. Każdy członek Hitlerjugend mógł bezkarnie pastwić się nad Polakami – pobić kogoś, podpalić na nim ubranie lub wrzucić go do dołu z wapnem.

To są raz, dwa, trzy... przykłady, ale mogłabym podać ich więcej.

---

* *Sei wahr...* – (niem.) – Bądź prawdziwa, bądź przejrzysta, bądź niemiecka (dewiza Bund Deutscher Madel – żeńskiej sekcji nazistowskiej organizacji młodzieżowej Hitlerjugend).

Kiedy pochód Hitlerjugend zbliżył się do nas, obie z Walentynką pochyliłyśmy głowy, gdyż przepisy nakazywały, aby Polacy oddawali pokłon swastyce lub zdejmowali przed nią czapki.

Na szczęście pochód nie był liczny i szybko zniknął za rogiem. Ulica Szkolna znów stała się zwykłą ulicą i mogłyśmy ruszyć naprzód, w naszym przypadku na polski cmentarz.

Po minięciu bramy cmentarnej skręciłyśmy w lewo, w kierunku grobu pana Klimeckiego. Walentynka nie znała okoliczności, w których zginął, wiedziała tylko, że umarł nagle i że mama lubi siedzieć na ławeczce przy jego grobie.

– Mamusiu, mogę pochodzić sama po ścieżkach? – spytała, gdy usadowiłam się na tej ławeczce.

– Możesz, a ja sobie odpocznę.

Jak zwykle wspominałam Klimeckiego, jego swadę, ludzką życzliwość i szlachetność. Wspominałam też dzień, w którym całe miasteczko towarzyszyło mu w ostatniej drodze.

Tak się złożyło, że w tym samym dniu gestapowiec Elert opuścił naszą okolicę – na skutek interwencji Bruggena.

Mój pracodawca poczuł się bowiem urażony postępkiem gestapowca. Nie podobało mu się, że Elert bez powodu zabił człowieka, a także to, że skopał zatrudnioną w Annopolu sekretarkę. Osobistą sekretarkę Rudolfa von Bruggena!

Wandzia na własne uszy słyszała rozmowę telefoniczną, podczas której Bruggen podniesionym głosem żądał natychmiastowego usunięcia gestapowca Elerta z Samborzewa. A potem rzucił słuchawkę na widełki i głaszcząc swojego ukochanego Oskara, powtarzał: *Plunder, Plunder*...*.

U Bruggena pracowałam już trzeci rok, lecz wciąż byłam mu wdzięczna za ten telefon.

Z rozmyślań wyrwał mnie głos Walentynki:

– Mamusiu! Jadę do ciebie!

Ocknęłam się i zobaczyłam coś zaskakującego. Walentynka rzeczywiście jechała – na osiołku! Osiołek ciągnął pusty wózek, a obok, z lejcami w ręce, szedł pięćdziesięcioletni mężczyzna.

– Pani się nie gniewa, że posadziłem córkę na Burym? – zapytał.

– Oczywiście, że nie! – odezwałam się przyjaźnie. – Dziękuję, że zafundował jej pan przejażdżkę.

Pomogłam Walentynce zeskoczyć na ziemię, lecz ona ani na krok nie odsunęła się od osiołka. Przytuliła policzek do jego szyi i coś mruczała, a Bury słuchał rozanielony.

– Przypadli sobie do gustu! – Mężczyzna powolnym ruchem zaczepił lejce o krótką kantówkę wystającą ponad burtę wózka. – Mnie się nie spieszy, a pani?

– Mnie też nie, zapraszam na ławeczkę. Nazywam się Anna Obrycka.

– A ja Mleczko.

Pan Mleczko nie podał swego imienia, wyjaśnił natomiast, co robi na cmentarzu z wózkiem i osiołkiem.

– Zbiłem z desek taką samą ławkę jak ta Klimeckiego i dziś przywiozłem na cmentarz, do syna. Rozumie pani,

---

* *Plunder* (niem.) – dziadostwo, tandeta.

ostatnio żonie nogi puchną, długo przy grobie nie ustoi. Musi usiąść.

– Rozumiem... a syn od dawna nie żyje?

– Od trzydziestego dziewiątego, żołnierzem był.

– Współczuję panu.

– Tak... Nic człowiek nie poradzi – mruknął, oglądając swoje buty, po czym podniósł głowę i uśmiechnął się rzewnie. – A może chce pani zobaczyć tę ławeczkę?

– Chcę – odparłam, wiedząc, że nie o ławeczkę chodzi.

Poszliśmy na drugą stronę cmentarza, do miejsca, gdzie dwumetrowe tuje tworzyły zielony pokoik skrywający mogiłę.

Do drewnianego krzyża przybita była tabliczka z napisem:

ŚP.
Bogumił Mleczko
1919–1939
Wola Twoja, Panie

– Bogumił... – szepnęłam. – Piękne imię.

– To po mnie, bo ja też Bogumił.

Żegnając pana Mleczkę przy cmentarnej bramie, byłam przekonana, że na tym znajomość się skończy, ale wcale się nie skończyła, ponieważ on nieoczekiwanie wystąpił z zaproszeniem:

– Żona by się ucieszyła, jakbym takich miłych gości na podwieczorek przyprowadził. – Przechylił śmiesznie głowę. – To co? Pójdzie pani teraz ze mną?

– Pójdę z przyjemnością. A gdzie państwo mieszkają?

– Na Norwida, pod ósmym.

– Myślałam, że za miastem, bo przecież Bury musi mieć obórkę.

Okazało się, że osiołek wraz z wózkiem został pożyczony od jakiegoś gospodarza, który mieszkał tuż za rogatkami, przy drodze do Pakości. Najpierw więc odprowadziliśmy Burego do jego pana, a dopiero potem poszliśmy na Norwida.

Mieszkanie Mleczków znajdowało się w dwupiętrowej, wąskiej kamienicy, ściśniętej z obu stron innymi domami. Drzwi otworzyła kobieta, która od razu skojarzyła mi się z tą kamienicą – była wysoka, szczupła i jakaś kamienna – bez uśmiechu.

– Gość w dom, Bóg w dom – powiedziała na powitanie, gdy mąż wytłumaczył jej, kim jesteśmy. – Proszę, proszę do stołowego.

Wprowadziła nas do ciemnawego pokoju, obiecała, że za jedną minutkę wróci, i zniknęła w głębi korytarza.

Zostałyśmy z Walentynką same. Minutka zamieniła się w dwie minutki, potem w trzy, cztery, pięć... Czas upływał, córka milczała, a ja czułam narastające rozdrażnienie. Zamiast spacerować na świeżym powietrzu, siedziałyśmy tu jak jakieś zapomniane manekiny, czekające na zmiłowanie inspicjenta.

W pewnej chwili Walentynka chwyciła mnie za rękę.

– Mamusiu... coś szura w szafie.

– Wydaje ci się... – szepnęłam uspokajająco.

– Ale ja słyszałam... już dwa razy.

Oblał mnie zimny pot.

Na palcach podeszłam do szafy i wyłowiłam słabo słyszalny szmer: szu, szu.

Przyłożyłam palec do ust, nakazując Walentynce ciszę, sięgnęłam po stojącą na stole kryształową popielniczkę i, tak uzbrojona, szybkim ruchem otworzyłam szafę.

Kura!

Biała kura siedziała w wyłożonej słomą skrzynce, całkiem zadowolona ze swego lokum, bo szafa pozbawiona była tylnej ścianki, więc powietrza oraz światła w środku nie brakowało.

To mało eleganckie: myszkować po szafach, więc błyskawicznie wszystko wróciło do poprzedniego stanu – kura siedziała w zamknięciu, popielniczka stała na stole, a my z Walentynką udawałyśmy znudzone manekiny.

Nie musiałam tłumaczyć córce, dlaczego państwo Mleczkowie ukrywają kurę, bo sama się domyśliła, że chodzi o jajka. Od ponad dwóch lat, to znaczy odkąd wprowadzono kartki na żywność, jajka stały się towarem deficytowym. Niemcom przysługiwało jedno jajko na tydzień, a Polakom przysługiwało zero jajek. Mniejsza bieda, jeśli ktoś mieszkał na wsi, tam wolno było hodować kury, ale w mieście sprawa wyglądała beznadziejnie. Przepisy zakazywały trzymania kur w domu oraz przywożenia jajek lub innej żywności ze wsi.

Istniał, oczywiście, czarny rynek, lecz z astronomicznymi cenami – za jedno nielegalnie kupowane jajko płaciło się markę, a za kilogram masła czterdzieści marek, czyli prawie połowę przeciętnych miesięcznych zarobków.

Tymczasem mijała chyba dziesiąta minuta oczekiwania, kiedy w drzwiach pojawił się pan Mleczko.

– Przepraszam, że to tak długo trwało, ale Regina, znaczy żona, wysłała mnie po kartofle – wyjaśnił, zacierając ręce z zadowolenia. – Obszedłem wszystkich sąsiadów i udało się! Zaraz będą placki. – Zrobił krok do tyłu i rzucił na odchodnym: – Idę trzeć.

– Panie Bogumile! – zawołałam. – A nie lepiej, żebym ja też do kuchni poszła? Pomogę trzeć.

– Myślałem, że woli pani w pokoju siedzieć...

– Wolę w kuchni!

Kuchnia Mleczków, w odróżnieniu od pokoju, była jasna i wesoła.

Przy oknie wisiały dwie płócienne makatki. Na jednej widniał wyhaftowany niebieską nitką napis: „Wszędzie dobrze, ale w domu najlepiej", zaś na drugiej niebieski kotek pił mleko z miseczki.

– Pani Regino, sama pani wyszyła te makatki? – spytałam, podchodząc do okna.

– Nie. To pamiątki po babci – oświadczyła z dumą. – Ładne, prawda?

– Bardzo ładne.

Moje zainteresowanie makatkami spodobało się gospodyni. Bez ceregieli przekazała mi tarkę, a sama zaczęła smażyć pierwsze placki. Nie miała żadnego tłuszczu, poratowała się więc świeczką, którą przetarła patelnię. Pan Bogumił w tym czasie przygotował okupacyjną herbatę, czyli wywar z suszonych skórek jabłkowych.

Jedząc placki, rozmawialiśmy o wojnie, lecz w sposób oględny, bez bolesnych szczegółów, ponieważ przy stole siedziała Walentynka.

Pani Regina wybierała dla małej najbardziej złociste placki, głaskała ją po głowie, a pod koniec podwieczorku dała jej wyszperaną w kredensie tabliczkę czekolady Cadbury.

– Proszę, to dla ciebie: prezent od angielskich lotników.

– Dziękuję. Czy ta czekolada spadła z nieba? – spytała Walentynka (jak przystało na córkę bajkopisarki).

Żona Mleczki nareszcie się uśmiechnęła.

– Tak, dziecko – szepnęła tajemniczo. – Ta czekolada spadła z nieba prosto w moje ręce.

– Regino – wtrącił się pan Bogumił. – Nie zmyślaj, tylko opowiedz, jak to naprawdę było.

A naprawdę było tak, że pani Mleczkowa dostała czekoladę od swojego brata Brunona, który mieszkał w Poznaniu i pracował tam jako tramwajarz.

Na początku 1942 roku Brunonowi trafił się specjalny kurs tramwajem. Otóż miał przewieźć grupę angielskich jeńców, którzy mieszkali w koszarach w Golęcinie i codziennie dowożeni byli do Dębca, gdzie kopali rowy.

Gdy Brunon podjechał tramwajem na wyznaczony przystanek, czekało już tam czterdziestu angielskich jeńców, pilnowanych przez kilku niemieckich wartowników. Niemcy mieli na plecach karabiny, Anglicy zaś mieli pod pachami książki, które czytali podczas długiej jazdy tramwajem.

Całe to towarzystwo powinno wsiąść do wagonu, jednak nastąpiła pewna komplikacja.

Tego dnia tramwaj – z powodu następnego zwycięstwa Rzeszy – udekorowany był niemieckimi flagami. Jeńcy, zobaczywszy je, z angielską flegmą oświadczyli, że z tymi chorągwiami nigdzie nie pojadą.

Zrobiło się zamieszanie. Najpierw wartownicy polecili Brunonowi zdjąć chorągwie, a gdy odmówił (ze strachu przed konsekwencjami), jeden z wartowników pobiegł do koszar i zadzwonił do dyrekcji tramwajów. Po krótkim czasie samochodem z kierowcą przyjechał *Herr* Hunger – w jednej osobie gestapowiec oraz naczelny dyrektor poznańskich tramwajów.

Hunger wrzeszczał, Anglicy żuli gumę, tramwaj czekał.

Ostatecznie Hunger kazał swojemu kierowcy zdjąć flagi, po czym złorzecząc całemu światu, odjechał.

– Później, w drodze, Anglicy obdarowali Brunona papierosami i czekoladą* – zakończyła opowieść pani Regina.

Położyłam wtedy na środku stołu połamaną na kawałki czekoladę Walentynki i mruknęłam wesoło:

– Już niedługo Niemcy zaczną kapcanieć.

– Kto to może na pewno wiedzieć...?

„Ja" – odpowiedziałam w myśli.

Po dniu, w którym poznałam państwa Mleczków, przyszła noc. Nie ma w tym nic nadzwyczajnego, jednak noc nocy nierówna. Dla mnie ta noc była wyjątkowo szczęśliwa, bo przyśnił mi się piękny sen. Pierwszy piękny sen podczas wojny.

---

* Historia zaczerpnięta z: *Z lat okupacji. Wspomnienia Wielkopolan o życiu codziennym 1939–1945*, Brunon Rau *Poznański tramwajarz*, Wydawnictwo Poznańskie 1983, s. 423.

*

Znów siedziałam na ławeczce przy grobie Klimeckiego, tak jak w rzeczywistości. I znów usłyszałam wołanie Walentynki:

– Mamusiu! Jadę do ciebie!

Walentynka siedziała na osiołku. Osiołek ciągnął pusty wózek, a obok, z lejcami w ręce, szedł Olek! Zbliżał się do mnie radosny, z płonącym spojrzeniem, które powtarzało słowa córki:

– Jadę do ciebie.

⁓

Robienie zakupów w Samborzewie było skomplikowaną sprawą.

Pierwsza rzecz – to raz w miesiącu iść do urzędu po przydziałowe kartki na żywność. Odbiór kartek nie odbywał się rug cug, o nie! Każdy musiał swoje odstać, to znaczy spędzić trzy, cztery godziny w kolejce. Z urzędu szłam do wyznaczonego sklepu zarejestrować kartki i dopiero wtedy mogłam robić skromniutkie zakupy. Oto mój tygodniowy przydział żywności:

dwa bochenki chleba (chleb kwaśny, gliniasty, upieczony z mąki, ziemniaków oraz trocin),

trzydzieści deka mięsa (same kości i żyły),

dwadzieścia deka margaryny (solonej),

smarowidło na chleb, zwane przez Niemców *Brotaufstrich* (obrzydliwa w smaku marmolada z brukwi i buraków sprzedawana z wielkich beczek),

trzy deka białego sera (nie pomyliłam się – trzy deka na tydzień), niepełna szklanka cukru,

trzy szklanki chudego mleka,

trzy kilogramy ziemniaków

i kawa zbożowa.

To wszystko! Nic więcej na kartki nie było*.

A bez kartek kupowało się tylko takie rzeczy jak marchew, dynia, ocet, musztarda czy sól.

2011

Robienie zakupów w Toruniu było prostą sprawą.

Pieniędzy miałam w bród, bo w latach 1933–1939 zbierałam bilon i regularnie wynosiłam za modrzew. W ten sposób dorobiłam się całkiem pokaźnego zbioru monet, które trzymałam w „skarbonce", czyli w pudle po odkurzaczu. Niejeden kolekcjoner padłby na kolana przed moim pudłem, ponieważ zgromadziłam same lepsze sztuki – z głębokim stemplem, nowiutkie, błyszczące.

Takie okazy w sklepach numizmatycznych przyjmowano bardzo chętnie, a ja bardzo chętnie przyjmowałam w zamian banknoty z dwudziestego pierwszego wieku.

W związku z tym robienie zakupów nie nastręczało mi żadnych trudności. Starałam się tylko pamiętać, aby za każdym razem jechać do innego sklepu, bo 4 listopa-

---

* Dane zaczerpnięte z: C. Łuczak *Polityka ludnościowa i ekonomiczna hitlerowskich Niemiec w okupowanej Polsce*, Poznań 1979, s. 544, tab. 77.

da 2011 roku nie chciałam pokazywać się dziesiątki razy w jednym miejscu. Nie byłam pewna, czy sprzedawcy mnie zapamiętują, czy nie, ale lepiej nie kusić losu.

W toruńskich sklepach kupowałam głównie to, czego ludzie w Samborzewie potrzebowali najbardziej: nabiał, mięso, tłuszcz, mąkę i cukier.

1942

„Zdobytą" żywność dostarczałam pani Lusi. W pełnej konspiracji i dwiema metodami – hurtową oraz detaliczną.

Metoda hurtowa polegała na tym, że raz w miesiącu Tarnowscy dostawali ode mnie prezent w postaci większej dostawy, na przykład: walizkę z mięsem, pięćdziesiąt kilogramów mąki (przesypanej wcześniej z paczek do parcianego worka) lub wiaderko przetopionego smalcu. Sąsiedzi wierzyli, że wszystko to dostaję od byłej właścicielki Wierzbińca, pani Hektorowej Krajewskiej, która przez zaufanego człowieka przesyła mi najpotrzebniejszy prowiant.

Metodą detaliczną nazywałam małe dostawy żywności „przeszmuglowanej" z Annopola.

Część produktów pani Lusia zostawiała sobie, resztę zaś przekazywała rodzinie szewca Ulmana i Dominikowi Polaniszowi.

Na piętro kamienicy moja pomoc nie docierała. Schultzowie musieli zadowalać się tym, co im Rzesza dawała na kartki. A dawała niewiele. W 1942 roku w niemieckich garnkach gotowały się wodniste zupki.

Miałam na ten temat wiadomości z pierwszej ręki, ponieważ Madzia Tarnowska zmieniła pracę i od roku była służącą u Schultzów. Pracowała u nich od siódmej rano do siódmej wieczorem, wiedziała zatem, co tam w trawie piszczy.

U Schultzów piszczała bieda. Pan domu, kuśnierz Eric Schultz, przed wyjściem do pracy mierzył w centymetrach długość chleba, aby zbyt wiele kromek nie ubyło podczas jego nieobecności, zaś po obiedzie z kubła na śmieci wyciągał obierki i sprawdzał, czy ziemniaki nie zostały za grubo obrane.

Madzia patrzyła na to z mściwą satysfakcją, bo Schultz był wyznawcą Hitlera. W sypialni powiesił portret wodza i często powtarzał, że Niemcy uratowali Europę przed zepsuciem. Na czym owo zepsucie miało polegać, nie tłumaczył, a Madzia nie pytała.

Żadnych pytań w tym domu nie zadawała też żona Schultza, Ursula.

– Schultzowa boi się swojego starego jak diabła – opowiadała Madzia. – I nic, tylko potakuje: *Ja, ja, das ist korrekt, Eric!**, a potem schodzi mu z drogi.

Tak więc na górze, w pięknym pięciopokojowym mieszkaniu oglądano obierki od ziemniaków, a na parterze smarowano chleb smalcem ze skwarkami.

❧

---

* *Ja, ja…* (niem.) – Tak, tak, racja, Eryku.

Po powrocie z pracy wpadłam na chwilę do siebie, zapakowałam żywność i poszłam do sąsiadów. Krótko potem w kuchni u Tarnowskich wyjmowałam już z torby to, co jakoby udało mi się zdobyć w Annopolu i szczęśliwie dowieźć do domu.

– Śmietanka – powiedziałam, podając pani Lusi termofor (ze śmietanką). – A tu trochę cukru, proszek budyniowy i pieprz. Mam jeszcze jajka.

Wyjmowanie jajek łączyło się z podniesieniem spódnicy. Ja trzymałam skraj spódnicy na wysokości talii, Tarnowska zaś wyciągała jajka ze specjalnego pasa do pończoch, który sama dla mnie uszyła. Ten pas miał z przodu osiem małych kieszonek, jedna obok drugiej, w rządku. W każdej kieszonce, przytulone do mojego podbrzusza, siedziało jajko.

– My chyba byśmy zginęli bez pani – mruknęła Tarnowska, odkładając trzecie jajko do koszyczka.

– A ja zginęłabym bez was.

– E, takie gadanie... – Lusia zamierzała wyjąć czwarte jajko, lecz nie mogła tego zrobić, bo nagle opuściłam spódnicę, która zasłoniła kieszonki z jajkami, moje majtki oraz nogi.

Do kuchni wszedł Dominik.

– O, przepraszam, już mnie nie ma. – Uśmiechnął się pod nosem i uciekł do korytarza.

– Panie Dominiku! – zawołała za nim Tarnowska. – Tylko jajka z naszej sąsiadki wyciągnę i zaraz siadamy do stołu. Dzisiaj jest krupnik.

Jakiś czas temu pani Lusia zaproponowała, abym obiady jadała u niej, więc do stołu siedliśmy w siódemkę: czwórka dzieci, gospodyni, Polanisz i ja.

Ale nie zawsze obiad odbywał się w takim składzie. Czasem Seweryn wcześniej wrócił z pracy, czasem Madzia wyskoczyła na chwilę od Schultzów, a czasem nie było Dominika, bo pracował na różne zmiany – już nie jako zwrotniczy, lecz jako telegrafista przy dyżurnym ruchu.

Odkąd ruszył front wschodni, Hitler potrzebował coraz więcej żołnierzy, toteż coraz więcej Niemców dostawało powołania do wojska. Opuszczali wtedy swoje miejsca pracy i ktoś musiał ich zastąpić. Na stacji w Samborzewie też tak było. Niemieccy kolejarze znikali jeden po drugim, a ich stanowiska zajmowali Polacy.

Jedząc krupnik, Dominik zażartował, że jeszcze trochę, a zostanie naczelnikiem stacji i znów wprowadzi się do swojego służbowego mieszkania na dworcu.

– Ale będzie pan przychodził do nas na obiady? – upewniła się Tola, która, podobnie jak reszta dzieci, nie zrozumiała żartu.

– Pewnie! Codziennie będę przychodził na obiady i żeby popatrzeć na waszą babcię.

– Dlaczego popatrzeć na babcię?

– Bo mi się podoba.

– Przecież babcia jest stara – zdziwiła się Tola.

– Nie musisz mi tego przypominać, mądralo – burknęła pani Lusia, udając złość. – Jedz zupę, bo deseru nie dostaniesz.

Na deser mieliśmy krówki, które zrobiłam domowym sposobem (prawdę mówiąc, całe „robienie" polegało na odwinięciu z papierków firmowych krówek z dwudziestego pierwszego wieku).

Takie same krówki i jeszcze trochę innych rzeczy chciałam zanieść dziś do państwa Mleczków, dlatego poprosiłam Tarnowską o pożyczenie konewki.

– Pani Lusiu, muszę przetransportować na Norwida pięć litrów oleju z rzepaku. W konewce będzie bezpieczniej.

Dominik, usłyszawszy to, lekko się skrzywił i oświadczył:

– Zaniosę ci ten olej.

– To uprzejme z twojej strony.

– Uprzejme, nieuprzejme... sama nie dasz rady tak nieść konewki, żeby wyglądała na pustą.

– Masz rację, nie dam rady – przytaknęłam, robiąc potulno-ironiczną minę. – Jestem tylko słabą kobietą.

– W tym sęk.

Już od dawna nasza znajomość weszła w fazę bezinteresownej uszczypliwości. Głównie szczypał Dominik. Szczypał, docinał, burczał albo kpił. Doszło nawet do tego, że zaliczył mnie do grona nieznośnych bab:

– Nie wiem, jak twój mąż wytrzymywał z babą, która ciągle gada (opowiadałam o konnych przejażdżkach z Olkiem).

– Niektóre baby mają wielkopańskie fumy (zatrzasnęłam mu drzwi przed nosem, gdy przyszedł w odwiedziny niezupełnie trzeźwy).

– Baba zawsze wtrąca się tam, gdzie nie trzeba (zaproponowałam, że ostrzygę mu włosy).

Dominik mówił, co chciał, bo miał do tego prawo – był moim przyjacielem. I jakby duchem opiekuńczym, który zjawia się wtedy, gdy jest potrzebny.

Raz na przykład w samą porę pojawił się na strychu.

Wieszałam pranie na linkach, kiedy nagle chwycił mnie zawrót głowy. Poddasze wirowało razem z prześcieradłami, podłoga umykała spod nóg, więc usiadłam przy ścianie i czekałam na dopływ tlenu do mózgu. Tlen jednak nie chciał dopłynąć, zamiast lepiej robiło się coraz gorzej.

Wtedy na poddasze przyszedł Dominik. Bez słowa wziął mnie na ręce i zaniósł do domu.

– Aniu, gdzie masz lekarstwo?

– W szufladzie.

– Jedna tabletka wystarczy?

– Daj dwie.

Siedział przy łóżku do chwili, kiedy podniosłam uspokojoną głowę.

– Minęło? Zupełnie? – spytał.

– Tak. Dziękuję.

Uśmiechnął się tylko i poszedł do siebie. A następnego dnia...

A następnego dnia usłyszałam, że skoro przy okazji każdego prania chcę być znoszona ze strychu, to powinnam schudnąć: „bo takiej ciężkiej baby drugi raz nie będę dźwigał".

Gwoli ścisłości – wcale nie byłam ciężka, w czasie wojny schudłam.

∾

Po obiedzie Walentynka została na podwórku, a właściwie u szewca Ulmana, bo lubiła przesiadywać w jego warsztacie, ja zaś w towarzystwie Dominika poszłam z niezapowiedzianą wizytą do państwa Mleczków.

– Boże przenajświętszy! Nigdy bym się nie spodziewała – szepnęła pani Regina, gdy w jej kuchni wyładowaliśmy przyniesiony towar. – Tyle oleju! Masło, prawdziwa herbata... cukierki... sama nie wiem, co powiedzieć.

– A ja wiem! – Pan Bogumił wziął do ręki czajnik. – Zaraz napijemy się herbaty. W filiżankach! Regino, zaproś państwa Obryckich do stołowego.

„Państwo Obryccy" spojrzeli na siebie tak, jakby się pierwszy raz zobaczyli. Dominik milczał, więc ja wyjaśniłam sprawę:

– Mąż jest w Bremie, na robotach. A to mój przyjaciel, Dominik Polanisz.

– Przepraszam, nie wiedziałem – bąknął Mleczko. – Regino, zaproś panią Obrycką i jej przyjaciela do stołowego.

W pokoju, w którym mieszkała kura, Mleczkowie ugościli nas herbatą oraz chlebem z okupacyjną wątrobianką.

Do wyrobu tej potrawy potrzebne były cztery łyżki płatków owsianych. Gotowało się płatki w wodzie, a gdy przestygły, dodawało się do nich paczkę drożdży, podsmażoną cebulę, trochę maggi, sól i majeranek. Powstawała z tego beżowa, kleista masa o oryginalnym smaku.

– Lubi pani wątrobiankę? – spytała Regina, siadając na wprost mnie.

– Lubię, szczególnie gdy...

Zaczęłam mówić o tym, że ludzie różnie przyprawiają wątrobiankę, lecz ją chyba nie interesował ten temat. Patrzyła gdzieś ponad moją głową, a potem weszła mi w pół słowa.

– Jestem ciekawa, jakim człowiekiem jest pani mąż.

Zalała mnie fala ciepła.

– Dobrym, pani Regino, po prostu dobrym – odparłam, nie wstydząc się tego, że chwalę Olka. – Gdy mąż wróci, przyjdziemy do państwa we dwójkę, bo... – chciałam powiedzieć coś miłego o Mleczkach, ale w tym momencie Dominik wtrącił swoje trzy grosze.

– Bo wtedy ja już pójdę w odstawkę – zażartował, robiąc zawiedzioną minę. – Jak stary kalosz.

– No dobrze – poprawiłam się. – Przyjdziemy tu w trójkę, wszyscy w kaloszach.

&

Zdarzało się, że Dominik w środku nocy rozmyślał o człowieku, którego nie znał – o Aleksandrze Obryckim.

Ania mówiła o nim: Olek.

Za każdym razem, kiedy wymawiała imię męża, Dominik czuł ukłucie żalu. Żałował siebie i nic nie mógł na to poradzić.

Na fotografii, która wisiała w mieszkaniu Ani, Obrycki wyglądał jak zwyczajny facet, jak co drugi na ulicy. Ale fotografia to tylko papier za szkłem. Prawdziwy Obrycki musiał mieć w sobie coś wyjątkowego, bo Ania, wymawiając jego imię, piękniała.

Dominika zalewała wtedy jakaś smutna czułość, jakby uwielbiał wodę, w której się topił.

To głupie porównanie pierwszy raz przyszło mu do głowy ubiegłego lata, kiedy wybrali się nad jezioro za żwirownią.

Ania brodziła z Walentynką na płyciźnie przy pomoście, on zaś popłynął na drugi brzeg. Gdy wracał, raptem chwycił go kurcz w obu nogach. Wiedział, że może liczyć tylko na siebie, bo oprócz Ani w pobliżu nikogo nie było. Błyskawicznie obrócił się na plecy i z całych sił masował łydki, lecz kurcz nie puszczał. Dominik starał się nie wpadać w panikę. Dalej toczył cichą walkę z własną słabością, raz po raz zachłystując się wodą.

Nagle usłyszał wołanie:

– Dominiku, wytrzymaj! Płynę do ciebie!

Zobaczył, że Ania rzuciła się w jego stronę niczym morskie zwierzę mknące po zdobycz.

Nie chciał tego. Bał się o Anię. Jezioro było duże i głębokie.

Jakimś cudem zdołał podnieść głowę nad powierzchnię wody.

– Wracaj! – krzyknął i tym momencie poczuł, że kurcz minął.

Swobodnie ruszył nogami i wyrównując oddech, rozpruł wodę uderzeniem ramienia.

Przez kilka minut płynęli do siebie, Ania nie zwolniła tempa, a on przyspieszył. Kiedy dotknęli się rękami, zobaczył, że wciąż jest przestraszona.

– Złapał cię kurcz? – szepnęła.

– Złapał, ale już dobrze... dziękuję.

Popatrzyła na Dominika uważnie, później uśmiechnęła się z ulgą i dała nurka. Tak szybko, że w miejscu, gdzie przed chwilą znajdowała się głowa Ani, raptem zobaczył stopy.

– Kto cię nauczył pływać? – spytał, gdy dotarli do pomostu.

– Mistrz.

– Mistrz świata? – zakpił.

– Nie, Dominiku, mistrz Europy – odparła zupełnie poważnie. – Ale z wodą nie ma żartów. Zawsze jest groźna.

– Wiem – mruknął, myśląc, że dziś ta woda dała mu najpierw lęk, a potem chwilę szczęścia.

⁓

Im człowiek głupszy, tym łatwiej go ogłupiać.

W związku z powyższym Niemcy otworzyli dla polskich dzieci szkołę, której głównym zadaniem było nie nauczać.

Szkołę w Samborzewie prowadziły panny Wank, córki niemieckiego chłopa, kobiety mające bardzo skromne wykształcenie oraz tak zwaną ciężką rękę.

Bernadette Wank podczas lekcji co rusz używała swojej ręki do wymierzania kar za uczniowskie przewinienia. Przewinieniem mogło być wszystko: zbyt powolne zerwanie się z ławki, harde spojrzenie lub nieprawidłowa odpowiedź na zadane przez nauczycielkę pytanie.

Clothilde Wank nie lubiła bić dzieci ręką po głowie ani uderzać je w twarz, ona wolała używać skórzanego rzemienia i walić nim, gdzie popadnie.

Oprócz kar cielesnych szkoła zapewniała uczniom naukę liczenia do pięciuset i podstawy języka niemieckiego w wersji uproszczonej, niegramatycznej. Cały program nauczania rozłożony był na trzy lata, przy założeniu, że dziennie odbywają się dwie lekcje. Panny Wank czasem skracały ten czas do jednej lekcji i... do domu, bachory! Róbcie, co chcecie, byle z dala od polskich książek!

Przy tych wszystkich okropnościach szkoła niemiecka miała wielką zaletę, mianowicie – nie była obowiązkowa! Wystarczyło, że dziecko przyszło do szkoły na dzień albo dwa i zostało zaewidencjonowane.

Przeciwieństwem szkoły niemieckiej była szkoła polska – bez ewidencji, dzienników, świadectw, bez budynku, ale za to z prawdziwymi nauczycielami, którzy krążyli po mieszkaniach i potajemnie udzielali lekcji.

Do nauczycieli krążących po Samborzewie należał też mój sąsiad, Seweryn Tarnowski. Wracając z pracy, wstępował na chwilę do jednego z domów przy ulicy Kasztanowej lub Reja. Chwila trwała akurat tyle minut, ile trwa lekcja. W ten sposób kilkunastu gimnazjalistów miało zapewnioną naukę geografii u profesora, który w godzinach porannych zajmował się obsługą napędzanego parą wału drogowego.

Lusia Tarnowska pochwalała zaangażowanie syna, jednocześnie utyskując po swojemu.

– Pani Aniu, Seweryn uczy obce dzieci, a na własne nie ma czasu. Madzia w niedzielę sadza dzieciarnię nad zeszytami, ale co to za nauka raz w tygodniu? Gdyby nie pani, to wnuki bym miała nieczytate i niepisate.

Odrobina prawdy w tym była, bo obowiązek uczenia Toli, Felka oraz Piotrusia wzięłam na siebie. Bez większego poświęcenia, po prostu dołączyłam młodych Tarnowskich do mojej uczennicy – Walentynki.

Jeszcze na początku 1940 roku nie czułam nauczycielskiego powołania, jednak po tym, jak na moich oczach Elert zabił Klimeckiego, wiele się we mnie zmieniło.

Nie chciałam stać z boku i przeczekiwać wojnę, która nie była moją wojną. Bo to już była moja wojna! Moje cierpienie, moja nienawiść. Robiłam więc, co mogłam: uczyłam dzieci, a także, dzięki kontaktom z Naszą Księgarnią, zaopatrywałam nauczycieli w książki.

Pomagał mi w tym Dominik, bo to on załatwiał ze znajomymi maszynistami transport listów oraz paczek z książkami na trasie Warszawa – Samborzewo.

W Warszawie paczki na dworzec zanosiła pani Małgorzata Litwinowa, która przed wojną pracowała w wydawnictwie jako sekretarka, a w czasie wojny została... specjalistką do spraw nielegalnego kolportażu.

Z listów pani Litwinowej dowiedziałam się, że dyrektor Włodarski żyje i inni też. We wrześniu 1939 roku Nasza Księgarnia straciła część zapasów, gdyż należące do wydawnictwa składy książek przy ulicy Traugutta spłonęły. Na szczęście ocalały sklep i skład przy Świętokrzyskiej.

Naturalnie nie było tam tylu podręczników i innych książek, aby starczyły na dłużej, dlatego postanowiono drukować nowe nakłady. Nasza Księgarnia robiła to w konspiracji i w sprytny sposób, mianowicie wydawała książki ze wsteczną datą – 1939 rok – i z miejscem wydania oznaczonym jako Wilno. W razie wpadki Niemcy wiedzieliby, że przemyca się książki, lecz nie wiedzieliby, że wydaje się je na bieżąco.

A zatem polska szkoła miała nauczycieli, uczniów (którzy bardzo chcieli się uczyć) oraz podręczniki. Więcej nie potrzeba.

∾

Siedzieliśmy w piątkę przy kuchennym stole: Walentynka, Tola, Felek, Piotruś i ja. Dzieci nic nie mówiły, bo z apetytem pałaszowały kaszę mannę na mleku, dobrze osłodzoną i posypaną rodzynkami. Deser był słodką odsapką po zakończonej właśnie lekcji języka niemieckiego.

Gdy ukazało się dno miseczek, wyjęłam z szuflady niedużą planszę przedstawiającą roślinę – mak lekarski.

– Co to jest? – spytałam.

– Mak. – Padła odpowiedź w czwórgłosie.

– Dobrze. A kto zna wierszyk o maku?

Nikt nie znał, więc w ciągu kilku minut nauczyliśmy się rymowanki:

Siała baba mak,
Nie wiedziała jak,
A dziad wiedział,
Nie powiedział,
A to było tak...

Później zadałam trudniejsze pytanie:

– Po co sieje się mak?

– Na mak do makowca – odpowiedział Piotruś (najstarszy z grupy, dziewięciolatek).

– Bardzo dobrze! Czyli mak w makowcu mamy z tej rośliny, tak? – Wskazałam palcem planszę z rysunkiem maku.

– Tak. – Czwórgłos.

– A z jakiej rośliny mamy kaszę mannę?

W ciszy, która zapadła, wyjęłam z szuflady następną pomoc dydaktyczną – garść nasion pszenicy – i wytłumaczyłam, że gdy odpowiednio zmieli się takie ziarenka, to mamy kaszę mannę. Można ją ugotować z mlekiem i posypać rodzynkami. Sprawa była prosta do momentu, kiedy spytałam:

– Kto wie, z czego mamy rodzynki?

– Ja wiem! – natychmiast odpowiedział mój prymus (Piotruś). – Ze statku.

– Tak, ale z jakiej rośliny?

– Z drzewa, na którym rosną rodzynki – uaktywniła się Walentynka.

Pokręciłam głową i przyniosłam ze spiżarni wcześniej przygotowany talerz z kiściami winogron.

– Łoo! – zawołała Tola. – Winogrona!

Stawiając talerz na stole, wyjaśniłam, że aby mieć rodzynki, trzeba ususzyć winogrona.

– Dlaczego trzeba ususzyć? – zaciekawił się Felek. – Nie można ich zjeść od razu?

– Można. To co, dzieci? Jemy czy suszymy?

Wszyscy wybraliśmy pierwszą możliwość.

Konsumpcja winogron zakończyła lekcję przyrody. Następny był język polski, dziś miałam zamiar wytłumaczyć swoim uczniom, co to jest rzeczownik. Zaczęłam od definicji:

– Rzeczowniki to nazwy ludzi, zwierząt, roślin i rzeczy, rozumiecie?

Po minach widać było, że chcą zrozumieć, ale to trudne. Dla rozjaśnienia posłużyłam się przykładami rzeczowników nazywających ludzi: ciocia, chłop, złodziej, lekarz i tym podobne.

– A teraz wy podacie mi przykłady takich rzeczowników. Piotruś, ty pierwszy.

– Kominiarz i strażak.

– Dobrze, teraz Walentynka.

– Sąsiad i sąsiadka.

– Tak. Tola?

– Ulman i Ulmanowa.

Felek nie poszedł tą drogą, znalazł własną:

– Bogaty i biedny.

– To nie są rzeczowniki, musisz zmienić na: bogacz i biedak.

– Ale dlaczego? – Naburmuszył się.

– Tak musi być i koniec – odparłam mało pedagogicznie, bo bałam się, że wyjaśnieniem pomieszam im w głowach. – Teraz układamy zdania, w których jest rzeczownik. Proszę.

Felek, w poszukiwaniu natchnienia, spojrzał w górę, a potem pierwszy wyrwał się do odpowiedzi:

– Rzeczownik siedzi na lampie.

Ha!

Z dokumentów, do których miałam dostęp, wynikało, że Rudolf von Bruggen jest prawowitym właścicielem majątku ziemskiego Annopol. Naturalnie nie kupił go od Gibowskich. W ogóle nie wydał ani feniga, bo Rzesza w swej dobroci przekazała mu Annopol w zamian za włości utracone w 1917 roku w Rosji. Bruggenowie uciekli wtedy do Estonii i tam, pod Tapą, nabyli o wiele skromniejszy majątek (zapewne za jakąś diamentową kolię zaszytą w gorsecie lub schowaną miedzy pieluszkami córeczki).

Kiedy Hitler podbił Polskę, nastąpiła przeprowadzka z Estonii do Annopola, gdzie czekały na Bruggena dwór oraz rozciągające się po horyzont hektary.

Jednak nie wszystko złoto, co się świeci. Z miesiąca na miesiąc mój pracodawca tracił humor, właściwie stawał się coraz bardziej przygnębiony. Każdego dnia jego córka mogła zginąć pod gruzami własnej willi w Augsburgu, bo alianckie bombowce nie żałowały Niemcom bomb. Nikt nie wiedział, której nocy pojawią się samoloty, ile ich będzie, co zniszczą, kogo zabiją. Obywatele Trzeciej Rzeszy bali się teraz swojego nieba tak samo jak swojego Hitlera i nazistów.

Bruggen chyba też się bał. Nigdy nie powiedział tego głośno, ale już nie paradował po domu z odznaką NSDAP, a tematu wojny unikał jak ognia, choć chętnie wdawał się ze mną w różne rozmowy.

Zdziwiłam się więc tym, co powiedział w czwartek, gdy przyszedł do biblioteki.

Coś go wówczas nosiło. Chwilę spacerował wzdłuż dywanu z założonymi z tyłu rękami, a potem podzielił się ze mną mało oryginalną uwagą.

– Nie ma spokoju na świecie, *Frau* Obrycka.

– Ano nie ma.

– Ale jak długo to jeszcze będzie trwało?! – wybuchnął.

– Trochę będzie trwało – mruknęłam, przekładając jakieś papiery. – Aż... do Norymbergi.

– Nie rozumiem pani. Dlaczego do Norymbergi?

– Och, przepraszam, mówiłam do siebie. Tu mam pismo, które muszę wysłać do fabryki maszyn w Norymberdze.

Wtem otworzyły się drzwi i do biblioteki wbiegł Hubert Foergen, administrator majątku. W ręku trzymał jakąś kartkę.

– Dostałem powołanie do wojska! – zawołał z rozpaczą.

– Jutro wyjeżdżam. Pewnie *Ostfront*!*.

– Cholera jasna! Cholera jasna! – zaklął Bruggen, nie zważając na obecność damy, czyli mnie.

Wykorzystałam to i udając zażenowanie, wyszłam z biblioteki. Niech ci dwaj kiszą się we własnym sosie. Niech rzucają cholerami i zgrzytają zębami, wymawiając słowo Stalingrad.

~~

Jeśli tylko pogoda pozwalała, jeździłam do pracy rowerem, starą balonówką firmy Kamiński. Rower był niebieski, ale pionową rurę musiałam przemalować na biało. Niemcy rygorystycznie wymagali od nas takiego znakowania, by z daleka wiedzieć, kto jedzie:

biała rura – Polak,

rura innego koloru – Niemiec.

Podczas jazdy zawsze miałam przy sobie kartę rowerową, która zawierała moje dane: nazwisko, zawód, wiek, kolor włosów, a poza tym markę roweru i jego numer fabryczny. Wszystko po to, aby uniemożliwić pożyczanie tego dwukołowego pojazdu osobom trzecim. *Ordnung muss sein***.

Aby porządek był jeszcze większy, co pół roku należało na policji przedłużać ważność karty, lecz nie bałam się, że

---

* *Ostfront* (niem.) – front wschodni.
** *Ordnung...* (niem.) – Porządek musi być.

nie dostanę następnego stempelka, ponieważ zezwolenie na rower załatwił mi Bruggen.

Muszę przyznać, że ten człowiek traktował mnie całkiem dobrze. W razie potrzeby mogłam liczyć na krótki urlop, z chęcią pożyczał mi książki, starał się pomagać w niektórych sprawach (rower, stała przepustka na podróże, kartonik dobrego mydła). Kiedyś nawet przywiózł z Augsburga prezent dla Walentynki – nakręcanego kluczykiem żółwia.

Nie zrezygnował przy tym z okazywania swojej wyższości. Było dla niego oczywiste, że jest ulepiony z lepszej gliny, jednak moją glinę traktował z szacunkiem i z sympatią.

– Pani jest stworzona do innego świata – powiedział pewnego dnia, nie wiedząc, że trafia w dziesiątkę.

Tydzień po tym, jak Hubert Foergen pojechał na wojnę, Bruggen przyszedł do biblioteki i poinformował mnie, że znalazł nowego administratora, który od jutra zacznie pracę.

Wszystkie trzy, z Felicją i Wandzią, byłyśmy ciekawe, kto teraz zamieszka w oficynie i zostanie prawą ręką Bruggena.

– Pewnie przyjedzie taki sam Guten Morgen, posiedzi trochę i też go wezmą na front – snuła domysły Celińska.

– A skąd kucharka wie, że będzie taki sam? – spytała Wandzia. – Foergen nie był zły, ale teraz może nam się trafić jakiś parszywy szwab.

Przypuszczenie Wandzi spełniło się w połowie: trafił nam się parszywy administrator, ale nie szwab, tylko Polak. Nazajutrz bowiem przyjechał do Annopola... uff... ciężko mi napisać to nazwisko... przyjechał Lucjan Wąsowski!

Ten sam, który w 1933 roku był zastępcą Olka, szanta-żysta od listów nieistniejącej cioci Adeli, ostatni drań ukry-wający swoje draństwo pod maską dżentelmena.

Nasze pierwsze po latach spotkanie odbyło się w dwor-skim parku.

Rano przyjechałam do pracy, jak zwykle postawiłam ro-wer przy murze, obok krzewu derenia i wtedy z furtki pro-wadzącej na folwark wyszedł wilczur Oskar, a za nim Brug-gen w towarzystwie Wąsowskiego (na widok którego nogi się pode mną ugięły).

– O, dobrze, że pani jest! To nasz nowy administrator – zawołał Bruggen. – Właśnie się dowiedziałem, że *Herr* Wą-sowski pracował kiedyś w Annopolu, więc państwo się znają.

– Tak, znamy się – przytaknęłam, udając spokój, a po-tem wyciągnęłam rękę w stronę Wąsowskiego. – Witam pana.

– Dzień dobry, pani Anno. – Uśmiechnął się jak pierw-szorzędny aktor, który lubi odgrywać sztuki w języku nie-mieckim. – Pozwolę sobie zapytać, jak zdrowie męża pani?

– Dziękuje, dobrze.

– Słyszałem, że pan Obrycki jest daleko...

To zdanie wypowiedział uprzejmym, wyrażającym współczucie tonem, ale przesłanie było jasne: „Nikt cię nie obroni, jesteś zdana na moją łaskę i niełaskę".

Później w bibliotece nie mogłam przestać myśleć o Wą-sowskim. W swoim mniemaniu miał powód do zemsty, bo dziewięć lat temu stracił pracę u Gibowskich, dlatego że Olek opowiedział im o próbie szantażu. Wąsowski był mo-im wrogiem, to pewne.

Nie wiedziałam jednak, jak daleko ten facet może się posunąć w swojej nikczemności.

Jeżeli jest zwykłym draniem, to nie ma czego się bać. Najwyżej zaszkodzi mi u Bruggena (co nie będzie łatwe, gdyż właściciel Annopola do tej pory był zadowolony ze swojej osobistej sekretarki).

Gorzej, jeśli Wąsowski jest prawdziwą kanalią. Wszyscy wiedzieli, że kanalie w czasie wojny załatwiały osobiste porachunki, idąc z donosem na gestapo. Treścią donosu mogło być byle co. Wystarczyło oskarżyć Obrycką o to, że jest fanatyczną Polką, że stroi sobie żarty z Goebbelsa albo że napluła na portret Hitlera (teoretycznie mogłam napluć, bo w bibliotece wisiał portret wodza).

Wizyty na gestapo łączyły się jednak z dużym ryzykiem. I to nie ze strony Niemców, lecz Polaków. Kanalię mógł spotkać nieszczęśliwy wypadek, jakieś potknięcie się na schodach skutkujące złamaniem karku.

Taka to już nasza polska tradycja, że nie lubimy donosicieli. Wąsowski musiał się z nią liczyć.

Po godzinie rozmyślań postanowiłam nie martwić się na zapas. Czas pokaże, czy pan Lucjan jest małym draniem, czy wielką kanalią.

✎

W nocy z soboty na niedzielę leżałam w ciemnościach, nie mogąc zasnąć. Ale nie nachodziły mnie czarne myśli. Cieszyłam się bliskością Walentynki, mruczeniem kocicy i posapywaniem psów. Byliśmy wszyscy razem, tylko Olka brakowało.

On miał gorzej niż my. Był sam, na obczyźnie.

Mój mąż mieszkał w hotelu dla robotników siłą zwiezionych do Bremy z różnych zakątków Europy – z Francji, Holandii, Czechosłowacji i Polski. Większość z nich pracowała w zakładach produkujących myśliwce, a pozostali w fabryce dywanów.

Olek zaprzyjaźnił się z dwoma facetami: z Antkiem Drzewieckim, fotografem z Płocka, oraz z Maurice'em Jacquetem, Francuzem, który przed wojną miał sklep jubilerski w Lyonie. Mieszkali w trójkę w jednym pokoju i pomagali sobie, jak mogli. W ostatnim liście Olek pisał:

W tym tygodniu mamy dobre jedzenie, bo Maurice dostał paczkę z konserwami. Jeśli możesz, Aniu, to przyślij nam skarpety, przydałoby się sześć par. Czy masz jakieś wiadomości od wujka Albina? Co słychać u niego i jego sąsiadów?

Wujek Albin to była Anglia, dość naiwny, popularny szyfr, którym ludzie posługiwali się w korespondencji. Najczęściej w parze z wujkiem Albinem występowała ciocia Frania, czyli Francja.

Olek pytał po prostu, czy wiem, co się dzieje na różnych frontach. Wiedzieć wiedziałam, nawet bardzo dokładnie, z książek z dwudziestego pierwszego wieku, ale to były informacje, którymi z nikim nie mogłam się dzielić. Do Olka pisałam tylko o tym, czego jakoby dowiedziałam się od sąsiada Polanisza, który miał dostęp do radia i słuchał BBC, na przykład że armia generała Andersa opuściła Związek Sowiecki. Teraz nadszedł czas na niemieckie niepowodzenia pod Stalingradem. Co o początkach tej bitwy napisać i jak to zaszyfrować?

Gdy układałam w głowie następny list do męża, niespodziewanie zawyła syrena, ogłaszając alarm przeciwlotniczy. Oho! Wujek Albin nadlatywał.

Walentynka odwróciła się w moją stronę, na wpół rozbudzona.

– Mamusiu, mogę spać?

– Tak, śpij spokojnie.

Jakoś tak było, że alianckie samoloty wywoływały strach u Niemców, natomiast u Polaków nie. Wszyscy oczywiście wiedzieliśmy, że spadające bomby są ślepe i nie zwracają uwagi na narodowość swoich ofiar, ale w czasie przelotu bombowców nasza radość była większa niż lęk.

Tam, w górze, lecieli sprzymierzeńcy, przyjaciele, których twarzy nigdy nie zobaczymy, ale mogliśmy wpatrywać się w ich maszyny i cieszyć się, że chociaż na chwilę Niemcy uciekli pod ziemię, do schronów, a my zostaliśmy sami. Sami u siebie.

Otuliłam Walentynkę kołdrą, pogłaskałam podenerwowane zwierzęta i w płaszczu narzuconym na nocną koszulę wyszłam na podwórko. Schultzowie siedzieli w piwnicy (słyszałam, jak zbiegają po schodach), zaś sąsiedzi z parteru pewnie przekręcili się na drugi bok i dalej spali.

Spojrzałam w górę – księżyc oświetlał czarne, podobne do cygar samoloty, które leciały wielkim stadem liczącym sto lub sto pięćdziesiąt sztuk. Szum każdej pojedynczej maszyny zlewał się z szumem innych i razem tworzyły przeciągły, miły dla mojego ucha pomruk.

To nocne widowisko było piękne, choć niosło śmierć. Gdy toczy się wojna z nazizmem, inaczej nie można. Żyjąc za modrzewiem w latach czterdziestych, dobrze to zrozumiałam. Ktoś posiał wiatr, a teraz zbierał burze.

Jedna z tych burz właśnie przelatywała wysoko nad moją głową i była widomym znakiem, że na świecie, oprócz zgnębionych Polaków oraz panujących Niemców, są jeszcze inni ludzie, lotnicy z RAF-u.

Nie czekałam, aż syrena odwoła alarm. Gdy niebo ucichało, wróciłam do łóżka z przekonaniem, że zaraz zasnę, uspokojona bombowcami.

❧

Dominik lubił, gdy w nocy budziła go syrena alarmowa. To zwiastowało operę. Tak nazywał odgłosy przelatujących nad miastem angielskich bombowców. Mógł słuchać i słuchać, jak grają na niebie. Zawsze chciał, żeby dłużej leciały, żeby było ich więcej – i życzył im szczęścia.

Sierotka miała inny gust muzyczny, nie znosiła warkotu samolotów, szybko więc wgramoliła się pod kołdrę.

– Nie bój się – powiedział do niej. – To nasi lecą, krzywdy nam nie zrobią.

W odpowiedzi Sierotka mocniej przywarła do jego stóp i tyle. Dominik, westchnąwszy lekko, sięgnął po etui z chesterfieldami, które dostał w prezencie od Ani, po czym z przyjemnością zapalił papierosa.

Dobrze tak leżeć, zaciągać się dymem i słuchać koncertu samolotowych silników.

Przez chwilę wyobrażał sobie Niemców z Samborzewa. Siedzą teraz jak szczury w norach i nareszcie czują strach.

Szwaby wiedzą, że z samolotów zostaną zrzucone tony bomb. Było się czego bać.

Wizja Niemców w piwnicach sprawiła Dominikowi prawdziwą przyjemność. Z zadowoleniem pomyślał też o kolczatce, którą sam zmajstrował i poprzedniego dnia, już po godzinie policyjnej położył na jezdni niedaleko dworca. Rano szwabskie auta jak nic nadzieją się na te zaostrzone druty!

Słysząc cichnący odgłos samolotowych silników, Dominik zgasił papierosa i odgarnął kołdrę. Chciał pożegnać wzrokiem ostatnie bombowce.

Otworzył drzwi i... mocniej ścisnął klamkę.

Na podwórku była Ania. Machnęła ręką w kierunku nieba, a potem, nie oglądając się za siebie, weszła do kamienicy.

Nagle, w środku nocy, ogarnęła go złość. Przecież mógł wyjść na podwórko, gdy tylko syrena zawyła, ale nie wyszedł. Wolał wylegiwać się w łóżku jak bezmyślny głupek.

∽

W niedzielę, o ósmej rano ktoś zapukał do drzwi.

– Kto tam?

– *Polizei*.

Walentynka podbiegła do mnie, więc mocno chwyciłam ją za rękę i w miarę opanowana otworzyłam drzwi.

Do mieszkania weszło trzech żandarmów. Dwóch młodych, trzeci starszy. Ten starszy oświadczył, że zgodnie z rozporządzeniem o zajęciu polskiego mienia (obowiązywało od 1939 roku) przyszli po metale kolorowe.

– Oraz inne rzeczy, których potrzebuje niemieckie państwo. – Uśmiechnął się nieprzyjemnie.

W praktyce oznaczało to, że mogą wziąć wszystko, łącznie z moim łóżkiem, poduszką i jaśkiem. Żandarmi od razu przystąpili do rekwizycji czy raczej usankcjonowanej prawnie grabieży. Jeden odkręcał mosiężne klamki, drugi wyszperał w kuchni moździerz, a potem wszedł na stół i zajął się żyrandolem.

Najgroźniejszy był ten starszy. Z podejrzliwą miną spacerował po mieszkaniu i oglądał różne przedmioty, oceniając ich przydatność dla Rzeszy. Obserwowałam go, stojąc w korytarzu, bo stamtąd miałam dobry widok na kuchnię i pokój.

– Ten stolik to antyk? – spytał, wskazując nogą cichego służącego.

– Nie wiem.

– A w ogóle coś wie? – zwrócił się do mnie w pogardliwej formie i pogardliwym tonem. – Wie ile ma lat?

– Wie – skłamałam.

– To bardzo dobrze. – Roześmiał się jak każdy głupiec, który swoją przewagę w postaci pistoletu utożsamia z przewagą intelektualną.

Nie interesowało mnie IQ tego człowieka. Dla mnie mógł mieć nawet dwa mózgi, jeden pod czaszką, a drugi położony na głowie i przykryty czapką.

Nie miałam też większych pretensji o kradzież, która właśnie odbywała się w moim domu. Niech zabierają klamki, niech zabierają żyrandol, ale malowidła z modrzewiem nie pozwolę sobie odebrać! Gdyby żandarm uznał, że państwu niemieckiemu przyda się mój obraz ze spiżarni, wówczas spróbuję przekupstwa albo powiem, że to prezent od Rudolfa von Bruggena, który jest właścicielem Annopola, a także teściem wysoko postawionego funkcjonariusza NSDAP.

Na szczęście nie musiałam uciekać się do łapówkarstwa ani kłamstwa. Niemcy skonfiskowali jedynie klamki, żyrandol oraz moździerz i poszli ograbiać sąsiadów.

Podczas niedzielnego obiadu u Tarnowskich rozmawialiśmy głównie o porannej wizycie żandarmów. Pani Lusia cieszyła się, że Niemcy nie znaleźli zapasów żywności, które trzymała w zasuniętej dyktą skrytce pod oknem.

– Wędzona kiełbasa, boczek, sześć kilo cukru, dziesięć jajek, pół kilo masła – wyliczała, rozprostowując po kolei zgięte palce prawej ręki. – Wszystko się uratowało! A jakby odsunęli stół i kopnęli w dyktę, to na łapówkę dla szkopów poszłyby zapasy i pewnie jeszcze mój pierścionek z rubinem.

– Skąd mama wie, że wzięliby łapówkę? – spytała Madzia, podając mi wazę z barszczem. – Ten starszy żandarm wyglądał na służbistę.

– Po czym poznałaś?

– Bo nadymał się jak mój Schultz.

W tym momencie Seweryn podniósł głowę znad talerza.

– Madzia, bardzo cię proszę, nie mów: „mój Schultz", bo to dwuznacznie brzmi. Ja jestem twój, a nie Schultz.

– Jesteś, jesteś – przytaknęła złośliwym tonem. – Ale czasami też potrafisz się nadąć jak balon.

– Przestańcie! – zawołał Dominik, który do tej pory siedział cicho. – Mamy inny problem. – Odchylił się lekko, prostując plecy, po czym z komiczną powagą oświadczył: – Proszę państwa, nie ma co ukrywać: mieszkamy w domu bez klamek!

Wszyscy parsknęliśmy śmiechem, to znaczy wszyscy dorośli, bo dzieci nie zrozumiały żartu.

– Dlaczego się śmiejecie? – zapytał Felek.

– Bo dom bez klamek to jest to samo co dom wariatów – palnęłam bez zastanowienia.

Walentynka, Tola i Piotruś jakoś to wytrzymali, lecz Felek z miejsca zaczął płakać.

– Ja nie jestem wariatem i inni też nie! A babcia... – Zachłysnął się łzami. – A babcia jest najmądrzejsza z całej ulicy!

Felek siedział obok mnie, więc przytuliłam go i skruszonym głosem uspokajałam:

– Nie płacz, kochanie! To tylko żarty. Żadnego domu wariatów tu nie ma.

Mały widocznie zawstydził się swojego wybuchu, bo zakrył rękami buzię, a płacz zamienił w pochlipywanie.

– Feluś – szepnęłam przymilnie. – Niedługo we wszystkich drzwiach będą nowe klamki, wierzysz mi?

– Tak. – Słabe chlipnięcie.

– A po obiedzie upiekę ciastka z marchwi, chcesz?

– Tak. – Brak chlipnięcia.

Obietnica upieczenia ciastek z marchwi zakończyła temat domu wariatów, chociaż jak się dobrze zastanowić, to życie w naszej kamienicy normalne nie było:

koce w oknach,

trociny w chlebie,

nauka w konspiracji,

jajka w pasie od pończoch,

Ausweis w torebce.

Po obiedzie pani Lusia poszła z dziećmi na spacer, Madzia zmywała naczynia, ja zaś zabrałam się do pieczenia wojennych ciasteczek. Przepis był prosty: dwie szklanki startej marchwi mieszało się z trzema szklankami mąki oraz jedną szklanką cukru. Do tego jajko i proszek do pieczenia. Takie ciasteczka najlepiej smakowały, gdy zjadało się je prosto z gorącej blachy.

Kiedy tarłam marchew, Madzia martwiła się brakiem klamek.

– Seweryn! – zawołała, nie odwracając się od zlewu. – Mama powiedziała, że w sklepie żelaznym nie ma klamek. To co zrobimy?

Seweryn nie usłyszał pytania, ponieważ chwilowo przebywał na jednej z wysp Svalbardu, to znaczy czytał pożyczoną ode mnie *Wyspę mgieł i wichrów* Centkiewicza. Tę książkę, jak wiele innych, przyniosłam zza modrzewia i puściłam w obieg. Obieg zawsze zaczynał się od Seweryna oraz reszty sąsiadów, a później książki wędrowały po Samborzewie, z rąk do rąk, z ulicy na ulicę, przenoszone za pazuchą, w ukryciu. Wszystkie pożyczane ode mnie tomy miały pewien znak firmowy: dwie albo trzy wyrwane kartki, wiadomo które. Ale to nikomu nie przeszkadzało, najważniejsze, że można było czytać po polsku i – zatapiając się w tekście – uciec na chwilę w świat bez wojny.

Seweryn przebywał właśnie duchem w takim świecie, na Wyspie Niedźwiedziej. Natomiast Dominik duchem i ciałem był w kuchni. Siedział obok kredensu, na niskim stołeczku i w ramach spełniania dobrych uczynków pucował buty.

Obuwie, tak jak prawie wszystko, kupowało się na kartki, ale bardzo rzadko. Przez dwa lata należało bowiem zbierać punkty, by zgromadzić wystarczającą liczbę na zakup jednej pary lub zamówienie nowej u szewca.

Wszyscy więc chuchali i dmuchali na swoje buty, omijali kałuże i codziennie pastowali skórzane cholewki. Pastę fabrykowało się domowym sposobem, bo przemysłowa dawno już zniknęła ze sklepowych półek.

W naszej kamienicy specjalistą od pasty był Dominik. W sobie tylko znanych proporcjach mieszał sadzę, terpentynę i roztopiony wosk ze świeczek, a następnie pastował tą miksturą buty Tarnowskich, moje i swoje.

Kiedy Madzia próbowała oderwać Seweryna od książki, Dominik mruknął:

– Daj mu spokój, niech czyta. A klamki biorę na siebie, jutro pogadam z kolejowym magazynierem.

– To ja załatwię butelkę wódki – zaproponowałam. – Na prezent dla magazyniera.

– Nie potrzeba – powiedział i z powrotem zabrał się do pucowania butów.

Nie ponowiłam oferty, bo człowiek musi wiedzieć, kiedy jego pomoc jest wskazana, a kiedy może urazić czyjąś ambicję.

Przez następny kwadrans rozmawialiśmy w trójkę o wszystkim i o niczym, a potem kuchnię wypełnił zapach piekących się ciasteczek. Najwyraźniej kuszący, ponieważ Seweryn nagle wrócił z wyspy mgieł i wichrów do prozaicznej kamienicy przy Kolejowej.

– Zaraz wyciągasz blachę? – spytał, odkładając książkę.

– Starczy dla wszystkich czy tylko dla dzieci?

– Tylko dla dzieci.

– Nie możesz upiec jeszcze jednej blachy?

– Pewnie, że mogę, ale pod warunkiem że utrzesz mi marchew.

Seweryn nie palił się do takiej roboty, zaczął więc wydziwiać.

– A muszą być z marchwią? Nie mogą być z czym innym?

– Na przykład z czym, jaśnie panie? – prychnęłam, biorąc się pod boki. – Z czekoladą, z marcepanem czy z ambrozją?

– No dobra. Utrę ci marchew, ale ty obierzesz. – Poddał się nie bez walki.

– Wiecie co? – Dominik wstał ze swojego stołeczka. – Ja mam lepszy pomysł: upieczemy ciastka z orzechami!

– Gdzie są te orzechy? – Chciałam dodać: „w twoich kieszeniach?", ale nie zdążyłam, bo Dominik odpowiedział najzwyczajniej pod słońcem:

– Na leszczynie.

– Aha... A gdzie ta leszczyna?

– Niedaleko. – Spojrzał na zegarek. – Jak pomożesz mi zrywać, to za godzinę będziemy z powrotem z orzechami. Idziesz ze mną?

– Tak... – bąknęłam lekko oszołomiona nagłą zmianą sytuacji. – Madziu, przypilnuj, żeby ciastka się nie spaliły.

– Przecież wiem – powiedziała, podając mi koszyk. – Narwijcie, ile się da.

Myślałam, że pójdziemy do pobliskiego lasku, który rósł za nasypem kolejowym, lecz spotkała mnie niespodzianka!

Nie poszliśmy – lecz popłynęliśmy, i to nie blisko, ale daleko, hen, w stronę horyzontu!

No, może trochę przesadziłam.

Już w kilka minut po wyjściu z domu wszystko wokół się zmieniło. Było tak, jakbyśmy płynęli łódką po wąskiej rzece. Brzegi obrastała trawa poprzetykana rojnikami i dzikim majerankiem, a my sunęliśmy środkiem, prosto przed siebie – po szynach. Dominik zamiast wiosłem machał dźwignią, to znaczy przyciągał ją i odsuwał. Jechaliśmy bowiem lekką, dwuosobową drezyną.

– Podoba ci się tutaj? – spytał, gdy stacja kolejowa została w tyle, a drezyna wjechała na tor, wzdłuż którego ciągnęły się obrośnięte zielenią wały.

– Bardzo mi się podoba, nigdy nie zapomnę tej przejażdżki.

– Serio?

– Serio. Nie miałam pojęcia, że możesz sobie robić wycieczki drezyną, kiedy tylko zechcesz.

– To niezupełnie prawda – mruknął. – Jedziemy kradzioną drezyną.

– Jak to kradzioną?!

– Oj, nic takiego, chwilowo jest ukradziona, za godzinę ją oddamy.

– Nie zapytałeś Niemców o pozwolenie?

Dominik przestał ruszać dźwignią i drezyna się zatrzymała.

– Aniu, ja nie jestem małym chłopcem, który na wszystko musi mieć pozwolenie – oświadczył, cedząc komicznie każde słowo. – Niektóre rzeczy biorę bez pytania.

– Na przykład drezynę?

– Tak. – Chwycił dźwignię i ruszyliśmy po torze. – Wolisz jechać szybko czy powoli?

– Powoli. Daleko jeszcze do leszczyny?

– Jakiej leszczyny?

– Tej z orzechami. – Parsknęłam śmiechem, bo pytanie Dominika było idiotyczne. – Zapomniałeś?

– Nie. Nie zapomniałem, ale chciałbym, żebyś ty na godzinę zapomniała o orzechach... i o całym świecie.

Nie odwrócił się w moją stronę. Spokojnie przesuwał dźwignię, napędzając drezynę siłą swoich mięśni, lecz wiedziałam, że czeka w napięciu.

Nagle zakryłam ręką oczy, by nie patrzeć na biegnące prostą linią szyny, ponieważ życie nie było takie proste. Kochałam Olka i nic tego nie mogło zmienić. Amen. Ale Dominik miał w moim sercu specjalne miejsce. Drugie amen.

– Zrobiłem ci przykrość? Nie domyślałaś się? – Usłyszałam cichy głos.

– Domyślałam się.

Drezyna znów stanęła.

– Aniu, spójrz na mnie, proszę.

Podniosłam głowę i popatrzyłam mu w oczy z wyrzutem.

– Dlaczego to powiedziałeś?

– Nie żałuję.

Drezyna ruszyła z impetem, od razu z piątego biegu.

– Dominiku...

– Wiem! Wszystko wiem! – wybuchnął. – Ale nic nie poradzę na to, co czuję. Aniu, ja...

– Nie kończ, przecież wiem! – zawołałam, kładąc mu palce na ustach. – Nie jestem z kamienia.

Pocałował moje palce i przez dłuższą chwilę jechaliśmy w milczeniu.

Coś, co od trzech lat pulsowało pod powierzchnią, zostało wyciągnięte na światło dzienne. Widocznie tak musiało się stać. Nie miałam wyrzutów sumienia, poczucia winy czy czegoś w tym rodzaju – ani w stosunku do mojego męża, ani w stosunku do Dominika.

Olek był dla mnie jedyny, Dominik zaś miał prawo... czuć to, co czuł, a ja – nieba bym mu przychyliła.

Kiedy dojechaliśmy do rosnących po prawej stronie toru drzew, zatrzymał drezynę.

– Jesteśmy na miejscu. Stacja leszczyna.

– Co teraz będzie?

Dobrze zrozumiał to pytanie, bo odpowiedział smutnym i jednocześnie uspokojonym głosem:

– Aniu... nic się nie zmieni.

Potem zrywaliśmy orzechy, rozmawiając zwyczajnie o wszystkim: o ciasteczkach, które upiekę na kolację, o wschodnim froncie, o naszych czarnych kocicach. A przy tym Dominik rozłupywał kamykiem co dorodniejsze orzechy i zjadaliśmy je ze smakiem.

Bo nic się nie zmieniło.

W nocy przyśniła mi się leszczyna z wiersza Wisławy Szymborskiej.

Kochali się w leszczynie
pod słońcami rosy,
suchych liści i ziemi nabrali we włosy.

Serce jaskółki,
zmiłuj się nad nami*.

– Mamusiu, ja już wiem, kim chcę zostać!

Walentynka jakoś uroczyście usiadła na drugim fotelu, zamknęłam więc słownik języka niemieckiego, który lubiłam wertować, i spytałam:

– Kim?

– Szewcem!

Spodziewałam się zupełnie innej odpowiedzi, ale nie dałam tego po sobie poznać. Decyzję córki potraktowałam z autentyczną powagą.

– Dlaczego wybrałaś akurat ten zawód?

– Bo jest najlepszy! – zawołała z przejęciem. – Ludzie potrzebują butów. Pan Ulman nauczy mnie szewstwa. On wszystko umie!

---

* W. Szymborska *Upamiętnienie*,
http://www.poezje.hdwao.pl/wiersz_3703–upamietnienie_wislawa_
szymborska.html.

Z wypiekami na twarzy zaczęła opowiadać nie tyle o szewstwie, ile o szewcu.

– Wiesz, pan Ulman potrafi podzelować buty kawałkami opony od roweru... I uszył jednemu panu ładne cholewki ze starej teczki, bo innej skóry nie miał. Drewniaki to robi najlepiej w całym Samborzewie! A jak opowiada!

– Opowiada? – zdziwiłam się, gdyż według mojej wiedzy pan Joachim Ulman nie był w stanie wydusić z siebie więcej niż trzy słowa na godzinę. Po upadku ze schodów, o którym mówiła mi Tarnowska, miał jakieś zaburzenia neurologiczne i na gawędziarza się nie nadawał.

– O czym opowiada? – dociekałam.

– Oj, mamusiu, o ciżemkach, o baletkach, o siedmiomilowych butach...

Podejrzewałam, że to Walentynka opowiadała szewcowi o ciżemkach i baletkach. Moja córka znalazła w nim wiernego słuchacza, zaś w warsztacie na podwórku jakby bajkowy świat – z szewskimi kopytami, kalafonią i mnóstwem innych tajemniczych przedmiotów. Pomyślałam, że Olkowi sprawiłby przyjemność list córki na ten temat.

– A może napiszesz tatusiowi, że zostaniesz szewcem? – zaproponowałam.

– Dobrze. Daj mi papier.

Siadła przy stole i mozoliła się nad literkami, ja zaś wróciłam do swojego słownika. Przez kilka minut w pokoju panowała cisza, a potem Walentynka spytała:

– Szewc pisze się przez ef czy przez wu?

– Przez wu – wyjaśniłam, nie podnosząc głowy znad książki.

Po chwili:

– Mamusiu... a dratwa?

– Przez wu.

Po następnej chwili:

– A tatuś...

– Tatuś przez u otwarte.

– Wiem, że przez u otwarte – powiedziała trochę niecierpliwie. – Ja się chciałam zapytać, czy tatuś jest taki wysoki jak pan Ulman.

Nagle zapłakałam w duszy.

Walentynka zapomina prawdziwego Olka! Zna go z rozmazujących się wspomnień i z fotografii. Gdyby wszedł teraz do pokoju, to poznałaby go bez trudu, ale na ruchliwej ulicy, w tłumie – chyba nie!

– Kochanie... – odezwałam się, wstając z fotela. – Tatuś jest trochę wyższy od pana Ulmana. Popatrz! – Wyciągnęłam z torebki dawno nieużywaną szminkę i na ścianie, przy oknie, narysowałam poziomą kreskę. – O, widzisz, tatuś ma czubek głowy tu, gdzie zaznaczyłam.

Wtedy Walentynka podbiegła do mnie i... przytuliła się do ściany.

Ja też.

W środę jadłam obiad tylko z Lusią i dziećmi. Zupa ogórkowa była wyjątkowo smaczna, więc szybko znikała z talerzy. Piotruś jeździł już łyżką po dnie i aby ułatwić sobie wyjadanie resztek, przechylał talerz w swoją stronę.

– Tak się nie robi, bo to nieładnie – napomniała wnuka Tarnowska. – Jak chcesz wyjeść zupę do końca, Piotrusiu, to odchylaj talerz odwrotnie, od siebie.

Chłopczyk, rozsmakowany w zupie, nie zmienił pozycji talerza, co zniecierpliwiło Lusię.

– Pani Aniu, ja nie mam nerwów. Niech pani mu powie, że to nieelegancko. Może pani posłucha.

Tarnowska, nie wiedząc o tym, postawiła mnie w głupiej sytuacji, jednak nie zrobiłam uniku.

– Prawdę mówiąc, odchylanie talerza zawsze jest nieeleganckie. Talerz powinien stać na stole. Ale jak zupa smaczna, a człowiek głodny, to wszystkie chwyty są dozwolone, nawet wylizywanie.

Ostanie zdanie zostało przez młodocianych stołowników zrozumiane w całej rozciągłości. Tola pierwsza zaczęła wylizywać swój talerz, a reszta poszła za jej przykładem.

– Miało być elegancko – roześmiała się Lusia. – A tu, proszę, cztery psiaki przy stole!

Po obiedzie owe cztery psiaki trafiły pod moją opiekę, bo Tarnowska poszła odwiedzić kilka swoich przyjaciółek i poprosiła, abym została z dziećmi u niej w domu.

Najpierw bawiliśmy się w głuchy telefon, potem w pomidora, a jeszcze potem zabawa mi się znudziła. Nakazałam podopiecznym wymyślać różne rymy do słowa „szmatka", sama zaś poszłam do kuchni umyć brudne naczynia (szmatką).

W pewnej chwili zaalarmował mnie głośny płacz. Wpadłam do pokoju.

Dziewczynki stały przy szafie i patrzyły, jak Piotruś okładał Felka pięściami.

– Co się dzieje? – Rozdzieliłam chłopców.

– Bo on zabrał kolorową gazetkę i nie chce oddać! – naskarżył Piotruś.

– Jaką gazetkę?

Zapłakany oraz pobity winowajca wyciągnął spod swetra jakieś pisemko i podał mi je bez słowa. Gdy rzuciłam na nie okiem, zrobiło mi się gorąco.

– Skąd to macie?

– Tata nam dał. – Feluś chlipnął.

Przykazawszy dzieciom grzeczną zabawę, usiadłam na tapczanie i dokładnie obejrzałam ten skarb, który trafił w moje ręce. Był to amerykański komiks wydany w 1938 roku. Na okładce widniał tytuł „Action Comics", niżej zaś widniał rysunek przedstawiający Supermana. Łatwo go rozpoznałam, ponieważ miał na sobie swój niebieski strój oraz czerwoną pelerynę. Superman biegł przed siebie, trzymając nad głową wielki samochód, a peleryna powiewała z tyłu.

Jednak najważniejsze były dwie litery, kropka oraz jedna cyfra: „No. 1".

Pierwszy numer „Supermana"! Już niedługo ta gazetka będzie niezłym kąskiem dla kolekcjonerów!

Kiedy Lusia wróciła z plotek, pobiegłam do siebie.

2011

Internecie, internecie, powiedz przecie: ile to jest warte na świecie?

„Superman Action Comics #1".

Klik!

Wystarczyło przejrzeć kilka witryn, by dowiedzieć się, że pierwszy numer „Supermana" zrobił furorę. Proszę:

Egzemplarz „Action Comics #1" z 1938 r., w którym po raz pierwszy pojawił się Superman, pod koniec ubiegłego roku został sprzedany na aukcji internetowej za 2,16 mln dolarów. W 1938 r. kosztował 10 centów. Teraz wciąż jest niemal w idealnym stanie. Poprzedni rekord należał również do „Action Comics #1". Jednak wydanie sprzedane w marcu 2010 r. za 1,5 mln dolarów było gorszej jakości*.

Albo to:

Niezwykle rzadko spotykaną kopię komiksu „Action Comics #1", w którym po raz pierwszy pojawiła się postać Supermana, sprzedano na aukcji portalu eBay za 3,2 mln USD, czyli w przeliczeniu za ponad 10 mln złotych.

---

* http://www.ekonomia.rp.pl/artykul/880114.html.

Zachowany w niemal idealnym stanie komiks stał się tym samym najdroższym tego typu wydawnictwem w historii. Poprzedni rekord należy także do serii „Action Comics #1" – kolekcjoner kupił taki zeszyt w 2011 r. za 2,2 mln USD.

Telewizja CNBC podaje, że „Action Comics #1" jest rozchwytywany przez kolekcjonerów, bo do dziś zachowało się ledwie 50 sztuk tego wydanego w 1938 r. komiksu. Chodzi o egzemplarze, które nie zostały odrestaurowane*.

Hura! Tarnowscy mają złote jajko! Co ja mówię, mają kopę złotych jaj!

1942

Wieczorem staliśmy na podwórku przy moim oknie od kuchni. Przyjemnie było patrzeć na rozgwieżdżone niebo i wyobrażać sobie nadlatującego Supermana.

– Zapalisz? – spytał Dominik.

– Nie, dziękuję.

Sam zapalił papierosa, parę razy zaciągnął się dymem, a potem zadał mi pytanie, jakie zadaje się tylko bliskim osobom.

– O czym myślisz, Aniu?

---

* http://weekend.pb.pl/3826087,22810,komiks–za–10–mln–zlotych.

– O pewnym mężczyźnie.

– O mężu...?

– Nie. – Roześmiałam się. – Myślałam o kimś dużo młodszym.

Nie dopytywał, dalej palił.

Mieliśmy już wrócić do swoich mieszkań, kiedy na podwórku pojawił się Seweryn Tarnowski.

– Poczekajcie – poprosił. – Wyszedłem zapalić. Pogadamy?

– Pogadamy. – Dominik był wyraźnie zadowolony z następnej wspólnej chwili przy moim oknie. – Załatwiłeś te pręty?

– Jeszcze nie, ale w tym tygodniu będą.

Zaczęli rozmawiać o jakichś swoich sprawach, więc im nie przeszkadzałam. Dopiero gdy temat prętów został wyczerpany, włączyłam się do pogawędki.

– Seweryn, ja dzisiaj pożyczyłam sobie od was taki amerykański komiks...

– No?

– Skąd go masz?

– To wynagrodzenie za pracę – oświadczył z komiczną powagą. – Stary Mazurek mi dał.

– Jaki Mazurek?

– Ten z Kasztanowej. On ma...

Dowiedziałam się, że stary Mazurek ma dwie córki w wieku gimnazjalnym. Seweryn uczył je geografii, oczywiście bezpłatnie. Mazurek chciał się czymś odwdzięczyć nauczycielowi, więc ofiarował mu jeden z komiksów, które jeszcze przed wojną dostał w paczce od wujka z Ameryki.

Zatem „Superman" był gratyfikacją za tajne nauczanie córek Mazurka. A w pewnym ogólniejszym sensie – gratyfikacją za nauczanie wszystkich uczniów.

– Seweryn – odezwałam się namolnym tonem. – Czy ja mogę ten komiks potrzymać trochę dłużej?

– Trzymaj, ile chcesz.

– A piętnaście lat mogę?

Parsknęli śmiechem, bo: „Ania jak czasem coś powie, to boki można zrywać". Ja też się śmiałam, ale nie zapomniałam dopytać:

– To mogę trzymać ten komiks piętnaście lat?

– Możesz i trzydzieści. – Seweryn zgasił butem niedopałek swojego papierosa i dalej chichotał.

Nie zmieniło to faktu, że właściciel pierwszego wydania „Supermana" zgodził się, abym przechowała ten cenny egzemplarz aż do roku 1957. Wtedy w Polsce skończy się stalinizm, a Seweryn odbierze od losu nagrodę za bezinteresowne tajne nauczanie.

◈

Pierwsze tygodnie jesieni 1942 roku były ciepłe, lecz zima stała za progiem. Już teraz wszyscy martwili się, że znów przyjdą mrozy, z którymi trudno będzie sobie poradzić.

W czasie okupacji Niemcy skąpili nam każdej bryłki węgla. Właściwie o bryłkach nie było mowy, z przydziału dostawało się tylko miał węglowy – jeden cetnar na miesiąc. Taka ilość ledwie wystarczała do gotowania, ale Niemców nic to nie obchodziło. Kiedy przychodził grudzień, bez żenady wywieszali na murach plakaty z napisem:

„Każdy, kto nie oszczędza węgla, jest dla Rzeszy złodziejem".

Ludzie z nienawiścią spoglądali na plakaty i szli do domów, w których stały zimne kaflowe piece.

Kto mógł, ratował się kozą, czyli żelaznym, okrągłym piecykiem na trzech nóżkach. Koza miała jedno palenisko, służące jednocześnie do gotowania i ogrzewania. Popularność piecyków brała się stąd, że chętnie połykały wszystko, co się wrzucało do ich czeluści: miał węglowy, chrust, korę zdartą z drzew albo kupione w stolarni trociny.

Drugim poważnym problemem, jaki niosły mrozy, był brak ciepłych ubrań.

W nieskończoność cerowano przedwojenną bieliznę, nicowano płaszcze, łatano spodnie, a swetry robiło się na drutach z materiałów zastępczych – rozplecionych sznurków, z pociętych w paski bandaży albo z kupowanych na metry knotów do lamp naftowych. Nabycie nowej odzieży graniczyło z cudem, bo konfekcję, tkaniny i wełnę sklepy sprzedawały wyłącznie na punkty, latami gromadzone z kartek.

Wiedząc o tym, starałam się już zawczasu, to znaczy jesienią, pomóc przyjaciołom i znajomym w przetrwaniu zimy. Zaczęłam od zaopatrzenia pani Celińskiej i Wandzi w ciepłe ubrania.

W połowie października zaprosiłam je do siebie na całą niedzielę. Tego dnia rano świeciło słońce, ale później zaczęło lać. Toteż w drzwiach zobaczyłam dwie zmokłe kury.

– Okropna ulewa – zawołała Wandzia, rozpinając przemoczony żakiet.

– Złapała nas przy brzozowym zagajniku, to już nie było sensu się wracać – dodała Felicja. – Brr... jak mi zimno!

– Chodźcie do kuchni – zarządziłam. – Tam jest ciepło, zaraz dam wam coś do przebrania.

Po chwili kuchnia przypominała wnętrze cygańskiego wozu. Na rozwieszonych od ściany do ściany sznurkach suszyła się garderoba Celińskiej i Wandzi, zaś one same w szlafrokach, które im pożyczyłam, piły herbatę z cytryną.

– Teraz się rozgrzałam. – Celińska zatarła ręce i spojrzała w stronę pieca. – Wolno wiedzieć, co się tam pichci?

– Dobre rzeczy, pani Felicjo: rosół z kury, polędwica po angielsku i kotlety schabowe, a na deser mam krem karmelowy – wymieniałam dania w identycznej kolejności, w jakiej poprzedniego dnia zamówiłam je przez telefon, oczywiście, za modrzewiem, gdzie catering nie był niczym nadzwyczajnym.

– Tyle tego... – westchnęła Celińska. – Ani chybi od świtu pani przy garnkach urzędowała.

Wtem do rozmowy wtrąciło się moje dziecko:

– Jak rano wstałam, wszystko było już gotowe, a Muszka wylizywała krem z miseczki.

– Ho, ho – parsknęła śmiechem Felicja. – Temu kundlowi dobrze się powodzi!

Z jakiegoś powodu Muszka nie lubiła być nazywana kundlem. Nawet bardzo nie lubiła, bo raptem śmiech Celińskiej zamienił się w okrzyk:

– Puszczaj, głupi psie!

Muszka chwyciła bowiem zębami połę jej szlafroka i warczała nieprzyjemnie.

– Po co kucharka tak wrzeszczy? – Wandzia ze stoickim spokojem jadła kawałek keksa. – Psy mają dobry słuch.

– Co ty powiesz? A wielbłądy?

– A co tak nagle kucharkę wielbłądy zainteresowały?

– Chcę sobie kupić jednego.

– Żywego?

– A pewno, że żywego. Będę go, Wandzia, na wełnę hodować.

Z wielbłądziej wełny temat zszedł na owce, zaś z owiec na stado baranów, do którego, według Celińskiej, Wandzia powinna dołączyć.

Podczas tych przekomarzanek Muszka przestała szarpać szlafrok i wycofała się pod krzesło Walentynki, nie wiedząc, że ustępuje miejsca pewnemu zwierzątku.

Przy stole pojawiła się łasiczka. Najpierw ziewnęła dwa razy, później wykonała długi skok – z podłogi prosto na czubek głowy pani Felicji. Pobuszowała trochę we włosach, po czym ułożyła się do snu w takiej pozycji, że jej zwisający ogonek zasłonił mi prawe oko kucharki.

Kiedy rozkoszowałam się wizją łasiczki, Wandzia, która widocznie nie znalazła następnej riposty na przytyki Celińskiej, zatroszczyła się raptem o kotlety.

– Obrócę schabowe – powiedziała, odstawiając szklankę z herbatą. – Bo coś za mocno skwierczą.

– Siedź, Wandziu, ja to zrobię.

Podskoczyłam do pieca, zdjęłam pokrywkę z patelni i w momencie gdy zajęta byłam przekładaniem kotletów na drugą stronę, za moimi plecami ktoś odezwał się po niemiecku.

– Dzień dobry wszystkim. *Frau* Obrycka, pożyczy mi pani pięć kartofli?

W otwartych drzwiach kuchni stała sąsiadka z góry, Ursula Schultz. Do tej pory nigdy jeszcze mnie nie odwiedziła. Nasze stosunki ograniczały się do ukłonów oraz zdawkowej wymiany uwag na temat pogody.

Widząc moje zdumienie, Ursula dodała usprawiedliwiającym tonem:

– Pukałam, ale nikt mi nie otworzył, to nacisnęłam klamkę i weszłam. Chyba się pani nie gniewa?

– Oczywiście, że się nie gniewam. Proszę bardzo, niech pani usiądzie.

Schultzowa podziękowała uprzejmie, jednak siadać nie chciała.

– Ja tylko tak... na chwilę, bo widzi pani... gotuję lepszy obiad... mąż dziś wyjeżdża.

– Na długo? – zapytałam nieśmiało.

– Na front.

– Rozumiem. – Spuściłam powieki, by ukryć prawdziwe myśli.

Ha! Przyszła kryska na Matyska! Już wkrótce kuśnierz Schultz będzie wiedział, że o wiele łatwiej wielbić Hitlera w pięciu pokojach z łazienką niż w okopach z błotem. Może nawet któregoś dnia w skrytości ducha przeklnie swojego führera.

– Pięć ziemniaków wystarczy? – spytałam Ursulę. – Bo mam dziesięć, mogę je pożyczyć.

– Skoro pani taka miła, to wezmę dziesięć. Jutro oddam – obiecała ze smętnym uśmiechem.

Z takim samym uśmiechem poczekała, aż zapakuję ziemniaki w gazetę, a potem się pożegnała.

Kiedy zamknęłam za nią drzwi, Wandzia przybiegła do korytarza i przekręciła klucz w zamku, Felicja zaś wstała z krzesła tak gwałtownie, że zaspana łasiczka zjechała jej z głowy na kark.

– Pani Anno! – zawołała Celińska. – Ta Niemra może pani kłopotów narobić. Widziała kotlety!

– I biały chleb. – Wandzia wskazała bochenek, który leżał na kredensie. – Nie kartkowy! Jak się pani z tego wytłumaczy?

Walentynka też spojrzała na mnie w popłochu.

– Mamusiu, przyjdą żandarmi?

– Nikt tu nie przyjdzie – oświadczyłam ze spokojem. – Schultzowa słówkiem nie piśnie o kotletach.

– Dlaczego nie piśnie? – spytała Wandzia.

– Bo nie jest świnią.

– Skąd pani wie?

– Od Madzi Tarnowskiej. Madzia i Ursula trochę się przyjaźnią, ale w konspiracji przed Schultzem.

– Dlaczego w konspiracji?

– Bo Schultz by się wściekł – wyjaśniłam. – To nieprzyjemny typ. Zawsze taki nadęty, jakby był dyrektorem świata.

Powiedziałam, że kuśnierz po każdym praniu osobiście fatyguje się na strych i sprawdza, czy Madzia powiesiła poszczególne sztuki według jego instrukcji: na jednej lince obrusy, na drugiej ręczniki, na trzeciej kalesony i tak dalej.

– Oho, to pani sąsiad ma zamiłowanie do wojskowego drylu – zauważyła Wandzia. – Może na froncie będzie mu lepiej niż w domu?

– Co ty gadasz? – Celińska stuknęła się palcem w czoło. – Idzie zima. Jak Schulza dadzą pod Stalingrad, to mu du... – Spojrzała na Walentynkę i szybko poszukała innego określenia. – To mu oba półdupki do portek przymarzną.

– Przecież żartowałam – mruknęła pokojówka. – A żałować tego Szwaba nie ma co. Niech marznie! – dodała z zajadłością. – Niech...!

Pokojówka – ze względu na dziecko – nie dokończyła zdania, lecz było jasne, że drugie „niech" słało gromy na Niemca, który piętro wyżej szykował się do wypełnienia obowiązku wobec ojczyzny.

Temat mrozów pod Stalingradem wykorzystałam do własnych celów.

– Do nas też przyjdzie zima. Chodźmy do pokoju, mam dla was niespodziankę.

Niespodzianką było ciepłe ubranie.

– Pani Krajewska sprezentowała mi różne rzeczy na zimę – mówiłam, wyjmując z szafy przygotowaną garderobę. – Tyle tego, że mam się czym dzielić.

– Ojej, jakie ładne swetry!

– Pani Anno, to wszystko dla nas?

Oczy Wandzi zaświeciły się zachwytem, natomiast Felicja z emocji oblizywała wargi.

Oprócz swetrów (razem sześciu) ofiarowałam im po dwie pary zimowych butów, spódnice oraz wełniane koce (świetnie nadające się do uszycia płaszczy).

– Kucharka woli ten zielony czy brązowy? – Wandzia z przyjemnością zatopiła palce w mięsistej tkaninie koca.

– A ty?

– Ja wolę zielony.

– To bierz go, Wandzia, dla mnie brązowy w sam raz.

Po podzieleniu się kocami przyszła kolej na buty.

– Takiego fikuśnego fasonu jeszcze nie widziałam. – Wandzia z zaciekawieniem oglądała kozaki, które kupiłam w dwudziestym pierwszym wieku.

– To ze starych zapasów pani Krajewskiej – bąknęłam. – Pewnie zagraniczne.

– Amerykańskie – stwierdziła Celińska autorytatywnie (ponieważ miała kuzynkę w Stanach Zjednoczonych i z tego powodu uważała się za eksperta do spraw amerykańskich).

Zaczęło się przymierzanie, a nawet tańczenie, bo Wandzia, zachwycona urodą swoich butów, zwinęła kawałek dywanu i na spróchniałej podłodze wywijała jakiś taniec z przytupem.

W pokoju panował wesoły rozgardiasz, który w pewnej chwili został przerwany stukaniem do drzwi wejściowych.

– Pewnie ta Niemka znów przyszła coś pożyczyć – szepnęła Celińska.

– Nie, pani Felicjo, to nie ona – stwierdziłam z przekonaniem, bo puknięcia były znajome: puk-puk, puk-puk, puk-puk. Tak anonsował się Dominik.

– Wiem od pani Lusi, że masz gości i nie będziesz na obiedzie, dlatego przyszedłem oddać ci *Cudzoziemkę* – powiedział w progu, podając mi książkę.

– Wejdź, Dominiku.

– Nie chcę przeszkadzać.

– Wejdź! – Tupnęłam nogą.

Wszedł. A potem z łatwością oczarował moje annopolskie znajome i bez ceregieli zasiadł z nami do obiadu.

Kiedy na stół wjechało ostatnie danie – krem karmelowy – Dominik splótł ręce z tyłu głowy, wysunął nogi przed siebie, po czym rozleniwionym głosem oświadczył:

– Aniu... u ciebie w domu człowiek zapomina, że jest wojna.

෴

Naczelnik stacji Jacob Rittgen miał chyba zaufanie do Dominika, ponieważ w połowie listopada awansował go na dyżurnego ruchu.

– Poradzi pan sobie bez telegrafisty? – spytał Ritttgen, gdy Dominik pierwszy raz obejmował służbę na nowym stanowisku.

– Poradzę sobie, panie naczelniku.

– Tak myślałem. – Niemiec posłał mu krótkie, pełne aprobaty spojrzenie i wyszedł z biura.

Dominik został sam.

Dzwonkiem wezwał zwrotniczych, omówił z nimi plan działania na najbliższe trzy godziny, uregulowali zegarki i na tym odprawa się skończyła.

Gdy zwrotniczy odeszli na posterunki, wyjął z szuflady dzisiejszy numer „Kujawischer Bote". Spokojnie przeglądał gazetę, bo dopiero za piętnaście minut musiał wyjść do przejeżdżającego przez stację pociągu towarowego.

„Kujawischer Bote" był przesyconym niemiecką propagandą szmatławcem, jednak ostatnio zaczęły się w nim pojawiać interesujące nagłówki: *Zacięte boje pod Stalingradem, Skracanie frontu, Planowany odwrót*.

Do niedawna gazeta pisała wyłącznie o tym, że niemieckie wojsko prze naprzód, teraz zamiast przeć, znalazło się w odwrocie. Słowo „planowany" nikogo nie mogło zwieść. Czytelnicy „Kujawischer Bote", tak Polacy, jak i Niemcy, doskonale wiedzieli, że „planowany odwrót" oznacza wycofanie się Wehrmachtu po następnej przegranej bitwie. Zresztą wystarczyło rzucić okiem na dalsze strony gazety. Roiło się tam od nekrologów z miniaturką żelaznego krzyża oraz z powtarzającym się niczym ponury refren zdaniem: „zginął na froncie wschodnim, zginął na froncie wschodnim...".

Dominik czerpał wiadomości o wojnie, skąd się dało: z „Kujawischer Bote", z radia BBC, z tego, co zobaczył na stacji. Najciekawsze były dodatkowe, nieujęte w rozkładzie jazdy, pociągi. Niektóre z nich znajdowały się pod specjalnym nadzorem. Na pół godziny przed przejazdem takiego składu do dyżurnego ruchu dzwonił komisarz wojskowy i nakazywał najwyższą czujność. A potem przez stację przejeżdżały transporty wojskowe – platformy z czołgami, cysterny z benzyną albo zaplombowane wagony, przypuszczalnie z żywnością dla niemieckiej armii, która wywędrowała bardzo daleko od Niemiec.

Były też pociągi powrotne, wiozące do Rzeszy rannych, przemarzniętych, chorych na biegunkę żołnierzy. Czasem, gdy transport z półżywym wojskiem zatrzymywał się na stacji i otwierano wagony, Dominik mógł na własne oczy zobaczyć kupę ludzkiego nieszczęścia oraz własnym nosem powąchać smród wojny.

Zastanawiał się wtedy, ilu niemieckich żołnierzy na zawsze zostało w rosyjskiej ziemi, którą Hitler chciał wziąć pod but. I jaki to wszystko ma sens.

Służbę skończył dziewięć godzin później, o szóstej wieczorem, co oznaczało, że dziś nie spotka się z Anią na obiedzie u Tarnowskich. Na tę przyjemność będzie musiał poczekać jeszcze trzy dni.

Kiedy wyszedł z biura, zobaczył na peronie grupę wysiadających z pociągu Niemców. Każdy z nich miał na piersiach tabliczkę z czterocyfrowym numerem, toteż Dominik domyślił się, że to tak zwani pogorzelcy – obywatele Rzeszy, którzy w wyniku angielskich nalotów utracili dach nad głową. Przyjeżdżali tutaj, bo władze przydzielały im domy albo mieszkania w Wielkopolsce i sprawnie organizowały przeprowadzkę.

Dominik miał ochotę poobserwować liczących swoje toboły pogorzelców, ale z bezpiecznej odległości, tak by nie narażać się na nienawistne spojrzenia lub obelżywe słowa.

Szybko pobiegł do kamienicy, na strych, bo stamtąd widać było całą stację.

Jakże się zdziwił, gdy zza mokrej, wiszącej na lince poszwy wychyliła się Ania.

– Dlaczego tak pędziłeś po schodach? – spytała. – Coś się stało?

– Nie... – odparł, myśląc, że właśnie coś się stało: zobaczył ją! – Nowi pogorzelcy wysiedli z pociągu, chciałem ze strychu na nich popatrzeć.

Oboje podeszli do okienka. Pogorzelcy stali przed dworcem, zaś ulicą Kolejową zbliżały się dwie furmanki wiozące jakichś ludzi z bagażami.

– Jadą wypędzeni – szepnęła Ania.

– Uhm...

Wszyscy w Samborzewie wiedzieli, że przybycie niemieckich osadników łączyło się z wyrzucaniem Polaków z ich domostw, najczęściej chłopów z okolicznych wsi. Żandarmi załatwiali to błyskawicznie.

– *Los, los!* Pakować walizki i na furmankę! Tam już siedzą wasi sąsiedzi.

Nie czekając, aż gospodarze wyjdą z domu, przytwierdzali do drzwi tabliczki z czterocyfrowym numerem, aby niemieckie rodziny mogły łatwo znaleźć swoje nowe lokum.

Zapełnione furmanki jechały na dworzec. Tam Polacy złazili z wozów, ale koniom nie było lżej, gdyż na te same wozy wdrapywali się nowo przybyli pogorzelcy i karawana wracała na wieś. Niemiecka organizacja!

Teraz razem z Anią patrzyli na furmankę, która zatrzymała się przy kolejowym magazynie. Pierwszy wysiadł z niej mężczyzna w czapce maciejówce. Spojrzał na stojących opodal Niemców, nasunął daszek czapki niżej na czoło, po czym podał rękę gramolącej się z wozu staruszce, pewnie matce.

Gdy kobieta stanęła na ziemi, od grupy pogorzelców oderwała się jakaś stara Niemka. Podbiegła do polskiej staruszki i splunęła jej pod nogi.

Przez zamknięte okienko nie było słychać dochodzących z ulicy odgłosów, lecz Dominik wiedział, że przy furmance zrobiło się cicho.

Minęło kilka sekund, a potem znieważona Polka napluła Niemce na twarz.

Przestraszył się, bo mogło z tego wyniknąć nieszczęście, ale żandarmów rozbawił pojedynek na ślinę dwóch staruszek w kraciastych chustach. Parsknęli śmiechem i zaczęli poganiać wysiadających z wozu Polaków.

– Starych kobiet nikt nie traktuje poważnie – powiedziała Ania, nie odwracając głowy od szyby.

– Uhm.

Dominik nie chciał rozmawiać o starych kobietach. Stojąc pół kroku za Anią, mógł spokojnie patrzeć na jej ucho i policzek. Albo na szyję i związane gumką włosy.

Przez moment wyobrażał sobie, że powoli zsuwa tę gumkę. Włosy opadają, Ania odwraca twarz od okna i pozwala się całować... w oczy, w szyję.

Potem Dominik rozwiązuje troczki kuchennego fartucha, w którym przyszła na strych wieszać pranie. Ona jednak nie zgadza się na to... Odsuwa ręce Dominika, chociaż to jego myśli, jego wyobrażenie i miał w nim prawo robić, co chciał. A przecież bardzo chciał rozsupłać troczki. Gdyby węzełek był zbyt mocno zaciśnięty, to szarpnąłby go...

– Zobacz! Ten chłopiec zabrał ze sobą kociaka. – Usłyszał głos Ani, która wciąż śledziła scenę za oknem.

Rzucił okiem na stojącego obok furmanki chłopczyka, jednak żadnego kota nie zauważył.

– Gdzie ten kociak? – spytał nieswoim głosem.

– Za pazuchą. Widzisz?

– A, tak – skłamał, nie odrywając wzroku od bioder Ani i troczków jej fartucha.

W sobotę, w czasie gdy Walentynka terminowała w warsztacie szewskim, wybrałam się z psami na przechadzkę.

Minąwszy wieżę ciśnień, skręciłam w ulicę Świętego Piotra, co zdziwiło wilczury i Muszkę, ponieważ zazwyczaj biegały na placyku wokół wieży. Jednak tego popołudnia zaplanowałam dłuższy spacer, musiałam bowiem przemyśleć kilka spraw. Właściwie dwie.

Pierwszą sprawą był administrator Annopola i mój wróg – Lucjan Wąsowski.

Rano przyszedł do biblioteki sprawdzić coś w księgach rachunkowych. Zdarzało się to czasem, lecz nigdy nie wdawał się ze mną w osobistą rozmowę. A dziś tak.

– Mrozik ścisnął, pani Anno – zagaił.

– Ścisnął.

– I pewnie niedługo śnieg spadnie.

– Całkiem możliwe – potwierdziłam uprzejmie, zastanawiając się, do czego facet dąży.

– Chciałem powiedzieć, że nie musi się już pani tym martwić. – Spojrzał na mnie dobrotliwie. – Wstawiłem się za panią u naszego pryncypała.

– W jakiej sprawie, szanowny panie?

Oczekiwałam jakiegoś ciosu, lecz on wyjaśnił, że chodzi o moje powroty z pracy.

– Dowiedziałem się, że zimą przyjeżdża pani wozem z bańkami, a potem wraca na piechotę do Samborzewa. Po co narażać się na taką niewygodę? Gdy śnieg spadnie, będzie panią odwoziła annopolska bryczka – oświadczył rzeczowym i jednocześnie słodkim tonem. – To już uzgodnione z panem Bruggenem.

– Dziękuję za troskę. – Cóż innego mogłam odpowiedzieć?

– Cieszę się, że pomogłem. Do widzenia, pani Anno.

Kiedy zamknęły się za nim drzwi, wypuściłam powietrze, ale wciąż czułam się lekko zbaraniała. Wąsowski w roli dobrego wujaszka wydawał mi się mało prawdopodobnym zjawiskiem przyrodniczym. Z drugiej strony, co mógł ugrać, dając mi bryczkę? Przecież bomby do tej bryczki nie podłoży ani nie wytresuje konia tak, żeby wywiózł mnie razem z woźnicą w siną dal.

Podejrzewałam, że pan Lucjan próbuje uśpić moją czujność. Istniała też możliwość, że wywiesił białą flagę. Może chciał mnie obłaskawić, dać znak pokoju?

Spacerując z psami, postanowiłam nie rozdzielać włosa na czworo. Na razie mam zapewnione wygodne powroty z pracy i byłabym głupia, gdybym się z tego nie cieszyła.

Uspokojona, włożyłam rękę do kieszeni, aby dotknąć dwóch listów, które niedawno przyszły do mnie z Generalnej Guberni. To była ta druga sprawa do przemyślenia, ważniejsza.

Otóż Babcia Zofia i Babcia Helena zawiadomiły mnie, oczywiście w osobnych listach, że Stasia Leśniakówna i Józek Duszkowski się zaręczyli, a ślub będzie w przyszłym roku.

Już od jakiegoś czasu obie Babcie nie mogły wyjść z podziwu nad niezwykłym zbiegiem okoliczności. To znaczy Babcia Zofia była zdumiona, że Stasia trafiła akurat na mojego kuzyna, Babcię Helenę zadziwiało zaś to, że jej Józek poznał córkę pani Leśniakowej z Nałęczowa, do której od lat jeździłam na wakacje. Naturalnie moje Babcie nie zauważyły w tym nic podejrzanego, bo wiadomo, że ludzkie losy chodzą różnymi drogami.

Ja drogi rodziców znałam bardzo dobrze.

Po ślubie mama przeprowadzi się do Kocka i zamieszka z mężem oraz teściową w drewnianym domku, znanym mi ze zdjęć. Później skończy się wojna, przyjadą do Torunia i... i tu zaczyna się problem.

Instynktownie czułam, że nie powinnam „wpraszać się" do powojennego życia moich rodziców. Ale przecież nie mogłam też udawać nagłego ochłodzenia uczuć i odsunąć się od nich jak jakaś niewdzięcznica.

Przez całą drogę do rynku zastanawiałam się nad rozwiązaniem tego dylematu. Dopiero przy sklepie, który kiedyś był sklepem pana Klimeckiego, zrozumiałam, że niepotrzebnie wytężam umysł. Bo w tej sprawie nie trzeba nic wymyślać, planować, decydować. Tu trzeba poddać się wyrokom losu, a raczej zaufać naturalnemu biegowi zdarzeń. Albo opiece moich aniołów.

Uśmiechnęłam się do siebie i zawróciłam w stronę domu. Teraz mogłam spokojnie dumać o zbliżającym się ślubie rodziców i o pierwszych latach ich małżeńskiego życia w Kocku. Wiedziałam, że były bardzo szczęśliwe, choć niełatwe.

Na przykład dwa miesiące po ślubie mama została ofiarą ulicznej łapanki.

Aby opowiedzieć tę historię, muszę zacząć od oberleutnanta Felixa Neumanna, który w 1943 roku był zastępcą komendanta posterunku żandarmerii w Kocku.

*

Oberleutnant Felix Neumann, starszy, otyły mężczyzna, zamiast pilnie pracować dla Trzeciej Rzeszy, lubił spoglądać przez okno, przy którym stało jego biurko.

Gdy Babcia Helena z koszykiem w drodze do sklepu przechodziła obok budynku żandarmerii, uśmiechał się do niej i mówił: „dżeń dobry", jeśli zaś okno było akurat zamknięte, to uśmiechał się, pukając w szybę. Takie awanse ze strony umundurowanego Niemca nie należały do przyjemności, toteż Babcia omijała wzrokiem okno Neumanna.

Jednak przyszedł dzień, kiedy sama zapukała do tego okna i poprosiła o ratunek dla synowej, którą kilka godzin wcześniej zgarnięto z ulicy, zamknięto w celi i groził jej wywóz na roboty do Niemiec. Neumann wysłuchał prośby Babci, kiwnął głową, po czym wyszedł ze swojego biura.

Krótko potem mama wróciła szczęśliwie do drewnianego domku, a Babcia Helena zaniosła Niemcowi dwa kilogramy masła i francuską kawę, w podzięce.

To właściwie wszystko, na następne „dżeń dobry" Babcia odpowiadała uprzejmie: „dzień dobry" (choć świetnie mówiła po niemiecku) i nic więcej się nie wydarzyło.

Oprócz zaskakującego zakończenia.

Otóż po pewnym czasie Felix Neumann przestał spoglądać przez okno, bo skierowano go na front. Kilka miesięcy później, na święta Bożego Narodzenia, przysłał Duszkowskim paczkę, której absolutnie się nie spodziewali. W paczce były tylko dwa duże, zszyte ze sobą kawałki materiału.

Jeden biały, a drugi czerwony.

Nikt z rodziny nie wiedział, czym w życiu prywatnym zajmował się Felix Neumann, lecz nie jest wykluczone, że pisał wiersze.

Chciałam sobie powspominać jeszcze inne opowieści z Kocka, jednak nie powspominałam. Moją uwagę przykuło zachowanie Bajki. Z zapałem psa myśliwskiego obwąchiwała trotuar, potem, ciągle z nosem przy ziemi, wbiegła do bramy najbliższej kamienicy. Tona i Muszkę prowadziłam na smyczach, więc całą trójką też skręciliśmy do bramy. Bajka, zobaczywszy mnie, szczeknęła przenikliwie i oczami poprosiła, bym szła za nią. Spacer zamienił się w małe podchody na tyłach jakiejś posesji.

Podwórko, śmietnik, rachityczne drzewko, później przesmyk między walącą się szopą a parkanem i następne podwórko, należące do budynku, który stał przy równoległej do Norwida ulicy Kasztanowej.

Po prawej stronie podwórka zobaczyłam drewnianą komórkę, po lewej trzepak, lecz Bajki nie było. Ton i Muszka naprężały smycze w kierunku komórki, zatem tam weszłam.

Bajka siedziała na stercie chrustu i lizała po ręce leżącego obok Dominika!

Padłam na kolana, szepcząc jego imię, ale Dominik nie reagował. Przez otwarte drzwi docierało dość światła, abym mogła dostrzec, że twarz ma kredowobiałą, a na ramieniu plamę krwi. Był martwy.

Zaszlochałam głucho na tej kupie gałęzi, w ciemnej komórce, na nieznanym podwórku, na zimnej planecie.

Ton i Muszka rozpaczały ze mną, natomiast Bajka zapamiętale lizała rękę Dominika, jakby to mogło go wskrzesić.

Nasza suka była najmądrzejszym psem na świecie, więc... więc...

Z szaloną nadzieją chwyciłam Dominika za nadgarstek i przycisnęłam tętnicę, modląc się, żeby coś w niej tętniło, choć słabiutko, słabiuteńko.

Nie wyczułam pod palcem żadnych drgań, ale może w skupieniu przeszkadzał mi łomot własnego serca?

Nagle przypomniałam sobie, że jest inna metoda.

Lusterko!

Wyjęłam z torebki puderniczkę z lusterkiem i przytrzymałam je blisko ust Dominika.

Mijały wieki, a potem srebrna tafelka pokryła się mgłą – mój przyjaciel oddychał.

Natychmiast przestałam płakać, lecz łomot serca nie ustał.

Dominik był w śmiertelnym niebezpieczeństwie. W każdej chwili jego oddech mógł się urwać, w każdej też chwili na podwórku mógł się pojawić jakiś Niemiec. Jedno i drugie oznaczało śmierć. Zdawałam sobie przecież sprawę, że mój przyjaciel został postrzelony przez żandarmów albo gestapo. Zapewne nie bez powodu.

Jeszcze nigdy w życiu nie byłam w tak trudnej sytuacji. W sercu miałam przerażenie, w nogach watę, ale umysł działał.

W pierwszej kolejności chciałam lecieć po doktor Majewską, tylko co dalej? Nie! To zły pomysł.

Lepiej, jeśli pobiegnę po Seweryna i razem przetransportujemy Dominika do domu. Tylko jak to zrobić bez zwracania uwagi? Przenoszenie kogoś w zwiniętym dywanie udaje się jedynie w filmach. Poza tym w domu mogło już czekać gestapo.

Upływały cenne sekundy, a ja wciąż nie wiedziałam, jaką podjąć decyzję.

Dotykając policzka Dominika, poczułam pod palcami szorstkość zarostu i to w przedziwny sposób spowodowało, że przestałam się wahać.

– Waruj! Waruj tu! – wydałam polecenie psom. – Zaraz wrócę.

Do Kolejowej mogłam dobiec w ciągu pięciu minut, ale ostrożność nakazywała niespieszny, spacerowy chód. Bardzo trudno stawiać kroczek za kroczkiem, kiedy człowiek chciałby lecieć jak Usain Bolt.

W końcu ta mordęga się skończyła. Na podwórku naszej kamienicy panował spokój. Jedyną osobą, którą tam zobaczyłam, była huśtająca się na drzwiach warsztatu Walentynka.

– Mamusiu, gdzie są psy? – zawołała.

– Zaraz przyjdą, kochanie, a ty idź do pani Lusi i powiedz, że kazałam ci u niej zostać.

– Dlaczego?

– Zrób to, o co prosiłam – nakazałam dobitnie, a nawet ostro. – Natychmiast!

Gdy Walentynka zniknęła za drzwiami Tarnowskich, weszłam do siebie. W spiżarni zwinęłam obraz z modrzewiem w rulon i po chwili znów spacerowym krokiem przemierzałam miasto. Z rulonem pod pachą i ze świadomością, że porywam się na rzecz niebywałą.

W komórce wszystko wyglądało tak jak przed moim wyjściem. Dominik leżał nieprzytomny, psy cierpliwie warowały. Teraz potrzebowałam tylko kilku sekund.

Jednym ruchem rozwinęłam obraz – i wszyscy razem przenieśliśmy się w przyszłość.

2011

Dominik nie zmienił pozycji ciała, po prostu leżał teraz na kafelkach w łazience. Wsunęłam mu ręcznik pod głowę i już mnie nie było.

1942

Rzecz jasna, nie było mnie w toruńskiej łazience. Wróciłam do komórki, gdyż tu został mój cudowny obraz. Musiałam odnieść go do domu, do spiżarni, w której wisiał przez ostatnie trzy lata.

Tym razem droga z Norwida na Kolejową wydała mi się o wiele krótsza. Mięśnie nie były tak spięte jak poprzednio, a ściskający serce strach zmalał o połowę. Bo Dominik znalazł się poza zasięgiem Trzeciej Rzeszy.

Kiedy obraz wisiał już na miejscu, pobiegłam do Tarnowskich. Drzwi otworzyła mi zapłakana Lusia.

– Dobrze, że pani wróciła – oznajmiła łamiącym się głosem. – Nieszczęście się stało.

– Co?

– Gestapo szukało naszego Dominika. Dopiero odjechali. Pani Aniu... nie wiemy, co on zrobił i gdzie jest, ale złapią go... złapią i zamęczą... – Ocierając łzy, popchnęła mnie w stronę kuchni, w której w zapadającym mroku, prawie po ciemku, siedzieli Seweryn i Madzia.

Kiwnęłam im głową, lecz zamiast wejść do kuchni, mocno przytuliłam Lusię.

– Dominik jest bezpieczny... i ranny – szepnęłam jej do ucha. – Więcej nie mogę zdradzić.

Poczułam, jak Tarnowska cała drgnęła.

– Rozumiem... a czy mogę to powiedzieć swoim? – Nieznacznym ruchem głowy wskazała kuchnię.

– Tak, niech pani powie. A ja muszę... iść, przyszłam poprosić, żeby Walentynka do jutra...

Lusia machnęła ręką, dając mi do zrozumienia, że wszystko jasne, podziękowałam więc i popędziłam do siebie.

2011

Teraz liczył się tylko Dominik, który czekał na pomoc, nie wiedząc o tym, że czeka, i nie wiedząc, gdzie czeka.

Chwyciłam za telefon.

Chirurg Mali Yattara, mój sąsiad z drugiego piętra, odezwał się dopiero po piątym sygnale.

– Tak, Anka?

– Jesteś w domu? – spytałam bez wstępów.

– Uhm – mruknął jakoś niechętnie.

– To przyjdź do mnie, zaraz!

– Nie mogę, mam gości.

– Mali! – krzyknęłam. – Chodzi o życie człowieka!

– Idę.

Ledwo zdążyłam wyprowadzić psy za modrzew i przebrać się w dżinsy, a on już pukał do drzwi.

– To mój znajomy – wyjaśniłam, gdy znaleźliśmy się w łazience przy leżącym na podłodze Dominiku. – Przyszedł do mnie, powiedział, że został postrzelony, a potem zemdlał.

– Postrzelony? – Mali zrobił wielkie oczy. – Dzwoń, Anka, po pogotowie!

– Chcę, żebyś ty mu pomógł i nikt więcej.

– Chyba zwariowałaś! Może być potrzebna transfuzja krwi albo poważna operacja.

– Jeżeli tak będzie, to zawieziemy go do szpitala, ale najpierw sprawdź – wykrztusiłam, czując, że pocę się z nerwów. – Widzisz, on nie powinien opuszczać mojego mieszkania… i nie mogę powiedzieć dlaczego.

Yattara spojrzał na mnie uważnie, potem zaś podjął decyzję.

– Przenosimy go na kuchenny stół.

Pierwsza chirurgiczna czynność została wykonana za pomocą nożyczek – Mali obciął rękaw swetra Dominika. Na zakrwawionym ramieniu zobaczyliśmy niewielką, ale głęboką ranę.

– Wygląda bardzo źle?

– Nie przeszkadzaj mi – fuknął.

Dalsze oględziny wykazały, że postrzał można oczyścić w warunkach domowych oraz że pacjent ma liczne stłuczenia głowy.

– Twojemu znajomemu bardziej zaszkodziły uderzenia w głowę niż utrata krwi – ocenił Yattara, otwierając lekarską walizeczkę. – Biorę się do pracy, a ty, Anka, będziesz asystentką.

– Tak jest.

Podczas wyjmowania kuli Dominik jęknął dwa razy, a później, gdy Mali przywiózł ze swojego szpitala niezbędne medykamenty oraz kroplówkę, nastąpił powrót do życia.

Dominik otworzył oczy – prosto na mnie.

– Ania – powiedział bez zdziwienia i na tym kontakt się skończył.

– Zasnął czy zemdlał? – spytałam Malego.

– Coś pomiędzy. Niedługo zupełnie oprzytomnieje. Myślę, że będzie dobrze, ale jutro trzeba wykonać tomografię komputerową głowy.

– A teraz? Co mam robić?

– Nic. Siedź przy łóżku i pilnuj go – odparł, pakując narzędzia. – W razie czego dzwoń do sąsiada – dodał z uśmiechem, z szerokim uśmiechem.

– Dziękuję za wszystko, Mali.

Nagle spoważniał.

– Anka, jak nazywa się ten mój pacjent?

– Dominik Polanisz.

– Pytam, bo muszę zgłosić policji o postrzeleniu. Rozumiesz?

– Oczywiście, że rozumiem... tylko... – Zerknęłam na zegarek. – Jest jedenasta, zrób to za godzinę, dobrze?

(Za godzinę dla Malego zaczynał się następny dzień, czyli sobota, 5 listopada 2011 roku, dla Anki Duszkowskiej była to bardzo odległa data – o jakieś kilkadziesiąt lat. Bo jutro w roku 2011 rozpocznie się dla mnie kolejny, nowy 4 listopada, w którym nie wydarzy się nic, co ma się wydarzyć 5 listopada. Dominik będzie tu bezpieczny, nikt się nie dowie o jego postrzeleniu. A mój piątek wciąż będzie trwał i trwał aż do momentu, gdy wrócę na stałe do swojego życia w roku 2011).

– Godzinę mogę poczekać – zgodził się Mali. – Ale za to powiedz, kim jest ten Polanisz, bo robi wrażenie ostatniego obszarpańca.

W wojennym Samborzewie garderoba Dominika niczym nie odróżniała się od garderoby innych mężczyzn. Jednak w dwudziestym pierwszym wieku facet w wyświechtanych, staromodnych spodniach i w butach, które wyglądały jak wyciągnięte ze śmietnika, prezentował się zgoła niechlujnie.

Mojemu sąsiadowi należało się wytłumaczenie.

– Polanisz jest informatykiem i abnegatem – oświadczyłam. – W ogóle nie przywiązuje uwagi do wyglądu zewnętrznego.

– A wiesz, skąd ta ołowiana kulka wzięła się w jego ramieniu?

– Gestapo do niego strzelało.

– Głupi żart. – Mali Yattara naciskał już klamkę. – Rano wpadnę obejrzeć pacjenta. Dobranoc.

– Jeszcze raz ci dziękuję, dobranoc.

Koniec wizyty lekarskiej.

Ostatnie godziny były tak wyczerpujące, że od razu klapnęłam na podłogę, opierając się głową o szafkę z butami. Należało mi się pięć minut przerwy w życiorysie, pięć minut nicnierobienia i nicniemyślenia. Krótki odlot z zamkniętymi oczami.

Raz, dwa, trzy, cztery... czterdzieści cztery...

Doliczyłam do stu dwudziestu ośmiu, po czym wstałam, zrobiłam sobie kawę i poszłam do sypialni.

Dominik spał.

W świetle nocnej lampki widziałam spokój na jego twarzy, która odzyskała już normalny koloryt, podobnie jak nagi tors. Biały na Dominiku był teraz tylko bandaż. Owijał się dookoła ramienia, później schodził na klatkę piersiową, przecinał ją i znikał pod pachą zdrowej ręki.

Widok Dominika śpiącego w moim dwudziestowiecznym łóżku wydał mi się halucynacją, fantazmatem, w którym wszystko się pokręciło i zaplątało w wielki węzeł.

Gdy Dominik otworzy oczy, będę musiała przeciąć ten węzeł, to znaczy powiedzieć: „Cii... już po strachu. Wojna się skończyła... sześćdziesiąt sześć lat temu. Teraz mamy rok dwa tysiące jedenasty".

Jak Dominik zareaguje?

Najpierw pomyśli, że to niewczesny żart. Potem dojdzie do wniosku, że Ania Obrycka zwariowała. A kiedy udowodnię swoją rację (na przykład otwierając okno), przerazi się, że on też zwariował. I będziemy jakby dwojgiem wariatów mieszkających w mieszkaniu z pilotami, które nie mają nic wspólnego z lotnictwem.

Dziesięć lat wcześniej, gdy pierwszy raz przeniosłam się z łazienki do dawnego Nałęczowa, także bałam się o stan swojego umysłu. Jednak to było co innego. Łatwiej przenieść się w znaną przeszłość niż w nieznaną przyszłość. Poza tym mnie do przedwojennego domu Babci Zofii ciągnęła tęsknota za bliskimi, a Dominika nic tu ciągnąć nie mogło.

Zegar w sypialni zaczął akurat wybijać północ. Dostojnie uderzał w gong, a ja dumałam nad zawiłościami tego świata.

Bim-bam, bim-bam, bim-bam.
Dominik – tu, Dominik – tam, Anka – skłam.

Kilkoma pospiesznymi haustami dopiłam kawę i podniosłam się z fotela. Już wiedziałam, że nie ma co wyrywać się z mówieniem prawdy o podróży w czasie.

Jeżeli wszystko dobrze zorganizuję, Dominik nie zauważy niczego podejrzanego. Pomieszka tu tydzień albo dwa w przekonaniu, że ukrywa się w Samborzewie. W tym czasie załatwię mu lewe papiery, obmyślę bezstresowy sposób powrotu za modrzew, a potem Dominik wyjedzie, najlepiej do Poznania.

Stojące przede mną zadanie wcale nie było trudne, ponieważ żaden człowiek po obudzeniu się w obcym miejscu nie pyta: „Który teraz jest rok? Czy aby nie przespałem sześćdziesięciu dziewięciu lat?".

Zatem – do dzieła!

Bacznie rozejrzałam się po sypialni.

Moje antyki – zegar i szafka z brzozy syberyjskiej – idealnie pasowały do stylu wnętrza, w jakim Dominik powinien zamieszkać. Łóżko nie budziło zastrzeżeń przy założeniu, że śpiący na nim facet nie zainteresuje się bliżej substancjami wypełniającymi materac.

Dalej. Fotele i komoda nie miały więcej niż dziesięć lat, jednak nie raziły nowoczesnością. Tak samo jak duży obraz przedstawiający aleję wysadzaną klonami, z których spadały pożółkłe liście. Zwyczajna jesień, w jakimkolwiek roku.

Ostatnim miejscem do zlustrowania był nocny stoliczek przy łóżku. Tu czaiło się niebezpieczeństwo:

radio,

elektroniczny budzik,

długopisy,

najnowsza „Polityka"

i książki: *Pianista* Szpilmana oraz trzy tomy *Millennium* Larssona.

Powyższe „kompromitujące" przedmioty błyskawicznie wywędrowały do kuchni, potem zamknęłam na klucz szafkę z brzozy syberyjskiej oraz szuflady w komodzie i gotowe! Dominik spał teraz w przyjaznym pokoju z roku 1942.

Hmm... Wszystko pięknie, tylko że ten pokój miał okno na świat.

Opadły mi skrzydła, lecz po chwili znów się podniosły. Przecież w Samborzewie obowiązywało zaciemnienie, więc u mnie też będzie zaciemnienie – w dzień i w nocy.

Przyniosłam z landary szary koc i starając się robić jak najmniej hałasu, przybiłam go do okiennej ramy. Szyba została szczelnie zasłonięta, a tym samym zasłonięta została ulica Słowackiego.

Dominik jako osoba ukrywająca się zrozumie, że nie wolno odchylać koca ani otwierać okna.

Resztą mieszkania w ogóle się nie przejmowałam. To będzie teren za zamkniętymi drzwiami.

❦

Mleczne, jakby rozproszone światło lampki łagodziło kontury przedmiotów, dając poczucie harmonii i spokoju. Na komodzie stał koszyk z prowiantem, zaś obok w fotelu czuwała Ania Obrycka ubrana w starą błękitną sukienkę z kołnierzykiem bebe.

O drugiej w nocy Dominik zaczął się budzić. Kilka razy ruszył głową, otworzył oczy, po czym utkwił wzrok w suficie.

– Dominiku... – szepnęłam, podchodząc do łóżka. – Jak się czujesz?

Zdziwiła mnie energia, z jaką raptownie usiadł w pościeli.

– Aał! – syknął.

– Uważaj! Ręka.

Spojrzał na swoje obandażowane ramię i całkowicie oprzytomniał.

– Aniu? Gdzie jestem?

– W niebie – zażartowałam.

Uśmiechnął się leciutko, ale widać było, że w oczach ma niepokój.

– Połóż się... straciłeś dużo krwi. – Przysiadłam na łóżku i stonowanym głosem ciągnęłam: – Wszystko ci wyjaśnię. Wczoraj po południu, gdy spacerowałam z psami, Bajka złapała trop i zaprowadziła mnie do komórki, w której leżałeś...

Dalszy ciąg historii odbiegał od prawdy, lecz był prawdopodobny.

Dominik dowiedział się, że pobiegłam po pomoc do państwa Mleczków, ponieważ mieszkali w pobliżu. Pan Bogumił poszedł po osiołka z wózkiem i zaraz przewieźliśmy Dominika (przykrytego gałęziami) na Norwida, do kamienicy Mleczków. Ale nie do ich mieszkania, lecz do znajdującej się na parterze garsoniery Heinricha Bluma, kaprala Wehrmachtu.

Ostatnie zdanie mocno zaskoczyło mojego przyjaciela.

– To jest garsoniera jakiegoś szwaba? – zdumiał się, omiatając wzrokiem sypialnię.

– Tak. Pani Regina ma klucz, bo sprząta u Bluma.

Wytłumaczyłam, że żona kaprala razem z czwórką dzieci mieszka za rynkiem, na Średniej, i nic nie wie o dodatkowym pokoju na Norwida. Jej mąż, gdy przyjeżdża na urlop, wieczorami wymyka się z domu do garsoniery, by używać życia z przygodnie poznanymi Polkami.

– Niedawno Blum wrócił na front, więc kryjówka jest bezpieczna – zakończyłam.

Dominik wyglądał jak człowiek, którego porwała wielka fala i niosła go gdzieś w nieznane. Przez chwilę rozmyślał nad tym, co ode mnie usłyszał, a potem przymknął powieki.

– Zasypiasz? – spytałam.

– Nie... – Otworzył oczy. – Aniu... ty mi opatrzyłaś rękę?

– Doktor Majewska tu była. Nic nie pamiętasz? Jęczałeś, gdy ci wyjmowała kulę.

– Nie pamiętam... – Zamilkł i po dłuższej pauzie szepnął: – Narażacie się, Mleczkowie, Majewska i... ty.

– Jest wojna, Dominiku.

Nie doczekałam się odpowiedzi. Mężczyzna, który w trzydziestym dziewiątym bronił stacji kolejowej w Samborzewie, zasnął w przekonaniu, że niektórzy ludzie pomagają sobie wzajemnie.

Co jest prawdą.

∽

Dominik nie miał siły na dalszą rozmowę, lecz nie chciał też, by Ania dostrzegła, jak bardzo jest słaby. Krępowało go to. Wolał udawać, że śpi.

Odwrócił głowę i oddychając głęboko, próbował skoncentrować się na pewnej ważnej sprawie, jednak nie mógł sobie przypomnieć jakiej. Wszystko odpływało. Zasnął.

∽

Otworzywszy oczy, zauważył, że koc zaciemniający okno lekko pojaśniał, zaś światło nocnej lampki jakby zbladło. Noc minęła.

Ania spała w fotelu, z podkurczonymi nogami, z łokciem pod głową. Nie było jej wygodnie... Raptem uświadomił sobie, że pierwszy raz, a może i ostatni, widzi Anię podczas snu. Wyglądała jakoś inaczej...

Nie spuszczając z niej wzroku, Dominik zastanawiał się, na czym polega różnica. Może rozczulała go bezbronność

Ani? Prawy kącik ust, ten, który razem z policzkiem spoczywał na ręce, trochę się unosił, co sprawiało, że Ania wyglądała jak uśmiechnięta... kotka.

Przyglądając się dłużej, pojął, że teraz, kiedy Ania śpi, w jej twarzy najważniejsze są usta, a gdy się obudzi, najważniejsze będą oczy.

W pewnej chwili zawstydził się własnej natarczywości i uciekł wzrokiem w bok.

Na komodzie stał koszyk, z którego wystawał czerwony termos. To na pewno herbata dla niego... Gwałtownie przełknął ślinę, lecz nie dlatego, że chciało mu się pić. Teraz, gdy się rozbudził na dobre, znowu poczuł pętlę na szyi.

On tu podgląda śpiącą Anię, a kilka ulic dalej może już zbierają się chmury. Niemcy nie darują, wyśledzą, przyjdą... zabiorą ją na gestapo. Rozpacz, która ogarnęła Dominika, była taką udręką, że natychmiast podjął decyzję – ulotni się stąd! Nie miał planu, chciał tylko odejść, by swoją osobą nie sprowadzać na innych nieszczęścia.

Przy łóżku stały buty, zaś na stoliczku leżały spodnie oraz jakiś nowy sweter. Ostrożnie, jak złodziej, włożył ubranie i podszedł do drzwi.

– Dominiku!

Drgnął, ale nie odwrócił głowy. Po prostu nacisnął klamkę i szarpnął drzwi.

Nie ustąpiły!

– Dominiku! – Ania stała już przy nim. – Chciałeś uciec! Jak mogłeś mi to zrobić? – zawołała z płaczem.

Starał się szybko myśleć – jak zareagować?

Poprosić o klucz i mimo wszystko odejść?

Czy zostać?

Rozum mówił jedno, a instynkt drugie. Zdał się na instynkt, bo nie miałby siły spojrzeć Ani w oczy, prosząc o klucz.

– Aniu! – odezwał się, udając zdziwienie. – Co ci przyszło do głowy? Nie płacz... – Zdrową ręką odważył się zetrzeć łzy z jej policzka. – Chciałem tylko wyjść na korytarz, do ubikacji.

~~✿~~

Opieka nad zranionym lampartem to nie lada wyzwanie! Od samego rana mój lampart pokazywał pazury. Ale koty już takie są. Potrafią drapnąć nawet tych, których... których darzą przywiązaniem.

Gdy się przebudziłam, Dominika nie było w łóżku. Skradał się do drzwi w taki sposób, że nie miałam wątpliwości, iż postanowił zniknąć jak ostatni niewdzięcznik.

Rozumiałam, rzecz jasna, jego intencje – nie chciał być zagrożeniem, kawałem ołowiu, który ściągnie Anię Obrycką do piwnic gestapo. Ale czmychnąć bez słowa?

Z rozżalenia nakrzyczałam na Dominika, a gdy na dodatek zaczęłam płakać, wyparł się wszystkiego, łżąc, że chciał wyjść tylko na korytarz, do ubikacji.

– Och, przepraszam... – Udałam skruchę, aby nie utrudniać życia jemu i sobie. – W nocy zapomniałam ci powiedzieć, że tam... – Wskazałam kąt między ścianą a szafką. – Tam stoi wiadro z przykrywką.

– Jak to wiadro?! – zawołał.

Wytłumaczyłam, że garsoniera kaprala Heinricha Bluma składa się wyłącznie z tego jednego pokoju. Za drzwiami jest ciemny korytarz należący do klatki schodowej, a ustępy dla lokatorów znajdują się w podwórku, na którym Dominikowi nie wolno się pokazywać.

– Państwo Mleczkowie pożyczyli więc nam wiadro. Ja później wyniosę, rozumiesz?

– Nie rozumiem! I nie zgadzam się! – Ranny lampart okazał się trudniejszy w pożyciu, niż przypuszczałam. – Jak się ściemni, to wyjdę do ustępu.

– Nie!

– Tak!

– Jesteś nieodpowiedzialny.

– A ty przeczulona.

Okropnie się kłóciliśmy, choć sprawa była błaha.

– Nie rób problemu. Pójdę na górę do Mleczków, poczekam u nich chwilę i przyjdę po wiadro.

– Możesz je od razu zabrać – burknął, spoglądając na nieszczęsne naczynie, który stało się kością niezgody między pewną bajkopisarką a pewnym kolejarzem. – I skończmy ten temat.

– Jak mam cię przekonać?

– Nie przekonasz.

„To się okaże, uparciuchu" – pomyślałam, uderzając w płacz.

Mężczyźni, których szanuję, mają taką cechę, że mięką na widok kobiecych łez, toteż dopięłam swego.

– Aniu… już dobrze, niech wiadro zostanie.

❧

Śniadanie jedliśmy w dobrej komitywie.

W koszyku miałam termos z rosołem zasypanym kaszą manną, kanapki oraz akcesoria potrzebne do zrobienia herbaty – elektryczną grzałkę, imbryczek z esencją i garnek. O wodę nie musieliśmy się martwić, bo za fotelem zorganizowałam w nocy małą łazienkę. Stały tam dwa dodatkowe wiadra (jedno z czystą wodą, drugie puste) i miska do mycia.

Po porannych emocjach Dominik stracił energię, której nie miał przecież za dużo. Siedząc w łóżku, w pasiatej piżamie, jadł gorący rosół jak lekarstwo, to znaczy bez apetytu, lecz z przekonaniem, że pomoże.

– Jak najszybciej muszę stąd zniknąć – odezwał się w pewnej chwili między jedną a drugą łyżką rosołu. – Wieczorem spróbuję dostać się do jakiegoś pociągu i...

– O tym porozmawiamy później. – Przerwałam mu. – A teraz... powiedz mi wreszcie, co się wczoraj wydarzyło.

– Jak zjem rosół.

– Przepraszam, jedz.

Rosół został zjedzony dosyć prędko, a potem Dominik zapytał:

– Aniu, masz papierosa?

– Uhm. – Z torebki wyjęłam etui z chesterfieldami z dwudziestego pierwszego wieku, którymi co jakiś czas obdarowywałam mojego przyjaciela, mówiąc, że to suweniry od Bruggena. – Zostawię ci je, ale w chorobie nie powinieneś...

– Daj spokój!

Uśmiechnęłam się i zamilkłam, czekając na pierwsze słowa Dominika.

– Głupi byłem – oświadczył. – Dałem się złapać na gorącym uczynku.

Uczynek polegał na wyrąbaniu siekierą dużego otworu w dnie węglarki. Pociąg z węglem miał akurat wielogodzinny postój na stacji w Samborzewie, toteż nadarzyła się okazja, aby zabrać Rzeszy trochę cennego opału. Dominik nie kradł dla siebie. Chciał, żeby podziurawione węglarki po wyruszeniu w trasę gubiły swój ładunek – bez wiedzy Niemców i na pożytek Polaków, którzy z pewnością skrzętnie zbierają wszystkie posiane przez pociąg bryłki.

Dziurawienie węglarek było chwalebnym, ale i bardzo ryzykownym pomysłem.

Dominik poszedł na akcję z Glapińskim. Początkowo wszystko szło dobrze. Glapiński pilnował terenu wokół bocznicy, Dominik zaś wyrąbywał otwory w podwoziach wagonów.

Nieszczęście w osobie esesmana Kohlera przyszło od strony nastawni. W pewnej chwili mój przyjaciel zobaczył lufę pistoletu i wściekłą twarz nachylającego się przy węglarce Kohlera.

– Wyłaź! – krzyknął esesman. – Bo zabiję na miejscu!

Dominik mocnym kopnięciem wytrącił pistolet z ręki Niemca, po czym wyskoczył spod wagonu. Uciekał do lasku, jednak przebiegłszy sto metrów, zahaczył nogą o wystający z ziemi pręt i upadł. Kiedy się podnosił, dostał kulą w ramię. Esesman był już blisko, więc Dominik zrozumiał, że następna kula będzie śmiertelna. Podniósł ręce.

Później Kohler, dumny ze swego sukcesu, osobiście prowadził mojego przyjaciela do siedziby gestapo, raz po raz waląc go rękojeścią pistoletu w głowę. Uderzenia były silne.

Dominik słabł, ale jeszcze myślał, zdawał więc sobie sprawę z tego, że z każdym metrem szanse na ucieczkę maleją.

Zaryzykował, gdy zobaczył, że w dwóch kamienicach, do których się zbliżali, są otwarte bramy. Skoczył do pierwszej i natychmiast schował się za drzwiami, zaś goniący go esesman, skręciwszy za nim, popędził prosto przed siebie, na tyły kamienicy.

Wtedy Dominik cofnął się na ulicę, wbiegł do sąsiedniej bramy, minął podwórko i uciekał dalej. Jednak niezbyt daleko. Przed oczami miał czerwone mroczki, w głowie mu szumiało. Zdołał dojść do jakiejś szopki, a gdy znalazł się w środku, padł na ziemię, myśląc, że jeśli nie zdarzy się cud, to Niemcy szybko go tu znajdą.

– Więcej nie pamiętam – powiedział, gasząc drugiego z rzędu wypalonego papierosa.

– Potem wiesz, co było – szepnęłam.

– Tak, wiem... dziękuję... – Spojrzał na mnie jak jeszcze nigdy i dodał: – Dzisiaj muszę wyjechać z Samborzewa.

– Musisz wyjechać... Ale dopiero gdy wyzdrowiejesz. Za kilka dni.

– Już jestem zdrowy!

– Jesteś chory.

– Ja wiem lepiej!

Druga kłótnia wisiała w powietrzu, toteż od razu przeszłam do sedna.

– Dominiku! Kryjówka w mieszkaniu kaprala Wehrmachtu jest bezpieczna. Ani Mleczkom, ani nam nic nie grozi. Będę tu przychodziła z zachowaniem wszelkich zasad ostrożności i nie martw się, że gestapo mnie wyśledzi, bo po pierwsze: dlaczego mają śledzić zaufaną sekretarkę Rudolfa von Bruggena, która przypadkowo jest sąsiadką... wyjętego spod prawa Polanisza? – Mrugnęłam porozumiewawczo. – Po drugie, nawet gdyby Niemcy mnie obserwowali, to zawsze mogę powiedzieć, że idę do państwa Mleczków. A po trzecie, nigdy nie wejdę do twojej garsoniery, zanim się nie upewnię, czy klatka schodowa jest pusta.

– To nie jest moja garsoniera – mruknął.

– Chwilowo jest twoja. – Odetchnęłam z ulgą, bo wyglądało na to, że Dominik dał się przekonać. – Tylko musisz cicho siedzieć i pod żadnym pozorem nie podchodź do okna! Za kilka dni przedostaniesz się jakoś do pociągu i w Samborzewie słuch po tobie zaginie.

Dodałam jeszcze, że postaram się o lewy *Ausweis*, co wprawiło Dominika w zdumienie.

– Skąd wytrzaśniesz *Ausweis*?

– Irena Bożenko mi pomoże, ona ma dojścia.

– Aha.

To „aha" zabrzmiało jak: „no dobra, posiedzę tu kilka dni".

Wiktoria! Teraz mogłam wrócić do roku 1942 bez obawy, że Dominik spróbuje przez okno czmychnąć z mojej sypialni.

Wtem wyobraziłam sobie, co by się stało, gdyby wyskoczył z okna „garsoniery" na ulicę Słowackiego. Pewnie momentalnie wskoczyłby z powrotem do pokoju, zamknął okno, a potem całą wodę z wiadra wylał sobie na głowę.

– Aniu, czemu się śmiejesz?

– Bo mi jakoś lżej na duszy.

1942

– Przygarnęłam ją – oświadczyła Tarnowska, głaszcząc leżącą na jej kolanach Sierotkę. – Ale lekko mi to nie przyszło.

– W takim razie może ja wezmę kota? – zaproponowałam.

– Nic pani nie rozumie! Mówię, że lekko mi nie przyszło, bo chętnych nie brakowało.

Z dalszych słów Lusi dowiedziałam się, że dzisiaj mieszkańcy kamienicy stanęli na wysokości zadania.

Pierwszy zaadoptował Sierotkę Joachim Ulman. Tarnowska spotkała go na klatce schodowej, gdy z kotem pod pachą wracał z podwórka. Wywiązała się rozmowa, a właściwie monolog, w którym moja sąsiadka przekonywała szewca, żeby dał zwierzaka pod jej opiekę.

Na początku Ulman nie chciał się zgodzić. Przestępując z nogi na nogę, wypowiedział aż cztery słowa:

– Będzie moja... będzie moja.

Wtedy z niespodziewaną pomocą zjawił się Feluś. Stanął na progu mieszkania i z całego dziecięcego serca poprosił:

– Niech pan da nam kota.

Szewc nie potrafił odmówić dziecku. Uśmiechając się pogodnie, zaniósł Sierotkę do kuchni Tarnowskich, pokazując w ten sposób, że ma zaufanie do sąsiadów.

Ale to nie koniec. Pół godziny później do drzwi zapukała, o dziwo, Ursula Schultz.

– Coś szwargotała z Madzią w korytarzu – opowiadała Lusia. – I co? Okazało się, że przyszła spytać, gdzie jest kot po *Herr* Polaniszu. Bo jej żal zwierzaka.

– Skąd Schultzowa wie, że Dominik...?

– Pani Aniu... – Tarnowska popatrzyła na mnie jak na rozbrajająco naiwną osobę. – Dzisiaj całe Samborzewo tylko o nim mówi i o tej dywersji na stacji. W nocy Niemcy szukali Polanisza po kolejarskich domach. Okropnie się martwię...

– Niepotrzebnie, pani Lusiu.

– Wyjechał...? – spytała tak cichym szeptem, że nawet Sierotka usłyszeć go nie mogła.

– Nie... – Nachyliłam się w stronę Tarnowskiej i spojrzałam jej głęboko w oczy. – Jest dobrze ukryty. Gdy wyzdrowieje, wyjedzie do Poznania, ale o tym sza.

Przymykając powieki, kiwnęła głową. Powoli, z powagą.

❧

Po tej rozmowie zabrałam córkę i poszłyśmy do siebie na niedzielne śniadanie składające się z gorących parówek, serów, omletów z konfiturami, soku z marchwi oraz marcepanowych cukierków i babeczek z kremem.

Dzieci są świetnymi psychologami, nic więc dziwnego, że Walentynka, patrząc na suto zastawiony stół, westchnęła:

– Mamusiu, ja się nie gniewam na ciebie. Ja już dużo rozumiem.

– Co rozumiesz?

– No... no... – zająknęła się, a potem zaczęła mówić bardzo szybko. – No, że wczoraj Niemcy szukali pana Dominika, krzyczeli na schodach... a ty musiałaś zrobić coś ważnego i dlatego zostawiłaś mnie na noc u pani Lusi.

– Kochanie. – Przytuliłam ją i pocałowałam w czubek głowy. – Jesteś najmądrzejszym dzieckiem na świecie! Powiem ci w tajemnicy, że Niemcy nie złapią pana Dominika. I bardzo cię przepraszam za tę noc, bo wiem, że się o mnie martwiłaś.

– Martwiłam się – przyznała. – Ale teraz już jest dobrze.

– Masz ochotę na parówki?

– Nie. Mam ochotę na babeczki. Wszystkie trzy!

Cały dzień upłynął nam w świąteczno-rodzinnym nastroju. Polegiwałyśmy w łóżku, opowiadałyśmy sobie zmyślone historie o sowach, powtarzałyśmy niemieckie słówka.

Po obiedzie znów wróciłyśmy do łóżka. Kiedy leżąc na brzuchu, pisałam list do Olka, Walentynka siadła na mnie okrakiem i zaczęła zaplatać moje włosy w warkoczyki.

– O czym piszesz do tatusia? – spytała w pewnej chwili.

– O marzeniach.

Samborzewo, niedziela 22 listopada, 1942

Kochany Olku,
policzyłam, że dziś mija tysiąc sto siedemdziesiąty ósmy dzień naszej rozłąki. To znaczy, że o tysiąc sto siedemdziesiąt osiem dni przybliżyła się chwila, kiedy wrócisz do domu.
Olku! Każdej nocy wyobrażam sobie ten moment.

W moich marzeniach raz wracasz zimą, raz latem, ale zawsze mam na sobie tę samą garsonkę, w której trzy lata temu odprowadziłam Cię na dworzec.

Pamiętasz tę garsonkę? Kremowa, z wąską spódnicą i z żakietem zapinanym na jeden guzik. Ciągle ją mam. Czeka w szafie na twój przyjazd.

Wysyłam Ci siebie i Walentynkę – nasze najnowsze zdjęcia, które w środę odebrałam od fotografa. Według mnie Walentynka robi się coraz bardziej podobna do Twojej matki. Napisz, czy Ty też to widzisz, bo ja znam Twoją mamę tylko ze zdjęć w albumie.

Pani Krajewska czuje się dobrze, a Lula tęskni za Kardynałem tak jak ja za Tobą. Mały Krzyś...

Na następnych stronach pisałam o wszystkim, co mogło Olka zainteresować, lecz oględnie, w taki sposób, aby niemiecki cenzor się nie przyczepił. Wiadomość o Dominiku (o którym już nieraz wspominałam w listach) zakamuflowałam w postscriptum:

PS Sierotka znalazła nowy dom, bo jej pan musiał zniknąć. Ale jestem dobrej myśli.

A.

Wieczorem, kiedy Walentynka zasypiała, powiedziałam jej, że na godzinkę wyjdę z domu i żeby się nie martwiła, bo nic mi nie grozi.

2011

Po przejściu przez modrzew zaczęłam się najpierw krzątać po kuchni. Podgrzałam kotlety, przygotowałam termos z rosołem, włożyłam do koszyka witaminy, chleb, czekoladę i jeszcze inne rzeczy, bo ta dostawa musiała wystarczyć Dominikowi do następnego dnia.

Otwierałam lodówkę, płukałam jabłka, wyjmowałam naczynia z szafki – niby zwykłe czynności, a jednak we własnym mieszkaniu czułam się nieswojo. Jakbym była ukryta w jakimś niedostępnym dla innych miejscu między wojennym Samborzewem a... wojennym Samborzewem.

W łazience miałam wejście do roku 1942, zaś w korytarzu miałam drzwi do sypialni, w której przebywał mężczyzna poszukiwany przez gestapo.

Od lat przyzwyczajona byłam do prostej (dla mnie!) sytuacji:

Przeszłość – tam.

Współczesność – t u.

A teraz nieźle się pokręciło, bo pewien przystojny kolejarz s t a m t ą d znalazł się TU, myśląc, że jest TAM.

Uff!

Przestałam rozmyślać i ubrana w płaszcz, z koszykiem w ręce, podeszłam do drzwi sypialni. Dwa obroty klucza w zamku, szybkie wślizgnięcie się do środka, znów obroty kluczem. Klucz do kieszeni.

– Nikt nie widział, jak wchodziłaś? – spytał Dominik, siadając na łóżku.

– Nie, nikt nie widział. Jak się czuje mój...? – Chciałam powiedzieć: „mój chorutek", ale to określenie nie pasowało do Dominika, więc zamilkłam.

– Lepiej. Dużo lepiej, moja... – Roześmiał się cicho.

Rzeczywiście! W jego oczach zobaczyłam dawny błysk, zaczepny i ciepły zarazem. Lampart zaczynał wracać do zdrowia, przynajmniej psychicznego.

– Najpierw zmienię ci opatrunek – oświadczyłam, zdejmując płaszcz. – Zobaczymy, jak wygląda rana.

Rana wyglądała tak sobie, ani lepiej, ani gorzej niż poprzedniego dnia. Przemyłam ją płynem, który dał mi Mali, i przykryłam świeżą gazą, mając świadomość, że Dominik uważnie śledzi każdy ruch moich rąk.

– Nie za ciasno? – spytałam, zakładając bandaż.

Cisza.

– Halo! Nie za ciasno?

– Nie. W sam raz.

Potem, w trakcie kolacji, rozmawialiśmy o najbliższej przyszłości.

– Aniu, już wiem, co zrobię. Spróbuję przedostać się do Poznania, do pani Gertrudy.

– Dobry pomysł.

Gertrudę Szafraniec znałam z opowiadań. Była bezdzietną wdową, przyjaciółką nieżyjącej matki Dominika. Przed wojną utrzymywała się z renty po mężu, a teraz zarabiała na życie wróżeniem z fusów. To zajęcie dawało jej całkiem niezły dochód, bo w czasie okupacji ludzie potrzebowali nadziei, choćby takiej, którą znajduje się na dnie filiżanki.

– Na dworcu nie mogę się pokazywać – kontynuował Dominik. – Za kilka dni gdzieś za miastem wskoczę do pociągu i zniknę z Samborzewa.

– Znikniesz...

W sypialni zrobiło się smutno. Oboje myśleliśmy o tym, że może już nigdy się nie zobaczymy.

– Aniu...

Chciał coś powiedzieć, lecz przerwałam mu i szybko zmieniłam temat.

– O Sierotkę bądź spokojny. Pani Lusia ją przygarnęła, a właściwie wywalczyła.

– Wywalczyła? Co masz na myśli?

Gdy wytłumaczyłam, jak było, Dominik uśmiechnął się blado.

– Nie wiedziałem, że oni wszyscy tak lubią mojego kota.

– Nic nie rozumiesz... Od wczoraj Sierotka nabrała wartości, jest spadkiem po bohaterze.

Kończąc zdanie, puściłam perskie oko, Dominikowi nie wypadało więc zaprotestować. Zrobił tylko kpiarską minę i dalej jadł chleb z masłem.

A ja byłam zadowolona, że udało mi się powiedzieć na głos słowo: bohater.

1942

Następne dni upływały według schematu:
poranna wizyta u Dominika,
rowerem do Annopola,
praca sekretarki,
rowerem do domu,
lekcja z czwórką moich uczniów,
sprzątanie, zakupy *et cetera*,
druga wizyta u Dominika
i spać, aby rano zacząć od nowa.

Wieczorne wypady do Dominika odbywały się późno, już po godzinie policyjnej, lecz nie wiedział o tym, bo przestawiłam mu zegarek, a duży stojący zegar „widocznie się spieszył".

Wszystko to razem wcale nie odbierało mi sił. Bez marudzenia robiłam, co należało, a drzemki, bujanie w obłokach czy myślenie o niebieskich migdałach odłożyłam na powojenne czasy.

Ausweis dla Dominika załatwiłam wczoraj, rzecz jasna po tamtej stronie modrzewia.

Było przy tym trochę zabawy. W zakładzie poligraficznym powiedziałam, że chcę zrobić prezent koledze, który jest fanem filmu *Jak rozpętałem drugą wojnę światową*, i poprosiłam o spreparowanie *Ausweisu* wystawionego na nazwisko Grzegorz Brzęczyszczykiewicz.

Pracownik, który ręcznie wpisywał dane do dokumentu, dwa razy odkładał pióro, bo co je wziął do ręki, to trząsł się ze śmiechu.

– Czuję się jak Karewicz w tej scenie z Kociniakiem – chichotał. – Ale dowcip pani wymyśliła!

Dowcip, nie dowcip. Głównie chodziło mi o to, aby nowe nazwisko Dominika zniechęcało Niemców do wymawiania go. Wybór imienia też miał znaczenie, ponieważ w czasie wojny nie każde imię było bezpieczne. Niedawno przekonałam się o tym na własne oczy.

Stałam w kolejce po kartkowy chleb, gdy do sklepu wszedł jakiś żandarm. Chyba tylko po to, aby wyładować na kimś swoją wściekłość. W listopadzie 1942 roku nie było to niczym dziwnym. Im większe lanie dostawał Hitler pod Stalingradem, tym bardziej „nasi" samborzewscy Niemcy się wściekali.

Żandarm omiótł kolejkę złym spojrzeniem, po czym wyłuskał z niej dwudziestoletniego chłopaka, którego znałam z widzenia, bo przed wojną jego rodzice, państwo Królowie, mieszkali blisko Bibi.

– Ty! Dawaj *Ausweis*! – warknął żandarm.

Następnie rzucił okiem na dokument i wrzasnął po niemiecku:

– Nazywasz się Adolf Krol? Jakim prawem polska świnia śmie nosić imię naszego führera?

Zarzut wobec Adolfa był absurdalny, lecz żandarm wymierzył karę – uderzył chłopaka w twarz. Potem obiektem jego zainteresowania stała się cała kolejka.

– Stanąć mi porządnie, w równej linii, a nie jak bydło! – wydzierał się na całe gardło. – Bydło chleba nie dostanie!

Gdy spełniliśmy ten nakaz, wyszedł ze sklepu, trzaskając drzwiami. Zostaliśmy sami.

Kolejka w jednej sekundzie straciła szyk, a właściwie zamieniła się w grupkę ludzi, którzy dobrze rozumieli, dlaczego hitlerowcy dostają białej gorączki.

– Śmierdział jak skunks – odezwał się jako pierwszy facet stojący blisko okna.

– Strachem śmierdział, panie – rozszerzyła myśl kobieta w męskiej marynarce. – Wszystkie fryce teraz śmierdzą strachem.

– No, mają go pełne gacie – dodała Obrycka.

Wracam do *Ausweisu*, czyli do małej tekturki, bez której żaden Polak z Warthelandu nie mógł ruszyć się za próg.

Przygotowany dla Dominika dokument wyglądał tak, jak powinien. Zostały do niego wpisane wszystkie wymagane przez Niemców informacje, między innymi stan cywilny, wyznanie, język używany w domu, zawód (w tej linijce figurowało: robotnik) oraz liczba dzieci poniżej dwunastego roku życia.

Na mojej tekturce brakowało tylko dwóch rzeczy: odcisku palca oraz własnoręcznego podpisu Grzegorza Brzęczyszczykiewicza.

2011

Gdyby zamiast Piętaszka na bezludnej wyspie pojawiła się Ania Obrycka, to mógłby spędzić z nią cały rok z dala od świata. A po roku też nie chciałoby mu się wracać...

Kiedyś, dawno temu, Dominik przeczytał *Przypadki Robinsona Crusoe*, ale teraz, przyniesiona przez Anię, książka spodobała mu się bardziej niż w dzieciństwie. Gdy dotarł do ostatniej strony, zamknął oczy i wyobrażał sobie, że jest na wyspie...

Pływają w ciepłej wodzie, potem odpoczywają na przybrzeżnych głazach. Ania odgarnia z czoła mokre włosy i opowiada o delfinach... albo lepiej, żeby nic nie mówiła. Ania tylko patrzy przed siebie, na horyzont. Dominik siedzi obok i wie, że nie ma tu nikogo więcej, nawet psa.

Morze i plaża zniknęły mu sprzed oczu, kiedy na ulicy ktoś głośno zawołał po polsku:

– Mikołaj! Kup mi gumę!

Dominik podszedł do okna, przekonany, że zaraz odezwie się nienawistny niemiecki jazgot, ale nic takiego nie nastąpiło. Usłyszał tylko gruchanie gołębia, a człowiek, który w zakazanym języku domagał się gumy (jakiej gumy?), pewnie uciekł.

Wróciwszy do łóżka, próbował przenieść się w marzeniach na nie całkiem bezludną wyspę, lecz znów rozbolała go głowa, a myśli zaczęły krążyć wokół dworca, pociągów do Poznania oraz pani Gertrudy.

Jaka jest szansa, że plan wypali?

Jeśli Ania załatwi w Inowrocławiu lewy *Ausweis*, to byle dostać się do wagonu. Podróż szybko minie, a w Poznaniu, u pani Gertrudy, nikt nie będzie go szukał. Potem jakoś pójdzie... Ta wojna musi się wreszcie skończyć!

Trochę uspokojony, poprawił sobie jasiek pod głową i sięgnął po jabłko. Zrobił to chorą ręką, nieporadnie. Jabłko spadło na podłogę, schylił się więc, by je podnieść, i wtedy zauważył wystającą zza nocnego stolika książkę.

Ciekawe, jaką to lekturę kapral Blum przywlókł do garsoniery, która była tylko i wyłącznie miejscem schadzek?

Wyciągając książkę ze szpary między stolikiem a ścianą, Dominik domyślał się, jakie obrazki za chwilę zobaczy.

Ku swemu zdziwieniu zobaczył polski tekst. Na okładce widniał tytuł *SS – czarna gwardia Hitlera* oraz nazwisko autora: Karol Grünberg.

Przekartkował tom, tu i ówdzie podczytując krótkie kawałki, i szybko zorientował się, że trzyma w ręku poważne dzieło traktujące o sytuacji politycznej w Niemczech. Publikacja musiała ukazać się przed samym wybuchem wojny, bo tak wynikało z niektórych opisanych faktów, na przykład:

W 1938 r., gdy Ribbentrop otrzymał tekę ministra spraw zagranicznych, w składzie jego adiutantury byli wyłącznie członkowie SS*.

---

* K. Grünberg, *SS – czarna gwardia Hitlera*, Książka i Wiedza, Warszawa 1984, s. 217.

W innym miejscu natrafił na fragment, który wydał mu się bardzo interesujący:

„Uważamy – pisał Himmler – [...], że tak długo, jak ludzie żyją na ziemi, prawem historii jest walka między ludźmi a podludźmi [...]. Prawo silnej rasy jest wyznacznikiem sprawiedliwości".

Rola doboru rasowego i cech krwi narodu była stałym tematem materiałów szkoleniowych SS. Krew i rasa stały się „kluczem" do wyjaśnienia i propagowania wszelkich, nawet najbardziej skomplikowanych zjawisk życia polityczno-społecznego, ekonomicznego i kulturalnego.

„Podczłowiek" – „*Untermensch*" – miał być przeciwstawieniem „nadczłowieka". W praktyce linia podziału przeprowadzona została głównie według kategorii politycznych: „nadludźmi" byli sami hitlerowcy, utożsamiając siebie z Niemcami*.

Czytając to, poczuł podziw dla autora, który już trzy albo cztery lata temu tak dobrze zrozumiał, co się dzieje za zachodnią granicą Polski.

Tylko... czemu książka obnażająca paskudne zamysły hitlerowców znalazła się za stolikiem nocnym w pokoju Heinricha Bluma?

Kim był ten człowiek?

Ojcem czworga dzieci i rozpustnikiem?

Kapralem Wehrmachtu i antyfaszystą?

---

* Tamże, s. 89–90.

Skąd wytrzasnął książkę, która po stokroć była zakazana? *SS – czarna gwardia Hitlera* z pewnością znajdowała się na liście dzieł przeznaczonych do spalenia.

Dominik nie wiedział, co ma o tym wszystkim myśleć i co ma zrobić z niebezpiecznym znaleziskiem.

Przeczytać? Spalić? Wsunąć z powrotem za nocny stolik?

Nagle przestał się zastanawiać, bo na jednej z ostatnich stron wyłowił słowa, które nie były prawdą, lecz marzeniem:

Osamotnione i pozbawione oparcia grupy esesmanów wraz z Kaltenbrunnerem szukały schronienia w Alpach, gdzie po kilku tygodniach zostały aresztowane przez amerykańskie władze okupacyjne. Pogromcy bezbronnych, mordercy dzieci, kobiet i starców, uciekali w panice, przerażeni niepewnym losem – i odpowiedzialnością przed sprawiedliwym sądem narodów*.

Dlaczego Karol Grünberg, kończąc to poważne opracowanie, zaczął fantazjować o Amerykanach, którzy aresztowali osamotnionych esesmanów?

Pustka w głowie Dominika zrobiła się jeszcze większa, kiedy z następnego fragmentu dowiedział się, że:

W wyzwolonej Polsce pierwszy proces hitlerowskich przestępców wojennych objął członków załogi obozu koncentracyjnego Majdanek koło Lublina. Proces odbył się przed Są-

---

* Tamże, s. 521.

dem Specjalnym w czasie od 27 listopada do 2 grudnia 1944 r. w Lublinie*.

...od 27 listopada do 2 grudnia... dzisiaj właśnie jest 27 listopada, ale 1942 roku!

To nie był błąd drukarski, bo żaden tekst na świecie nie składa się z samych drukarskich błędów. Dominik wreszcie zrobił to, co należało zrobić na początku – sprawdził rok wydania tej dziwnej publikacji: Warszawa 1984.

Wszystko stało się jasne.

Książka została wydrukowana w podziemiu, niedawno. Najpierw opisywała prawdę, a potem jakby dalszy ciąg historii. Pobożne życzenia. Wydarzenia, które powinny nastąpić.

SS – czarna gwardia Hitlera powstała ku pokrzepieniu serc.

Przez chwilę miał wielką ochotę pokazać książkę Ani, lecz doszedł do wniosku, że lepiej zachować sprawę w tajemnicy. Ania z pewnością zechciałaby przeczytać całość u siebie w domu i dwa razy wędrowałaby ulicami Samborzewa z niebezpieczną *Czarną gwardią Hitlera*. A o tym, by Ani czegokolwiek zabronić, nie mogło być mowy. Dominik już nieraz się przekonał, że ona w jednej sekundzie potrafi z delikatnej kobiety przemienić się w upartego muła.

Zatem książka zostanie schowana pod poduszką. Nie. Łóżko odpada. Ania czasem poprawiała w nim pościel.

Dominik postanowił włożyć książkę do stojącej przy fotelu niewielkiej szafy, lecz ta okazała się zamknięta na

---

* Tamże, s. 531.

klucz. Szuflady komody też były zamknięte na klucz. Pozostał zegar.

Gdy otworzył oszklone drzwiczki, w pokoju zrobiło się jakoś przyjemniej, ponieważ wyraźnie dało się słyszeć miarowe tykanie. Zawieszone na łańcuchach obciążniki zwisały nisko, podciągnął je więc i wtedy zauważył, że na dnie zegara, tam gdzie chciał schować książkę, leży tekturowe pudełko.

Nie powinno się grzebać w cudzych pudełkach, jednak kapral Blum był tak tajemniczą postacią, że Dominik zrezygnował z zasad dobrego wychowania. Zawartość pudełka mogła rzucić światło na Niemca, który czytał zakazane polskie książki.

Podnosząc pokrywkę, poczuł na plecach dreszcz emocji, ale w środku nie znalazł niczego ciekawego. Poniewierały się tam jakieś niezapisane karteczki, agrafki, świeczka, dwa zeschnięte kasztany oraz kostki do gry. Na samym spodzie pudełka leżała biała koperta. Chyba pusta... Nie, coś w niej jest.

Dominik wyjął z koperty dwie fotografie.

Matko Boska!

Ania!

Oczom nie wierzył, ale to Ania! W objęciach jakiegoś mężczyzny, który wyglądał zupełnie inaczej niż Aleksander Obrycki! Z tyłu za nimi widać było wielką rzeźbę przedstawiającą zakochaną parę.

Na drugim zdjęciu zobaczył tylko Anię. Miała na sobie tę samą niebieską garsonkę z przykrótką spódnicą i te same buty na wysokich obcasach, lecz stała w innym miejscu, na tle... czegoś dziwnego... jakby położonej poziomo rakiety. Tylko że czubek rakiety przypominał kaczy dziób.

Dominik usiał na podłodze, obok otwartego zegara, i tępo patrzył na fotografie. Im dłużej patrzył, tym mniej rozumiał. Właściwie nic nie rozumiał. Krew pulsowała mu w skroniach, a w głowie kłębiły się pytania.

Jakim cudem fotografie Ani znalazły się w garsonierze Bluma?

Czemu te fotografie są kolorowe?

Kim jest obcy mężczyzna, któremu wolno przytulać Anię?

Do czego służy biało-żółta rakieta?

Sądził, że na żadne z tych pytań nie znajdzie odpowiedzi, a jednak na jedno znalazł.

Gdy dokładnie przyjrzał się rakiecie, zauważył, że przed jej dziobem ułożone są szyny kolejowe. Rakieta była pociągiem! Jakąś lukstorpedą ze snu. Ale snów się nie fotografuje...

Gdzie i kiedy Ania stała przy pociągu, który przypominał rakietę?

Odruchowo odwrócił zdjęcia na drugą stronę.

Jest! Jest objaśnienie napisane jej ręką:

„Londyn, stacja Saint Pancras, 15 września 2009 r.".

Ania nigdy nie wspomniała o podróży do Londynu... i dlaczego napisała taką datę? To szyfr?

Miłościwe moce nie zlitowały się nad Dominikiem. Zegar tykał, pytania wisiały w powietrzu, a on czekał. Czekał na Anię.

❧

Otwierałam drzwi kluczem w przekonaniu, że zaraz za progiem zawołam: „Mam *Ausweis* dla ciebie! Zgadnij, jak się teraz nazywasz?", ale zamiast tego stanęłam jak wryta.

Dominik siedział na podłodze i wspierając łokieć zdrowej ręki na kolanie, bezwiednie przesuwał palcami po policzku. A do tego hipnotyzował mnie wzrokiem, jakby był kocurem, a ja myszką skazaną na pożarcie.

– Dominiku, co się stało?

– To! – powiedział, sięgając po dwa leżące na dywanie zdjęcia, których wcześniej nie zauważyłam. – To się stało! – powtórzył i przejmującym głosem zapytał: – Aniu, kim ty jesteś?

Postawiłam koszyk, bo na sercu czułam taki ciężar, że zabrakło sił na trzymanie czegokolwiek. Zrozumiałam, że Dominik znalazł w sypialni moje zdjęcia z dwudziestego pierwszego wieku oraz książkę, którą teraz dostrzegłam na dywanie. Była to obszerna monografia profesora Grünberga o SS.

Sekundy mijały, a ja wciąż stałam przy drzwiach, jakbym nogami przyrosła do podłogi. Zrobienie kroku do przodu oznaczało podjęcie decyzji.

Miałam dwa wyjścia.

Pierwsze – oświadczyć, że jestem zamieszana w tajemnicze sprawy, których nie wolno mi zdradzić.

Drugie – powiedzieć prawdę.

– Dominiku – szepnęłam. – Wszystko ci wytłumaczę... tylko najpierw napijemy się kawy.

– Dobrze.

Nic więcej nie powiedział słowami, ale oczy mu ściemniały, a po chwili, gdy z piżamy przebierał się w zwykłe ubranie, zobaczyłam, jak bardzo miał spięte muskuły.

Kiedy napełniłam kubki kawą z termosu, usiedliśmy w fotelach. Koronne dowody przeciwko mnie – monografia o SS oraz fotki z wakacji spędzonych z Bartkiem – leżały na komodzie i pewnie zastanawiały się, co ciekawego Duszkowska wykoncypuje na ich temat.

– Źle się stało, że znalazłeś fotografie i moją książkę...

– To jest twoja książka? – O dziwo, Dominik był wyraźnie zaskoczony.

– A myślałeś, że czyja?

– Myślałem, że tego tu... kaprala. – Głową wskazał łóżko, jakby pod kołdrą spał stworzony przeze mnie Heinrich Blum. – Ale teraz zaczynam myśleć, że ty i on... że się znacie ze sobą.

Długo piłam następny łyk kawy, a potem skoczyłam w przepaść.

– Dominiku, Blum nie istnieje. A ten pokój to nie jest żadna garsoniera, tylko moja sypialnia.

– W której spotykałaś się z kapralem Blumem, gdy jeszcze istniał? – spytał szorstko.

– Nie! – zawołałam. – Nic nie rozumiesz! Chodzi o to, że musiałam cię przenieść do swojego domu... do przyszłości, do roku dwa tysiące jedenastego!

– Liczyłem na poważną rozmowę. – Dominik wstał z fotela, spojrzał na mnie z góry i nagle zakrył ręką oczy. – Aniu, nie dręcz mnie.

Przypomniałam sobie tę noc, kiedy próbowałam powiedzieć prawdę Olkowi. On też mi nie uwierzył. Wtedy (na szczęście) wycofałam się, ale dzisiaj nie było odwrotu.

Podbiegłam więc do okna i szarpnęłam koc.

– Chodź, zobacz, jak wygląda Toruń w dwudziestym pierwszym wieku.

– Zwariowałaś? – syknął, dopadając do lampki. – Światło!

Zgasił lampkę i zwabiony powiewem świeżego powietrza podszedł wreszcie do okna.

– Aniu, to nie jest Samborzewo!

– Nie... – Westchnęłam. – To Toruń w roku dwa tysiące jedenastym.

– Toruń?!

Informację o zmianie daty puścił mimo uszu, pewnie dlatego, że była zbyt abstrakcyjna. Rozszerzonymi ze zdziwienia oczami wpatrywał się w ulicę Słowackiego, która jak na dwudziesty pierwszy wiek wyglądała bardzo statecznie. Z ciemności wyłaniały, się stojąca naprzeciw kamienica oraz wysokie drzewa, a traf chciał, że jezdnią nie przejeżdżał akurat żaden samochód.

W pierwszej chwili jedyną niezrozumiałą dla Dominika rzeczą były oświetlone okna, lecz raptem jego uwagę przyciągnęła dwójka przechodniów. Od strony śródmieścia do mojej kamienicy zbliżała się para dwudziestolatków. Oboje w czarnych, skórzanych kurtkach, oboje palili papierosy i pili piwo. Dziewczyna z jednej strony głowy miała wygolone włosy, a z drugiej grzywkę zakrywającą pół twarzy, głowę chłopaka zdobiły długie dredy. Na ich widok Dominik zakrył ręką usta i jeszcze bardziej wybałuszył oczy.

– Co się tak gapisz, ch...u?! – krzyknęła dziewczyna. – Ludzi nie widziałeś?!

Jej towarzysz zarechotał głupkowato, po czym zamachnął się, jakby chciał rzucić w nas puszką piwa.

Wtedy zamknęłam okno.

– Dominiku... Sam widziałeś, wojna dawno się skończyła. Teraz jest rok dwa tysiące jedenasty, wszystko ci wytłumaczę...

Chciałam go uspokoić, opowiedzieć o modrzewiu, o moich dwóch życiach, o tym, że hitlerowskie Niemcy zostały rozgromione, ale Dominik był w szoku. Ściślej mówiąc, wystąpiło u niego zjawisko przez psychologów zwane wypieraniem ze świadomości. Zachowywał się tak, jakby za oknem nic nadzwyczajnego nie zobaczył (ani nie usłyszał).

Ni stąd, ni zowąd wyjął z kieszeni pudełko zapałek. Rzucił je do góry, złapał, znów rzucił, ale tym razem pudełko spadło na podłogę, bo Dominik stracił ochotę na łapanie.

– Muszę się położyć. Bardzo boli mnie głowa – zakomunikował mi jakimś obcym, oficjalnie brzmiącym głosem. – Dobranoc.

Na usztywnionych nogach podszedł do łóżka i nagle zniknął pod kołdrą, która, choć miękka, stała się skorupą.

– Dominiku... słyszysz mnie?

Słyszał, bo przekręcił się na drugi bok, do ściany. Plecami do mnie.

Hmm... Nie pozostawało nic innego, jak wziąć płaszcz do ręki i na paluszkach opuścić pokój. To znaczy, Dominik tak chciał, lecz nie Anka Duszkowska!

Cichutko przysiadłam na brzegu łóżka.

– Nie zamartwiaj się, nie zwariowałeś – szepnęłam do schowanych pod kołdrą pleców. – Widok za oknem nie był złudzeniem, ja też widziałam tę parę w czarnych kurtkach. Tak się ubierają niektórzy ludzie w moich czasach, w dwudziestym pierwszym wieku, rozumiesz? Wiem, że trudno ci w to uwierzyć, ale... urodziłam się wiele lat po wojnie... Potem, gdy rodzice umarli, znalazłam przejście do roku tysiąc dziewięćset trzydziestego drugiego, do domu mojej Babci w Nałęczowie...

Mówiłam tak dobre pięć minut i nic, żadnego odzewu. Innymi słowy, gadała baba do obrazu, a obraz ani razu. Dominik po prostu sądził, że wszystko, co słyszy, rodzi się w jego biednej, chorej głowie, w którą esesman Kohler walił niedawno pistoletem.

Musiałam zmienić metodę, ponieważ opowiadanie niestworzonych historii o podróży w czasie tylko pogarszało sytuację.

Co robić? Jakie znaleźć wyjście?

Wyjście? Spojrzałam na drzwi i oświeciło mnie.

– Wstań! – krzyknęłam. – Wychodzimy stąd.

Plecy lekko drgnęły, a spod kołdry wydobył się głos:

– Aniu, to niebezpieczne... Nie możesz się ze mną pokazywać.

– Wyjdziemy tylko na chwilę, no chodź!

Dominik zaczął zachowywać się normalnie; prawdopodobnie nabrał nadziei, że atak wariactwa szczęśliwie minął.

– Nie zapalaj światła – mruknął, zwlekając się z łóżka. – Bo koc zsunął się z okna.

– Tak, tak, widzę.

Otworzyłam kluczem drzwi. Wyszliśmy na ciemny korytarz, więc mój przyjaciel nie połapał się, że to dwudziesty pierwszy wiek i że wchodzimy do łazienki.

Bach!

1942

W spiżarni, przy obrazie, też było ciemno.

– Gdzie my...?

– Tu! – odpowiedziałam, zapalając światło. – Nie poznajesz?

Dominik wbiegł do kuchni i rozglądając się wokół, oddychał głęboko, jakby nagle zabrakło mu tlenu.

– Poznaję, ale jakim cudem...?

– Ja też nie wiem, jakim cudem! – zawołałam wzruszona, płacząc i śmiejąc się na przemian. – Nie rozumiem tego...

– Czego?

– Że mogę przechodzić ze spiżarni do tamtego mieszkania, w którym się ukrywałeś. Tu jest wojna, a tam... jest lepszy świat.

Aby potwierdzić te słowa, chwyciłam Dominika za rękę i stanęłam przy modrzewiu.

Bach!

2011

Szybko włączyłam światło, po czym równie szybko wyjaśniłam:

– To moja łazienka w roku dwa tysiące jedenastym. Ale w każdej chwili możemy wrócić do kamienicy na Kolejowej. Bach!

1942

– Jesteśmy! – Wyczerpana całą akcją osunęłam się na kuchenne krzesło. – Wierzysz mi teraz?

– Wierzę!

Dominik padł na kolana i pochylając głowę coraz niżej, szeptał:

– W imię Ojca i Syna, i Ducha Świętego...

W tę modlitwę wdarło się wołanie Walentynki.

– Mamusiu!

– Tak, kochanie, idę.

Gdy zapaliłam stojącą przy łóżku lampkę, córka zmrużyła oczy.

– Z kim rozmawiałaś w kuchni?

– Z... z panem Sewerynem, ale już poszedł do siebie. Posuń się, opowiem ci bajkę.

Bajka była o staruszku, który wędrował przez świat. Staruszek głównie szedł, szedł, a gdy nogi go rozbolały, to siadał na brzegu rowu i siedział, siedział. Tak długo siedział, aż Walentynka, znużona monotonnym życiem staruszka, zasnęła. Mogłam wycofać się do kuchni.

Dominik czekał na mnie blady, lecz obecny duchem.

– Wracamy? – spytałam, pokazując wzrokiem obraz z modrzewiem.

– Tak.

2011

– Chcesz obejrzeć moje mieszkanie?

– Nie! – Mocno ścisnął sobie skronie. – Chcę się napić wódki.

✎

Nie ma co owijać w bawełnę. Dominik zwyczajnie się upił. Pił kieliszek za kieliszkiem, a gdy w butelce pokazało się dno, zwalił się do łóżka i od razu zaczął chrapać.

Zdejmując mu buty, myślałam o tym, że faceci to jednak mają w życiu lepiej. On sobie śpi, a ja ciągle na warcie.

Czekały na mnie jeszcze różne prace w mieszkaniu na Słowackiego, później powrót do czterdziestego drugiego roku, krótki sen i znów codzienna gonitwa, którą zaanonsuje brzęczenie budzika. W tym czasie (właściwie w innym czasie, lecz w tych samych godzinach) pan Polanisz będzie leczył kaca, wylegując się w moim łóżku.

Poczucie pokrzywdzenia trwało do momentu, kiedy spojrzałam na materiały opatrunkowe, gazę i bandaże leżące na nocnym stoliku.

Dominik był ranny. Robił sabotaż. Miał odwagę. Miał siłę, by siekierą wyrąbać dziurę w węglarce. A dzisiaj przeżył wielki szok.

Poza tym – wiedziałam to na pewno – gdyby tylko mógł, to wyręczyłby mnie w każdej sprawie. Oczywiście, kpiąc przy tym i narzekając, że z babami lepiej się nie zadawać, bo siódme poty z człowieka wycisną.

„Mój kochany chorutek" – pomyślałam i z przyjemnością pogłaskałam Dominika po włosach, choć okropnie śmierdział wódką.

Potem zabrałam się do pracy.

Wyniosłam z pokoju wiadra oraz miskę do mycia, czyli zaimprowizowaną łazienkę, bo od tej chwili prawdziwa łazienka stała przed Dominikiem otworem. Koc zakrywający szybę powędrował do landary i dzięki tym porządkom sypialnia odzyskała dawną urodę.

W następnej kolejności zajęłam się kuchnią. Musiałam ją ogołocić z różnych przedmiotów i urządzeń. Uznałam bowiem, że podczas krótkiego pobytu za modrzewiem Dominik nie powinien zaznajamiać się ze współczesnymi osiągnięciami technologicznymi. Do niczego mu się to nie przyda, a może nieźle namieszać w głowie.

Zatem z rzeczy „dziwnych" Dominik zobaczy jedynie moją pralkę, lodówkę oraz czajnik elektryczny. Reszta wynalazków została schowana w pokoju stołowym.

W łazience nie wprowadzałam żadnych zmian, gdyż nie było w niej nic nadzwyczajnego (oprócz srebrnego przycisku, służącego do spłukiwania muszli klozetowej), a dwa pozostałe pokoje zamknęłam na klucz. Dla dobra Dominika.

O drugiej w nocy na stole w kuchni położyłam kartkę ze słowami:

Dzień dobry, mój Drogi Gościu,
w lodówce są jedzenie i woda mineralna.
Możesz wyglądać przez okno, ale, bardzo proszę, nie wychodź z mieszkania.
„Przyjdę" do Ciebie po powrocie z pracy.

Ania

❧

Po obudzeniu Dominik poczuł suchość w ustach, lecz nie chciało mu się wstać z łóżka, by napić się wody. Nie otwierając oczu, zaczął rozpamiętywać swój sen, w którym razem z Anią przeniósł się do innego świata. Zobaczył tam brzydkie przechodzące ulicą cudaki oraz łazienkę ze szklaną budką.

Ania pokazała, że do innego świata wchodzi się z jej spiżarni, przenikając przez ścianę. Przenikanie nie bolało, ale z jakiegoś powodu był przerażony. Potem wszystko zniknęło: spiżarnia, zielona łazienka, ulica za oknem.

Dominik szedł przez las, trzymał Anię za rękę i rozpierało go szczęście. Oboje śmiali się z tego, że drzewa wyrastają prosto z błyszczącego parkietu, na którym można było tańczyć.

Gdy dotarli do wielkiej leszczyny, parkiet przemienił się w zwykły gęsty mech.

– Odpocznijmy tutaj – szepnęła, siadając pod leszczyną.

Dominik wiedział, że to przyzwolenie. Przesunął ręką po jej włosach...

Wspominając najprzyjemniejszą część snu, przekręcił się na bok i wówczas poczuł, że ma na sobie spodnie.

Dlaczego spał w ubraniu?

Podniósł głowę z poduszki – za oknem świeciło słońce, a drzwi garsoniery były otwarte na oścież!

Naraz wszystko sobie przypomniał. Świat, do którego wchodzi się przez ścianę spiżarni, to nie senna mara! Ania wczoraj pokazywała i mówiła tak szalone rzeczy, że przestał ufać oczom i uszom. W końcu jednak zaufał swoim palcom. Kiedy Ania rozpłakała się z podekscytowania, dotknął jednej ze spływających po jej policzku łez.

Łza była mokra, prawdziwa.

Później Ania dała mu wódki... dużo wódki.

Wstał z łóżka, stremowany i zaintrygowany jak nigdy w życiu.

Najpierw ostrożnie otworzył okno. To ta sama ulica, tylko że w świetle dnia. Dominik nie mógł oderwać oczu od zaparkowanych przy brzegu jezdni aut: kolorowych, błyszczących, o wielkich reflektorach i opływowych kształtach.

Samochody stały jeden za drugim i końca nie było widać. Widocznie Ania mieszkała w dzielnicy dla bogaczy...

Właśnie pod dom podjechał jeden z tych bogaczy. Dominik spodziewał się widoku człowieka z ekstrawagancką fryzurą, lecz mężczyzna, który wysiadł z auta, miał głowę ogoloną na zero, po więźniarsku. Ubrany był w kurtkę przypominającą waciak oraz robocze spodnie, a pod pachą trzymał kanapowego pieska.

Strój łysego bogacza wydał się Dominikowi mało wytworny, natomiast piesek jak najbardziej pasował do wyższych sfer – malutki, w kubraczku, ze sterczącą między uszami kitką obwiązaną czerwoną tasiemką. Tylko mu rękawiczek brakowało! Dominik uważał, że pies to pies, a nie zabawka, jednak ufryzowany psiaczek miał tak sympatyczną mordkę, że trudno było się nie uśmiechnąć.

– Dzień dobry. Anka w domu? – zagadnął łysy mężczyzna, spoglądając w okno.

Dominik cofnął się o krok w głąb pokoju i oprzytomniawszy, natychmiast wrócił na miejsce.

– Anka wyszła – powiedział z dobrze udawanym spokojem. – Czy mam coś przekazać?

– Nie, nie... ale... przepraszam, że pytam, ale kim pan jest?

– Jestem... – Dominik wiedział, że słowo „przyjaciel" nadszarpnęłoby reputację Ani, więc naprędce wymyślił coś innego. – Jestem sublokatorem, dzisiaj się wprowadziłem.

– Aaa... rozumiem. No to witam sąsiada. – Łysy z pieskiem w kitce roześmiał się zagadkowo i wszedł do bramy.

Zamykając okno, Dominik poczuł błogie odprężenie. Ten inny świat wcale nie był tak bardzo inny. Ludzie mieszkali w zwykłych kamienicach, mieli psy, ciekawiło ich życie sąsiadów. Główna inność polegała na braku wojny.

Nagle ostatnie dwa słowa dotarły do niego z porażającą jasnością. TU NIE MA WOJNY! Przecież to cudowne! Wszystko było cudowne: samochody, liście spadające z drzew, uliczne latarnie, a najcudowniejsze, że w tym świecie Dominik miał Anię wyłącznie dla siebie.

Niespodziewana euforia zalała go od stóp do głów. Teraz z największą przyjemnością pozna mieszkanie, do którego wchodzi się wprost ze spiżarni na Kolejowej.

Jak na skrzydłach pobiegł do korytarza, zastanawiając się, co go tam zaskoczy. Zobaczył wieszak na ubranie, szafkę oraz wielkie lustro. A w lustrze zobaczył siebie.

Rany boskie! Istny dzikus, z tygodniowym zarostem i z wymiętoloną po przepiciu gębą. To sobie Obrycka lokatora spod ciemnej gwiazdy znalazła! Zaraz... przecież tutaj Ania nie nosi nazwiska męża, lecz panieńskie – Duszkowska. Następna dobra wiadomość.

Po zwiedzeniu korytarza przyszedł czas na łazienkę, którą wczoraj oglądał przelotnie, nie dowierzając własnym oczom. Dzisiaj zachwyciła go elegancja tego miejsca – wanna na tle zielonych kafelków, przy oknie doniczki z kwiatami, puszyste ręczniki, dwa płaszcze kąpielowe, biały oraz rudy.

Na rękawie białego Dominik znalazł przypiętą spinką kartkę:

Twój, a ręczniki masz zielone.
Kosmetyki i brzytwa są w szafce.

A.

Żyć i nie umierać! Przez kilka dni. Potem wróci do oszpeconego swastykami Samborzewa, ale nigdy nie zapomni cudu, który właśnie trwa.

Z zainteresowaniem obejrzał łazienkową budkę. Miała rozsuwane ścianki, jednak nie ze szkła, lecz z czegoś do szkła podobnego. W środku znajdował się prysznic z ciepłą i zimną wodą. Dominik nie miał ochoty myć się na stojąco, wolał wannę. Zdejmując ubranie, uświadomił sobie, że ostatni raz kąpał się w wannie trzy lata temu, jesienią trzydziestego dziewiątego roku.

Pobyt w łazience sprawił Dominikowi prawdziwą rozkosz, lecz zirytowały go dwie rzeczy.

Najpierw – muszla klozetowa. Bardzo ładna, tylko że nie miał pojęcia, w jaki sposób się ją spłukuje. Nad klozetem nie było spłuczki, w ogóle nigdzie jej nie było. Chcąc nie chcąc, posłużył się wiaderkiem i wodą z kranu, ale czuł się przy tym jak głupek.

Potem zbaraniał na widok kosmetyków. W szafce stało mnóstwo kolorowych flaszeczek z jeszcze bardziej kolorowymi i kompletnie niezrozumiałymi napisami. Na żadnej z butelek nie znalazł prostych nazw, takich jak szampon do włosów albo woda po goleniu, więc skorzystał jedynie z mydła, które leżało na umywalce i na pewno było mydłem.

Wychodząc z łazienki, wyszorowany, ogolony, w śnieżnobiałym płaszczu kąpielowym, poczuł się jak nowo narodzony. Co prawda, głowa i zranione ramię wciąż go pobolewały, jednak mniej niż w poprzednich dniach. Z radości zaczął pogwizdywać i postanowił, że jeszcze przed śniadaniem obejdzie nieznaną część domu Ani.

Z liczby drzwi w korytarzu wynikało, że mieszkanie składa się – oprócz sypialni i łazienki – z trzech dodatkowych pomieszczeń. Zapewne kuchni oraz kolejnych pokojów. Nacisnął klamkę pierwszych z brzegu drzwi i raptem wesoła melodyjka, którą gwizdał, zamieniła się w przeciągły, ucichający gwizd. Drzwi były zamknięte na klucz! Te po drugiej stronie korytarza także.

A to niespodzianka! Dominik poczuł się zawiedziony, ale nie stracił dobrego humoru. Ciekawe, czy trzecie drzwi ustąpią?

Ustąpiły. Wszedł do kuchni.

Szafki jak szafki, tak samo stół i widok za oknem, za którym rósł jakiś krzak. W kącie stała dziwna biała skrzynia z okienkiem przypominającym bulaj, a obok niej też biała wielka... chyba lodówka.

Otworzył górne drzwiczki i gwizdnął dwa razy. Czego to ludzie nie wymyślą. W lodówce paliło się światło! Na półkach zobaczył cały sklepik spożywczy: kilka mendli jajek, rząd butelek z napisem „olej rzepakowy", osiem kostek masła, sery, wędliny, czekolady!

W lodówce znajdowały się też inne rzeczy: szprotki, ciastka z kremem, nawet świeże truskawki. Na sprytnej, jakby odlanej w drzwiczkach półce stała wysoka, przezroczysta butelka. Gdy wziął ją do ręki, ugięła się pod palcami, wydając cichy chrzęst. Na etykiecie przeczytał: „Nałęczowianka. Naturalna woda mineralna". Tego Dominik potrzebował najbardziej.

Szukając szklanki, otworzył jedną z kuchennych szafek – była zapełniona paczkami cukru i niczym więcej. Dopiero w czwartej szafce trafił na kubki, różne: w paski, w kwiatki, z rysunkami kotów, ze śmiesznymi napisami (na przykład: „Jestem kubek w kubek do ciebie podobny").

Dominik wybrał dla siebie najładniejszy, ten, na którym odciśnięto w jakiś sposób kolorowe zdjęcie Ani. Kubek z fotografią!

Kiedy z miękką butelką wody mineralnej rozsiadł się na krześle, zauważył leżącą w zasięgu ręki paczkę papierosów, a pod nią liścik od Ani. Prosiła, aby Dominik nie wychodził z domu, i obiecała, że po pracy przyjdzie do niego.

Zapaliwszy papierosa, zadumał się. Jakie to dziwne... Ania mieszka w Samborzewie, choć tu jest jej świat, wygodny, bezpieczny, bez wojny. Dlaczego wybrała trudniejsze życie?

Odpowiedź na to pytanie znalazł na parapecie. Wśród jabłek stała tam czarno-biała fotografia Aleksandra Obryckiego.

1942

Następnego dnia w drodze do pracy trochę drzemałam, ale za każdym razem, kiedy furmanka podskakiwała na wybojach, wybudzałam się z płytkiego snu.

– Coś pani marnie wygląda – zauważył woźnica Puja-nek. – Chyba jakaś choroba panią żre.

– Nic mnie nie żre, tylko w nocy mało spałam.

– Znaczy, dziecko zachorowało? – Wysnuł następną teorię.

– Nie. Dziecko, dzięki Bogu, zdrowe. Zwyczajnie nie mogłam zasnąć, wie pan, jak to czasem jest.

– A właśnie, że nie wiem! – Z zadowoleniem machnął w powietrzu batem. – Ja tam, pani Obrycka, śpię jak suseł, bo końską maścią wyleczyłem się ze wszystkich chorób!

Przez resztę drogi suseł Pujanek opowiadał, jak maścią dla koni wyleczył swój reumatyzm, wrzód pod kolanem oraz złe humory żony, przestałam więc kiwać się na koźle i do pracy przyjechałam całkowicie rozbudzona.

– Wandziu, czy Bruggen już wstał? – spytałam, wcho-dząc do holu.

– Wstał.

– A gdzie jest?

– W salonie – oświadczyła ponurym tonem. – Ale teraz niech pani do niego nie idzie, bo zły jak osa.

– Muszę.

Zastukałam do drzwi, usłyszałam: „proszę" i weszłam do wielkiego pokoju, w którym wisiały dwie Miłości Tycjana.

Rudolf von Bruggen zajęty był obserwowaniem płyną-cych po niebie chmur.

– Dzień dobry.

– O co chodzi, *Frau* Obrycka? – mruknął, nie odwraca-jąc się od okna.

– Mam wielką prośbę. – Uśmiechnęłam się przymilnie do jego pleców. – Chcę prosić o bryczkę i o trzy godziny wolnego. O dwunastej stawię się z powrotem w pracy.

– Dobrze. – Wciąż patrzył na chmury, o nic nie zapytał, po prostu jednym krótkim słowem pozbył się mnie z salonu.

Wandzia miała rację – Bruggen był dzisiaj w wyjątkowo paskudnym nastroju, ale nie można powiedzieć, że postanowił utrudniać życie innym ludziom. W salonie błyskawicznie uzyskałam to, co chciałam.

Pół godziny później, bryczką powożoną przez Gudejkę, podjechałam pod ganek wierzbinieckiego dworu.

W sypialni na górze Hektorowa, Lula i trzyletni Krzyś jedli akurat drugie śniadanie.

– Aniu, co za niespodzianka! – zawołała Krajewska. – Siadajże z nami, zaraz Małgosia przyniesie dla ciebie nakrycie.

Zjadłam dwa francuskie naleśniki z serem i dopiero przy herbacie wyłuszczyłam powód swojej wizyty, mianowicie poprosiłam, aby na tydzień przygarnęły Walentynkę.

– Nie będziemy jej przygarniały! – obruszyła się stara dama. – Serdecznie zapraszam Walentynkę w gościnę do Wierzbińca!

– Dziękuję, pani Hektorowo.

– No, to załatwione. – Lekko uderzyła ręką w stół. – A teraz powiedz mi jak na spowiedzi, o co naprawdę chodzi? Masz jakieś kłopoty, Aniu?

Pani Krajewska nie była w ciemię bita, toteż odpowiedziałam najprościej w świecie:

– Ja nie mam kłopotów, ale inni mają. Muszę pomóc komuś, kto się naraził Niemcom. Nie mogę zdra…

– Więcej nie mów! – Przerwała mi Lula. – Dzisiaj przywieziesz małą?

– Jeśli można, to za godzinę.

Walentynka na wieść o niespodziewanych wakacjach wywinęła z radości koziołka. Hektorowa była jej ukochaną „prababcią", taką, którą całuje się w rękę, a wieczorem gramoli się w nogi jej łóżka, by pochichotać, posłuchać opowieści o dawnych czasach albo zagrać w chińczyka.

Zatem ze spokojną głową zawiozłam córkę do Wierzbińca, wiedząc, że w ciągu najbliższych dni tam będzie jej lepiej niż w domu, bo po pracy musiałam mieć więcej czasu dla Dominika, co automatycznie oznaczało mniej czasu dla Walentynki. Od rana do wieczora przesiadywałaby u Tarnowskich jak dziecko, które zawadza własnej matce, i czułaby się nieszczęśliwa. Do tego żadną miarą nie mogłam dopuścić, bo każdy tydzień w życiu dziecka jest niewyobrażalnie ważny.

Gdy Walentynka została już zainstalowana w Wierzbińcu oraz wycałowana na pożegnanie, razem z Gudejką i Bajaderą wróciliśmy do Annopola. Za kwadrans dwunasta weszłam do holu i wtedy zobaczyłam coś dziwnego.

Po schodach schodził Bruggen z Oskarem. Niby zwykły widok, lecz mój pracodawca miał zapłakaną twarz, a co gorsza, ocierał sobie łzy ręką, w której trzymał pistolet!

Podbiegłam do schodów.

– Co się stało? Mogę w czymś pomóc?

– Nie. Nie może pani – odparł drętwym głosem. – Proszę iść do kancelarii i zamknąć za sobą drzwi.

Zlekceważyłam to polecenie.

– Co pan chce zrobić? – krzyknęłam.

Bruggen spojrzał na mnie niechętnie, jak na zawalidrogę, a potem wybuchnął:

– *Frau* Obrycka... idę zastrzelić Oskara.

– Nie!

– Muszę! Nie rozumie pani?

– Nie rozumiem!

Schował pistolet do kieszeni, po czym usiadł na ostatnim schodku.

– On jest chory na wściekliznę – powiedział, patrząc na psa, który położył się przy ścianie.

Z dalszych słów wynikało, że ostatnio wilczur zaczął się nietypowo zachowywać. Warczał bez powodu i unikał towarzystwa swojego pana. Wolał zaszyć się w ciemnym kącie, by leżeć tam godzinami. Wczoraj Bruggen wezwał weterynarza, który postawił jednoznaczną diagnozę – wścieklizna! Lekarz nie miał wątpliwości, gdyż u psa wystąpiły klasyczne objawy tej choroby: ślinotok, nadmierna agresja oraz unikanie światła i wody. Wścieklizny się nie leczy. Weterynarz chciał od razu uśpić Oskara, lecz Bruggen sprzeciwił się, obiecując, że sam to załatwi następnego dnia. Celnym strzałem z pistoletu.

– Należy mu się honorowa śmierć. Nie chcę tego zrzucać na weterynarza, którego Oskar nie zna. – Wstał nagle ze schodka i chwycił mnie za ramię. – Teraz pani rozumie?

Jak dotąd nie zdarzyło się jeszcze, aby Rudolf von Bruggen dotknął swojej sekretarki. Z powodu zajmowanego stanowiska społecznego (wysokiego pod niebo) nie podawał mi ręki ani nie spoufalał się w żaden inny sposób. Jaśnie pan i jego aura trzymali się zawsze przynajmniej metr ode mnie.

Dzisiaj to się zmieniło. Ścisnął moje ramię jak zwykły, nieszczęśliwy człowiek, który traci psa – jedyną, poza córką, bliską mu istotę.

Uważnie przyjrzałam się Oskarowi.

Faktycznie, miał zaśliniony pysk, był niespokojny, powarkiwał, mrużył oczy. Tu już nic nie dało się poradzić... oprócz samego sposobu skrócenia psiego życia. Śmiertelny zastrzyk wydał mi się stokroć lepszy niż rozstrzelanie.

Co Oskar pomyśli, gdy zobaczy swego pana z palcem na cynglu? Zanim kula dosięgnie celu, psie serce będzie już martwe. Pęknie z rozpaczy. Nie mogłam znieść tej wizji, tym bardziej że wilczur Bruggena był wyjątkowo oddanym, mądrym zwierzęciem i zawsze przypominał mi Bajkę.

– To okrutne, co pan chce zrobić – wycedziłam, wiedząc, że mogę stracić pracę. – Oskar nie jest żołnierzem, panie Bruggen! A jeśli panu ręka drgnie? To co wtedy? Będzie pan honorowo dziurawił psa do skutku?

Mój pracodawca nie wykrzywił twarzy, nie odprawił mnie z holu ani ze stanowiska sekretarki. Odwrócił się i poszedł na górę.

Przez godzinę siedziałam w bibliotece, czekając na strzał. Gdy nagle zatrzeszczały schody, struchlałam cała i taką struchlałą zobaczył mnie Bruggen.

– *Frau* Obrycka, Oskar zostanie uśpiony – powiedział, wchodząc do biblioteki. – Ale nie mam siły na to patrzeć. Wyjeżdżam na dwa tygodnie do córki, a pani zlecam... załatwienie tej sprawy.

Łzy wolno spływały mu po policzkach. Nie ocierając ich, wyszedł do holu.

Cóż, osiągnęłam swoje...

Z ciężkim sercem podniosłam słuchawkę telefonu i... odłożyłam ją z powrotem na widełki. Nie! Nie oddam Oskara w ręce tutejszego weterynarza. Zabiorę psa za modrzew, bo w dwudziestym pierwszym wieku beznadziejnie chore zwierzęta usypia się inaczej niż tu. Najpierw podaje się im nieszkodliwy zastrzyk, zwyczajnie, w łagodny sposób usypiający, a dopiero później ten ostateczny. Chociaż tyle mogę zrobić dla psa, który zawsze na powitanie lizał mnie po ręce. Będę głaskała go tą ręką aż do końca.

A może końca nie będzie?

Sama przed sobą nie chciałam się do tego przyznać, lecz gdzieś na dnie duszy tliła się nadzieja, że współczesna medycyna... odwoła wyrok.

2011

Zegar wybijał godzinę trzecią, kiedy Dominik usłyszał otwierające się drzwi łazienki. Wybiegł do korytarza i zdębiał – Ania przyprowadziła jakiegoś obcego psa w kagańcu!

– Nie podchodź – powiedziała zamiast przywitania. – To wilczur Bruggena. Jadę z nim do lekarza.

– Ale...

– Wszystko ci wyjaśnię, gdy wrócę.

Przemykając z psem przez korytarz, chwyciła kurtkę z wieszaka, zatrzasnęła za sobą drzwi wejściowe i tyle ją widział.

Było oczywiste, że wilczur potrzebował natychmiastowej pomocy weterynarza, jednak Dominik przez dłuższą chwilę stał w miejscu z zamyśloną twarzą. Do tysiąca pytań, które chciał zadać Ani, dołączyło następne: „Kogo jeszcze, oprócz mnie i chorego psa, wprowadziłaś do swojego świata?".

∾

Zawiozłam Oskara do lecznicy przy Szosie Bydgoskiej, gdzie zostałam przyjęta poza kolejnością i wpuszczona bocznym wejściem. Z wścieklizną nie ma żartów.

Weterynarz (czterdziestolatek, z włosami związanymi w kucyk) nie podszedł do biednego skazańca, lecz przyglądał mu się z odległości dwóch metrów. Trwało to kilka minut.

– Bierzemy chłopa na rentgen – zadecydował nagle.

– Dlaczego, panie doktorze?

– Muszę coś sprawdzić.

Nadzieja! Wyraźnie usłyszałam w jego głosie nadzieję. Oskar chyba też, gdyż spojrzał na mnie jakoś przepastnie, z głębi swej psiej duszy.

– *Komm, mein Liebling.* – Pociągnęłam za smycz. – *Wir machen dir eine Röntgen**.

– Pani rozmawia z psem po niemiecku? – zdziwił się lekarz.

---

* *Komm, mein…* (niem.) – Chodź, mój kochany, zrobimy ci rentgen.

– Tak, bo to owczarek niemiecki.

Prześwietlenie wykazało, że w jelitach Oskara znajduje się obce ciało wielkości jajka. Weterynarz podejrzewał, że pies połknął kamień lub jakiś inny przedmiot, i dlatego jest chory, ślini się, warczy z bólu, szuka zacisznych miejsc, by mieć spokój.

– Trzeba go zoperować – powiedział.

– A potem?

– Potem zobaczymy. Jeśli objawy ustąpią, to będzie dobry znak. Ale żeby wykluczyć wściekliznę, muszą minąć dwa tygodnie.

Weterynarz zaproponował, aby do środy Oskar został w lecznicy, ponieważ w pierwszych dniach po operacji konieczna jest kroplówka. To był rozsądny plan, jednak nie dla Anki Duszkowskiej, która w roku 2011 miała do dyspozycji wciąż ten sam dzień – piątek, 4 listopada.

– Panie doktorze, muszę dzisiaj zabrać psa do domu – oświadczyłam z determinacją. – Sama będę mu podawała kroplówkę i w ogóle zrobię wszystko, co pan zaleci.

Lekarz kręcił głową, lecz w końcu przystał na to, by Oskar po wybudzeniu z narkozy został przewieziony do mojego mieszkania.

– Mam pikapa z wygodną skrzynią – oznajmił bez entuzjazmu. – Położymy tam psa na noszach i w pięć minut dojedziemy na Słowackiego.

– Dziękuję.

Siedziałam w sali operacyjnej aż do momentu, kiedy pies zasnął. Tak jak to obiecałam sobie wcześniej, głaskałam go, uspokajałam, towarzyszyłam mu. Ale bez łez, bo przecież narkoza jest tylko chwilowym uśpieniem.

༄

Pozostały do odebrania Oskara czas postanowiłam poświęcić na zakupy.

Ruszając z parkingu przed lecznicą, myślałam o Rudolfie von Bruggenie. Pewnie jedzie już pociągiem do Augsburga i przeżywa swoją żałobę. A być może, gdy wróci do Annopola, ukochany wilczur wybiegnie mu na spotkanie. To będzie chwila szczęścia dla pana j jego psa.

Tylko co wtedy powie Obrycka?

„Szanowny panie Bruggen, dotknęłam Oskara czarodziejską różdżką i od tego wyzdrowiał".

Albo: „Wyleczyłam pańskiego psa końską maścią, którą dał mi woźnica Pujanek".

Czegoś bardziej wiarygodnego nie udało mi się wymyślić, lecz gdy dojechałam do galerii handlowej Copernicus, przestałam się trapić. Najważniejsze, żeby Oskar wyzdrowiał, zaś wykombinowanie wersji dla Bruggena to problemik dalszoplanowy.

Następną godzinę spędziłam w sklepach z męską konfekcją, bo pewien kolejarz potrzebował ciuchów.

Kupiłam Dominikowi kurtkę, fajne spodnie w oliwkowym kolorze, kilka T-shirtów, sportowe buty, bieliznę, a na koniec okulary słoneczne.

W listopadzie mało kto nosi przyciemnione okulary, jednak mój gość zza modrzewia powinien je mieć – dla ochrony przed wszystkim, co go zaskoczy na ulicach Torunia dwudziestego pierwszego wieku. Gdy wyjdziemy razem na spacer, Dominik będzie mógł bez skrępowania robić wielkie oczy albo mrugać, nie dowierzając temu, co widzi.

Kiedy wychodziłam z galerii, zadzwonił weterynarz z wiadomością, że operacja zakończona i wilczur już wybudził się z narkozy.

– W jelicie był kamień – westchnął. – Pokażę pani, jaki duży.

– Tak, rozumiem. Już jadę.

❧

Akcja przewożenia Oskara odbyła się bez komplikacji. Po dojechaniu pod dom chwyciliśmy z weterynarzem nosze i wnieśliśmy okrytego kocem psa do mojego mieszkania.

Dominik, usłyszawszy szczęk klucza, wybiegł do korytarza.

– Dzie... dzień dobry – wyjąkał na widok obcego faceta w kucyku i zwierzaka na noszach. – Co się stało?

– Niesiemy pacjenta po operacji – wyjaśnił lekarz. – Pana żona nie chciała zostawić go w lecznicy.

Dominik naturalnie nic z tego nie zrozumiał, ale gładko wszedł w rolę „męża".

– W domu nasz pies szybciej się wyliże – stwierdził, odbierając ode mnie nosze. – Idziemy z nim do sypialni.

W trójkę ułożyliśmy Oskara na legowisku, ekspresowo zorganizowanym z poduszek, koców i prześcieradła. Weterynarz pokazał nam, jak podawać kroplówkę, i nakazał baczną obserwację psa.

– Rano proszę o telefon – powiedział przy pożegnaniu. – Ale myślę, że to jednak nie jest wścieklizna.

Gdy zamknęłam za nim drzwi, Dominik złapał się za głowę.

– Wścieklizna?! – krzyknął. – Czy ty zwariowałaś? Przecież wilczur Bruggena mógł cię ugryźć! I nie powinnaś wprowadzać go do spiżarni. Twoje psy mogły się zarazić!

– Nie denerwuj się... – W kilku słowach przedstawiłam sprawę Oskara, kładąc nacisk na wyjęty z jelita kamień.

– To dobrze wróży, rozumiesz? A teraz chodź do kuchni, zrobimy sobie obiad – dodałam zwyczajnie, tak jakby Dominik był moim kolegą ze studiów, a nie facetem, którego jakieś niepojęte moce przeniosły sześćdziesiąt dziewięć lat do przodu.

Wreszcie się uspokoił.

– Właściwie to jestem głodny – odburknął. – I chętnie zjem obiad z panią Duszkowską... – Uśmiechnął się porozumiewawczo. – Urodzoną wiele lat po wojnie.

– To bezsporny fakt, panie Polanisz, mogę panu pokazać swój dowód osobisty – odparowałam, usiłując spojrzeć na Dominika z góry, co oczywiście nie było możliwe ani w dosłownym, ani w przenośnym znaczeniu tego słowa.

– Aniu!

Spoważniałam. Podeszłam do niego bardzo blisko i zupełnie innym głosem spytałam:

– Oswoiłeś się już z tą sytuacją? Uwierzyłeś mi?

– Tak, uwierzyłem. – Pochylił głowę w moją stronę. – Jesteś najbardziej tajemniczą kobietą, którą...

Zaczynało robić się niebezpiecznie, więc nie pozwoliłam mu dokończyć.

– Nieprawda! – zawołałam z udawaną swobodą. – Jestem zwykłą kobietą, która zaraz podgrzeje zwykły krupnik. A na deser co byś chciał?

– Porozmawiać serio, Aniu.

≈⚬⟩

Do poważnej rozmowy doszło po obiedzie, kiedy przenieśliśmy się z kawą do sypialni. Siadając w fotelu pierwszy raz tego dnia, poczułam przyjemne odprężenie. Walentynka używała wakacji w Wierzbińcu (o czym Dominik już wiedział), Oskar, przykryty białym kocykiem, spokojnie spał na posłaniu, w łóżku wylegiwała się łasiczka, w perspektywie była niedziela – słowem: pełna laba.

– Opowiedz mi o wojnie – poprosił Dominik. – Skończy się w czterdziestym czwartym, tak?

– Nie. Skończy się ósmego maja czterdziestego piątego roku.

Opowiadałam o drugiej połowie wojny trochę na skróty, trochę po łebkach, chaotycznie, bo jak inaczej w trakcie jednej rozmowy streścić tyle nieszczęścia?

Najwięcej czasu poświęciłam obozom koncentracyjnym. Dominik rzecz jasna wiedział o nich, jednak pojęcia nie miał, co naprawdę działo się w miejscach, gdzie kolczastym drutem otoczono baraki i krematoria. Słuchając mnie teraz, pobladł i wbił oczy w podłogę.

– Auschwitz wciąż budzi grozę. – Ściszyłam głos. – Dzisiaj w Oświęcimiu jest muzeum, wiesz… sto tysięcy butów, sterty okularów, ludzkich włosów, walizek… a najbardziej przerażające są komory gazowe. Po wojnie w całej Europie słowo „Auschwitz" stanie się jakby przydomkiem dodawanym w myśli do każdego niemieckiego nazwiska, rozumiesz: Otto Greifeld – Auschwitz, Jozef Hofmann – Auschwitz, Herbert Weltz – Auschwitz i tak dalej. W Polsce na krótko wprowadzi się nawet zasadę gramatyczną, zgodnie z którą wyraz „Niemcy" należy pisać małą literą.

– A co z Hitlerem? Powieszą go?

– Popełni samobójstwo. Goebbels też – dodałam w zamyśleniu. – Goebbels zabije się razem z żoną, ale wcześniej otruje szóstkę swoich dzieci... Pewnie dlatego, żeby nie zostawiać ich bez opieki na tym paskudnym świecie.

– Goebbels sam paskudzi teraz ten świat.

– Tak...

Gdy opowiadałam o Międzynarodowym Trybunale w Norymberdze, Dominikowi zaświeciły się oczy z radości.

– Wszystkich powieszą? – dopytywał się.

– Skądże! Tylko małą grupkę. Ze znanych: Göringa i Bormanna. Niektórych zamkną w więzieniach, ale kilkadziesiąt tysięcy hitlerowców ucieknie z Niemiec do Ameryki Południowej.

– I co?

– Nic. Będą tam sobie spokojnie żyli – przyznałam ze wstydem, jakby to była moja osobista wina.

– Nie wierzę! – Dominik wyraźnie się zdenerwował. – Nikt nie będzie ich ścigał?

Zaczęłam intensywnie szukać w pamięci jakiegoś budującego przykładu i znalazłam! Przypomniała mi się sensacyjna historia pojmania Adolfa Eichmanna, nazisty odpowiedzialnego za „ostateczne rozwiązanie kwestii żydowskiej".

– Tak zupełnie nikt to nie! – Wstałam z fotela. – Mam w domu książkę o tym, jak żydowscy komandosi wytropili w Argentynie Eichmanna. Poczekaj chwilę, zaraz ci ją przyniosę.

Zrobiłam kilka kroków w stronę wyjścia. Pierwszy krok był żwawy, drugi taki sobie, trzeci dziwnie spowolniony, a na czwarty zabrakło mi sił. Poczułam się bowiem jak klucznica z krainy pozamykanych drzwi.

– Dominiku, przepraszam! – zawołałam, idąc z powrotem. – Musisz mnie zrozumieć...

Wiedział, o czym mówię.

– Ależ rozumiem. Masz prawo do swoich tajemnic w tamtych pokojach.

– W tamtych pokojach nie mam żadnych tajemnic, tylko wynalazki!

– Jakie wynalazki? – zapytał i natychmiast zreflektował się, że stawia mnie w niezręcznej sytuacji. – Nie mów mi! Wiem jakie: schowane.

– Właśnie! Schowałam je, bo... – wytłumaczyłam Dominikowi, że nie ma sensu, aby poznawał technologiczne osiągnięcia moich czasów, ponieważ nie będzie tu żył i nie będzie z nich korzystał.

– No dobra – zgodził się bez przekonania. – Ale jutro wychodzimy z domu. Chcę zobaczyć twój świat.

– Tak jest, panie Polanisz. Jutro idziemy na spacer po pięknym Toruniu dwudziestego pierwszego wieku – zapowiedziałam oficjalno-komicznym tonem. – W korytarzu znajdzie pan torby z ubraniem dopasowanym do epoki.

– Dziękuję pani. – Dominik wyprostował się w fotelu i pochylił głowę jak łaskawy książę, który przyjmuje dary, po czym mrugnął do mnie wesoło. – A teraz co robimy? Gadamy?

– Gadamy!

Rozmawialiśmy bardzo długo – przy kawie, przy książkach i atlasach, które przyniosłam z pokoju stołowego, podczas kolacji w kuchni. Tematów było mnóstwo: końcówka wojny i stalinizm, nowe granice Polski i żelazna kurtyna, współczesne życie Anki Duszkowskiej i jej przeprowadzka w dawne czasy do Olka (rozmawiając z Dominikiem, nigdy nie unikałam mówienia o mężu).

Wspomniałam też, że w Toruniu roku 2011 mój czas się zatrzymał.

– Zawsze, gdy ze spiżarni przechodzę przez modrzew do łazienki, trafiam na ten sam dzień, piątek czwartego listopada – powiedziałam, kiedy o północy jedliśmy winogrona. – Kartka w kalendarzu się nie zmienia, rozumiesz?

– Ni w ząb!

– Oj, Dominiku, tak po prostu jest i już! Tutaj dziś mamy piątek, jutro będziemy mieli piątek, pojutrze...

– A kiedy będzie sobota? – przerwał mi.

– Pewnie wtedy, gdy skończy się moje życie z Olkiem... kiedyś.

– Aha... Aha! Hmm...

Dominik chyba zrezygnował z rozkładania cudu na pierwiastki pierwsze. Chciał jednak wiedzieć, jak to wygląda od strony moich toruńskich znajomych.

– A twoi sąsiedzi, Aniu? I inni ludzie w dwa tysiące jedenastym roku? Co z nimi? Podejrzewają coś?

– Skądże! Dla nich to zwykły piątek, w którym sąsiadka Duszkowska wyjątkowo często kręci się koło domu, a raz nawet wydzwaniała z prośbą o ratunek.

Podniósł pytająco brwi, wytłumaczyłam więc, że mój sąsiad z drugiego piętra jest chirurgiem.

– To on wyjął ci kulę z ramienia, dał kroplówkę i obiecał, że policję zawiadomi o postrzale dopiero po północy. Czyli piątego listopada! – zakończyłam z triumfem.

– Czyli... jakby za ileś lat, tak?

– Tak! Nic ci tu nie grozi, policja nie wie o Polaniszu, którego ktoś postrzelił z broni palnej.

– Miło to słyszeć.

Dominik ze smakiem zjadł kilka winogron, a następnie spytał o moje tajne przejście między różnymi czasami.

– Aniu, powiedz mi jeszcze, w jaki sposób przed wojną wchodziłaś do tego mieszkania? Przecież twoja łazienka połączona jest ze spiżarnią na Kolejowej, a nie z Annopolem.

Wyjaśniłam mu, że spiżarnia nie ma tu nic do rzeczy. Liczy się tylko malowidło z modrzewiem, które mogę przenosić, gdzie chcę.

– Z tej komórki na Norwida, gdzie straciłeś przytomność, nie przewoziłam cię do domu, po prostu zaniosłam tam obraz i bach!

– Bach? – Roześmiał się. – Co to za nazwa dla cudu?

– Całkiem dobra, nawiązuje do wielkiej muzyki – oświadczyłam serio i kontynuowałam temat modrzewia. – Dzisiaj, gdy bryczką przywiozłam Oskara na Kolejową, zaprowadziłam go najpierw na strych, pobiegłam do spiżarni po obraz i...

– Bach! – dokończył Dominik z rozbawieniem, a dwie sekundy później, zrywając się na równe nogi, krzyknął. – Aniu, przecież ty możesz wsiąść do pociągu z obrazem! Wtenczas bez nerwów przejdę z łazienki do wagonu i nikt mnie w Samborzewie nie zobaczy!

– Mam lepszy pomysł. – Bez pośpiechu sięgnęłam po następną kiść winogron. – Pojadę z obrazem do Poznania, do pani Gertrudy.

Dominik klapnął na krzesło i zaczął się śmiać, patrząc na mnie roziskrzonymi oczami.

1942

W niedzielę rano wpadłam na chwilę za modrzew, aby sprawdzić, czy wszystko dobrze, a później pojechałam rowerem do Wierzbińca i spędziłam tam prawie cały dzień z Walentynką, Krzysiem oraz moimi przyjaciółkami.

O piątej po południu pani Hektorowa, niezupełnie bezinteresownie, zaprosiła na podwieczorek swojego *Treuhändera*. Hans Littmann zachował się zgodnie z oczekiwaniami, mianowicie popijając herbatę, oświadczył kurtuazyjnie, że stangret odwiezie mnie powozem do domu. Gdy dziękowałam Niemcowi, na twarzy Krajewskiej pojawił się niewidzialny uśmieszek.

W dwudziestym pierwszym wieku nie poznałam ani jednej sędziwej damy podobnej do Hektorowej. Ten typ kobiet odszedł bezpowrotnie. Szkoda.

2011

Czytając książkę, Dominik usiłował nie myśleć o Ani, lecz i tak wciąż przed oczami widział jej twarz albo ruch ręki, gdy odgarniała z czoła świeżo umyte włosy.

Oko mi zbielało na widok faceta w czarnej koszulce i oliwkowych spodniach. Przystojny – to mało powiedziane. W nowym wcieleniu Dominik prezentował się wystrzałowo!

– Fiu! – Gwizdnęłam, wchodząc do kuchni. – Kim pan jest?

– Włamywaczem. – Odłożył książkę (*Igłę* Folletta). – Jak minęła niedziela we dworze?

– Dworsko. A tobie? Jak tutaj minął czas?

– Piesko.

– Boli cię głowa? – zaniepokoiłam się.

– Żartowałem. Dzisiaj czuję się całkiem nieźle. Oskar też w porządku, dostał kroplówkę, pogadałem z nim po niemiecku i zasnął.

Dominik wstał od stołu, nie było więc co zwlekać.

– Poczekaj chwilę. Tylko się przebiorę i idziemy na spacer.

Najpierw zajrzałam do chorego wilczura. Spał z głową na jaśku, rytmicznie oddychał, na pysku nie miał śladu śliny. Dobra nasza!

– Kochany piesku, chyba cię wyciągnę z tego nieszczęścia – szepnęłam mu do ucha.

Potem w pokoju stołowym przebrałam się w spodnie oraz ulubiony kremowy sweter i:

– Dominiku, jestem gotowa!

– Ja też.

Czekał na mnie z kurtką w ręku, przy szafce z butami, na której zauważyłam słoneczne okulary.

– Weź te okulary – doradziłam.

– Po co? Przecież już ciemno.

– Będziesz się pewniej czuł...

– Nie potrzebuję ich – powiedział, popychając mnie w stronę drzwi. – Wychodzimy.

Na Słowackiego Dominik zachowywał się jak znudzony turysta, lecz wiedziałam, że to pozór. Tak naprawdę w napięciu i z wielkim zainteresowaniem przypatrywał się wszystkiemu, co było mu obce: strojom przechodniów, samochodom nieznanych marek, nawet ulicznym lampom, które miały mało romantyczny wygląd, ale doskonale oświetlały teren.

– I jak? – spytałam cicho.

– Prawie normalnie.

Uśmiechnęłam się pod nosem, bo Dominik nieświadomie trafił w dziesiątkę. Dla mnie ten świat był normalny, jednak swoje dziwactwa miał.

– Aniu, to najzamożniejsza dzielnica w mieście?

– Dlaczego tak sądzisz?

– Samochody... – Pokazał zapełniony parking.

– Teraz prawie każdy ma samo... – Przerwałam, bo Dominik wcale mnie nie słuchał.

Całą uwagę skupił na mijającej nas nastolatce, która rozmawiała przez komórkę ze słuchawkami i mikrofonem. Telefonu nie było widać. Dziewczyna trzymała ręce w kieszeniach i tylko z uszu zwisały jej kabelki.

– Nie idę na imprę – mówiła podenerwowanym głosem. – Zlewam.... Ciacho? Co ty? Patryk to złamas...! No i baja-bongo.

Więcej nie usłyszeliśmy, gdyż dziewczyna skręciła w najbliższą przecznicę.

– Nieszczęśliwa, mówi do siebie... – szepnął Dominik, odprowadzając wzrokiem nastolatkę, w jego mniemaniu osobę chorą umysłowo.

– Ona jest normalna – wyjaśniłam z powagą. – Rozmawia z kimś przez telefon.

Na twarzy mojego przyjaciela znieruchomiały wszystkie mięśnie.

– Macie tu niewidzialne telefony? – wykrztusił po chwili ni to żartem, ni to serio.

Wychodząc z domu, zdawałam sobie, oczywiście, sprawę, że nie unikniemy kontaktu z niektórymi „wynalazkami", wyjęłam więc z torebki komórkę.

– Zobacz: takie. Można tu podłączyć kabelki ze słuchawkami, a telefon schować do kieszeni. Wtedy ma się wolne ręce.

– Aha... telefon w kieszeni... bez tarczy... – zamamrotał.

– Wolne ręce...

– Mogę ci pokazać, jak się... wykręca numer.

– Dziękuję, nie teraz. – Opanował się jakoś, ujął moje ramię i znów ruszyliśmy przed siebie. – Rozumiałaś, o czym ta dziewczyna mówiła?

– Tak. Powiedziała, że nie pójdzie na spotkanie towarzyskie, bo jej się Patryk nie podoba.

– Uhm, to w tych sprawach wszystko po staremu...

– Jasne, że tak! – zawołałam. – W moich czasach ludzie szukają miłości jak zawsze.

Dominik roześmiał się cicho i zaczął gwizdać *Nie kochać w taką noc to grzech*. Zmora telefonu, który nie przypominał telefonu, zbladła, bo już tak jest, że przedmioty zmieniają się wraz z epokami, a ludzkie uczucia pozostają takie same.

– Zapraszam cię na szaszłyk. – Przyspieszyłam kroku, prawie że podskoczyłam z radości. – Niedaleko stąd jest świetna knajpka.

Nie przestając gwizdać, kiwnął głową i zrobiło się jeszcze promienniej, choć dawno zapadł zmrok. Świat jest światem, tu czy tam, najważniejsze, żeby chciało się żyć!

Skręciliśmy w ulicę Matejki, potem w Mickiewicza i doszliśmy do Konopnickiej. Bydgoskie Przedmieście idealnie nadawało się na pierwszy spacer, ponieważ w tej dzielnicy nie ma budowli ze stali i szkła, lecz głównie stare domy, niektóre piękne.

W pewnej chwili Dominik zainteresował się dwupiętrową kamienicą, która nie przyćmiewała sąsiednich budynków swoją urodą.

– Poczekaj, Aniu, tu są jakieś napisy.

– Same bazgroły – mruknęłam, nie zatrzymując się, gdyż nienawidzę szpetnej mazaniny na elewacjach.

– Chcę zobaczyć.

Podszedł do bocznej ściany kamienicy.

– Masz rację, same głupoty – stwierdził z niesmakiem po odczytaniu takich rewelacji jak: „Lech pany", „Wszystko je..ć", „Hera, LSD".

Zapewne liczył na inny rodzaj ulicznej twórczości, bardziej... zaangażowany. Wszak w wojennym Samborzewie też pojawiały się napisy na murach, ale tam nie pisało się byle czego. Pisało się: „Polacy! Jeszcze Polska nie zginęła".

Kiedy odchodziliśmy z tego miejsca, zza rogu kamienicy wynurzył się chłopak z kapturem od bluzy na głowie i z puszką farby w ręku. Nie krępując się naszą obecnością, przystąpił do dzieła, to znaczy do gryzmolenia po ścianie.

– Aniu, to u was dozwolone? – spytał szeptem Dominik.

– Każdy może pisać farbą, gdzie chce?

– Ależ nie! To wandalizm.

W ciągu kilkunastu sekund pseudograffciarz skończył swoją pracę i odsunął się na bok. Zobaczyliśmy nowy napis: „Żydzi do gazu".

– Ty głupcze! – krzyknął Dominik. – Zamaż to! Ale już!

– Spadaj – prychnął chłopak, nie okazując żadnego przestrachu. – Bo ci przyp...ę!

Chciał coś jeszcze powiedzieć czy raczej popisać się stekiem wulgaryzmów, ale nie zdążył. Dominik dopadł delikwenta i bez wysiłku wykręcił mu obie ręce do tyłu.

Normalnie lampart w akcji!

– Puszczaj mnie! Puszczaj! – rozdarł się chłopak, a właściwie zaskrzeczał, ponieważ głos po części odmówił mu posłuszeństwa.

– Puszczę, jak obiecasz, że zamalujesz ten napis.

– Zamaluję! Obiecuję! – Następne zaskrzeczenie.

– No!

Dominik, spodziewając się wypełnienia obietnicy, oswobodził chuligana, a ten po prostu dał drapaka. Jak strzała pobiegł w kierunku stojących opodal garaży, lecz nie sam! Wielkimi szusami gonił go bowiem pewien kolejarz, który przed drugą wojną światową był naczelnikiem stacji w Samborzewie.

Pomyślałam z rozbawieniem, że powinniśmy przeprowadzić szczeniaka przez modrzew do roku 1942. Niechby pomieszkał tam przez tydzień, niechby nawąchał się nazizmu z bliska. Prawdopodobnie na sam widok siedziby gestapo zemdlałby ze strachu. A po powrocie do Torunia, zamiast farby, kupiłby szpachelkę i z własnej, nieprzymuszonej woli zdrapywałby nią wszystkie durne napisy z murów.

Mój dobry nastrój trwał pięć minut. Przez kolejnych pięć odczuwałam lekkie zaniepokojenie. W końcu ruszyłam w stronę garaży.

– Dominiku!

Brak odzewu.

Poszłam w prawo, poszłam w lewo, później pobiegłam w prawo, pobiegłam w lewo.

– Dominiku! Dominiku!

Jakiś wyżeł prowadzony na smyczy przez starszego pana udawał, że podjął trop.

Jakiś dziesięciolatek na chwilę przyczepił się do mnie i też nawoływał: „Dominiku! Dominiku!".

Jakaś kobieta z e-papierosem zapytała:

– Mąż znowu się upił?

– Mąż jest w Bremie – odparłam bezsensownie, bo panika nie wpływa dobrze na procesy myślowe, szczególnie wtedy, gdy człowieka zżera poczucie winy.

Co ja najlepszego zrobiłam? To znaczy, czego nie zrobiłam!

Nie podałam Dominikowi adresu na Słowackiego! Nawet nie wiedziałam, czy zwrócił uwagę na nazwę mojej ulicy. Poza tym nie dałam mu kluczy od mieszkania ani pieniędzy.

Mój przyjaciel na pewno krąży tu gdzieś w pobliżu i denerwuje się, że ja się denerwuję. Jeśli także zacznę krążyć, to cała noc upłynie nam na „spacerowaniu" po Bydgoskim Przedmieściu. W pojedynkę, z przyspieszonym oddechem.

Nie pozostało mi nic innego, jak czekać na Dominika przy oszpeconej bazgrołami kamienicy, tam gdzie widzieliśmy się ostatni raz.

∾

– Jak ci na imię?

– Ka... Kamil.

– No, to, Kamilu, ściągaj teraz buty i spodnie.

– Ale, co pan...?

– Rób, co powiedziałem. – Dominik, nie zważając na swoje bolące ramię, mocniej docisnął chłopaka do drzewa i trochę bardziej wykręcił mu lewą rękę.

Gdy polecenie zostało wykonane, przytrzymując szyję chłystka Kamila pod własną pachą, zwinął zdjętą garderobę w tłumok, po czym cisnął nim w górę, między gałęzie drzewa. Tłumok zawisł na rozwidleniu konarów, wysoko nad ich głowami.

– Możesz zabrać swoje rzeczy. – Roześmiał się, puszczając chłopaka, który, nie spojrzawszy nawet na drzewo, popędził w kierunku ulicy. W białych skarpetkach oraz w białych gaciach.

Poprawiając kołnierz kurtki, Dominik cmoknął z zadowolenia. Zaraz opowie Ani, jak nastraszył chuligana, i zobaczy w jej oczach błysk uznania... może nawet coś więcej. A potem pójdą razem do jakiegoś lokalu, o którym wspomniała.

Aby przyspieszyć tę chwilę, puścił się biegiem w drogę powrotną. Minął dwa zastawione samochodami podwórka, przeskoczył przez druciane ogrodzenie, jeszcze kawałek i dotarł do oświetlonej ulicy. Tu nieco zwolnił tempo. Szybkim krokiem doszedł do skrzyżowania, skręcił w prawo, a później co rusz przystawał, usiłując sobie przypomnieć, czy goniąc chłopaka, biegł tędy, czy nie. Równo przycięty żywopłot wydał mu się obcy, tak samo jak ławka bez oparcia oraz murek po drugiej stronie ulicy.

Zdezorientowany, zatrzymał się na dobre obok białego furgonu, którego też nigdy nie widział. Co prawda, furgon mógł właśnie przyjechać, ale żywopłot... nie miał kół.

Dominik doszedł do wniosku, że na krzyżówce powinien skręcić w lewo, toteż zawrócił i przez następne piętnaście minut szukał właściwej drogi. Jednak żadna ulica nie zaprowadziła go do Ani.

Zły na siebie jak diabli, postanowił zmienić taktykę. Zamiast błąkać się po tym innym świecie, po prostu zapyta ludzi. Ktoś mu pomoże.

Wybór padł na przechodnia w czarnym płaszczu z flauszu. Był to mężczyzna w średnim wieku, krótko ostrzyżony i starannie ogolony.

– Uprzejmie szanownego pana przepraszam – zagaił Dominik. – Szukam pewnej kamienicy. Wyróżnia się tym, że ma brzydkie napisy na elewacji. Czy może pan...

– Sorry, ale się spieszę. – Mężczyzna nieprzyjemną miną okazał zniecierpliwienie i odszedł, nie racząc wysłuchać pytania do końca.

Następnymi osobami, do których zwrócił się Dominik, były dwie młodziutkie dziewczyny, wyglądające tak, jakby jedna chciała upodobnić się do drugiej. Obie w obcisłych spodniach oraz krótkich kurteczkach. Obie z rozpuszczonymi włosami o identycznym odcieniu blond.

– Uprzejmie panie przepraszam...

Gdy przedstawił im swoją prośbę, dziewczyny spojrzały na siebie i rozchichotały się niczym ośmiolatki.

– Chi, chi, chi, cha, cha, cha...

– Cha, cha, cha, chi, chi, chi...

Lustrzane chichotanie przeciągało się ponad miarę, więc ukłoniwszy się, bąknął: „Żegnam panie", co wywołało nowy wybuch śmiechu.

Potem zagadnął kobietę w beżowym, puszystym berecie.

– Kochany! – zawołała. – Tu niejedna ściana jest pomazana. Wie pan przynajmniej, na jakiej ulicy jest ten dom?

– Nie.

– No to nic nie pomogę. Do widzenia.

– Do widzenia, dziękuję pani.

Zrozumiał, że nie ma sensu rozpytywać o kamienicę z napisami. Pozostało ostatnie wyjście: podzielić teren na kwadraty i przeszukiwać go systematycznie, posesja po posesji, ulica po ulicy. Wtedy, wcześniej czy później, trafi na ścianę z bazgrołami albo na kamienicę, w której mieszka Ania.

Lustrację rozpoczął natychmiast, od Moniuszki, bo tak nazywała się ulica, którą właśnie szedł. Gdy uważnie przypatrywał się mijanym domom, zaczepiła go jakaś przysadzista niewiasta w swetrze z wielkimi guzikami.

– Wolno wiedzieć, czego pan szuka? – spytała z ciekawością.

– Szukam... – Dominik zastanowił się chwilę i westchnąwszy, powiedział zgodnie z prawdą: – Szukam Anny Duszkowskiej.

– Ale ona mieszka kawałek dalej!

– Pani ją zna?!

– Znam, znam, to moja sąsiadka z parteru – zapewniła z serdecznym uśmiechem. – Niech pan idzie ze mną.

Miał ochotę ucałować tę nieznajomą kobietę, ale tylko doskoczył do niej i wyjął z jej rąk uchwyt dziwnego plecaka na kółkach.

– Pani pozwoli, pomogę.

– Bardzo pan uprzejmy, młody człowieku.

Ruszyli przed siebie. On ciągnął niespodziewanie ciężki plecak, natomiast ona wzięła na siebie ciężar rozmowy.

– Wracam ze sklepu – odezwała się wyjaśniającym tonem. – Poszłam po torbę piasku, ale akurat była promocja, więc kupiłam dwie. A jakbym wiedziała, że pan mi pomoże tachać wózek, tobym wzięła i trzy torby.

Nic nie odrzekł, bo wizja sklepu z piaskiem kupowanym na kilogramy odebrała mu mowę. Lada, półki oraz piasek: morski, rzeczny, ze żwirowni, do wyboru do koloru! Aby nie parsknąć śmiechem, ścisnął ręką policzek i zagryzł wargi.

– Oj, coś mi się wydaje, że będzie rwanie – powiedziała kobieta, zerkając na niego spod oka.

– Jakie rwanie? O czym pani mówi?

– Przecież szukał pan dentystki, tak czy nie?

– Nie szukałem żadnej dentystki. – Dominik puścił policzek, ponieważ już nie chciało mu się śmiać. Czuł, że zaszło jakieś nieporozumienie. – Szukałem pani Anny Duszkowskiej!

– No to się nie dogadaliśmy – oświadczyła baba. – Ta dentystka, która mieszka ze mną po sąsiedzku, nazywa się Anna Kruszkowska, a nie Duszkowska. Myślałam, że pana zęby bolą.

– Faktycznie, nie dogadaliśmy się – mruknął i nadal ciągnął plecak. – Daleko do pani domu?

– Bliziutko! – Baba zrozumiała, że bagaż zostanie odtransportowany pod same drzwi, więc raptem stała się wylewna: – Jaki pan miły! Od razu widać, że mamusia dobrze pana wychowała. A ja mieszkam za tym rogiem... tylko że na drugim piętrze... – dodała z cwaną przymilnością.

Po chwili weszli do jakiejś nowej, żółtawej kamienicy. Dominik chciał jak najszybciej zanieść plecak z piaskiem na górę i się pożegnać, lecz to nie było takie proste. Na każdym półpiętrze kobieta przystawała, by zaczerpnąć powietrza i opowiadać o swoich wnukach, Lolku i Maciusiu, a gdy wreszcie dotarli pod jej drzwi, zaprosiła Dominika do środka.

– Wiem, że pan się spieszy, ale bardzo proszę, niech pan zajdzie do mnie na momencik. Przedstawię panu Lolka.

– Chętnie poznam pani wnuka. – Dominik ukrył irytację, bo... mamusia dobrze go wychowała.

Lolek siedział w kuchni na krześle i był popielatym kocurem ze śmiesznie małymi uszami.

– Loluś, ten pan przytargał piasek dla ciebie – poinformowała kota w ramach prezentacji. – Ale nie wiem, jak się nazywa.

– Dominik Polanisz. – Przedstawił się im obojgu, doceniając urodę kota oraz rubaszność jego pani.

Loluś łaskawie przymknął powieki, a baba wskazała Dominikowi krzesło.

– Niech pan odsapnie – powiedziała, stawiając na stole dwie szklanki i dzbanek. – Ja nazywam się Ewa Lasecka. Lubi pan kompot z jabłek?

– Lubię.

Dominik uznał, że nic się nie stanie, jeśli pobędzie w tej kuchni pięć minut. Poza tym miał ochotę na kompot, bo od biegania po ulicach zaschło mu w gardle. Siadając przy stole, sądził, że będą rozmawiali o pogodzie, jednak gospodyni wybrała inny temat.

– Dlaczego nie zadzwoni pan do tej kobiety, której pan szukał? – spytała, nalewając kompot do szklanki.

– Nie znam jej numeru, ale poradzę sobie. Ona czeka na mnie gdzieś tu niedaleko.

– Nie rozumiem.

– Ech, długo by mówić. – Machnął ręką. – Po prostu pobiegłem za takim jednym chuliganem i zgubiłem się. Nie jestem stąd... to znaczy nie znam Torunia.

– Uhm, uhm – zamruczała do siebie. – Ale jest pan pewien, że ona czeka na ulicy?

– Jestem pewien.

Nagle Laseckiej jakby lat ubyło. Wyprostowała plecy i spojrzała na Dominika z jakimś melancholijnym rozmarzeniem.

– Mam pomysł! – Uśmiechnęła się, oblizując wargi. – Raz dwa znajdziemy tę Duszkowską.

– Ale...? – zgłupiał. – Ale jak?

– Poproszę Maciusia, on to załatwi. Tylko najpierw niech mi pan da swoją komórkę.

Dominik nie wiedział, gdzie ma oczy podziać, bo baba była chyba stuknięta.

– Czy... Maciuś jest pani drugim kotem? – spytał ostrożnie.

Rzuciła mu krótkie, bystre spojrzenie i wybuchnęła śmiechem, który obudził Lolka.

– Myśli pan, że jestem wariatką, co? – wykrztusiła, wciąż się śmiejąc. – Maciuś to mój wnuk.

– Przepraszam. Na schodach mówiła pani, że Lolek jest wnukiem, więc...

– Ty się na żartach nie znasz, młody człowieku. – Ni stąd, ni zowąd, w całkiem naturalny sposób przestała tytułować Dominika panem. – To jak z tą komórką? Dostanę numer? – Uparcie wróciła do podejrzanego wątku.

Pokręcił głową, nie wymówiwszy ani słowa, ponieważ milczenie jest złotem, a czasem też niezłym sposobem na uniknięcie kompromitacji.

– Trudno. Podamy nazwę ulicy. – Lasecka wzruszyła ramionami, po czym wyjęła z kieszeni płaskie pudełeczko, takie samo, jakie przed godziną pokazała mu Ania. To był tutejszy telefon kieszonkowy. Bardzo osobliwy, bo bez słuchawki, bez tarczy i do niczego niepodłączony. Teraz Dominik zobaczył, jak ten cud techniki działa: kobieta dwa razy puknęła palcem w pudełeczko i od razu przyłożyła je sobie do ucha.

– Maciusiu, babcia ma prośbę do ciebie… – Rozpoczynając rozmowę, zrobiła cwaną minkę, którą Dominik już znał.

⁓

Powoli traciłam nadzieję. Od chwili kiedy Dominik zniknął za garażami, upłynęła godzina. Dlaczego jeszcze się nie odnalazł? Istniały dwie ewentualności: albo ciągle błąka się po Bydgoskim Przedmieściu, nie mogąc trafić na ulicę Konopnickiej, albo… stało się coś złego.

Usłużna wyobraźnia podsuwała mi obraz za obrazem. Dominik wpadł pod koła samochodu (on przecież nie jest przyzwyczajony do tego, że auta nadjeżdżają z każdej strony, oprócz strony nieba).

Pobiła go zgraja bandziorów (Dominik nie wie, że tu chuligani niczego się nie boją i że przywoływanie ich do porządku jest bardzo niebezpieczne).

Wdał się w uliczną awanturkę i został odwieziony na komisariat policji, bo nie miał przy sobie dokumentu tożsamości.

Mógł też skręcić nogę, zatrzasnąć się w jakiejś piwnicy, stracić pamięć.

Te ostatnie możliwości były mało prawdopodobne, ale w zdenerwowaniu ma się z tyłu głowy tyle czarnych myśli, ile samolotów lata nad lotniskiem Kennedy'ego.

Jeszcze pięć minut spacerowałam po Konopnickiej, znów spojrzałam na zegarek i postanowiłam działać, mianowicie wrócić na Słowackiego, wsiąść do samochodu i aż do skutku objeżdżać okoliczne ulice.

Co będzie, jeśli akurat w tym czasie Dominik dotrze do kamienicy na Konopnickiej? Zobaczy puste miejsce?

Nie! Zobaczy komunikat skierowany wyłącznie do niego!

Podniosłam z ziemi puszkę, którą porzucił pseudografficiarz i lekko nacisnęłam przycisk uwalniający strumień farby. Na elewacji pojawił się niebieski kleks wielkości pięciozłotówki. Za drugim razem poszło mi lepiej – napisałam duże D. A potem to już szast-prast, spod puszki wychodziły litery, tworzące napis:

DOMINIKU! MÓJ DOM SŁOWACKIEGO 37, ANIA.

Po skończeniu pracy zrobiłam krok do tyłu i wtedy przed kamienicą zaparkował czarny mercedes. Wysiadł z niego mężczyzna, który wyglądał jakby właśnie wrócił ze Sztokholmu, gdzie wręczono mu Nagrodę Nobla. Miał na sobie smoking, białą koszulę oraz muszkę.

– Jak pani nie wstyd – zwrócił się do mnie ze smutkiem.

– To nasze miasto.

– Przepraszam... – bąknęłam zaskoczona, przekładając puszkę z jednej ręki do drugiej. – Musiałam napisać... komunikat specjalny.

Nagle oboje drgnęliśmy, obracając głowy w stronę jezdni, gdyż stamtąd usłyszeliśmy ogłoszone przez megafon gromkie: „Uwaga!".

– Uwaga! Dominik czeka na Annę u zbiegu ulic Moniuszki i Krasińskiego. Uwaga! Dominik czeka na Annę u zbiegu ulic Moniuszki i Krasińskiego. Uwaga! Dominik...

Uszom nie wierzyłam.

Obok nas przejeżdżał samochód z nagłośnieniem oraz z zamontowanym na dachu wielkim logo pierogarni Pod Blaszanym Kotem (czarny kot obwiedziony zieloną elipsą). Takie firmowe auto jeździ po mieście, by reklamować pierogarnię, a nie po to, by nadawać prywatne anonse.

Ale heca! Dominik się wykazał!

Ciekawe, jak on to załatwił? Przecież niemożliwe, żeby zawędrował na Rynek Staromiejski, wszedł do pierogarni i poprosił o rozpropagowanie pewnej informacji.

Podekscytowana, potarłam policzek, zaś „noblista" spojrzał na świeży napis na murze, a następnie na winowajczynię.

– Zaraz opowiem to żonie. – Roześmiał się cicho i wybaczająco. – Dobranoc... pani Anno.

Zobaczyliśmy się w tym samym momencie. Ja machnęłam ręką, on pędem puścił się w moim kierunku.

– Aniu, ale przygoda! Podoba mi się twój świat – zawołał zdyszanym głosem i złapał mnie w objęcia, co było sprytnym wykorzystaniem sytuacji. Takim lamparcim.

Kolacja na mieście została odwołana. W drodze powrotnej do domu Dominik opowiadał o swoich perypetiach i o tym, jak mnie odnalazł. Otóż łańcuszek powiązań między nim a pierogarnią przedstawiał się następująco.

Dominik poznał na ulicy jakąś panią Lasecką i pomógł jej zanieść do mieszkania torbę z piaskiem dla kota. Lasecka, oprócz kota, którego żartobliwie nazywała wnukiem, miała też prawdziwego wnuka – Maciusia. A Maciuś pracował... gdzie? W pierogarni Pod Blaszanym Kotem!

Babcia i wnuczek okazali się ludźmi z natury życzliwymi, skorymi do pomocy i przy tym niepozbawionymi fantazji, co cichaczem uznałam za szczęśliwe zrządzenie losu, ponieważ pięknie zaprezentowali dwudziesty pierwszy wiek.

– Wiesz, Aniu, ta pani nawet mnie kompotem poczęstowała – zakończył relację. – A kot był rasowy, tylko że uszy miał maciupkie.

– Pewnie szkocki zwisłouchy – powiedziałam, otwierając kluczem drzwi, a gdy weszliśmy do korytarza, zawołałam do lustra: – Jesteśmy w domu!

Kolację robiliśmy na cztery ręce i jedno dla drugiego. Dominik smażył dla mnie naleśniki, ja zaś dla niego gotowałam leczo z wędzoną kiełbasą. Oprócz naszych rąk oraz nóg w kuchni znajdowały się jeszcze cztery łapy, bo spragniony towarzystwa Oskar przyczłapał tu z sypialni i ułożywszy się pod oknem, obserwował domowe życie.

– Jaki złocisty! – Capnęłam pierwszy naleśnik, który zjechał z patelni na talerz, i parząc sobie palce, od razu zaczęłam go jeść.

– Poczekaj! Przecież muszą być posmarowane dżemem.

– Wolę bez dżemu, prosto z patelni – zamamlałam z pełnymi ustami. – Ale jak się samemu smaży, to tak nie smakują.

– Ba.

Po kolacji, nauczona doświadczeniem, zaopatrzyłam mojego przyjaciela w klucze od mieszkania, plan Torunia, kilkaset złotych w banknotach o różnych nominałach oraz telefon, który pierwszy raz nazwałam komórką.

– To jest komórka?! – zaryczał na całą kuchnię. – Bo pęknę ze śmiechu!

Przez moment bałam się, że faktycznie pęknie, ale do wypadku nie doszło.

Potem odbył się krótki kurs współczesnego telefonowania. Polegało to na tym, że Dominik zamknął się w łazience i zadzwonił do mnie. Nigdy wcześniej nie słyszałam jego głosu przez telefon.

– Halo. Czy rozmawiam z panią Anną Duszkowską?

– Poniekąd, drogi panie. Tak brzmi moje panieńskie nazwisko.

Cisza na łączach. A po chwili:

– Aniu, powiedz mi, czy rozmawiałaś ze swoim mężem przez... komórkę?

– Nie.

– Tylko... ze mną?

– Tak.

❦

Mieszkaliśmy teraz z Dominikiem jakby w sąsiadujących ze sobą mieszkaniach, połączonych wspólną łazienką. Wynikała z tego pewna niedogodność, o czym przekonałam się w poniedziałek, gdy o siódmej rano, przechodząc przez modrzew, pojawiłam się w łazience.

– Ach! – krzyknął Dominik, cofając się na mój widok do kabiny prysznicowej.

– Ach! – krzyknęłam i natychmiast zniknęłam, czyli przeniosłam się z powrotem do spiżarni.

Dopiero po kwadransie odważyłam się znów „wejść" do łazienki. Była pusta. Mój przyjaciel urzędował już w kuchni. Ubrany w płaszcz kąpielowy, stał przy blacie i rozbijał jajka na jajecznicę.

– Dzień dobry, Dominiku.

– Dzień dobry. – Roześmiał się jakoś denerwująco. – Właściwie to już się dzisiaj widzieliśmy. Siadaj, za pięć minut będzie śniadanie.

– Mówisz: pięć minut? To zdążę się wykąpać.

Uciekłam, to znaczy: wyszłam z kuchni, lecz Dominik miał jeszcze coś wesołego do powiedzenia.

– Aniu! – zawołał za mną. – Nie musisz zamykać drzwi od łazienki. Ja się tam... nie pojawię.

„Cha, cha, cha" – pomyślałam.

Przy śniadaniu ustaliliśmy, że w określonych godzinach sąsiad Polanisz będzie miał łazienkę wyłącznie do własnej dyspozycji, bo w tym czasie sąsiadka Duszkowska powstrzyma się od przechodzenia przez modrzew.

1942

Krótko potem wróciła proza wojennego życia. W berecie, szaliku i płaszczu z podniesionym kołnierzem biegłam ulicami Samborzewa do mleczarni, gdzie czekali na mnie Pujanek oraz furmanka z pustymi bańkami.

– Pierwszy mróz – zauważyłam, sadowiąc się na koźle. – Minus cztery.

– Jo, drogi twarde, aż miło – odparł woźnica i zamiast krzyknąć: „Wio!", wyjął zza pazuchy białą kopertę. – Mam list dla pani.

Zaintrygowana, wyjęłam z koperty złożoną na czworo kartkę kredowego papieru, na której zobaczyłam kilka linijek tekstu oraz zamaszysty podpis: Lucjan Wąsowski.

W pierwszej chwili się przestraszyłam, jednak niepotrzebnie. Administrator Wąsowski w wykwintnym, przedwojennym stylu informował mnie, że w niedzielę dzwonił Bruggen i: „prosił przekazać Szanownej Pani, aby do jego powrotu nie trudziła się przyjazdami do majątku". Innymi słowy – Obrycka, masz wakacje!

– Panie Pujanek – zawołałam. – Wysiadam! Dostałam dwa tygodnie urlopu.

Dałam jeszcze woźnicy przyszykowaną wcześniej paczkę z żywnością, ponieważ w każdy poniedziałek w ten sposób odwdzięczałam się za podwodę, i hajda! On pognał konie, ja pognałam na Kolejową.

W domu urządziłam sobie bal na białej sali. Balowanie
polegało na tym, że razem z kocicą i Muszką zakopałam
się w pościeli, spod której wyciągnęłam rękę i na przemian
głaskałam leżące przy łóżku wilczury. Czterogłos pomru-
kujących ze szczęścia zwierzaków brzmiał jak kołysanka...
kołysanka... koły...

Obudziłam się o dwunastej, wypoczęta i przyjemnie roz-
leniwiona. Przez godzinę czytałam w łóżku *Ucztę Babette*
Karen Blixen, a później nabrałam ochoty na pogawędkę.

Zapukałam do Tarnowskich.

– Pani Aniu, mamy gościa – uprzedziła mnie szeptem
Lusia i głośno dodała: – Zapraszam do kuchni.

Przy stole, obok Madzi, siedziała zapłakana Schultzowa.

– Dzień dobry, *guten Tag.*

– *Guten Tag, Frau* Obrycka. – Ursula podniosła głowę
i białą chusteczką otarła sobie łzy.

– Co się stało? – spytałam po niemiecku.

Lusia i Madzia, skonsternowane, spojrzały na Schultzową, zaś ta wtuliła twarz w swój zgięty łokieć i cichutko
wyszlochała:

– Zostałam sama. Mąż zginął na polu chwały.

Kuśnierza Schultza nie lubiłam, ale przecież nie życzyłam mu śmierci. Nie był nazistą, lecz jedynie bezmyślnym
bałwochwalcą Hitlera. A teraz odszedł, osierocając synów
i żonę.

– Bardzo pani współczuję. – Przyklęknąwszy przy Ursuli, delikatnie pogłaskałam jej kolana. – Rozumiem, że to dla pani nieodżałowana strata.

Wtem usłyszałam znaczące chrząknięcie. To Madzia dawała mi jakiś znak. Kiedy zerknęłam na nią, zrobiła groźną minę i przycisnęła sobie palec do ust. Przekaz był jasny: ani słowa więcej!

Posłusznie zamilkłam, ale w głowie miałam mętlik. O co Madzi chodzi? Wszak w składaniu kondolencji świeżej wdowie nie ma niczego niestosownego.

Cóż, w tym konkretnym przypadku sprawa przedstawiała się inaczej. Rzeczona wdowa chwyciła mnie bowiem za rękę i zduszonym głosem wyznała:

– Nieodżałowana strata? *Frau* Obrycka, pani nie rozumie! Ja płaczę ze szczęścia. Ze szczęścia! – powtórzyła. – Już nie muszę umierać ze strachu... przed własnym mężem.

Podniosłam się z kolan. U Tarnowskich nie opłakiwano Erica Schultza, tu świętowano. Ściślej mówiąc, Niemka płakała ze wzruszenia nad niespodziewanym wyzwoleniem się z węzłów małżeńskich, zaś pani Lusi, Madzi i mnie przypadła rola zaufanych powierniczek. Ursula otworzyła przed nami serce i wyrzuciła z niego kamień, który nazywał się: własny mąż.

2011

Ze Słowackiego skręcił w prawo, w Moniuszki, którą już znał, i doszedł do ulicy Chopina. Z planem w ręce, w biały dzień było to proste jak drut. Na Chopina zaskoczyła go nieskończona liczba pędzących samochodów. Miał wrażenie, że wszyscy tutaj bardzo się spieszą i że każdy kierowca usiłuje wyprzedzić jadące przed nim auto. Dominik nie mógł oderwać oczu od zatłoczonej jezdni, jednak po kilkunastu minutach poczuł znużenie. Nic się nie zmieniało – sznur samochodów wciąż przesuwał się w jakimś monotonnym mozole, niczym w kieracie opasującym miasto.

Idąc ulicą Chopina, dotarł do alei Jana Pawła II. Dominik nie wiedział, kim był Jan Paweł II, ale musiał to być ktoś ważny, bo ulica nazwana jego imieniem zasługiwała na miano arterii. Tu to już dosłownie płynęło morze samochodów. Jedne jechały w stronę mostu na Wiśle, inne gdzieś do śródmieścia Torunia.

Na drugi brzeg alei Jana Pawła II można było się przedostać wyłącznie dzięki sygnalizacji świetlnej, która raz po raz zatrzymywała samochody. Takie urządzenie – sygnalizację ze światłami – Dominik widział przed wojną, choć tamta, warszawska, wyglądała o wiele skromniej.

Właśnie zabłysło zielone światło, toteż razem z tłumem przechodniów ruszył po pasach, czując się jak Robinson Crusoe, rzucony nagle w ludzkie mrowie. Na dobitkę do ulicznego gwaru dołączył trudny do określenia terkot, nie wiadomo skąd się wydobywający. Gdy Dominik dotarł do chodnika i światła zmieniły się na czerwone, dziwny terkot raptem zanikł.

Po przeprawie przez aleję Jana Pawła II było już blisko do zabytkowej Starówki, którą pamiętał z wycieczki szkolnej, z czasów, kiedy chodził do Bergera. Przechodząc przez plac Rapackiego, przystanął przy słupie ogłoszeniowym i zapalił papierosa.

– Musi pan dymić? – syknęła jakaś kobieta wpierająca się na dwóch kijach. Nie wyglądała na kalekę, maszerowała żwawo, a mimo to przy każdym kroku opierała jeden z kijów o ziemię, raz ten trzymany w prawej ręce, raz w lewej.

Dominik zbył przytyk uśmiechem i zaciągając się papierosowym dymem, poszedł w stronę Rynku Staromiejskiego. Za arkadami nie zobaczył jezdni ani samochodów, lecz szeroki deptak dla pieszych, po bokach zaś – w zabytkowych budynkach – banki, restauracje, sklepy. Schował więc plan miasta do kieszeni i zajął się odczytywaniem napisów na szyldach. Niektóre brzmiały swojsko:

Apteka,

Złotnik,

Toruńskie pierniki,

Inne były zupełnie niezrozumiałe. Bo co to znaczy:

Reserved,

McDonald's,

Empik?

Trafiały się też szyldy, które go rozśmieszały, na przykład:

Tania odzież z Francji,

Pożyczki chwilówki,

Druk cyfrowy,

Tanie doładowanie,

Noce i Dnie. Salon bielizny.

Chociaż... ten ostatni może nie był aż tak bardzo śmieszny.

Zapalając następnego papierosa, przystanął przed szybą, za którą stały dwie kobiety – manekiny, obie o wyjątkowo drobnej budowie ciała, ale za to obdarzone wielkimi piersiami i bujnymi fryzurami z prawdziwych włosów. Jedna kobieta – manekin miała na sobie halkę, druga tylko biustonosz i kuse, koronkowe majtki. Podobnego widoku w witrynie nigdy dotąd nie widział! A w dodatku na drzwiach sklepu wisiał plakat ze zdjęciem mocno roznegliżowanej modelki.

Dominik pokręcił się chwilę przed wystawą Nocy i Dni, po czym ruszył do przodu, rozmyślając o Ani. Ciekawe, czy ona nosi luksusową, kupowaną w 2011 roku bieliznę, czy... wojenną?

Naraz poczuł taki głód, jakby od kilku lat nic nie jadł. Przyspieszył więc kroku i zaczął się rozglądać za sklepem spożywczym. Trochę to trwało, lecz w końcu znalazł.

Szklane drzwi, do których podszedł, same się przed nim otworzyły. Fiu! Dwudziesty pierwszy wiek! Dalej też było zaskakująco.

W środku paliły się światła, z głośników dochodziła kojąca muzyka, a na półkach leżało tyle towarów, że aż oczy bolały. Klienci przechadzali się wzdłuż regałów, pchając

druciane kosze umieszczone na wysokich nóżkach z kółka-
mi. W tych koszach woziło się po sklepie swoje zakupy, dla
wygody – aby ich nie nosić. Dominik śmiało wszedł między
rzędy regałów, nie biorąc drucianego kosza, ponieważ nie
miał zamiaru kupować pół tony żywności, a jedynie dwie
maślane bułki.

Po dłuższym rekonesansie okazało się, że sklep jest kra-
iną mlekiem i miodem płynącą. Wszystko tu było: gatun-
kowe wódki, sardynki w puszkach, brazylijskie orzechy,
owoce i przyprawy z całego świata, słodycze, wędliny, nabiał oraz mnóstwo opakowań z nieznanymi Dominikowi
specjałami. Jednak... czegoś mu brakowało. Radości.

Przebywający tu ludzie wydawali się jacyś nazbyt po-
ważni. Pchając kosze, patrzyli na półki ze skupionymi twa-
rzami, prawie z nabożeństwem, jakby przyszli do kościoła,
a nie do sklepu.

W kolejce do kasy też wesoło nie było. Właściwie to
panował tu posępny nastrój, bo wszyscy pilnowali swoich
oczu, aby broń Boże nie spojrzeć na bliźniego. Nikt do nikogo nie zagadał, nie żartował, nie pozdrawiał znajomych.
A kilka osób, których kosze były załadowane po sam czub,
miało wyjątkowo nieprzystępne miny.

Raptem Dominik zatęsknił do kolejek w Samborzewie,
tych po kartkowy chleb, po odrobinę margaryny. Tam człowiek się nie nudził, tam można było usłyszeć coś ciekawego, podowcipkować i cieszyć się z każdej cebuli albo z gęstego,
wyjątkowo smacznego syropu z buraków, który Niemcy czasem dawali na przydział.

W pewnej chwili, kiedy położył swoje bułki na ruchomej taśmie przesuwającej towar w stronę kasjerki, zauważył niepokojącą rzecz – stojące przed nim osoby: starszy mężczyzna w żółtej kurtce, a potem chłopak ze słuchawkami w uszach, nie zapłacili za zakupy pieniędzmi. Zamiast pieniędzy podali kasjerce kolorowe tekturki, a później przyciskali klawisze w jakimś urządzeniu. Dominik przestraszył się, że zaraz zrobi z siebie durnia, bo w kieszeni miał tylko portfel z banknotami.

– Dzień dobry. Złoty dwadzieścia – powiedziała kasjerka, szczupła szatynka, gdy przyszła jego kolej.

– Dzień dobry. Czy tu można zapłacić... zwykłymi pieniędzmi?

– Żartowniś z pana. – Szatynka uśmiechnęła się filuternie, a on ciągle nie wiedział: można czy nie?

Przez moment rozważał, czy wyjąć banknot z portfela, i wtedy kolejka zaczęła się denerwować.

– Na co pan czeka? – prychnął jakiś osiłek. – Na bezpłatny talon na balon?

Kilka osób parsknęło śmiechem. Dominik też, bo lepszy taki żart niż zaklęta cisza.

Na szczęście szary, dziesięciozłotowy banknot, który wręczył kasjerce, nie wywołał niczyjego zdziwienia i chwilę potem Dominik opuścił sklep z bułkami w kieszeni oraz z westchnieniem ulgi.

Na ulicy poczuł się swobodniej, lecz radosny nastrój gdzieś uleciał. Wszystko tu wokół było fascynujące, błyszczące, imponujące i... obce.

Uśmiechnął się dopiero, gdy na drodze spotkał osła. Co prawda osioł także błyszczał, bo odlano go z metalu, jednak przyjemnie było postać przy nim i wyobrażać sobie, że to pomnik Burego, osiołka, o którym opowiadała mu Walentynka.

Poklepawszy osła na pożegnanie, skręcił w ulicę Żeglarską. Uszedł może sto metrów i nagle zatrzymał się posmutniały. Za szybą jakiegoś sklepu zobaczył bowiem plakat reklamowy, a na nim szczęśliwych ludzi, uśmiechających się, nie wiadomo dlaczego, do wielkiego białego buta oraz do napisu:

LICZY SIĘ ZABAWA
TO TWÓJ ŚWIAT!

– Nieprawda – szepnął do plakatu – To nie jest mój świat.

W ułamku sekundy ogarnęła go niezmierna, dojmująca tęsknota za swoimi czasami, choć akurat teraz były one najgorsze z możliwych. Ale za dwa lata i jeszcze trochę, w maju czterdziestego piątego roku, wojna się skończy. Ludzie zaczną nowe życie... ci, którzy przeżyją. Dominik nie wiedział, jaki los go czeka, lecz już bardzo chciał wrócić do siebie. Rzecz jasna, nie natychmiast. Jeszcze kilka dni spędzi z Anią, kilka ważnych dni...

Aby o tym w spokoju pomyśleć, poszedł nad Wisłę.

Na bulwarze Filadelfijskim spacerowało niewielu ludzi, jak to w listopadzie. Dominik wybrał jedną z pustych ławek i obserwując bujające się na wodzie rybitwy, wyjął wreszcie z kieszeni bułki. Były smaczne, to znaczy pierwszy kęs był smaczny, bo więcej nie zdążył zjeść. Zadzwonił telefon. Pewnie Ania wróciła z pracy i niepokoi się o niego.

– Ahoj, Aniu – zawołał z telefonem przy uchu.

– Tu ankieta dotycząca porządków domowych – odezwała się jakaś kobieta. – Proszę odpowiedzieć na cztery pytania.

– Uprzejmie przepraszam, ale pani Duszkowska, do której pani dzwoni... – Chciał wyjaśnić, że Ani tu nie ma, lecz nieznajoma rozmówczyni jakby go nie słyszała.

– Jak często sprzątasz w swoim domu? Jeśli raz w tygodniu, naciśnij jeden, jeśli dwa razy w tygodniu, naciśnij dwa, jeśli więcej niż dwa razy w tygodniu, naciśnij trzy.

– Halo! Proszę pani! Czy pani mnie słyszy?

Baba nie zareagowała. Uparcie gadała swoje.

– ...miesięcznie na środki do sprzątania. Jeśli od pięćdziesięciu do stu złotych, naciśnij jeden, jeśli od stu do trzystu złotych, naciśnij dwa, jeśli...

Dominik zakończył połączenie, ponieważ zrozumiał, że nie rozmawia z żywą kobietą, lecz z głosem nagranym na płytę. Dwudziesty pierwszy wiek. Phi...

Po tym dziwnym telefonie bułki przestały mu smakować. Nakarmił nimi rybitwy.

❧

– Wychodziłeś dzisiaj z domu?

– Uhm, połaziłem trochę po mieście.

– No to opowiadaj! – zawołałam z wesołością, która musiała starczyć dla nas obojga, bo Dominik wyglądał na człowieka wyczerpanego długim spacerem.

Swoje wrażenia streścił w kilku zdaniach, stosując metodę plusów i minusów.

– Na każdym kroku widać dostatek, ale żebrzących ludzi też widziałem... Reklamy macie wielkie, kolorowe, ale jakby dla dzieci... Samochodów bardzo dużo, ale ulic dla nich za mało.

Obecnie na świecie jest jeszcze milion innych plusów i minusów, jednak nie miałam zamiaru ucinać sobie z Dominikiem dłuższej pogawędki o współczesności, bo taka rozmowa zajęłaby nam kilka lat. Nie wchodząc więc w szczegóły, postawiłam ogólną tezę.

– Tak czy siak, tu jest lepiej niż tam! – powiedziałam, wskazując przy ostatnim słowie drzwi do łazienki.

Spodziewałam się, że Dominik żarliwie przytaknie lub zaszczyci rok 2011 jakimś komplementem, lecz on uśmiechnął się tylko filozoficznie i oświadczył:

– Jedno, Aniu, wynika z drugiego. Tam... – wskazał łazienkę – ...tam teraz ludzkość dostaje nauczkę, a tu... – powiódł ręką wokół fotela – ...tu widać, że nauczka starczyła na długo.

– Chyba tak. W Europie jest spokój, teraz mamy Unię Europejską, w której... – Rozwinęłam nieco ten temat, a Dominik słuchał z narastającym zdumieniem.

Najbardziej zszokowała go informacja, że Niemcy należą do przodujących państw Unii Europejskiej.

– Niemożliwe! – zawołał. – Niemcy?! Oni? Po tym, co zrobili?

– To są już inne pokolenia, tacy sami ludzie jak wszyscy inni. Teraz rządzi u nich Merkel i całkiem dobrze sobie radzi.

– A kim jest ten Merkel?

– Ta Merkel – poprawiłam go. – Angela Merkel jest kanclerzem, już drugą kadencję.

– Baba?! Kanclerzem Niemiec?! – krzyknął wielkim głosem.

– Wyobraź sobie, że baba! – odwrzasnęłam ze złością. – W dwudziestym pierwszym wieku to nic nadzwyczajnego. Ludzkość idzie do przodu, panie reakcjonisto!

Dominik zareagował gwałtownie. Zerwał się z fotela, chwycił mnie za ramię i siłą zaprowadził do łazienki, przed lustro.

– No! Skoncentruj się – burknął. – Przechodzimy do spiżarni.

– Zwariowałeś? Niemcy z Samborzewa cię...

– Tylko na pół godziny. Reakcjonista chce trochę pooddychać tamtym... zatęchłym powietrzem.

Mówiąc to, uśmiechał się ironicznie do mojego odbicia w lustrze, gdyż dobrze wiedział, że za reakcjonistę go nie uważam. Ani w sprawach tak zwanych „bab", ani w żadnych innych.

Cóż... Zrobiłam bach! Bo jak długo można stać z Dominikiem przed lustrem?

1942

Ze spiżarni weszliśmy do kuchni, w której przywitały nas
uradowane psy (kocica raczyła jedynie unieść łepek). Po wy-
ściskaniu zwierząt Dominik dopadł do okna i zza firanki
obserwował podwórko, jakby to było najpiękniejsze miejsce
na świecie.

– Drzwi do mojej oficyny. Śmietnik. Warsztat Ulmana.
Ustępy. Wózek z drewnem – podnieconym głosem wymie-
niał cud za cudem. – O! Jakiś klient do szewca idzie!

– Odsuń się od okna!

– Spoko, nie zobaczy mnie.

– Skąd znasz to słowo?

– Z ulicy – odparł, nie odwracając twarzy od szyby, za
którą widział swój rok czterdziesty drugi.

Zamilkłam, ponieważ Dominik przeżywał chwilę szczęścia, nie miałam prawa jej mącić. Gdy już się napatrzył na
podwórko, podszedł do pieca i ni stąd, ni zowąd zaczął wy-
miatać popiół z popielnika.

– Zaraz rozpalę pod kuchnią – oświadczył tonem, jakim
ogłasza się nadzwyczajne wydarzenie. – Masz ochotę na herbatę?

– Mam ochotę!

Rozpalenie ognia i zagotowanie wody trwały o wiele dłużej niż trzy minuty, ale przecież nigdzie nam się nie spie-

szyło. Siedząc na parapecie, obserwowałam, jak Dominik krząta się przy piecu, jak potem z przyjemnością myje ręce chropowatym, niedającym piany mydłem, jak w dzbanuszku zaparza herbacianą esencję.

– Siadaj do stołu – zawołał, stawiając na tacy dwie niebieskie filiżanki. – Teraz będzie uroczyste picie herbaty!

– I uroczyste oglądanie podwórka – zakpiłam, gdyż przez cały czas nie mógł powstrzymać się od zerkania w stronę okna.

– Czemu nie? Tylko szkoda, że nie masz tu mieszkania od frontu.

– Bo wtedy byłoby widać stację?

– Właśnie – roześmiał się.

Raptem wpadł mi do głowy pewien pomysł.

– Dominiku, a może byśmy popatrzyli na stację z drugiej strony?

– Z lasku? – zdziwił się moją lekkomyślnością. – Nie. Za duże ryzyko.

– Nie o lasek mi chodziło...

– Aaa... aha. – Połapał się. – Dobra! To kiedy jedziemy?

– Na przykład w środę z samego rana.

– A twoja praca?

– Zapomniałam ci powiedzieć, że dziś dostałam dwa tygodnie urlopu.

– Fantastyczna wiadomość! – Przeciągnął się niczym zadowolony lampart.

Przy herbacie ułożyliśmy plan. Najpierw poprosiłam Dominika, aby jeszcze dwa, trzy tygodnie został za modrzewiem, wydobrzał, odpoczął, złapał głębszy oddech, „bo przecież wiesz, że wojna pojutrze się nie skończy".

– Zgoda – przytaknął. – Byłbym ostatnim głupkiem, gdybym przepuścił taką gratkę. Pomieszkam trochę w Toruniu, a potem wrócę na swoje miejsce i do końca życia będę miał co wspominać.

– Oboje będziemy wspominać... do końca życia.

– Tak. – Uciekł wzrokiem w bok, bo przy tym krótkim słówku głos mu zadrżał.

Po kilku sekundach milczenia odezwaliśmy się jednocześnie.

– Herbata stygnie.

– Byłeś nad Wisłą?

Wspólny śmiech rozładował napięcie i znów mogliśmy swobodnie rozmawiać. Już nie o herbacie i Wiśle, lecz o posagu. Postanowiłam bowiem na nową drogę życia zaopatrzyć Dominika, w co się da: w zapasy jedzenia, w ubranie, węgiel i lekarstwa.

Usłyszawszy to, uniósł się idiotyczną ambicją.

– Dziękuję, to zbyteczne. Poradzę sobie sam.

– Bądź racjonalny – burknęłam. – W Toruniu wystarczy kiwnąć palcem, żeby mieć te rzeczy, a w czterdziestym drugim roku wszystkiego brakuje.

– Ale w Toruniu nikt ci nie da towaru na piękne oczy. Nie pozwolę, żebyś na mnie wydawała majątek!

– Majątek? – zaperzyłam się. – Jaki majątek? Po pierwsze, jedzenie i odzież są dość tanie, a po drugie, mnie to nie będzie kosztowało ani grosza!

– Ukradniesz, wyczarujesz czy zrobisz jakiś inny sza-cher-macher?

Ha! Nadeszła pora na ujawnienie swojego źródła docho-du. Upiłam łyk herbaty, po czym opowiedziałam Domini-kowi o „skarbonce", czyli o pudle z uzbieranymi przed woj-ną monetami, które dzięki modrzewiowi w rekordowym czasie stały się numizmatami.

– Więc nie wydziwiaj – zakończyłam. – W tym tygo-dniu zrobimy wojenne zakupy. Pomyśl, jak się pani Gertru-da ucieszy z węgla!

Dominik pomyślał, ale o czymś innym.

– Aniu... skoro są pieniądze, to warto by kupić... broń i amunicję.

Rozumiałam go, miał rację! Przeprowadzka do Pozna-nia nie oznaczała, że resztę wojny przesiedzi u pani Ger-trudy za piecem.

Broń palna... amunicja... hmm... Takie rzeczy można legalnie kupić w sklepie, lecz trzeba mieć pozwolenie poli-cji. Załatwienie pozwolenia trwa miesiąc albo dłużej. Odpa-da. Pozostaje czarny rynek, jakaś mafia, gangsterzy... Brr!

Nagle przypomniały mi się wrzesień trzydziestego dzie-wiątego roku i radiowe przemówienie Stefana Starzyńskie-go. Powiedział wtedy: „Wszyscy jesteśmy żołnierzami". Nie ma zatem co dyskutować. Dzisiaj Anna Obrycka dostała zadanie bojowe i je wykona!

Dominik z uwagą śledził przemykające po mojej twa-rzy myśli, a kiedy na ostatku, dla dodania sobie animuszu, strzeliłam palcami, roześmiał się cicho.

– Widzę, że coś wymyśliłaś.

– No.

Gdy przedstawiłam mu swój projekt, na zachwyconego nie wyglądał, właściwie to się zdenerwował.

– Od gangsterów? Zgłupiałaś! – fuknął. – Z takimi nie honor handlować. Nie ma u was kolekcjonerów broni?

– Są! Jasne, że są! – zawołałam, czując, że kamień spada mi z serca.

– Znasz jakichś?

– Nie, ale mam wielu znajomych, którzy mają innych znajomych. Ktoś się znajdzie.

Na tym sprawa stanęła. Dopiliśmy herbatę i mogliśmy wracać za modrzew. Jednak zanim wstaliśmy od stołu, wręczyłam Dominikowi jego *Ausweis*.

– Z toruńskiej drukarni. Zobacz, jak dobrze podrobiony!

Z zainteresowaniem wziął do ręki tekturkę, a potem się skrzywił.

– Grzegorz Brzęczyszczykiewicz? Nie mogłaś wymyślić czegoś mniej brzęczącego?

– Ja tego nie wymyśliłam – odparłam. – Ja to podkradłam z pewnej komedii filmowej.

– Żeby sobie ze mnie hecę zrobić?

– Nie! Żeby zrobić hecę z tych Niemców, którzy będą chcieli przeczytać twój *Ausweis*.

Zaczął się śmiać, głośno, coraz głośniej, a gdy w spiżarni wspomniałam, że filmowy Brzęczyszczykiewicz urodził się w Chrząszczyżewoszycach, powiat Łękołody, to Dominik już normalnie boki zrywał.

Bach!

2011

– Chrząszczy...żewoszyce, powiat Łękołody... Cha, cha, cha... Chrząszczy... Brzęczyszczykiewicz...!

W łazience mój przyjaciel zaśmiewał się tak samo jak w spiżarni, bo szczery śmiech łatwo przenieść z jednej epoki do drugiej.

1942

Tego dnia Dominik na własną rękę zwiedzał Toruń, ja zaś odrabiałam sąsiedzkie zaległości w Samborzewie.

Rano zajęłam się mnożeniem przedmiotów. Wyglądało to tak:

– W komodzie zegarmistrza jest osiem szuflad. Do każdej szuflady zegarmistrz włożył po dwanaście kieszonkowych zegarków. Ile kieszonkowych zegarków znajduje się w komodzie?

Oprócz zegarków Tola, Piotruś i Felek mnożyli arbuzy, rakiety tenisowe, cegły, a nawet całe domy. Robili to z zapałem, ponieważ do zadań przygotowałam (wydrukowane z internetu) ilustracje. Dla współczesnych dzieci kartki z kolorowymi obrazkami nie są żadną atrakcją, jednak w wojennym Samborzewie były skarbami, które wieczorem wkładało się pod poduszkę.

Skarbami były także arkusze brystolu, kredki oraz temperówka. Gdy położyłam je na stole, do drzwi zapukała Tarnowska.

– Przyszłam do was, bo samej mi się cni – powiedziała smętnym głosem.

– No to zapraszam panią do rysowania. Właśnie zaczynamy lekcję rysunków, kredek dla wszystkich wystarczy.

– Ja mam malować? – zdziwiła się. – Jestem za stara! Mam już sześćdziesiąt dwa lata.

– Rembrandt miał sześćdziesiąt trzy, gdy malował swój portret – mruknęłam, podsuwając jej krzesło.

– Rembrandt... Rembrandt... też coś... Gdzie Rembrandt, a gdzie wdowa po kolejarzu? – Marudząc pod nosem, usiadła obok Toli, popatrzyła na wnuki i skapitulowała. – Co malujemy, pani Aniu?

– Autoportret!

– Co to jest autoportret? – spytał Feluś.

– Portret autora.

– Ale ja nie wiem, jak wygląda ten autor – rozżalił się.

Obie z Lusią rozumiałyśmy, że nie wolno parsknąć śmiechem. Feluś miał siedem lat i wrażliwą duszę.

– Jak staniesz przed lustrem, wnusiu, to zobaczysz autora twojego rysunku – wyjaśniła spokojnie Tarnowska, po czym pierwsza sięgnęła po kredkę.

Podczas rysowania było dużo uciechy, bo każdy człowiek widzi siebie inaczej, niż widzą go bliźni. Różnica polega na dodawaniu.

Lusia, na przykład, dodała sobie na portrecie dwadzieścia kilogramów.

Tola – długie, wychodzące poza twarz rzęsy,

Piotruś – odstające uszy,

Obrycka – łasiczkę,

a Felek – napisany kulfonami wyraz: Autor.

W sumie nasze wizerunki udały się nadspodziewanie, czego nie można powiedzieć o obiedzie.

– Albo się rysuje, albo się gotuje – oświadczyła Tarnowska, gdy pół godziny później w jej kuchni jedliśmy opieczone na patelni kromki chleba zamiast zapowiedzianej wątróbki, która została sama w domu i z rozpaczy spaliła się na węgiel.

❦

O trzeciej wybrałam się z wałówką do państwa Mleczków. Skręciwszy z Kolejowej w Świętego Piotra, trafiłam na spory tłumek zebrany przy ulicznym megafonie. Szczekaczka szczekała, a ludzie słuchali: „W celu wyrównania linii natarcia nastąpił planowany odwrót wojsk...”.

To był następny komunikat z frontu wschodniego, gdzie robiło się coraz mroźniej i groźniej. Hitlerowska propaganda wymyślała wciąż nowe, pokrętne eufemizmy, które porażkę nazywały strategią, lecz słowa „zwycięstwo” nie ośmielała się już używać.

Przystanęłam przy megafonie, bo dobrze pobyć razem w milczącej grupie, wiedząc, że wszyscy czujemy to samo.

Rzecz jasna, nie uśmiechaliśmy się do siebie. To mogłoby wywołać atak wściekłości u któregoś z przechodzących ulicą Niemców. Lepiej było pochylić głowę i oglądając czubki swoich butów, cieszyć się w duszy z „planowanego odwrotu wojsk" nieprzyjacielskich.

Gdy szczekaczka zamilkła, rozeszliśmy się w różnych kierunkach, żegnając się nieznacznym skinieniem głowy, jakbyśmy byli członkami loży masońskiej, ukrywającymi wspólną tajemnicę.

U Mleczków zastałam tylko Reginę. Pan Bogumił miał wrócić dopiero wieczorem, bo w warsztacie kuśnierskim, w którym pracował (do niedawna pod nadzorem Erica Schultza), zarządzono dwunastogodzinną harówkę. W wielkim tempie szyto tam teraz futrzaną odzież dla Wehrmachtu.

Jedynym plusem pracy w warsztacie były ścinki skórek. Rozdawano je za darmo pracownikom, toteż pan Bogumił raz w tygodniu przynosił do domu torbę pełną skrawków skór króliczych albo baranich. Regina szyła z nich czapki, rękawiczki, ocieplające wkładki do butów – dla siebie i dla przyjaciół. Niedawno ofiarowała mojej córce kamizelkę z misternie połączonych ścinków, tworzących szaro-czarną szachownicę.

A dziś wyjęła z szafy małą mufkę, mówiąc:

– To dla Walentynki. Będzie do kompletu z kamizelką.

– Dziękuję, pani Regino. Śliczna.

Mufka była piękna – szara, zawieszona na srebrnym sznureczku i ozdobiona z przodu białą łatką, ale najpiękniejsze wydały mi się nici. Grube nici, którymi Regina z pietyzmem zszywała kawałeczki futra, ciesząc się, że sprawi Walentynce radość.

– Ja też coś mam dla pani – powiedziałam, wyjmując z torebki butelkę piwa, to znaczy butelkę po piwie, do której wbiłam dziesięć jajek. – Proszę, na jajecznicę.

Przenoszenie jajek w ciemnej butelce było bezpieczne i o wiele wygodniejsze niż w pasie do pończoch, jednak miało tę wadę, że przeszmuglowany towar należało natychmiast zużyć.

Oprócz jajek przyniosłam Mleczkom cukier, kiełbasę, masło i cukierki; wszystko pochowane pod płaszczem, bo na ulicach coraz częściej rewidowano torby przechodniów.

Regina swoim zwyczajem nie podziękowała uśmiechem, lecz z jakąś przemiłą godnością przymknęła powieki.

– Niech pani posiedzi ze mną – poprosiła. – Porozmawiamy.

Akurat nie było prądu, zapaliła więc karbidową lampkę, a potem postawiła na stole dzbanek kawy zbożowej i miseczkę z przyniesionymi przeze mnie cukierkami.

– Wszystko u was dobrze? – spytałam. – Zdrowi jesteście?

– Tak, chociaż Bogumił goni resztkami sił. Człowiek nie powinien pracować od świtu do nocy.

– Ta wojna kiedyś się skończy...

– Na pewno. Tylko kiedy? – westchnęła, sięgając po cukierka. – Dostała pani ostatnio list od męża?

– Nie, ale...

Przerwałam raptem, bo z Mleczkową coś się działo. Spojrzała na mnie rozszerzonymi oczami, nieszczęśliwie i zaczęła szybko przełykać ślinę.

– Pani Regino...?

– Te cukierki są ślazowe – szepnęła z przerażeniem.

Zdrętwiałam. Czyżby była uczulona na ślazowe słodycze? Zaraz się udusi? Co robić?

– Niech pani wypluje! – krzyknęłam.

Machnęła ręką, jakby nie było już nadziei, po czym wykrztusiła przez łzy:

– Przepraszam, pani Aniu, nerwy mi puszczają... Mój Boguś... bardzo lubił ślazowe. Takie cukierki dałam mu... jak się żegnaliśmy na dworcu...

– Mówi pani o synu? – Chwyciłam ją za rękę.

– Tak. Trzy lata minęły od jego śmierci, a dla mnie to było wczoraj.

Poczułam, jak Mleczkowa ściska mi palce i puszcza, znów ściska i puszcza, bezwiednie naśladując tym rytmicznym ruchem skurcze serca.

– Pójdziemy do niego? – spytała nagle. – Jest szara godzina, ale jeszcze nie wieczór...

– Ja się nie boję cmentarzy – powiedziałam, gasząc karbidówkę.

❧

Zapaliłyśmy Bogumiłowi świeczkę. Na otoczonej tujami mogile paliła się spokojnym, równym płomykiem.

– Zacisznie tutaj, pani Regino.

– Tak, ale zimno.

– Jest grudzień...

– Grudzień – powtórzyła.

Oprócz zmarłych, tylko my dwie byłyśmy na cmenta-rzu: ja – matka ośmioletniej córki i ona – matka dwudzie-stoletniego syna, któremu już nigdy lat nie przybędzie.

Zapadała ciemność, prawie nie widziałyśmy swoich twa-rzy i dlatego ośmieliłam się zapytać o Bogumiła.

– Jak zginął pani syn?

– Poległ.

Zamilkła, myślałam więc, że to koniec opowieści, lecz Regina zbierała siły i po chwili zaczęła się zwierzać.

– W listopadzie trzydziestego dziewiątego z wojny wró-cił tapicer Lipski. Przyszedł do nas i powiedział, że walczyli razem z Bogusiem gdzieś za Rawiczem, blisko Bzury. I na jego oczach Boguś został trafiony... Zabity. Mąż wtedy zu-pełnie się załamał. Nie miałam wyjścia, sama pojechałam szukać syna.

Dalsza opowieść brzmiała jak grecka tragedia, ale to by-ła polska tragedia.

Regina zamówiła trumnę, pożyczyła wóz z koniem i wy-brała się w drogę.

Wyobraziłam sobie tę podróż.

Szosami, polnymi drogami, przez kraj zalany obcym woj-skiem jedzie furmanka. Na koźle, z lejcami w rękach, siedzi kobieta o kamiennej twarzy. Z tyłu za nią pusta trumna i szpadel. Może szpadel podskakiwał na wybojach i uderzał o trumnę? Może koń stawał dęba, gdy z przeciwka nadjeż-dżały wozy pancerne?

Mogło się wydarzyć jeszcze sto innych rzeczy, w tym te najgorsze, lecz się nie wydarzyły. Po trzech dniach Regina dojechała do Łowicza. Tam ktoś jej doradził, aby wiadomości o synu szukała w Czerwonym Krzyżu.

– Miałam szczęście – powiedziała, patrząc na płomyk świeczki. – W Czerwonym Krzyżu dowiedziałam się o Bogusiu.

Okazało się, że syn Reginy został pochowany pod Nowym Dębskiem, na polu walki, które było zwykłym polem należącym do Aleksandra Sieradzkiego. Dzień po bitwie dwaj okoliczni gospodarze, Jan Wojda i Kazimierz Kapusta, pogrzebali tam ciała poległych żołnierzy.

Zrobili to mądrze. Na podstawie dokumentów lub nieśmiertelników ustalili tożsamość umarłych, później w uporządkowanej kolejności grzebali ciała. Imienną listę pochowanych na polu żołnierzy Wojda zaniósł do Czerwonego Krzyża w Łowiczu[*].

– Znalazłam tę wieś, gdzie mieszkał Wojda – mówiła coraz ciszej. – Akurat doił krowę. Jak zobaczył, że ze szpadlem wchodzę do obórki, to od razu się domyślił, że przyjechałam po dziecko. Odstawił wiadro z mlekiem i poszliśmy na pole.

W tym momencie Regina – najsilniejsza kobieta, jaką znałam – musiała odpocząć. Do końca opowieści pozostały pewnie trzy zdania, ale zdania mają różną wagę. Niektóre ważą tonę.

– ...poszliśmy. Zobaczyłam krzyż i hełmy. Leżały ułożone w kwadracie, żeby oddzielić cmentarzyk od reszty pola.

_____

[*] Na podstawie wspomnień Jana Wojdy. Dostępne w internecie: http://paciorek.org/bitwa/?page_id=61.

Wojda odmierzył coś krokami, potem wbił szpadel w ziemię i zaczął kopać. Ale nie pozwoliłam mu. Musiałam sama, rozumie pani?

– Tak, pani Regino, rozumiem – odparłam, zalewając się łzami.

2011

Jak dotąd we współczesnym Samborzewie byłam tylko raz. Wówczas, gdy przerażona zbliżającą się wojną odwiedziłam cmentarz, by sprawdzić, czy nie ma tam grobów rodziny Obryckich. Dzisiaj nadszedł czas na następną, bardziej radosną wycieczkę. Dwuosobową.

Do Samborzewa postanowiliśmy pojechać pociągiem, co było oczywiste. Dominikowi należała się podróż dwudziestopierwszowieczną koleją.

Budynek toruńskiego dworca z zewnątrz nie zrobił na nim wrażenia, natomiast w środku – tak. Kiedy podchodziliśmy do kasy biletowej, mój przyjaciel wzdrygnął się jakby z zimna.

– Nie podoba ci się tu? – spytałam.

– Sam nie wiem. Spodziewałem się...

– Luksusów?

– Nie. Spodziewałem się... innej atmosfery.

– Jest, jak jest – stwierdziłam filozoficznie. – Może na peronie poczujesz atmosferę. Tam są pociągi. – Mrugnęłam do niego.

Na peronie zachwyciła Dominika sieć trakcyjna.

– Wszystko jeździ na prąd? – zawołał, pokazując ręką wiszące w górze przewody.

– Są jeszcze lokomotywy spalinowe.

– A parowozy? Na trzy, cztery, pięć osi? Co z nimi?

Niespodziewanie do naszej rozmowy wtrącił się jakiś facet w czapce z napisem: „Red Bull".

– Wariata pan struga? Parowozy są w muzeum!

Dominik zachował się z klasą... aktorską.

– Jasne, że w muzeum. My z koleżanką – wskazał na mnie – ćwiczymy dialog. Jesteśmy aktorami.

– Aaa... to przepraszam, nie przeszkadzam.

Red Bull rozpłynął się w uśmiechu, „aktorzy" zaś wrócili do swojego całkowicie improwizowanego dialogu.

– Do Samborzewa to chyba teraz dojedziemy w dwadzieścia minut?

– Nie. Będziemy jechali tak jak przed wojną, godzinę... albo lepiej – dodałam na wszelki wypadek.

Dobrze zrobiłam, ponieważ po chwili niewyraźny damski głos z megafonu ogłosił, że:

– Pociąg relacji Olsztyn – Poznań, planowy przyjazd dziesiąta dwadzieścia dwie, jest opóźniony czterdzieści pięć minut. Opóźnienie może się zmienić.

Przedwojenny naczelnik stacji, niejaki pan Polanisz, pobladł.

– Czterdzieści pięć minut?! Coś nadzwyczajnego musiało się wydarzyć na trasie, ale przecież nie katastrofa kolejowa!

– Wydarzyła się katastrofa na kolei – powiedziałam, rozwlekając sylaby. – Taka dwudziestoletnia zapaść.

Dominik raptownym ruchem opuścił głowę. Myślałam, że z powodu goryczy, zawiedzenia, lecz on po prostu szukał czegoś w wewnętrznej kieszeni kurtki.

– A to?! – zawołał, wyjmując jedno ze zdjęć, które znalazł w sypialni, gdy jeszcze był przekonany, że mieszka w garsonierze kaprala Bluma.

Fotografia przedstawiała Ankę Duszkowską na tle błyszczącego pociągu Eurostar.

– Nosisz przy sobie moje zdjęcie?

– Wolno mi. Zdobyczne!

Śmiejąc się, schował fotografię do kieszeni, a potem Anna i Dominik, przechadzając się po peronie, rozmawiali o pociągach Anno Domini 2011. Najpierw o tych, które jeżdżą w tunelu wykopanym pod kanałem La Manche, później o połączeniu kolejowym między Danią a Szwecją.

– W Kopenhadze wsiadasz do pociągu – opowiadałam z przejęciem. – Z początku jedziesz zwyczajnie, po ziemi. Potem pociąg wjeżdża do tunelu pod dnem morskim i dojeżdżasz do sztucznej wyspy, a dalej, aż do Malmö, jest most. Most nad Sundem! Wyobraź sobie: morze, statki i pociąg!

Dominikowi świeciły się oczy, lecz nie mogę powiedzieć, że zabrakło mu tchu.

– Ludzie idą do przodu – oświadczył z powagą, jak jakiś dobroduszny praojciec. – Brawo!

Podziękowałam za pochwałę w imieniu tych, którzy idą do przodu, po czym (z wrodzonej uczciwości) nadmieniłam, że teraz nie można kupić w kasie Polskich Kolei Państwowych takiej zwykłej rzeczy jak jeden bilet na podróż z przesiadką.

– Jeżeli pierwszy pociąg należy na przykład do Przewozów Regionalnych, a drugi do Intercity, to musisz kupić dwa bilety – tłumaczyłam. – I w ogóle trudno się zorientować, który pociąg jest czyj. Taki galimatias, rozumiesz?

– Rozumiem. Pewne sprawy poszły do tyłu.

– Otóż to.

Po czterdziestu minutach oczekiwania na opóźniony pociąg, rozpoczęła się wreszcie podróż właściwa. Siedzieliśmy już w przedziale, gdy Dominik dostrzegł za oknem kobietę w granatowym uniformie oraz czerwonej czapce na głowie.

– Dyżur...na! ruchu – jęknął komicznie, dając do zrozumienia, że podoba mu się świat z „babami" na stanowiskach pozadomowych.

Nie zdążyłam zareagować, bo do naszego przedziału dosiadały się właśnie następne dwie osoby, a właściwie trzy. Pierwszą był znany nam z peronu Red Bull, a drugą – chłopak z żółtym dogiem. Natychmiast utkwiliśmy wzrok w psie. Wszyscy oprócz kobiety, która spała w kącie z twarzą zasłoniętą wiszącym na haczyku płaszczem.

– Niech pan ściągnie mu kaganiec, po co ma się biedak męczyć – doradził chłopakowi Dominik.

Nikt nie wyraził sprzeciwu, toteż po chwili wyzwolony z kagańca olbrzym ziewnął rozkosznie, ułożył się na podłodze i przymknął oczy. W przedziale nie działo się nic ciekawego.

Siedzący *vis-à-vis* mnie brunet w marynarce (ładnej) czytał „Gazetę Olsztyńską".

Chłopak wysyłał esemesy.

Schowana za płaszczem kobieta spała.

Red Bull rozwiązywał krzyżówkę.

Dominik przyglądał się śpiącemu psu.

– O czym myślisz? – spytałam.

– O stacji we Lwowie.

– A to z jakiego powodu?

– Z powodu tego zwierzaka. – Wskazał wzrokiem doga.

– We Lwowie mieli kiedyś niezłą hecę z podobnym rasowcem. Jeszcze przed wojną opowiadał mi o tym maszynista Szewczuk...

Historia rzeczywiście była zabawna.

Otóż pewnego ranka wśród przesyłek bagażowych, które pociągiem przyjechały do Lwowa, znalazła się drewniana klatka z psem – dogiem angielskim. Z dokumentów przewozowych wynikało, że nadawcą zwierzaka była jakaś renomowana hodowla psów rasowych, a adresatem hrabia Aleksander Ostrowski. We Lwowie pies miał jedynie przesiadkę, o ósmej wieczorem należało go załadować do następnego pociągu.

Na czas oczekiwania kolejarze przetransportowali żywą przesyłkę do magazynu i tam zauważyli, że do klatki przyczepiona jest tabliczka z informacją: „Proszę karmić psa jedzeniem przygotowanym w załączonej do klatki skrzynce, gdzie jest instrukcja"*.

– Zgadniesz, Aniu, co było w skrzynce?

W odpowiedzi wyprzedził mnie zaczytany brunet, który miał chyba wybitnie podzielną uwagę.

---

* Zdzisław Świerk *Kolej retro w opowiadaniach, przysłowiach, anegdotach*, My Book, Szczecin 2012, s. 13.

– Pewnie jakieś psie smakołyki – mruknął, wychylając się zza gazety.

– Zaiste – przytaknął Dominik. – W skrzynce były woreczki z napisami: „śniadanie", „kolacja", a w każdym woreczku dziesięć sznycli owiniętych w pergamin i obłożonych pokrzywami. Ludzie z magazynu nakarmili psa, wypuścili go z klatki, żeby się trochę rozruszał, później znów zamknęli i poszli do swojej roboty. A w południe ktoś zauważył, że klatka jest pusta.

– Od początku wiedziałem, że ten pies ucieknie! – Tym razem do rozmowy włączył się Red Bull. – I jak się to skończyło?

– Magazynierzy rozpytywali wszystkich dookoła – ciągnął Dominik. – Okazało się, że jeden z bileterów stojących przy bramkach do miasta widział wielkiego psa, który sam wychodził z dworca.

– Nie rozumiem, o czym pan mówi. – Red Bull się zniecierpliwił. – Jacy bileterzy? Jakie bramki do miasta? Przecież to był dworzec kolejowy!

– Bo pan nie słuchał początku. – Brunet odłożył gazetę. – To się działo przed wojną, jak Lwów był nasz.

– Aaa…! – Red Bull z niewiadomej przyczyny zdjął swoją czapkę i raptem przeistoczył się w całkiem przystojnego faceta. – I co dalej? – zapytał. – Co ci przedwojenni kolejarze zrobili?

– Poradzili sobie. – Dominik się uśmiechnął. – Sposobem.

Sposób był następujący:

Jeden z robotników magazynowych wsiadł na rower i objechał miasto w poszukiwaniu doga. Nie znalazł go, więc wracając na stację, rozejrzał się za zastępcą, w końcu psów we Lwowie nie brakowało. Wybór padł na pewnego bezdomnego kundla, który bardzo się ucieszył z kolacji w postaci dziesięciu sznycli. Kolejarze nakarmili go bowiem jedzeniem przeznaczonym dla doga, a następnie zapakowali do klatki. Kilka godzin później kundel jechał już pociągiem do hrabiego.

Dog angielski odnalazł się nazajutrz. Kolejarze otoczyli go troskliwą opieką, bo liczyli się z tym, że hrabia może być niezadowolony z przesyłki i ją odeśle.

Tak też się stało. Po kilku dniach, gdy klatka z kundlem wracała, magazynierzy zrobili hokus-pokus, to znaczy zamienili psy. Zatem w dalszą drogę – do renomowanej hodowli – wyruszył dog, nie mając pojęcia, że swoim nierasowym wyglądem doprowadził pewnego hrabiego do wściekłości*.

Lwowska opowieść rozbawiła naszych współpasażerów. Brunet z gazetą nawet się rozchichotał.

– Jak się nazywał ten hrabia? – spytał. – Bo zapomniałem.

Wtedy wszystkich zaskoczył kobiecy głos, który wydobył się zza wiszącego w kącie płaszcza.

– Ostrowski.

W Samborzewie, oprócz Polanisza i Duszkowskiej, z pociągu wysiadło jeszcze kilka osób – wyrostek z plecakiem i trzy starsze kobiety. Wszyscy szybkim krokiem wyszli ze stacji. Może spieszyli się do swoich spraw, a może jak naj-

---

* Tamże.

prędzej chcieli opuścić brzydkie miejsce. Bo współczesna stacja w Samborzewie była brzydka. Zaniedbana, wynędzniała, obskurna.

Porządnie prezentowały się jedynie umieszczone na obu peronach witryny z rozkładem jazdy. Reszta wołała o pomstę do nieba.

Przy naziemnym przejściu z peronu pierwszego na peron drugi straszyła tabliczka z napisem: „Strzeż się pociągu". Chodziło oczywiście o to, aby uważać podczas przechodzenia przez tory, jednak zżerająca tabliczkę rdza sprawiała, że napis wyglądał złowrogo – jakby pociąg sam w sobie był czymś groźnym.

Nieużywana bocznica zarosła krzakami. Stojący przy niej bufor zaporowy chylił się ku ziemi. Zniknął magazyn, zniknęła nastawnia. Pozostał tylko główny budynek, który chyba już od lat siedemdziesiątych ubiegłego wieku dopraszał się o remont.

Zamiast dwuskrzydłowych, przeszklonych drzwi, którymi dawniej wchodziło się do hali dworcowej, zobaczyliśmy drzwi typu działkowego – obite blachą i zamknięte na kłódkę. Obok wisiał żółty baner.

– „Hurtownia. Oleje, smary, filtry, części samochodowe" – Dominik głośno odczytał napis na banerze, a potem kopnął leżącą na ziemi oponę. – Jasny gwint! Nie ma kasy biletowej ani poczekalni dla podróżnych! Na to bym nie wpadł.

Poszliśmy kawałek dalej.

Boczne wejście, prowadzące na piętro, do służbowego mieszkania, które do wybuchu wojny zajmował naczelnik stacji, stały otworem.

– Może wejdziemy? – zaproponowałam. – Chociaż na schody...

Spojrzał na oszpeconą bazgrołami ścianę (esy-floresy, LIROY, SEX, PIWO) i pokręcił głową.

– Nie. Chodźmy, Aniu, zobaczyć, jak to wszystko wygląda od frontu.

Od frontu nie było lepiej. Następne, zamknięte na cztery spusty drzwi, zasnute pajęczynami okna, urwana rynna, na schodkach plastikowa torba i zdeptana wytłoczka do jajek.

Ale...

Ale było także coś, przed czym Dominik stanął na baczność.

Marmurowa tablica:

1939

1945

BOHATERSKIM KOLEJARZOM
STACJI KOLEJOWEJ SAMBORZEWO
POLEGŁYM W WALCE
Z HITLEROWSKIM NAJEŹDŹCĄ
HOŁD SKŁADA
SPOŁECZEŃSTWO MIASTA SAMBORZEWO

1 września 1964

Cichutko zrobiłam dwa kroki do tyłu. Zeszłam na dalszy plan.

Po dłuższej chwili odwrócił się i powiedział:

– Piękna tablica, ale stara. Zapomniana.

– Nieprawda, Dominiku – zaprzeczyłam z mocą. – Ludzie pamiętają o wojnie, ciągle powstają nowe filmy, książki, w internecie jest pełno stron...

– W czym?

– Internet to taki wynalazek, coś podobnego do niekończącej się książki, do której każdy może dopisywać, co chce. Tam widać, że ludzie nie zapomnieli.

– To dobrze... bardzo dobrze – mruknął, biorąc mnie pod ramię.

Poszliśmy do naszego dębu. Od 1942 roku królewskie drzewo miało czas, by spotężnieć. Jego pień zrobił się grubszy, zaś konary sięgały wysoko ponad budynek dworca.

– Tu jest specjalna tabliczka, widzisz? To już pomnik przyrody.

Dominik, owszem, rzucił okiem na tabliczkę, lecz o wiele bardziej zainteresowała go znajdująca się wyżej dziupla.

– Powiedz Sewerynowi, że zostawiłem pistolet – szepnął mi do ucha, jakby się bał, że usłyszy go jakiś gestapowiec.

– W tej dziupli zostawiłeś?

– Uhm.

– Może tam jeszcze leży? – zastanowiłam się, patrząc w górę.

– Chyba nie, a jeśli nawet, to już szmelc.

Dominik podchodził do broni z czysto praktycznego punktu widzenia, nie zamierzał więc wpinać się po pniu i gmerać w dziupli. Eksponaty muzealne ważne są w czasach pokoju, a dla nas wciąż trwała wojna. Zebrałam tylko spod dębu kilka żołędzi na pamiątkę i poszliśmy dalej, to znaczy przeszliśmy przez jezdnię.

– Nasza kamienica – westchnęłam. – Stoi...

– Ale na kołach – zażartował, bowiem na parterze, po prawej stronie, nie było mieszkań, lecz sklep z rowerami.

Weszliśmy do środka.

– Dzień dobry.

Siedzący przy szklanym stoliku sprzedawca kiwnął głową i kontynuował rozmowę przez komórkę. Mieliśmy pełną swobodę w... oglądaniu rowerów. Dominik poszedł przodem, prosto do najważniejszego miejsca, tam gdzie stała zielona kolarzówka.

– Tu jest twoja... tu była... – poprawił się. – Twoja spiżarnia z modrzewiem.

Postaliśmy chwilę przy kolarzówce, jednak żadnych fluidów nie poczułam i nawet nie próbowałam zrobić: bach! Nie tędy droga.

Potem obchodziliśmy sklep, zatrzymując się przy różnych rowerach.

Czerwony rower górski.

– Stół pani Lusi.

– Nie, nie – zawołałam. – Stół stał dalej, tu był piec.

– Przy tym piecu w trzydziestym dziewiątym smażyłem płotki... – Zamyślił się. – Ty weszłaś do kuchni i wtedy pierwszy raz cię zobaczyłem.

– Chcesz powiedzieć, że pierwszy raz zwróciłeś na mnie uwagę?

– Można tak to nazwać.

Rower holenderski, damka.

– Leniwiec, Aniu.

– Tak... Pamiętasz, jak po kolacji z krewetkami, przysiadłam się do ciebie na ten fotel, a ty...

Dotknęłam siodełka damki i zrobiłam kpiarską minę, lecz Dominik nie miał ochoty na wspominanie wieczoru, gdy zebrało mu się na amory z nowo poznaną sąsiadką. Przyczepił się do skorupiaków.

– To były krewetki? Smakowały jak dżdżownice!

– Jadłeś dżdżownice?

– Nie, ale... potrafię sobie wyobrażać różne rzeczy.

Po wyjściu ze sklepu zajrzeliśmy na podwórko, które dawno przestało być podwórkiem. Na drzwiach od warsztatu nie huśtało się żadne dziecko, ponieważ szewskiego warsztatu nie było, podobnie jak oficyny. Na tyłach kamienicy znajdował się tylko parking, co Dominik przewidział, zanim skręciliśmy za róg domu.

❧

Restauracja Niespodzianka, którą podczas okupacji Niemcy przemianowali na Das Grüne Haus, pozostała na swoim miejscu. W roku 2011 nazywała się Odeskie Klimaty.

– Ho, ho! – zawołał Dominik, kiedy wchodziliśmy do środka. – Odeskie Klimaty! Bliny z kawiorem!

Ja nie spodziewałam się kawioru, lecz fotografii z czasów cara Mikołaja II oraz samowara, ale się zawiodłam. Wystrój samborzewskiej restauracji nawiązywał do Odessy w takim samym stopniu jak do Lizbony, bo w obu tych miastach na pewno są pokoje z pomalowanymi na kremowo ścianami. Mimo braku dekoracji sala dla gości sprawiała miłe wrażenie

– stoły przykryte wzorzystymi obrusami, wygodne krzesła, cichy szum rozmów.

Odeskie klimaty okazały się ukryte w karcie dań. Roiło się tam od wymyślnych nazw:

kotlet Odessa (schabowy),

Czarnomorska Szpada (szaszłyk),

Serca Odessy (siedem placków ziemniaczanych),

Kapitański Przysmak (krewetki z ryżowymi kulkami).

– Co wybrałeś? – spytałam, gdy Dominik, nieźle rozbawiony, odłożył swoje menu.

– Serca i Szpadę. A ty?

– Serca i widelec.

Z zup zdecydowaliśmy się na rosół, który w karcie figurował jako Królowa Wszystkich Zup.

Właściwie nie było w tym przesady, bo podany rosół smakował wyśmienicie i tak mnie wzruszył, że zaczęłam wspominać przedwojenne zupy pani Felicji.

– Cebulową zawsze gotowała w niebieskim garnku z grubym dnem. Podsmażała cebulę na brązowo, potem dodawała czosnek i... – Chciałam powiedzieć: „i szklankę białego wina", jednak zamiast tego palnęłam: – I ćwierć kilo grochu.

Dominik wcale się nie zdziwił. Słuchając, patrzył na mnie z uprzejmym wyrazem twarzy. Robił to jednym okiem, natomiast drugim okiem obserwował kelnerkę, która przed chwilą przyniosła nam rosół, a teraz odbierała zamówienie od gości przy sąsiednim stoliku. Jej aparycja pasowała do odeskich klimatów: czarnowłosa, ciemnooka, o skórze królewny Śnieżki. Słowem – atrakcyjna dziewczyna.

Ale przecież to nie powód, żeby mojego przyjaciela przestała interesować zupa cebulowa podawana przed wojną w Annopolu.

– Pani Felicja do cebulowej piekła specjalny chlebek z tymiankiem...

Nie było sensu dalej mówić, bo Dominik zupełnie odleciał, to znaczy odwrócił głowę w stronę stolika, przy którym stała kelnerka. Też tam spojrzałam.

Czterech młodych mężczyzn, w tym jeden w mundurze porucznika Wojska Polskiego, mizdrzyło się do „odeskiej" piękności.

– Szef kuchni to ma z panią dobrze – oświadczył facet w rudym pulowerze. – Każdy chciałby taką laskę cały dzień oglądać.

Dziewczyna odpowiedziała służbowym uśmiechem i skoncentrowała się na poruczniku, ponieważ on składał zamówienie.

– Dla mnie pstrąg w śmietanie – zadysponował i dorzucił po krótkiej pauzie: – Bo każdy pstrąg robi drąg!

Przy stole rozległ się samczy rechot.

– To wszystko? – Kelnerka wsunęła bloczek do kieszeni.

– Prawie. – Facet w pulowerze mrugnął okiem do kolegów, po czym śmiało zagapił się w dekolt dziewczyny. – Jakby pani rozpięła dwa guziczki, to od razu byłby lepszy serwis.

Dziewczyna chciała już odejść, ale porucznik chwycił ją za talię i zawołał do kumpla:

– Powiedz pani, że bez pstrąga jestem gotowy!

– Przepraszam, Aniu. – Dominik potrzebował dwóch sekund, aby wstać z krzesła i znaleźć się przy sąsiednim stoliku.

– Niech panowie natychmiast przeproszą tę panią – powiedział głośno (głośniej niż zazwyczaj).

Kelnerka nie czekała na rozwój sytuacji. Uwolniwszy się z objęcia porucznika, szybkim krokiem wyszła na zaplecze. Odprowadzało ją wiele ciekawskich oczu, bo występ Dominika zwrócił uwagę ogółu gości.

Czterej mężczyźni, w tym jeden specjalista od pstrągów, nie rozumieli, w czym rzecz.

– O co panu chodzi? – spytał grzecznie facet w pulowerze. – My tylko żartowaliśmy.

– Takie żarty nie uchodzą! – Dominik skierował to do całej czwórki, a potem zwrócił się do porucznika: – Pan się zapomniał! Pan jest oficerem!

Wysokie tony pobrzmiewające w jego głosie wywołały ciszę na sali oraz udawane rozbawienie zaatakowanego porucznika.

– Nie rób zamieszania, koleś. Wyluzuj – roześmiał się ten ostatni. – Nie mam nic do ciebie.

– A ja sobie życzę, aby pani kelnerka została zaproszona na salę i publicznie przez panów przeproszona!

Faceci przestali udawać wesołków, w ich pojęciu Dominik przebrał miarę.

– Zjeżdżaj – warknął ten w pulowerze. – Bo pożałujesz.

– To panowie pożałują.

– A co ty zrobisz? Nas jest czterech!

– Nas jest więcej – odparł Dominik, mając widocznie na myśli pozostałych gości Odeskich Klimatów.

Rozejrzałam się dookoła. Razem z nami obiad jadło kilkanaście osób: rodzina z małymi dziećmi, kilka starszych par, trzy kobiety w garsonkach. W restauracji nie było Hansa Klossa, Leona Zawodowca ani Henryka Kwinty. Byli zwykli ludzie, tacy jak ja.

Dominik zaszarżował.

Przestraszona, postanowiłam odciągnąć go od podenerwowanego towarzystwa i wyjść. Kiedy wstawałam, przy jednym ze stolików uczynił się ruch. To dwoje sześćdziesięciolatków podnosiło się z krzeseł.

– Jesteśmy z panem – powiedział szpakowaty mężczyzna, patrząc na plecy Dominika.

Mój przyjaciel nie odwrócił się, nie podziękował mu. Stał wyprostowany, nie spuszczając wzroku z czterech facetów, którzy molestowali kelnerkę.

Potem poszło lawinowo.

– Ja też! – zawołała jedna z trzech kobiet w garsonkach.

Jej koleżanki podniosły się bez słowa, podobnie jak małżeństwo z małymi dziećmi i inni. Najlepszy był pewien starszy pan z parasolem. Ten pofatygował się do drzwi wejściowych, by zatarasować je swoją osobą.

W Odeskich Klimatach wytworzył się bardzo fajny klimat. Jednak nie wszystkim odpowiadał. Porucznik i jego kumple opuścili lokal, wzruszając demonstracyjnie ramionami. Starszy pan stojący w drzwiach nie ośmielił się utrudniać im wyjścia. Odsunął się trochę na bok i tylko poganiał ich, machając w powietrzu swoim parasolem.

Kelnerka nie została przeproszona, ale gdy stawiała na naszym stole talerze z drugim daniem, znienacka cmoknęła Dominika w policzek.

A ja byłam dumna z mojego przyjaciela, który w ogóle nie zdawał sobie sprawy, że w Odeskich Klimatach zostanie zapamiętany na długo.

1942

Kolację tego dnia jedliśmy w mojej wojennej kuchni. Po ciemku, w ciszy i w kurtkach, bo Dominik chciał przez otwarte okno patrzeć na podwórko, które nie było parkingiem.

W pewnej chwili ktoś nas odwiedził. Z ciemności podwórka skoczył na parapet, a potem prosto na kolana mojego przyjaciela.

– Kochana Sierotka – szepnął. – Przyszła się pożegnać.

∾

W nocy miałam sen, który pięknie się zaczął, a skończył znakiem zapytania.

Śniło mi się, że jestem Babcią Zofią. Wyglądałam tak jak ona, mieszkałam w Nałęczowie w jej domu, a w naszej wspólnej głowie plątały się wspólne myśli. Właściwie nie wiedziałam, czy jestem sobą, czy Babcią.

W misce za zasłoną umyłam ręce i chciałam zabrać się do wyhaftowania czerwono-czarnego wzoru na kołnierzyku bluzki, którą wcześniej uszyłam dla klientki. Jednak nie mogłam znaleźć naparstka. Obeszłam cały pokój, ale nigdzie go nie było.

„Pewnie Małgosia wpadła dziś z sąsiedzką wizytą i zabrała naparstek" – pomyślałam.

Z sąsiadami żyłam w zgodzie, więc nie zamierzałam robić Małgosi awantury, a tylko pójść do niej i odebrać swoją własność.

W ogrodzie za malinami rósł stary cis. Zaniosłam tam drabinę i wspięłam się na czwarty szczebel. Gniazdo Małgosi i Jasia zakryte było przemyślnie skleconym daszkiem z kolczastych gałązek. Sroki kończyły odnawianie domu i lada moment Małgosia miała znieść zielonkawe nakrapiane jajeczka. Starając się nie naruszyć ani jednego patyczka, wsunęłam rękę do środka i – ku swemu zaskoczeniu – zamiast naparstka wyjęłam z gniazda duży brylant. Ten, który dostałam od cioci Marysi.

Potem wszystko zniknęło, gniazdo, cis, nałęczowski ogród. Stałam na stacji w Samborzewie i ściskając w ręce brylant, patrzyłam na przejeżdżający pociąg.

2011

Przyszłość to tajemnica, dzięki której życie daje nam marzenia. Bo jutro albo za rok każde marzenie może się urzeczywistnić. Istnieje też druga strona medalu: przyszłość może przynieść smutek, chorobę, przedwczesną śmierć. Ale z którejkolwiek strony spojrzeć na medal, jedno jest pewne – lepiej nie wiedzieć, co nas czeka.

Całym sercem zgadzam się z tą zasadą, lecz raz ją złamałam. Wówczas, gdy w internecie szukałam srebrnej rybki, czyli śladu powojennego życia rodziny Obryckich. Jak wiadomo, w szwajcarskiej gazecie z 1961 roku znalazłam ślad, który dał mi pewność, że przeżyjemy wojnę.

Teraz nadszedł czas na szukanie drugiej rybki, lamparciej.

❧

Obaj rekonwalescenci doszli już do zdrowia. Rana na ramieniu Dominika prawie się zagoiła, a bóle głowy ustały. Oskar zaś na powrót stał się wesołym, przyjaznym psem. Należało jeszcze tylko zdjąć mu szwy po operacji, no i odczekać tydzień, aby mieć stuprocentową pewność, że nie jest chory na wściekliznę. Jednak ilekroć spojrzałam na kamyk wyjęty z psiego jelita, uspokajałam się całkowicie.

Dominik także uważał, że Oskar jest zdrowy, i bez obaw wchodził z nim w bliższą komitywę.

– Zdolna psina – pochwalił zwierzaka, głaszcząc go po grzbiecie. – Szybko uczy się polskiego. I rozumie, co pan mówi, tak?

Oskar w odpowiedzi pomerdał ogonem, po czym, pełen nadziei na spacer, przyniósł z korytarza smycz.

– Aniu, wyjdziemy z nim?

– Trochę boli mnie głowa – skłamałam. – Wezmę tabletkę i położę się na godzinkę, a wy idźcie sami, dobrze?

– Dobrze. – Dominik spojrzał na mnie ze współczuciem.

– Śpij spokojnie. Na pewno się nie zgubię. Będę pod opieką psa – zażartował.

Gdy zamknęły się za nimi drzwi, włączyłam komputer. Chciałam bowiem dać mojemu przyjacielowi wyjątkowy prezent. Chciałam mu powiedzieć: „Przeżyjesz wojnę, sprawdziłam".

Dominik nie zdawał sobie sprawy, czym jest internet, nie wiedział więc, że w roku 2011 bez wysiłku można zdobyć informacje o losach zwykłych ludzi. Oczywiście nie wszystkich.

Z duszą na ramieniu wpisałam w wyszukiwarkę dwa słowa: Dominik Polanisz.

Wyskoczyło niewiele witryn. Wśród kilkunastu Polaniszów znalazłam tylko trzech Dominików.

Pierwszy figurował w wykazie firm posiadających uprawnienia w zakresie projektowania i wykonywania elektronicznych systemów antywłamaniowych w obiektach zabytkowych. Pudło.

Następny trenował podnoszenie ciężarów w szczecińskim klubie sportowym Andromeda. Na zamieszczonym obok zdjęciu widać było chłopaka napinającego wszystkie mięśnie w chwili podnoszenia sztangi.

Hmm... Teoretycznie sportowiec mógł być wnukiem mojego Dominika. Podobieństwa rodzinnego nie zauważyłam, ale to o niczym nie przesądzało. Szybko odnalazłam sztangistę na Facebooku i wysłałam do niego post następującej treści:

„Dzień dobry, bardzo zależy mi na informacji, czy dostał Pan imię po dziadku lub pradziadku kolejarzu. Pozdrawiam".

Klik.

Odpowiedź przyszła ekspresowo. Taka:

„nie pozdrawiam".

Co oznaczało, że chłopak nie jest wnukiem kolejarza, że mnie pozdrawia oraz że żyje w pośpiechu.

Ostatniego Dominika Polanisza znalazłam w witrynie Metryki Wołyń:

„syn Tomasza i Leokadii, urodzony w Krzemieńcu, 1836".

Nic mi to nie dało, jednak nie traciłam nadziei. Internet jest głęboki i szeroki.

Na stronie parafii Świętego Dominika w Warszawie natknęłam się na ciekawy dokument, mianowicie ogólnopolski indeks małżeństw zawartych do roku 1899. W jednej z ostatnich rubryk dokumentu zapisano imiona, które znałam z opowiadań mojego przyjaciela:

„Polanisz – Wincenty i Marianna – 1899".

To byli jego rodzice! Jaka miła niespodzianka... lub znak.

Ze zdwojoną energią wpisałam do wyszukiwarki nowe hasło:

„Polanisz – elektryfikacja PKP".

Gąszcz wyników!

Na chybił trafił weszłam na stronę z serwisem zatytułowanym: Kolejowy Komis. Już pierwsze linijki tekstu przyciągnęły moją uwagę:

W latach 1953–1957 prowadzono prace elektryfikacyjne na pierwszej linii wykraczającej poza tereny aglomeracji, dzięki czemu możliwy był przejazd pociągiem elektrycznym ze stolicy na Górny Śląsk przez Skierniewice i Częstochowę. W 1954 roku zelektryfikowano krótką odnogę z Koluszek do Łodzi Fabrycznej*.

W następnym akapicie pojawiły się nazwiska:

Na uroczystość otwarcia zelektryfikowanego szlaku przybyli: Edward Rybka z DOKP Warszawa, Dominik Polanisz, reprezentujący...

Nie mogłam doczytać, kogo reprezentował Dominik, ponieważ łasiczka, która, nie wiadomo skąd, się wzięła, skoczyła nagle na ekran monitora i zaczęła łazić po nim jak mucha po ścianie.

Ale nie miałam do niej pretensji. Byłam szczęśliwa.

❧

– W którym z tych pudełek jest proszek do prania? – krzyknął z łazienki, gdy zagniatałam ciasto na pizzę.

– A do czego ci potrzebny? – odkrzyknęłam mało inteligentnie.

Dominik wszedł do kuchni z rozbawioną miną.

– Chcę zrobić przepierkę.

– To przynieś tu brudy, upiorę razem ze swoimi.

– Nie ma mowy – fuknął. – Daj mi proszek.

---

* http://kolej.mkm.szczecin.pl/.

– Nie marudź, przynieś brudy.

– Nie!

Kłótnia zakończyła się, gdy pokazałam przycisk na pralce.

– Teraz pierze się jednym palcem. Widzisz, tu nacisnę
i gotowe. Można wyjść na spacer, a pralka sama pierze.

– Genialne!

– No.

Na spacer nie poszliśmy. Dominik z Oskarem już się wy-
biegali i zdążyli zgłodnieć.

Kolację jedliśmy przy akompaniamencie cichego szumu
pralki. Zewsząd otaczał nas dwudziesty pierwszy wiek, lecz
myślami byliśmy w roku 1942.

– Niedawno widziałam się z Schultzową – powiedziałam, wyciągając z piekarnika dwie pizze: jedną, według życzenia Dominika, z kiełbasą i papryką, drugą z serem.

– Na schodach?

– Nie. Przyszła z wizytą do Tarnowskich.

– To chyba pierwszy raz! – prychnął. – Co jej się stało?

– Straciła męża. Schultz poległ.

Kiedy powiedziałam, że Ursula na wieść o śmierci męża
poczuła się jak wyzwolona niewolnica, Dominik nie ukry-
wał zdumienia.

– A wydawało się, że są przykładnym małżeństwem!
Nie rozumiem bab. Schultzowa już dawno temu powinna
zabrać dzieciaki i zostawić go w cholerę.

– To nie takie proste – bąknęłam. – Mąż był kuśnierzem,
ona kuśnierzową.

– Nie rozumiem cię.

– Nie miała zawodu, a dzieci muszą jeść.

– Ano tak. – Pochylił głowę.

Dominik zawstydził się własnej epoki, a przecież nie ponosił winy za uzależnienie żon od mężów. Inna sprawa, że pół godziny wcześniej, gdy podziwiał automatyczną pralkę, ja z kolei nadęłam się dumą, jakbym była konstruktorem maszyn lub innym wynalazcą.

Ania i Dominik, ludzie z różnych światów, ale bez tajemnic.

Nagle zapragnęłam powiedzieć coś, o czym oboje wiedzieliśmy, lecz nigdy nie zostało wyartykułowane.

– Dominiku... tylko z tobą mogę o wszystkim mówić swobodnie – szepnęłam. – Jesteś jedyną osobą, która zna mój sekret.

Podniósł głowę, ośmielony.

– Ty też jesteś dla mnie jedyną osobą...

༄

Tę noc spędziłam z Dominikiem. Po kolacji przenieśliśmy się na fotele do sypialni i przegadaliśmy wiele godzin, nie zauważając, że ciemność za oknem bladła.

Najpierw ustaliliśmy termin odjazdu czy raczej przeniesienia się Dominika z Torunia 2011 roku do wojennego Poznania. Uzgodniliśmy, że przenosiny odbędą się za dwa i pół tygodnia, za modrzewiem będzie wtedy dwudziesty pierwszy grudnia, poniedziałek.

– Już kilka dni wcześniej poproszę Bruggena o wolne. – Planowałam z kalendarzem w ręku. – Na pewno mi nie odmówi.

– Z wdzięczności za niego? – Dominik pokazał wzrokiem leżącego przy jego nogach Oskara.

– Tak. Ale Bruggen zawsze był w porządku. Powiem mu, że mam coś do załatwienia w Poznaniu i potrzebuję zezwolenia na podróż. On to załatwi jednym telefonem. Wszystko pójdzie gładko.

Dominik podumał chwilę, później zaś wyjął z moich rąk kalendarz i puknął palcem w dwudziesty pierwszy grudnia.

– Od tego dnia zacznie się dla mnie drugi rozdział wojny. Kiedy sowieci wyzwolą Poznań?

– Chyba w lutym. Nie pamiętam dokładnie. – Podniosłam się z fotela. – Pójdę sprawdzić.

Kiedy podchodziłam do drzwi, zawołał:

– Aniu, poczekaj! A mogłabyś sprawdzić, jak skończył Greiser?

Arthur Greiser był znienawidzonym przez Polaków i Żydów namiestnikiem Kraju Warty. Wyjątkowo ohydny hitlerowski bydlak. Na naszych terenach król życia i śmierci, ze wskazaniem na śmierć.

– Nie muszę tego sprawdzać. Złapią go, osądzą i publicznie powieszą na cytadeli.

– To dobrze – westchnął. – Mam nadzieję, że Hirschfelda też powieszą.

– Mówisz o tym Hirschfeldzie, który po pijanemu zabijał ludzi w więzieniu? – Cichutko wróciłam na fotel.

– Tak. To nie jest człowiek ani zwierzę. To kamień. Aniu, on nawet oczy ma kamienne... nie zapomnę ich.

– Opowiedz mi...

Zgasiłam lampkę i nagle razem z Dominikiem znalazłam się w ciemnej celi.

Potem nastąpiło zejście do piekieł – przed moimi oczami pojawiły się metalowe schody, po których zbiegaliśmy: przerażeni więźniowie i ja, trzymająca się kurczowo Dominika.

Na dole, w oświetlonym żarówkami piekle, zabijano. Według widzimisię Hirschfelda i Jahnza. Bo to była taka zabawa: na kogo wypadnie, na tego bęc! I już po... po oddychaniu, po miłości, po nadziei na cokolwiek.

Z oświetlonego holu więzienia trafiliśmy na dziedziniec. Ostatni poziom piekła.

Wytrzymałam to.

Wytrzymałam widok zamordowanych przed chwilą ludzi, płacz tych, którzy jeszcze żyli, i niemiecki wrzask. Nic nie mogłam zrobić. Mój przyjaciel też nie mógł nic zrobić. Tylko szybko umrzeć.

– *Raus!* – zawołał do nas dozorca, zamykający bramę za czterema cudem uwolnionymi kobietami.

Kiedy przemykaliśmy przez szczelinę między murem a bramą, Dominik szepnął do dozorcy:

– *Danke*.

A po dłuższej chwili milczenia szepnął do mnie:

– Tylko tobie jednej opowiedziałem... już nigdy... nikomu...

Zostawiłam swój fotel i przysiadłam się do Dominika.

– To wtedy? – spytałam, przesuwając ręką po białym paśmie włosów na jego skroni.

– Tak. Wieczna pamiątka. Kiedyś mi się to śniło.

– Noc w więzieniu?

– Mówię o czym innym. Śniło mi się, że dotykasz moich włosów.

Przełknęłam ślinę.

– Nie wiem, co było dalej w twoim śnie, ale wiem, co będzie teraz...

– Co? – Obrócił twarz w moją stronę.

Spojrzeliśmy sobie w oczy. Czekał... lecz pewnie na coś innego, niż miało nastąpić.

– Posłuchaj, jestem pewna, że przeżyjesz wojnę, sprawdzi...

Raptem moja głowa znalazła się w uścisku między ramieniem a piersią Dominika.

Czułam wszystko: bicie serca, zapach męskiego potu, dotyk swetra na policzku. A na włosach dotyk ust.

To była piękna chwila, jednak zaczynała robić się zbyt długa.

Pomógł mi zegar. Rozbił ciszę.

Bim-bam, bim-bam, bim-bam.

– Masz ochotę na kawę? – wymruczałam, gdy przebrzmiało ostatnie uderzenie.

– Mam ochotę na mnóstwo rzeczy, nawet nie wiesz jak bardzo!

W odświętnym nastroju poszliśmy do kuchni – na kawę i lampkę wina. Właściwie butelkę.

O czwartej nad ranem wieszaliśmy pranie.

Kiedy pierwszy drążek zamontowanej na suficie suszarki zjechał niżej, Dominik roześmiał się na całą łazienkę.

– A wiesz, że wczoraj bawiłem się tymi linkami jak dziecko, bzyt-bzyt, góra-dół. Zmyślny sprzęt!

– Może teraz też chcesz się pobawić? – mruknęłam uszczypliwie.

– Nie. Teraz wieszamy. Będę ci podawał.

Wśród mokrych rzeczy, które wyjmował z miski, znajdowała się także moja bielizna, jak najbardziej współczesna. W dniu, w którym Olek wyjechał na wojnę, rozstałam się bowiem z pasem do pończoch oraz całą resztą przedwojennej „uprzęży". Sztywne staniki, majtki z nogawkami i pończochy czekały w szafie na lepsze czasy, to znaczy małżeńskie.

W pewnym momencie, gdy Dominik zagapił się w wiszący na drążku biustonosz, wyjaśniłam, że w dwudziestym pierwszym wieku taką bieliznę noszą wszystkie kobiety.

– Wiem. Widziałem ze dwadzieścia dziewczyn w podobnych staniczkach.

– Gdzie?!

– Na Szerokiej – powiedział, podając mi mokrą koszulę nocną.

– Widocznie zorganizowały jakiś happening albo coś... – bąknęłam skołowana, bo listopad nie wydawał mi się dobrą porą na spacerowanie w negliżu. – I co one robiły?

– Kusiły. – Roześmiał się. – Zapomniałaś, że u was jest pełno reklam z rozebranymi dziewczynami? Takie wielkie fotografie.

– Aaa!

Nie rozwinęłam tematu, ponieważ uprzedmiotowienie kobiecego ciała to akurat nieciekawa strona mojego świata, a poza tym ni stąd, ni zowąd nabrałam ochoty na sfotografowanie się z Dominikiem.

– Chodź! – zawołałam, wrzucając mokrą koszulę z powrotem do miski. – Zrobimy sobie pamiątkowe zdjęcia.

Przez następne pół godziny świetnie się bawiliśmy. Pstryk, pstryk, pstryk.

Ania z Oskarem,

Ania bez Oskara,

Dominik chodzi na rękach,

Dominik z głową w pralce,

z domalowanymi wąsami *à la* król Sobieski,

dwóch Dominików przy lustrze.

Potem robiliśmy zdjęcia z samowyzwalaczem. Ania i Dominik razem, w różnych konfiguracjach:

zegar w środku, my po bokach,

tańczymy walca,

według wzrostu, na wprost obiektywu: pies, Ania, Dominik,

et cetera.

Po zakończeniu sesji poszłam sama do drugiego pokoju i przygotowałam zdjęcia do oglądania, to znaczy przerzuciłam wszystkie pliki na tablet.

Dominik potraktował ten wynalazek ze spokojną aprobatą i szacunkiem dla technologii, jaką ludzkość kiedyś wymyśli.

– Sprytna maszynka – powiedział, przesuwając palcem kolejne fotki. – O! Zobacz! To jest bardzo ładne. Jakbyśmy szli klonową aleją.

Rzeczywiście, zdjęcie było wyjątkowo udane. Staliśmy na tle jesiennych klonów, z których opadały liście. Mówiąc jaśniej, staliśmy w sypialni, na tle mojego obrazu przedstawiającego klonową aleję. Uśmiechaliśmy się do siebie.

Aparat fotograficzny uchwycił typowe spojrzenie Dominika – rozświetlone, ale i z malutkim cieniem trudnej do określenia nostalgii. Mój Olek miał to samo w oczach.

1942

W Samborzewie często widywałam dwunastolatków, którzy w oczach mieli więcej dojrzałości niż niejeden współczesny student i którzy na dobre pożegnali się z dzieciństwem. Bo wojna postarza ludzi. Wszystkich: starych, młodych, a najbardziej dzieci.

Na mojej Walentynce też odcisnęły się zgryzoty okupacji – tęskniła za tatą, bała się żandarmów, cierpiała różne niewygody, ale przy tym wszystkim pozostała pogodnym, uśmiechniętym dzieckiem. To znaczy pogodnym, uśmiechniętym dzieckiem była jeszcze tydzień temu. Bowiem z Wierzbińca przywiozłam do domu pochmurną pannicę.

– Źle się czujesz? Coś cię boli? – spytałam, gdy przy piecu rozpakowywała swój plecak.

– Nie. Nic mnie nie boli. Ani brzuch, ani głowa, ani gardło. Nie martw się, mamusiu.

Mamusia jednak się martwiła, ponieważ pewne symptomy wskazywały, że Walentynkę boli dusza.

Ulubiony sweter z naszytymi na łokcie łatami został wepchnięty do szafy jak stara szmata, którą nie wiadomo dlaczego trzeba położyć na półce.

Buciki, potraktowane niedbałym kopnięciem, wpadły pod łóżko.

Gałgankowa lalka nie doczekała się wypakowania. Została w plecaku.

A plecak został na krześle, bo moja córka zamiast go schować, podeszła do okna i – ustawiona do mnie plecami – zajęła się obserwacją podwórka.

– Tęskniłaś za Samborzewem?

– Tęskniłam. – Nos przy szybie.

– A dobrze ci było u pani Hektorowej?

– Bardzo dobrze. – Nos przy szybie i opuszczone ramiona.

– Opowiedz mi, co robiłaś w Wierzbińcu.

– Oj, przecież wiesz.

– To może ja opowiem ci jakąś bajkę, chcesz?

Miałam nadzieję, że bajka pomoże, że zaraz przytulę Walentynkę, ukocham z całych sił i wszystko będzie dobrze. Ale ona, nie odwracając głowy, powiedziała:

– Mamo! – Nie „mamusiu". – Zostaw mnie. Ja już jestem za duża na bajki!

– Rozumiem, kochanie.

Postarawszy się o pogodny wyraz twarzy, poszłam do kuchni i dopiero tam popłynęły łzy.

Podczas wierzbinieckich wakacji musiało wydarzyć się coś, o czym moje przyjaciółki nie wiedziały. W przeciw-

nym razie powiadomiłyby mnie o tym. Nic takiego nie nastąpiło. Przy pożegnaniu Krajewska i Lula nie mogły się
nachwalić Walentynki: że taka usłużna, od rana do wieczora uśmiechnięta (!) i szkoda, że odjeżdża, bo „była we dworze wesołym promyczkiem, którego wszędzie pełno".

Nie miałam więc pojęcia, co się stało, ale wiedziałam, że
zrobię wszystko, aby pomóc mojemu dziecku.

W ciągu następnych dni były: wspólne pieczenie bisz-
koptu, wizyta u pani Mleczkowej, zabawa w salonowca razem z Tolą, Felkiem i Piotrusiem, pisanie listu do taty, głośne czytanie opowiadań Jana Grabowskiego.

Walentynka zachowywała się układnie. Bez sprzeciwu
przesiewała mąkę przez sito, grzecznie odpowiadała na pytania pani Reginy, zgadywała, kto dał jej klapsa w tyłek, napisała długi list do Olka, wysłuchała historii gąski Małgosi.

I co z tego? Nic. Promyczek nie rozbłysnął.

Przez ostatni tydzień warsztat na podwórku był zamknięty, bo nasz szewc chorował na grypę. Dopiero w czwartek
przez okno w kuchni zobaczyłam dym wydobywający się
z komina nad warsztatem.

– Pan Ulman już wyzdrowiał. Może pójdziemy do niego?

– Dobrze, mamusiu, ale skąd wiesz, że wyzdrowiał?

– Zobacz, dym z komina leci.

Po obejrzeniu dymu Walentynka trochę się ożywiła.
Wzięła na ręce Muszkę i opowiadała jej o mięciutkich bu-
cikach, które w przyszłości każdy pies dostanie na zimę.

Do szewca poszłyśmy pół godziny później, z Muszką
i z termosem zupy.

– Dzień dobry, panie Ulman. Przyniosłyśmy panu rosół z makaronem, na wzmocnienie.

– ...dobry. – Odłożył szydło i się uśmiechnął. Do mnie w podzięce, a do Walentynki z niezwykłą sympatią, jaką zawsze ją darzył.

– To ja zaraz przeleję do talerza.

Gdy jadł zupę, mała, poprosiwszy go najpierw o zgodę, zabrała się do porządków na półce z prawidłami.

– Proszę pana, jednego brakuje do pary – odezwała się po chwili.

– Yu, yu. – Szewc akurat przełykał makaron, więc posłużył się ręką, pokazując parapet, gdzie leżało poszukiwane prawidło.

Wtem do warsztatu wszedł klient. Znany mi z widzenia i niestety mało sympatyczny. Był to Zenon Pieniek, mąż dentystki, która w swoim czasie założyła Bibi Wysockiej porcelanowy mostek, a gdy moja przyjaciółka, pokazując opuchnięty policzek, skarżyła się na ból zęba pod mostkiem, dentystka stwierdziła, że to bóle półpaścowe, i nakazała cierpliwie czekać, aż samo minie. W rezultacie Bibi straciła górną trójkę, zaś Pieniek straciła renomę i zamknęła gabinet. Ludzie nie chcieli leczyć się u dentystki, która w pacjencie na fotelu nie widzi człowieka, lecz tylko jego pieniądze.

Podczas okupacji gabinet znów został otwarty, bo znalazła się klientela, głównie żandarmi i gestapowcy. Całe Samborzewo wiedziało, że Pieńkowie utrzymują z nimi stosunki towarzyskie.

Zenon Pieniek zamknął za sobą drzwi, po czym wyciągnął rękę do góry.

– *Heil Hitler!*

Gest był żenująco nadgorliwy, ponieważ żaden Niemiec nie hajlowałby, wchodząc do warsztatu szewskiego. Ulman odsunął talerz z rosołem i nie podnosząc ręki, mruknął niewyraźnie:

– ...itler.

– Moje oficerki gotowe? – spytał Pieniek, lustrując półkę z gotowym do odbioru obuwiem.

– Są.

Szewc podniósł się z zydla i nagle krew odpłynęła mu z twarzy. Coś zobaczył. Nieznacznie ruszyłam głową: w kącie za piecem Muszka ciągnęła zębami stary koc, który leżał na skrzyni z drewnem. Koc przesunął się kawałek i odsłonił szczapy oraz ukryte między nimi radio!

Posiadanie radia było jednym z najcięższych przestępstw przeciwko Rzeszy.

„Kara śmierci" – pomyślałam, wracając wzrokiem do Ulmana. A on posłał mi błagalne spojrzenie.

Potem nastąpił cud ozdrowienia.

Głowa szewca, opadająca zawsze w stronę prawego ramienia, bez wysiłku przeniosła się na właściwe miejsce, zaś język się rozwiązał.

– Takich oficerek jak szanownego pana to dawno nie widziałem – oświadczył, zdejmując rzeczone oficerki z półki. – Skóra na cholewkach jak lakierowana i podeszwy nie do zdarcia.

– Jeszcze z pięć lat posłużą – przytaknął Pieniek. – Dla mnie but musi być porządny.

– Święta racja. Nie ma jak porządny but, ale niektórzy myślą, że ja ze starych butów nowe zrobię. Onegdaj był tu jeden taki...

Ulman gadał jak najęty, miałam więc czas, aby zamknąć termos, uśmiechnąć się miło, a następnie sprawdzić, czy piec dobrze grzeje i przy okazji poprawić koc na skrzyni.

– Ile płacę? – Pieniek, znużony słowotokiem szewca, zbierał się do wyjścia.

– Trzy marki.

– To tanio.

– Jak tanio, to niech pan da dziesięć marek albo i sto. – Ulman przyjaźnie mrugnął okiem.

Klientowi spodobał się żart. Wychodząc z warsztatu, zahajlował nam z uśmiechem.

Ciężko oparłam się o ścianę, a szewc usiadł na zydlu.

– Rosół panu stygnie – powiedziała Walentynka, która niczego nie spostrzegła.

– A... prawda. – Wziął łyżkę do ręki i pochlipując zupę, poprosił: – Dziecinko, bądź tak dobra, skocz do pana Domagały, tego, co mieszka na Świętego Piotra, i powiedz, że kamasze już gotowe, może przyjść.

– Tylko najpierw idź do domu i ubierz się ciepło – dodałam.

– Dobrze. A Muszkę mogę wziąć ze sobą?

– Weź.

Zostaliśmy sami.

– Dziękuję, pani Obrycka.

– A ja, panie Ulman, przepraszam, że z Muszką przyszłam.

– Co pani mówi? – Zamachał ręką. – To moja wina! Radio zawsze leżało na spodzie skrzyni, ale dzisiaj chciałem je wynieść z warsztatu do... lepszej kryjówki. I wyniosę.

Nie spytałam dokąd, bo to nie była moja sprawa. Musiałam jednak spytać o co innego.

– Panie Ulman... – Spojrzałam na szewca z głębi duszy, trochę z wyrzutem, trochę z rozbawieniem, a przede wszystkim z wielkim zagubieniem. – Podobno jest pan chory na umyśle... Podobno rok przed wojną spadł pan ze schodów...

Nim dokończyłam zdanie, głowa szewca znów opadła na bok, a wzrok mu zmętniał.

– ...ze schodów – przytaknął w dawnym stylu, po czym zachichotał jak ozdrowieniec. – Wiem, że pani mnie nie zdradzi!

– Ale po co się tak męczyć? Ciągle udawać?! – zawołałam dość głośno.

– Pst... *Feind hört mit* – zaszeptał z palcem przy ustach.

Uśmiechnęłam się, bo dowcipnie zacytował słowa z plakatu, którym Niemcy oblepili Samborzewo. Na tym plakacie widniała sylwetka pochylonego mężczyzny i napis w języku niemieckim: „Pst – wróg podsłuchuje".

– Jaki wróg, panie Ulman?

– Pani Ulmanowa... – westchnął, po czym w kilku słowach powiedział mi, że żonę ma pracowitą i piękną, ale o przykrym charakterze. Napastliwą, kwaśną, pouczającą.

– Od rana do nocy psioczyła, to uciekłem w chorobę i mam spokój, rozumie pani?

„O tyle, o ile" – pomyślałam.

‌⁂

Wizyta w warsztacie wprawiła mnie w stan rozdygotania, więc aby uspokoić nerwy, zajęłam się pracą. Przykręciłam do drzwiczek kredensu urwany zawias, umyłam podłogę, a później z pudełkiem do szycia oraz z ubraniem wymagającym drobnych naprawek usiadłam przy stole.

Gdy przyszywałam guzik do sukienki, Walentynka rysowała kółka. Gdy obrębiałam postrzępioną nogawkę spodni, Walentynka rysowała kółka. Gdy cerowałam dziurę w rajtuzach, Walentynka rysowała kółka. Wszystkie niebieskie.

– Namaluj domek – doradziłam jej. – Albo las.

– Wolę kółka.

– Dlaczego?

– Bo są zamknięte.

Wpięłam igłę w poduszeczkę i przygarnęłam córkę do siebie.

– Coś cię gnębi, kochanie? Powiedz mi, może zaradzę.

Przytuliła się chętnie, lecz pary z ust nie puściła.

– Nic mi nie jest. Wydaje ci się, mamusiu.

Cóż, nie nalegałam. Nie wyciska się z duszy tajemnicy jak soku z marchewki. Udając spokój, skoncentrowałam się na dziurze w rajtuzach. Jednak nie było mi dane dokończyć cerowania.

W pewnej chwili na podwórku rozległ się warkot silnika samochodowego. To źle wróżyło. Niemcy! Dopadłyśmy z Walentynką do okna – przy wejściu zatrzymał się czarny mercedes. Po kogo przyjechali? W panice pomyślałam o przestępcach mieszkających w naszej kamienicy, o Ulmanie i jego radiu, o Sewerynie Tarnowskim, który na sumieniu miał nauczanie geografii, a pewnie i inne czyny karalne.

Na szczęście z auta wysiadł tylko jeden Niemiec. Wysoki rangą oficer Wehrmachtu.

– On na pewno przyjechał do pani Schultzowej. – Odetchnęłam. – Może to ktoś z jej rodziny.

Wróciłyśmy do stołu i wtedy odezwała się Bajka. Szczeknęła raz, a zaraz potem usłyszałyśmy pukanie do drzwi. Nie było wątpliwości, kto puka.

Nakazawszy psom warować przy dziecku, poszłam otworzyć.

– *Guten Tag.* Major Franz Taube. Szukam *Frau* Obryckiej.

– To ja.

– Miło mi panią poznać.

Miał ciepły tembr głosu, przyjazne spojrzenie, lecz to ani na jotę nie zmniejszyło mojego lęku. W napięciu czekałam, co będzie dalej.

– Pani jest mamą Walentyny Obryckiej, nieprawdaż?

– O co chodzi?

– O ważną rzecz. – Roześmiał się, wyjmując z kieszeni niebieską kopertę. – Proszono mnie o doręczenie tego listu do rąk własnych *Fräulein* Obryckiej, ale chyba mogę pani zaufać? – Puścił perskie oko. – *Auf Wiedersehen.*

Walentynka nie znała żadnego majora Franza Taubego i mało przejęła się jego osobą. Istotny był list.

– Muszę przeczytać! – zawołała.

– Tak.

Czytanie trwało piętnaście minut. Córka czytała w pokoju, a matka cierpliwie czekała w kuchni, cerując rajtuzy, ostrząc kredki, rysując kółka, paląc papierosa.

W końcu nie wytrzymałam. Weszłam do pokoju, który na pierwszy rzut oka był pusty. Walentynka siedziała ukryta między płaszczem a szlafrokiem. Zobaczywszy mnie, zalała się łzami.

– Co się stało, dziecko kochane? – spytałam, wchodząc do szafy. – Dlaczego płaczesz?

Nagle tama puściła i popłynęły słowa.

– Bo ja się w Wierzbińcu zakochałam! – wybuchnęła. – Nieszczęśliwie! Dwa razy nieszczęśliwie!

– To znaczy, że zakochałaś się w dwóch chłopcach?

– Nie rozumiesz. – Spojrzała na mnie jak na osobę, która nic o miłości nie wie. – Ja się zakochałam tylko w Walterze.

– Kim jest Walter?

– Och… Walter… – Uśmiechnęła się przez łzy i westchnęła tak głęboko, że szafa razem z nami i ubraniem powinna unieść się w powietrze. – Walter ma dwanaście lat i…

I na stałe mieszkał w Oldenburgu. Niedawno przyjechał z wizytą do Wierzbińca, ponieważ zarządzający tym majątkiem *Treuhänder* Hans Littmann był jego stryjem. Walter i Walentynka poznali się w stajni przy boksie, w którym mieszkała gniada klacz „z takim ślicznym źrebaczkiem. Nie wiedziałam, jak jest źrebak po niemiecku, ale Walter mi powiedział. I potem rozmawialiśmy".

Na jednej rozmowie się nie skończyło. Codziennie każde z nich odwiedzało stajnię, przypadkowo o tej samej porze. Chłopak przynosił kostki cukru dla koni i jabłka dla Walentynki, a w sobotę, w dniu, kiedy odjeżdżała, podarował jej scyzoryk.

– Chcesz zobaczyć ten scyzoryk, mamusiu?

– Oczywiście.

Kiedy oglądałam scyzoryk, przeczytała mi list. Walter napisał, że mu smutno i że chciałby korespondować z Walentynką, jeżeli mama jej na to pozwoli. W postscriptum objaśnił, że pan Franz Taube przejazdem gościł w Wierzbińcu i zgodził się zabrać list, bo do Samborzewa było mu po drodze.

Wszystko już rozumiałam oprócz jednej rzeczy: gdzie tu nieszczęście, w dodatku podwójne?

– Dlaczego tak się zamartwiasz? – spytałam, gdy list został starannie złożony i wsunięty do niebieskiej koperty. – Przecież Walter cię lubi i ty jego też.

– Bardzo się lubimy – jęknęła z poczuciem winy. – To dwa nieszczęścia i... wstyd. On jest Niemcem, a ja Polką.

Jeszcze długo siedziałyśmy w szafie, bo musiałam przekonać Walentynkę, że w miłości narodowość nie ma znaczenia.

⚮

W piątek spadł pierwszy śnieg. Padał i padał, jakby chciał przykryć ten pokręcony świat, okopy, działa, całe armie ogłupiałych wojną ludzi – żeby się uciszyli, bo ziemi na groby zabraknie.

W sobotę też śnieżyło, wytrwale. Ulicą Kolejową, zamiast wozów, zaczęły przejeżdżać zaprzężone w konie sanie, a po chodniku dziecięce saneczki. Tego Niemcy nam nie zabronili.

– Kochanie, czy jesteś już za duża na sanki, czy jeszcze nie?

Walentynka, śmiesznie zaciskając usta, udawała, że się zastanawia, ale nie było wątpliwości, że propozycja została przyjęta. Mojej córce znów chciało się zjeżdżać z górki na pazurki. Poprzedniego dnia wysłała do Waltera ozdobiony rysunkami list (nieco jej przy pisaniu pomogłam), zaś poczucie winy z powodu sympatii do przedstawiciela niemieckiej nacji ulotniło się raz na zawsze.

Z domu wyszliśmy w ósemkę, razem z Tolą, Piotrusiem, Felkiem oraz psami. Pani Kotka i Sierotka, jako istoty ciepłolubne, zostały na poduszeczkach, każda w swoim mieszkaniu, ponieważ nie przepadały jedna za drugą.

Na placyku za wieżą ciśnień znajdowało się nieduże wzniesienie. Tam zjeżdżaliśmy na sankach, spadaliśmy z sanek, budowaliśmy igloo, goniliśmy się z psami, aż do zziajania i do chwili, kiedy wszystkie rękawiczki były mokre.

– Wracamy do domu, bo zmarzniecie – zarządziłam.

– Nie! – Chóralne.

– Wracamy do domu na placuszki z jabłkami i kakao z pianką.

Drugi argument był przekonujący. W kuchni nakarmiłam bractwo placuszkami, a potem zaprowadziłam do Tarnowskich, prosząc o opiekę nad Walentynką.

– Nie będzie mnie ze dwie godziny, pani Lusiu. Mam coś do załatwienia w mieście.

2011

Wszystko się zgadzało, miałam coś do załatwienia w mieście, lecz w innym, niż sądziła Tarnowska. Wielkimi krokami zbliżały się koniec mojego urlopu oraz powrót Oskara do Annopola, jednak czekała go jeszcze ostatnia wizyta u toruńskiego weterynarza.

Tym razem wybrałam lecznicę na Kościuszki, położoną blisko kliniki stomatologicznej.

Dwadzieścia minut odsiedzieliśmy w poczekalni w towarzystwie szynszyli, której Dominik przyglądał się z wielkim zainteresowaniem.

Po wejściu do gabinetu też zauważyłam wielkie zainteresowanie. Pani weterynarz, zamiast skupić się na Oskarze, nie odrywała oczu od Dominika. Ściślej mówiąc, pożerała go wzrokiem.

– Piękny pies! – Wzrokowe pożarcie. – Jak ma na imię? Oskar? Czy pan jest filmowcem? – Kokieteryjny śmiech. – Oczywiście, zdejmę szwy, ale dlaczego nie pojechał pan do tego samego lekarza, który operował? To było w Grodnie? Rozumiem. – Wzrokowe pożarcie. – Nie będzie bolało, przejdźmy do sali zabiegowej.

Liczba mnoga dotyczyła jej, Dominika oraz psa. Ja byłam piątym kołem u wozu, któremu wydano polecenie:

– Pani poczeka tutaj, proszę usiąść. – Wskazała mi okrągły metalowy stołek.

Kiedy zniknęli za niedomkniętymi drzwiami, siadłam w wygodnym fotelu na kółkach, przy biurku pani weterynarz i dumałam o Dominiku. Jak by to było, gdyby na stałe osiadł w dwudziestym pierwszym wieku? Przecież nie musiał wracać do wojennych czasów. Mógł zamieszkać w Toruniu, na przykład z jakąś przystojną panią weterynarz, i wieść wygodne życie.

Rojenie tych mrzonek trwało do momentu, w którym uświadomiłam sobie, że w dwudziestym pierwszym wieku Dominik nie ma żadnych perspektyw. Dla niego, jak i dla mnie, czas tutaj posuwał się tylko w ramach jednego dnia – 4 listopada 2011 roku. I ani sekundy dalej.

W samochodzie, w drodze do domu mój przyjaciel miał niewyraźną minę i długo się nie odzywał. Wiedziałam, że nie chodzi o samą jazdę współczesnym autem, w zagęszczonym ruchu ulicznym, bo już kilka razy jeździliśmy po mieście.

– Co tak cicho siedzisz? – zagadnęłam, gdy zatrzymaliśmy się na światłach przy dworcu autobusowym.

– Bo ta lekarka... – Nie powiedział: „baba". – Dała mi prezent...

– Pierścionek?

Żart nie rozśmieszył Dominika.

– Dała mi rękawiczki i torebki. – Wzniósł oczy do nieba. – Żebym miał czym zbierać psie kupy! To chyba jakaś wariatka!

Zapaliły się zielone światła, za nami ktoś nerwowo nacisnął na klakson, raz i drugi, a ja wciąż się śmiałam.

1942

– Dzień dobry, panie Pujanek. Dziś zabieramy dodatkowego pasażera. Hop!

Pies wskoczył na sanie, ja wgramoliłam się za nim i dopiero gdy ruszyliśmy, powiedziałam:

– To Oskar. Odwożę go do pana Bruggena.

– Nie może być! – zawołał woźnica z przestrachem. – Ludzie gadali, że wilczur Niemca się wściekł.

– Chorował, ale na co innego. Teraz jest zdrowy.

Mimo mojego zapewnienia mężczyzna przez całą drogę nerwowo unosił rękę z batem, ilekroć Oskar ziewnął albo ruszył głową.

Przestrach woźnicy dał mi do myślenia.

Bruggen może zareagować podobnie. W pierwszej chwili, zamiast się ucieszyć, wpadnie w panikę, chwyci za pistolet... Hmm, trzeba uniknąć niepotrzebnego ryzyka.

Po przyjeździe do Annopola poszłam najpierw do czworaków, do starej Gudejkowej i dałam jej Oskara na przechowanie. Później jak na skrzydłach pobiegłam do dworu. Wszak niosłam dobrą nowinę.

Przywitawszy się z Wandzią, nie zdjęłam płaszcza, lecz z punktu spytałam:

– Bruggen już wrócił?

– Tak, przyjechał nad ranem.

– A gdzie teraz jest?

– Jak to gdzie? – burknęła. – Śpi! Kazał się obudzić na obiad, pewnie dzisiaj go pani nie zobaczy.

– Zobaczę! I to za minutę! – oznajmiłam, biegnąc w stronę schodów.

Pokojówka dogoniła mnie na półpiętrze, ściślej mówiąc, złapała mnie za kołnierz.

– Nie wolno, pani Obrycka! Bruggen panią zruga, będzie awantura na cały dom!

Szkoda mi było czasu na wyjaśnienia, więc sprawę ujęłam ogólnie:

– Wandziu, puść mnie. I nie martw się. Ja idę go uszczęśliwić.

Puściła, ale minę miała nietęgą.

Puk-puk, puk-puk.

Nic.

Puk-puk, puk-puk, puk-puk.

Nic. Pan Rudolf von Bruggen spał jak zabity.

Łup, łup, łup – walnęłam pięścią w drzwi i to poskutkowało.

– Co się dzieje? – usłyszałam zaspany głos.

– Tu Anna Obrycka. Mam ważną...

– *Raus!* – Muszę to słowo napisać po niemiecku, bo lepiej oddaje... emocje.

– Oskar żyje! – krzyknęłam. – Nie miał wścieklizny, tylko połknął kamień. Teraz pański pies jest zdrowy!

W sypialni zapanowała cisza.

Wandzia (która wciąż stała na półpiętrze) złapała się za głowę, a ja przestępowałam z nogi na nogę. Czekanie trwało cztery sekundy.

Potem otworzyły się drzwi. Zobaczyłam swojego pryncypała – w białych gaciach i białym podkoszulku.

– Oskar... Czy to prawda, co pani powiedziała?

– Tak.

Bruggen odsunął się od drzwi.

– Proszę, niech pani wejdzie.

W innych okolicznościach zaproszenie do sypialni byłoby czymś nie do pomyślenia, lecz tego ranka wszelkie zasady etykiety zostały zawieszone.

Wszedłszy do środka, rozejrzałam się z ciekawością. Wszystko tu się zmieniło: kolor ścian, zasłony w oknach, meble. W miejscu naszego małżeńskiego łoża stało metalowe łóżko z ozdobnymi gałkami, obok, nad nocnym stolikiem, wisiała fotografia Oskara.

– *Frau* Obrycka, czy ja śnię? – spytał Niemiec.

W odpowiedzi dałam mu kamyk, który dostałam od weterynarza.

– Proszę sprawdzić, jaki twardy. Pewien lekarz wyjął go z jelita Oskara.

– *Mein Gott! Mein Gott!* – Przez chwilę obracał kamień w ręce, po czym zawołał: – Ale jak do tego doszło?!

Zdjęłam płaszcz i usiadłam w fotelu, Bruggen tymczasem przykrył goliznę, to znaczy wdział jedwabny, wzorzysty szlafrok, i zaczęliśmy rozmawiać.

Opowiedziana przeze mnie historia nie odbiegała od prawdy. Pominęłam jedynie niektóre fakty, mianowicie podróż w czasie oraz prześwietlenie rentgenem, ponieważ w wojennych warunkach byłoby to mało prawdopodobne. Inowrocławski szpital nie przyjmował psów.

Bruggen słuchał z wypiekami na twarzy, jakbym opowiadała jakiś thriller medyczny, a na końcu miał tylko jedno konkretne pytanie:

– Jak nazywa się pani znajomy weterynarz?

– Nie powiem.

– Ależ musi pani! Ten człowiek uratował Oskara. Ja go ozłocę i panią również. – Spojrzał na mnie z wdzięcznością, na którą zasługiwałam.

– Tego człowieka oficjalnie nie ma... – mruknęłam, spuszczając oczy.

To wystarczyło. Bruggen zrozumiał. Wiedział przecież, że w niektórych domach ukrywali się Polacy poszukiwani przez niemieckie władze. Ci Polacy mieli różne zawody...

Temat odtajnienia nazwiska weterynarza został zamknięty, pojawił się natomiast temat „znacznej kwoty", za pomocą której Niemiec chciał okazać wdzięczność. Ale i to wybiłam mu z głowy, oświadczając, że żadnych pieniędzy nie przyjmę.

– Nagrodą dla weterynarza i dla mnie będzie radość Oskara, gdy pana zobaczy po rozłące. Zaraz go przyprowadzę.

– To Oskar tu jest?! – krzyknął, zrywając się na równe nogi.

Powitanie pana i psa wyglądało inaczej niż w moich wyobrażeniach. Nie odbyło się w salonie annopolskiego dworu, lecz w czworakach. W obecności Gudejkowej, Bronka i Kasi Sokolnickich oraz mojej.

Co tu opowiadać...

Bruggen płakał, a Oskar szalał z radości, której nie zaciemniała żadna chmurka.

Bo nic nie wiedział o wściekliźnie i wyroku.

2011

Następnego dnia, przed wyjściem do pracy, skoczyłam za modrzew, aby zadzwonić do kilku znajomych.

Wszystkie rozmowy przebiegały według schematu:

– Czy znasz jakiegoś kolekcjonera broni palnej pochodzącej z pierwszej połowy dwudziestego wieku? Bo, wiesz, mój sąsiad interesuje się militariami i chciałby kupić sobie jeden eksponat.

– Nie, Anka, nie znam żadnego kolekcjonera.

– To może popytaj ludzi, może ktoś z twoich znajomych zna?

– Dobrze, popytam.

– Dzięki, czekam na telefon.

1942

Godzinę później siedziałam już w annopolskiej bibliotece.

Wczesnym rankiem Bruggen podobno śpiewał w łazience arię z *Wesela Figara*. Tak przynajmniej twierdziła Wandzia.

– Pani Obrycka, on dostał fiksum-dyrdum na tle tego psa – mówiła, gdy wkładałam dokumenty do segregatora. – Wczoraj na obiad zażyczył sobie sześciu sznycli, trzech dla niego i trzech dla Oskara. I kazał Celińskiej upiec tort. Czekoladowy! Pewnie go dzisiaj zjedzą, pół na pół.

Przypuszczenie Wandzi się nie sprawdziło.

O jedenastej przyszli obaj do biblioteki, z prezentami. Pan Rudolf uroczyście postawił na biurku paterę z czekoladowym tortem, pies zaś położył mi na kolanach podłużną paczuszkę, którą przyniósł w pysku.

– Chyba od Oskara przyjmie pani pamiątkowy drobiazg?
– Bruggen spojrzał na mnie z prośbą w oczach.

Gdyby „pamiątkowy drobiazg" okazał się przedmiotem o sporej wartości, na przykład sztabką złota, to nie przyjęłabym prezentu. Nie było jednak żadnych komplikacji, ponieważ w paczuszce znalazłam wieczne pióro marki Diplomat. Co prawda, pióro miało złotą stalówkę, ale tak niewielką ilość szlachetnego kruszcu mogłam przyjąć. W imieniu weterynarza, rzecz jasna.

– Dziękuję pięknie, przekażę... – Nie musiałam dodawać komu.

Niemiec z zadowoleniem kiwnął głową, a następnie osobiście wykroił z tortu dwa trójkąty. Zaraz potem w bibliotece zjawiła się pokojówka z dzbankiem kawy i filiżankami na tacy.

Tego ranka pan Rudolf w ramach okazywania wdzięczności zjadł deser ze swoją sekretarką. Oskar nie dostał słodyczy. Zadowolił się sznyclem.

Później Wandzia zapakowała pozostałą część tortu do pudełka, które miałam zabrać do domu („*Frau* Obrycka, proszę nie protestować, to dla córeczki"), i przerwa w pracy dobiegła końca.

Zostawszy sama, zajęłam się przepisywaniem na maszynie dokumentu dotyczącego rozbiórki starego młyna. Z zapałem uderzałam w klawisze, gdy do biblioteki wpadł Bruggen. Wyglądał inaczej niż dwadzieścia minut wcześniej. Był wściekły.

– Niech pani natychmiast połączy mnie z gestapo. Złapaliśmy złodzieja!

– Kogo? – spytałam, podnosząc słuchawkę telefonu.

– Wąsowskiego.

Nie miałam prawa dalej indagować pracodawcy, jednak zrobiłam to.

– A co on ukradł?

Niemiec zniecierpliwionym głosem wyjaśnił, że przed chwilą administrator Wąsowski został złapany na gorącym uczynku, mianowicie wynosił z folwarku pięciokilogramowy worek z nasionami ogórków. Magazynier Balcerek, zauważywszy to, złapał Wąsowskiego i zamknął go w kantorku przy stajni. Potem Balcerek sprawdził, czy nic innego z magazynu nie zginęło, a gdy odkrył, że brakuje pięciu kilogramów nasion pomidorów, zawiadomił właściciela majątku. Kradzież niemieckiego mienia była poważnym przestępstwem przeciwko Rzeszy.

„No to już po Wąsowskim, wywiozą go do obozu" – pomyślałam, ale mój palec nie zbliżył się do tarczy telefonu.

– Panie Bruggen... – odezwałam się prosząco. – A nie można by załatwić tego bez gestapo? Po co od razu do nich dzwonić?

– Nie będę chronił złodzieja!

Z mojego punktu widzenia okradanie Niemców było czymś dobrym, ale oczywiście Bruggen miał swoją optykę – uważał, że Wąsowski zasłużył na surową karę. Jednak nie zdawał sobie sprawy (tak jak większość ludzi w 1942 roku), co naprawdę się dzieje w więzieniach i za drutami obozów koncentracyjnych. Tym hitlerowcy się nie chwalili.

Nie mogłam więc powiedzieć jak człowiek do człowieka: „Niech mu pan daruje, bo tu chodzi o życie".

Spróbowałam innego sposobu. Zaczęłam po babsku pochlipywać.

– Mieliśmy razem z Lucjanem spędzić święta... Rozumiem, że źle zrobił, ale tak mi go żal... – Przeciągły jęk. – Proszę, niech pan go puści...

– Pani się z nim przyjaźni?

– To stary znajomy, lubimy się. – Popłakując, wyjęłam z torebki chusteczkę i otarłam łzy. – Nie wiem, dlaczego ukradł nasiona... Chyba rozum stracił.

Bruggen ciągle był wściekły, lecz wyjął z moich rąk słuchawkę i odłożył ją na widełki.

– Proszę mnie posłuchać, *Frau* Obrycka.

– Tak?

– Niech pani mu powie, że do jutra nasiona pomidorów muszą się znaleźć i że wyrzucam go z pracy. To wszystko! Innych konsekwencji nie wyciągnę.

– Dziękuję.

Przechodząc obok boksu Ciotki, przytuliłam się na chwilę do jej łba, a potem kluczem, który dał mi Bruggen, otworzyłam drzwi kantorka. Wąsowski siedział na drewnianej ławie. Miał zszarzałą twarz.

Zobaczywszy mnie, zerwał się na nogi.

– Co pani tu robi?

– Przyszłam porozmawiać o nasionach.

Z powrotem usiadł na ławie, jeszcze bardziej zrezygnowany.

– Bruggen panią przysłał? – spytał smętno-ironicznym tonem. – A Balcerek z gazrurką stoi za drzwiami?

– Myli się pan. Przyszłam tu z dobrą wiadomością. Bruggen nie zawiadomi policji, ponieważ wstawiłam się za panem.

– Pani?!

W dwóch sylabach usłyszałam trzy nuty – zdumienie, niedowierzanie i wstyd. Ten okrzyk oznaczał: „Jak to możliwe, żebyś się za mną wstawiła, przecież kiedyś cię szantażowałem?!".

– Pani? – powtórzył ciszej. – Dlaczego?

– Bo jest wojna. Ale nie mówmy o tym. Jutro musi pan... – Przysiadłam się do Wąsowskiego i przekazałam mu warunki naszego pracodawcy.

Sądziłam, że się ucieszy, odetchnie z ulgą, lecz Lucjan zareagował inaczej.

– Bruggen powiedział, że mam oddać nasiona pomidorów? – zawołał. – Ja nie mam żadnych nasion!

Zdenerwowałam się na tego idiotę, który siedział obok mnie na ławie. Chyba nie rozumiał, że zsuwa się w przepaść. Ja go ratowałam, a on jak ogłupiały, uparty kozioł nie chciał się dać odciągnąć na bezpieczny grunt.

– Niech pan nie łże! – syknęłam. – Magazynier złapał pana dziś na kradzieży, kilka osób to widziało.

– Pani Anno, ja wyniosłem nasiona ogórków! Balcerek zabrał mi je na dziedzińcu, przy świadkach. A o pomidorach pierwsze słyszę. – Uderzył się w piersi. – Jak Boga kocham!

Wiedziałam, że Wąsowski potrafi kłamać jak z nut, przybierać fałszywe maski, kręcić, szachrować, ale teraz mu uwierzyłam. Bo w oczach miał wielki strach.

Jeżeli Lucjan nie ukradł nasion pomidorów, to znaczy, że zrobił to Balcerek. Tylko oni dwaj mogli wchodzić do magazynu, kiedy chcieli. Być może Balcerek, złapawszy pana administratora z workiem nasion ogórków, sam pięć minut później gwizdnął nasiona pomidorów i sprytnie zrzucił winę na pierwszego złodzieja. Krótko mówiąc, wart Pac pałaca, a pałac Paca.

Lucjan Pac-Wąsowski doszedł do identycznego wniosku.

– Balcerek też ma lepkie ręce – powiedział, patrząc na skrzynkę ze zgrzebłami. – Ale nie udowodnię tego na...

W powietrzu zawisło słowo: gestapo.

Co mogłam zrobić?

To proste!

– Panie Lucjanie, niech pan śpi spokojnie. Jutro przywiozę dla pana pięć kilogramów nasion pomidorów i będzie po sprawie.

– Ale skąd? Jakim cudem?

– Za dużo chce pan wiedzieć. – Podniosłam się z ławy.

– Jutro przy bramie wjazdowej o wpół do dziewiątej rano dam panu nasiona. Do widzenia.

Wąsowski też wstał. Wstał i jakoś utrzymał się na własnych nogach, chociaż cały był skruszony.

– Pani Anno, nie wiem, jak mam dziękować i... przepraszam... za tamto.

2011

W dwóch pierwszych hurtowniach, do których zadzwoniłam, nie było nasion pomidorów, ale w trzeciej jakaś pani natychmiast przeszła do konkretów:

– Mamy osiem odmian pomidorów gruntowych: rumbę ożarowską, samuraja, growdenę...

– Dziękuję, wystarczy mi jedna odmiana – przerwałam jej. – Zaraz przyjadę do państwa po nasiona. Do widzenia.

Kobieta, zamiast też się pożegnać, zawołała:

– Halo?!

– Tak?

– Proszę nie przyjeżdżać! Hurtownia Piękne Ogrody nie obsługuje klientów na miejscu. Wysyłamy towar w ciągu sześciu dni roboczych po otrzymaniu potwierdzenia wpływu płatności. Niech pani złoży zamówienie...

– Ale ja nie mogę czekać – jęknęłam. – Muszę dzisiaj mieć te nasiona.

– Dzisiaj to niemożliwe, proszę pani. Do widzenia. – Wyłączyła się.

Dominik, widząc moją zawiedzioną minę, domyślił się, że w Pięknych Ogrodach też nic nie załatwiłam.

– I co teraz robimy? Bo czas ucieka.

– Jedziemy do sklepu ogrodniczego – zadecydowałam.

W sklepie na Żółkiewskiego nasza wiedza na temat nasiennictwa została istotnie poszerzona. Dowiedzieliśmy się mianowicie, że nasiona pomidorów kupuje się na sztuki!

– Mamy opakowania po dziesięć i po dwadzieścia sztuk – oznajmiła sprzedawczyni, kładąc na ladzie dwie papierowe torebeczki z obrazkami pomidorów nazywających się, o dziwo, czerwona gruszka.

– Ile waży ta? – wskazałam torebeczkę, która wydała mi się mniej pusta.

– Nie wiem. Producent nie podał gramatury na opakowaniu.

– Ale ja muszę wiedzieć, ile gramów jest w środku!

– Nic pani nie pomogę. Nie mamy w sklepie wagi jubilerskiej – odparła uprzejmym tonem.

Nie poddawałam się. Rozdarłam paczuszkę i zważyłam nasiona na ręce.

– To chyba jeden gram – zwróciłam się do Dominika.

– Daj, ja zważę.

Mój przyjaciel miał inne czucie w rękach oraz więcej pewności siebie.

– Założę się, że najwyżej pół grama.

– Przyjmijmy twoją wersję – powiedziałam ugodowo. – To ile paczuszek nam potrzeba?

– Pięć kilogramów to pięć tysięcy gramów – zaczął liczyć głośno, a dokończył szeptem: – Aniu, wychodzi, że dziesięć tysięcy...

Wynik obliczenia był porażający, oznaczał bowiem, że potrzebujemy dziesięciu tysięcy paczuszek w cenie pięciu złotych trzydziestu groszy za jedną.

W ułamku sekundy zrozumiałam kilka rzeczy.

Pierwsza – w tym sklepie nie będą mieli dziesięciu tysięcy paczuszek z nasionami pomidorów.

Druga – pięćdziesiąt trzy tysiące złotych to prawie cały zgromadzony na koncie majątek Anki Duszkowskiej.

Trzecia – Bruggen rzeczywiście miał powód do wściekłości.

Czwarta – Lucjan Wąsowski znajdował się w o wiele gorszej sytuacji, niż myślałam. Posądzenie o kradzież towaru o tak znacznej wartości było nie przestępstwem, lecz zbrodnią wobec Rzeszy. Z pięciu kilogramów nasion wyrosłyby tony pomidorów, które nakarmiłyby tysiące żołnierzy i cywilów.

– Musimy zdobyć te nasiona, żeby nie wiem co! – Westchnęłam. – Wąsowski nawet nie zdąży trafić do obozu. Gestapo wykończy go na miejscu.

Dominik zareagował naciśnięciem, to znaczy nacisnął butem moją stopę, bo stojąca za ladą sprzedawczyni patrzyła na nas z narastającym zdumieniem.

Ze sklepu ogrodniczego wyszliśmy z rozerwaną torebeczką, w której znajdowało się pół grama nasion. Brakowało nam 4999,5 grama.

Kiedy podchodziliśmy do samochodu, Dominik spojrzał na zegarek.

– Już po czwartej. Aniu, jedźmy do tych Pięknych Ogrodów i ubłagajmy ich.

– A jeśli nie dadzą się ubłagać?

– To w nocy się do nich włamiemy – powiedział serio.

– Jezu...

– Widzisz inne wyjście?

Nie widziałam.

Po drodze, jadąc do hurtowni, kupiliśmy bukiet róż oraz wielką bombonierę (ponieważ przekupstwo podlega mniejszej karze niż kradzież z włamaniem).

Piękne Ogrody mieściły się w pawilonie usytuowanym pomiędzy supermarketem Tesco a zakładem mechaniki pojazdowej. Dookoła nie było piędzi niezabetonowanej ziemi.

W małym pomieszczeniu przy biurku z komputerem siedziała kobieta, z którą prawdopodobnie godzinę wcześniej rozmawiałam przez telefon.

– Dzień dobry. Widzę, że w Pięknych Ogrodach pracują piękne osoby. – Kolejarz Polanisz zamienił się w lwa salonowego.

Słysząc to, kobieta (bardzo ładna) uśmiechnęła się jak przyzwyczajona do głaskania kotka.

– O co chodzi?

Chodziło oczywiście o natychmiastowy zakup pięciu kilogramów nasion pomidorów.

– Musi pan zrozumieć... faktura... kanały płatności... magazyn... wysyłka...

Dominik wszystko rozumiał. Potakiwał, przymilał się, ponawiał prośbę.

W rezultacie róże oraz czekoladki zostały przyjęte, wszelakie przeszkody zaś usunięte. Pracownica Pięknych Ogrodów o wdzięcznym imieniu Eliza okazała się ludzkim człowiekiem.

– Jaka odmiana państwa interesuje?

– Najtańsza – odparłam szybko.

Pani Eliza grzecznie wyprosiła nas na zewnątrz, zamknęła biuro i zniknęła w innych drzwiach pawilonu. Po kwadransie wróciła z pudłem, w którym znajdowało się pięćset dziesięciogramowych torebek z nasionami pomidorów Tukan. Każda torebka kosztowała pięćdziesiąt złotych, co po przemnożeniu dawało niebagatelną kwotę dwudziestu pięciu tysięcy.

Transakcja zakończyła się w banku. Pojechaliśmy tam w trójkę. Przelałam pieniądze z mojego konta na konto Pięknych Ogrodów, obie z panią Elizą otrzymałyśmy stosowne potwierdzenia i w tym momencie stałam się posiadaczką pięciu kilogramów nasion, których bardzo potrzebował pewien niezbyt sympatyczny facet.

❧

Zanim wróciliśmy do mieszkania na Słowackiego, zrobiło się już wpół do siódmej, najwyższa pora, aby odebrać Walentynkę od Tarnowskich.

Dominik czytał w moich myślach.

– Leć za modrzew – powiedział, stawiając karton z nasionami na kuchennym stole. – Ja się zajmę tym towarem. Za godzinę będzie zsypany do kupy.

– Ale to jest aż pięćset torebek...

– Tylko pięćset. – Roześmiał się. – Pomyśl, że mogło być ich dziesięć tysięcy!

Wizja dziesięciu tysięcy papierowych torebek, które trzeba by rozerwać i opróżnić ze znikomej liczby nasion, tak mnie rozbawiła, że idąc do łazienki, śmiałam się w głos.

Już miałam zrobić: bach!, kiedy z kuchni odezwała się komórka.

– Aniu! Jesteś jeszcze? Telefon dzwoni!

– Idę!

Dzwonił Karol, jeden ze znajomych, do których rano telefonowałam, pytając, czy nie znają jakiegoś kolekcjonera broni.

– Cześć, Karol.

– Cześć, słuchaj, Anka, znalazłem ci kolekcjonera, ale nie wiem, czy się nada. On ma coś do sprzedania na lewo, bo sam to na lewo kupił, od ruskich, jakieś dwadzieścia lat temu, jak jeszcze ich jednostka stacjonowała w Toruniu.

– Super! Wielkie dzięki! W moim imieniu i sąsiada – zawołam uradowana. – Gdzie mieszka ten kolekcjoner?

– Na Ligi Polskiej...

Karol powiedział, że facet jest majorem, nazywa się Waldemar Musielak i najlepiej, żeby sąsiad teraz pojechał kupić broń, bo jutro Musielak wyjeżdża na poligon.

– Podam ci jego komórkę, pamiętaj, Anka, jak będziesz dzwoniła, to powołaj się na mnie, bo już z nim gadałem.

– Jasne, Karol. Jeszcze raz dziękuję za przysługę.

Po zakończeniu rozmowy podeszłam do Dominika.

– Chyba za godzinę będziesz uzbrojony, i to całkiem nieźle, panie sąsiedzie.

Nie ruszył się z krzesła, nie patrzył na mnie ani na żadne miejsce w mojej kuchni. Patrzył na wojnę, która toczyła się za modrzewiem.

1942

Tego dnia obowiązki wyjątkowo mi się spiętrzyły, lecz przecież musiałam załatwić nasiona pomidorów i za chwilę jechać z Dominikiem po broń. Jednak cierpiała na tym najważniejsza dla mnie osoba – Walentynka.

Pukając do drzwi Tarnowskich, czułam się jak kukułka – marna matka oraz pasożyt gniazdowy.

– Pani Lusiu, czy córka mogłaby zostać u was jeszcze dwie godziny? Mam zaległą papierkową robotę. – Była już godzina policyjna, Polacy nie wychylali nosa z domu.

– A pewnie. Ona się ładnie bawi z Tolą i chłopcami. Niech pani wejdzie do pokoju i sama zobaczy.

Wszystkie dzieci siedziały na tapczanie. Piotruś trzymał w ręku miotłę, zaś Felek wiklinową trzepaczkę do dywanów.

– Mamusiu, nie podchodź! – zawołała Walentynka. – Bo się utopisz na głębokiej wodzie.

– Czym płyniecie? – spytałam, zatrzymując się w progu.

– Tratwą, ale mamy tylko dwa wiosła, a tu sztorm nadchodzi.

– Rzeczywiście, mocno wieje ze wschodu. – Na chwilę włączyłam się do zabawy, zdając sobie sprawę, że zagłuszam wyrzuty sumienia. – Może rzucę wam jeszcze jedno wiosło?

– Tak!

Pobiegłam do domu po miotłę i kupione w Toruniu drożdżówki z lukrem, które Tarnowscy nazywali sznekami z glancem. Sprzęt oraz żywność zostały radośnie przyjęte przez załogę tratwy, toteż do roku 2011 wróciłam jako tako uspokojona.

2011

Major Waldemar Musielak mieszkał na Skarpie, w jednym z wieżowców na Ligi Polskiej.

Gdy wysiedliśmy z samochodu, Dominik spojrzał w górę.

– Wielki dom! Jeszcze takiego nie widziałem.

– A windą kiedyś jechałeś?

– Nie, Aniu.

– To zapraszam cię na przejażdżkę.

Dotarcie na ósme piętro zajęło nam sporo czasu, ponieważ Dominik musiał się pobawić przyciskami w windzie.

Parter – ósme piętro – bzyt.

Ósme piętro – czwarte piętro – bzyt.

Czwarte piętro – ósme piętro – bzyt – wysiadka.

Drzwi otworzył nam niski, mocno owłosiony pięćdziesięciolatek, którego czarna broda zadziwiła Dominika, gdyż przedwojennym oficerom przepisy zabraniały takiej ozdoby twarzy.

– Dzień dobry, przed chwilą dzwoniłam do pana.

– Tak, tak, zapraszam do środka. Jestem Musielak.

Dalsza część prezentacji odbyła się w korytarzu, po czym przeszliśmy do pokoju.

Wszystko tu było na wysoki połysk. Błyszczały ciężkie, drogie meble, błyszczały parkiet i szyby w serwantce. Na ścianie wisiał wielki telewizor (wyłączony), zaś na półkach stały kryształy. Pokój miał elegancję i urok sklepu meblowego.

Jednak dojrzałam ślad osobowości. Na kanapie leżała *Przygoda z owcą*, poczytna książka Murakamiego, z wetkniętą między kartki zakładką.

Musielak od razu przeszedł do konkretów. Z szafy wyjął pistolet oraz nieduży karabin.

– To mam na sprzedaż, tetetka i kałach.

– Sprawne? – spytał Dominik.

– Nic im nie brakuje.

– A amunicja?

Major podrapał się w brodę.

– Nie sądziłem, że amunicja także pana interesuje... hmm... – Spojrzał na nas z wahaniem. – Hmm...

Nie znam się na handlu bronią, zwłaszcza nielegalnym, zaczęłam więc oglądać swoje pomalowane lakierem paznokcie. Dobrze rozumiałam, że uczestniczę w przestępstwie, ponieważ za nielegalne posiadanie broni palnej grozi do ośmiu lat pozbawienia wolności, jednak nie miałam wyrzutów sumienia. Sytuacja była absolutnie wyjątkowa.

Kiedy Duszkowska zamilkła, „sąsiad" Polanisz przystąpił do załatwiania interesu.

Ważył tetetkę w ręku, sprawdzał celownik oraz muszkę kałasznikowa, przykładał karabin do ramienia. Równocześnie negocjował cenę i raz po raz wracał do tematu amunicji. W końcu postawił warunek:

– Zgoda, wezmę te dwie sztuki za trzy tysiące, ale z amunicją.

– Na co panu? Na wojnę się pan wybiera?

Dominik parsknął śmiechem.

– Daję panu słowo honoru, że nie będę strzelał z tej broni ani dzisiaj, ani w przyszłości. Jestem początkującym kolekcjonerem, może kiedyś zechcę sprzedać albo wymienić niektóre militaria i dlatego chcę mieć komplet z amunicją.

Argument biznesowy przemówił do majora. Panowie dobili targu.

Gdy Dominik pakował swoje „zakupy" do plecaka, żona Musielaka (chyba druga, bo bardzo młoda) zaprosiła nas na kolację.

– Dziękujemy, ale spieszymy się – powiedziałam, myśląc o Walentynce, która już wystarczająco długo pływała tratwą.

– To chociaż mała kawa?

– Z chęcią.

W czasie rozmowy przy kawie Musielak pokazał nam oryginalne radyjko wyposażone w dynamo. Kiedy kręciło się korbką umieszczoną z boku radia, niepotrzebne były żadne inne źródła zasilania.

– Przywiozłem to sobie z Afganistanu – pochwalił się major.

– Z Afganistanu...? – Dominik wytężył pamięć. – To gdzieś w Azji. Ho, ho! Daleko pan się wybrał na wycieczkę.

Musielak wzruszył ramionami (uznawszy zapewne, że mój przyjaciel ironizuje).

– Wybrałem się, ale już drugi raz się nie wybiorę. Mam dość – oświadczył, pociągając rękaw koszuli i prezentując nam bliznę na swoim ramieniu. – Pamiątka stamtąd... Ja dostałem małym odłamkiem, ale koledze nogę urwało.

– Jakiś wypadek? – spytał Dominik ze współczuciem.

– Na minę trafiliśmy. Tam nigdy nie wiadomo, czy się z patrolu do bazy wróci.

Mój przyjaciel kompletnie nie rozumiał, o czym mowa, lecz z obawy przed kompromitacją powstrzymał się od dalszych pytań. Myślałam więc, że temat Afganistanu został zażegnany.

Niestety, nie.

– Pokażę państwu zdjęcia. Myszko – zwrócił się do żony – przynieś z sypialni ten niebieski album.

Fotografie majora niczym nie odbiegały od tych, jakie można zobaczyć w gazetach lub w internecie, jednak Dominik patrzył na nie skonsternowany. Chwilami nabierał dużo powietrza w płuca, na przykład przy oglądaniu takich zdjęć:

Dwóch żołnierzy w polowych mundurach pustynnych i jeden cywil. Na żołnierskich rękawach widać naszywki z polską flagą, na beretach białe orzełki. Cywil jest Afgań-czykiem, na głowie ma turban.

Inna fotografia:

Na tle nieba trzy flagi: amerykańska, polska i afgańska.

Albo:

W dali obce wysokie góry, a na pierwszym planie kilku żołnierzy przy śmigłowcu oznakowanym biało-czerwoną szachownicą.

W niebieskim albumie znajdowało się kilkadziesiąt zdjęć, na szczęście major nie kazał nam wszystkich oglądać.

– Tu widać tyko jedną stronę medalu – stwierdził z west-chnieniem. – Tę spokojniejszą, rozumiecie państwo, tru-pów się nie fotografuje.

Zaraz po wyjściu od Musielaków Dominik wybuchnął.

– Aniu, Polska napadła na Afganistan?!

– Nie, ale nasze wojsko tam jest... pokojowo – bąknęłam.

– Jak pokojowo? Jak pokojowo? – denerwował się. – Prze-cież ten major powiedział, że jego koledze nogę urwało! I o trupach też mówił!

– To skomplikowane, nie wyjaśnię ci w dwóch zdaniach. Porozmawiamy spokojnie w samochodzie. Chodź, mamy już windę.

Czułam się skołowana wizytą u Musielaków. Komu jak komu, lecz Dominikowi trudno mi będzie wytłumaczyć Afganistan. A na dodatek sama się w tym gubiłam.

W windzie panowała smętna atmosfera. Krótko – dopó-ki nie zjechaliśmy na szóste piętro. Wówczas dosiadł się do nas jakiś facet, na widok którego mój przyjaciel chwilowo zapomniał o Afganistanie. Facet wyglądał zwyczajnie, miał na sobie szarą kurtkę, dżinsy i sportowe buty. Wyróżniały go jedynie kolorowy szalik z frędzlami oraz ciemna skóra, właściwie czarna.

Dominik wbił wzrok w nowego pasażera windy i chyba oczy mu się zablokowały, bo przez sześć pięter nie odwrócił od niego spojrzenia.

Było mi wstyd, jednak nie mogłam nic zrobić; ani nadepnąć mu na nogę, ani w jakikolwiek inny sposób dać do zrozumienia, że zachowuje się niegrzecznie. Dominik nie zorientowałby się, o co chodzi, zaś facet w szaliku patrzyłby z politowaniem na moje manewry.

Na parterze męka się skończyła.

– Jak mogłeś tak się na niego gapić? – Naskoczyłam na Dominika w samochodzie.

– Gapiłem się, bo pierwszy raz widziałam Murzyna – odparł zdumiony moim tonem.

– Ale zrobiłeś mu przykrość!

– Nie przesadzaj, Aniu. Była okazja, to się napatrzyłem. – Z pietyzmem ułożył sobie na kolanach plecak z bronią, po czym dodał: – Stał tak blisko, że mogłem go nawet dotknąć.

– To przeżycie masz już za sobą – mruknęłam.

– Co chcesz przez to powiedzieć?

– Chcę powiedzieć, że lekarz, który wyjął ci kulę z ramienia, nazywa się Mali Yattara i jest czarnoskórym mężczyzną.

Dominik trochę się stropił.

– Czarnoskórym mężczyzną... – powtórzył powoli, jakby się uczył nowego określenia, a po krótkiej pauzie uśmiechnął

się przepraszająco. – Masz rację, nie powinienem tak wyba-
łuszać oczu w tej windzie.

1942

Furmanka zatrzymała się przed bramą wjazdową.

– Dziękuję, panie Pujanek. Do widzenia – powiedziałam,
zeskakując na ziemię.

W ręku miałam tylko kopertówkę, w której zmieściły się
portfel, klucz, grzebień i chusteczka do nosa.

Kiedy furmanka odjechała, zza rosnącego przy bramie
platanu wynurzył się Wąsowski.

– Dzień dobry – szepnął i ze smutkiem spojrzał na kopertówkę. – Nie udało się?

– Udało się. Chodźmy za mur.

Za murem rozpięłam płaszcz, po czym uwolniłam się
z ciężaru, a właściwie z dwóch ciężarów. Przez szyję miałam bowiem przełożony sznurek, do którego końców, gdzieś
na wysokości mojego brzucha, przywiązane były dwuipół-
kilogramowe worki z nasionami.

Wąsowski potrzebował trzech sekund, aby odebrać towar i schować go za pazuchą. Gdy zapiął guziki kurtki, spokojnym krokiem poszliśmy w stronę annopolskiego dworu.
Już nie musieliśmy się niczego bać.

– Ma pani we mnie przyjaciela – oświadczył z powagą.

– Aż do grobu.

Zaszkliły mu się oczy, lecz specjalnie mnie to nie wzruszyło.

– Wystarczy, że nie mam w panu wroga.

– Ale... pani Anno, przysięgam, że zawsze może pani na mnie polegać.

– To niemożliwe, panie Lucjanie. Zaufanie jest jak zapałka, drugi raz jej pan nie zapali. Do widzenia.

Wchodząc na schody ganku, zastanawiałam się, czy go jeszcze kiedyś w życiu zobaczę.

2011

W mieszkaniu panował nieład. Worki z węglem zawalały korytarz, w kuchni, na podłodze stały kartony z jedzeniem, a na krzesłach plecaki z różnymi potrzebnymi do życia rzeczami. Karabin, pistolet i amunicja znajdowały się w największym plecaku, między ubraniem.

Dominik był gotowy do drogi.

Dzisiaj pożegna się z innym światem, który zobaczył w dwudziestym pierwszym wieku.

Dzisiaj Ania ostatni raz przeprowadzi go przez modrzew. Cudowne wakacje się skończyły.

Dominik usiadł w fotelu i zamknął oczy. Czuł dziwny lęk. Co się z nim stanie, gdy już wróci do czterdziestego drugiego roku? Czy zapomni ten pokój, sypialnię Ani? Czy zapomni ludzi, których tu spotkał? Dobre i złe strony ich życia?

Nie chodziło o to, że nagle straci pamięć, lecz o powolne wmawianie sobie, że to wszystko się nie wydarzyło, bo nie mogło się wydarzyć.

Może za rok ze śmiechem będzie opowiadał kumplom o swoim wariackim śnie – o świecie pełnym zdjęć z gołymi babami, o polskim wojsku okupującym Afganistan, o malutkich telefonach nazywanych komórkami. A cała reszta wspomnień zostanie przegnana z głowy.

Tego właśnie się bał.

Nagle zerwał się z fotela i uważnie rozejrzał wokół. Trzeba coś tu znaleźć, jakiś twardy dowód, który zabierze ze sobą.

Nic nie wpadło mu w oko, więc poszedł do kuchni, potem do łazienki... Nic.

Gdy wrócił do korytarza, spojrzał na jedne z zamkniętych drzwi. Tam, w innym pokoju Ani, mogło coś być! Nie namyślając się długo, przyniósł z kuchennej szuflady kawałek drutu. Potem poszło szybko. Włamywacz Dominik Polanisz sforsował zamek w drzwiach i wszedł do zakazanego pokoju.

Spodziewał się nie wiadomo jakich cudów, lecz tu nic nadzwyczajnego nie było. Biurko, półki z książkami, stara czterodrzwiowa szafa. Na stole różne wynalazki z dwudziestego pierwszego wieku, które specjalnie go nie interesowały, bo rozumiał, że nigdy z nich korzystać nie będzie. Obszedł cały pokój i na ścianie przy szafie znalazł przedmiot godny uwagi – kalendarz na rok 2011.

Kalendarz sam w sobie był twardym dowodem, a na dodatek ozdobiono go fotografiami wybitnych Polaków. Dominik nie znał tych ludzi, lecz pod każdym zdjęciem znajdował się krótki tekst mówiący o ich zasługach. Odwrócił kilka kartek i odczytał nazwiska: Lech Wałęsa, Wisława Szymborska, Czesław Niemen.

Ten kalendarz był idealny. Nieduży, łatwy do schowania i... niezaprzeczalny.

Kiedy wkładał łup do plecaka, natrafił ręką na kopertę z kolorowymi zdjęciami, które robili sobie z Anią pewnej nocy. Miał ochotę znów na nie popatrzeć. Wziął plecak, kopertę z fotografiami i przeniósł się na łóżko.

Ania. Twarz Ani. Cała Ania. Z przodu, z boku, nawet plecy.

Najbardziej podobały mu się dwa zdjęcia: *Przy obrazie* i *Z Oskarem*. Tak je nazwał.

Na pierwszym stali oboje na tle wiszącego w sypialni obrazu, który przedstawiał klonową aleję. Wtopili się w ten obraz. Weszli w jedne ramy. I było widać, że jest im dobrze razem.

Na drugiej fotografii Ania i wilczur, bez Dominika, bo on pstrykał to zdjęcie.

Oskar z psim oddaniem tulił się do Ani, a ona uśmiechała się i jakoś tak ciepło patrzyła przed siebie. Na fotografii nie było tego widać, ale przecież wiedział, że Ania patrzyła wtedy na niego.

1942

W pociągu panował tłok. Minęłam pierwsze trzy przedziały, bo nie było w nich wolnych miejsc. Dopiero w czwartym usiadłam, a raczej wcisnęłam się między dziewczynę z nieforemnym pakunkiem na kolanach a potężną matronę w kapeluszu. Ta ostatnia natychmiast posłała mi niechętne spojrzenie, mówiące: „przyszła i zaraz się rozpycha!".

Nie rozpychałam się, ale faktycznie, na naszej ławce było ciasno. Siedzieliśmy stłoczeni jak śledzie, którym Niemcy w drodze wyjątku wydali zezwolenie na podróż lądową.

Niewygoda to drobnostka, gorzej, że w każdej chwili w naszym wagonie mogli pojawić się żandarmi i zrobić rewizję albo po prostu odebrać nam bagaże. Drżałam przed taką ewentualnością, ponieważ wiozłam wyjątkowo cenną rzecz.

– Pani położy swój rulon na półce – doradził mężczyzna siedzący *vis-à-vis* mnie. – Po co go tak trzymać cały czas?

– Potrzymam. – Uśmiechnęłam się miło.

On też się uśmiechnął (zapewne pomyślał, że w rulonie coś szmugluję), a następnie zmienił temat.

– Teraz sobie ulżę – oświadczył wszem wobec, po czym ulżył sobie, zdejmując z nóg wielkie czarne kalosze.

Nie znaczy to, że pozostał w skarpetach. Przeciwnie, miał na nogach... dziurawe buty. Nikt się nie zdziwił takim dubeltowym okryciem stóp. Wszak wiadomo, że kalosze chronią przed przemoczeniem, zaś buty, choćby z oderwaną podeszwą, dają ciepło.

Stojące na środku przedziału kalosze zapoczątkowały wymianę zdań między rodakami.

– Aby do wiosny – powiedział dwudziestolatek w oficerkach i przymknął oko, dając do zrozumienia, że nie o marznące nogi chodzi.

– Słoneczko wyżej, Sikorski bliżej! – dorzucił jego kolega.

Wszyscy zgodnie zachichotaliśmy, tylko siedząca obok mnie matrona z kwaśną miną zacisnęła usta. Nie wpłynęło to jednak na ogólną atmosferę. Ludzie chcieli się nawzajem wesprzeć, dodać sobie siły potrzebnej do przetrwania, toteż każda tego typu wypowiedź wzbudzała radosne uśmiechy.

– Słyszałem o gościu, co gipsem załatwił z dwudziestu szkopów – odezwał się milczący dotąd staruszek.

– A co on robił? – Dwudziestolatkowi zaświeciły się oczy.

– Zapychał im dziurki w zamkach od drzwi!

Zapchane gipsem zamki także były powodem do radości. Może niewielkiej, lecz w 1942 roku polską radość mierzyło się w karatach.

Właściciel kaloszy wysiadł w Gnieźnie i wówczas matrona w kapeluszu przesiadła się na zwolnione przez niego miejsce. Po mojej stronie zrobiło się luźniej, ale tylko na kilka minut. Do przedziału wszedł bowiem nowy pasażer – marynarz w bluzie ozdobionej prostokątnym kołnierzem z trzema białymi galonami oraz w okrągłej czapce z napisem: „Kriegsmarine". Zazwyczaj Niemcy nie pokazywali się w wagonach dla Polaków, ale, rzecz jasna, wolno im było podróżować w dowolnie wybranym wagonie.

– *Guten Tag.*

– *Guten Tag* – odpowiedzieliśmy, patrząc na siebie porozumiewawczo. Obcy na pokładzie.

Marynarz rozejrzał się, po czym usiadł na jedynym wolnym miejscu, czyli obok mnie. Poczułam zapach wódki.

– Ten rulon to chyba zwinięty obraz? – zagadał po niemiecku. – Mogę zobaczyć?

– Nie – burknęłam.

– A jeśli ładnie poproszę?

– Nie.

– Dlaczego pani mnie nie lubi? – spytał przymilnie.

– Nie znam pana.

– To możemy się poznać. – Usiłował spojrzeć mi w oczy. – Jestem Erwin.

Nie odpowiedziałam, ale to nic nie dało. Niemiec jednym ruchem wyrwał mi rulon z ręki.

– Teraz zobaczymy, co tu pani ma. – Śmiejąc się, udawał, że chce rozwinąć obraz.

– Niech pan odda.

– Oddam, jeśli pani mi powie, jak ma na imię. Maria? Judyta?

– Hermenegilda – mruknął dwudziestolatek w oficerkach.

– Ciebie nie pytam, polaczku. – Marynarz rzucił złe spojrzenie w stronę chłopaka i na powrót zainteresował się polaczką Obrycką.

Gorączkowo szukałam jakiegoś wyjścia z nieprzyjemnej sytuacji, która mogła doprowadzić do utraty modrzewia. Co tu wymyślić? Do głowy przychodziły mi tylko mało realne rozwiązania, właściwie mrzonki.

Można by na przykład rzucić się kupą na marynarza, otworzyć okno i frr... za burtę go!

Albo inaczej, z wykorzystaniem modrzewia: chwytam faceta za rękę i bach! Znikamy z przedziału. A tam, w łazience, czeka wielki lampart. Strach pomyśleć, co działoby się dalej.

Niestety, Niemiec, nie mając o tym pojęcia, stawał się coraz bardziej natarczywy.

Do pewnego momentu.

Otóż sytuacja się zmieniła, gdy matrona z naprzeciwka zaczęła się drapać. Najpierw dyskretnie, po szyi, później bez żenady włożyła rękę pod płaszcz i gmerała gdzieś w okolicy łopatki. Staruszek też się uaktywnił – podciągnąwszy nogawkę, próbował złapać coś na swojej bladej, wychudłej łydce. Dwóch chłopaków w oficerkach, widząc to, dało drapaka z przedziału.

Nachalny marynarz z Kriegsmarine wziął z nich przykład. Opuścił nasze towarzystwo (uprzednio oddając mi modrzew), gdyż mimo pistoletu w kaburze poczuł się zagrożony. Wszy roznosiły tyfus.

Po jego wyjściu wszelkie drapanie ustało, młodzi mężczyźni wrócili na swoje miejsca, matrona zaś została okrzyknięta królową balu.

～

Do Poznania przyjechaliśmy o dziesiątej przed południem. Z dworca na ulicę Mottego, gdzie mieszkała Gertruda, nie było daleko, poszłam więc na piechotę.

Niemcy przemianowali Mottego na Gutenbergstrasse, lecz numeracji posesji nie zmienili. Pod numerem pierwszym zobaczyłam narożną kamienicę ozdobioną wielką ceramiczną dekoracją w kształcie gotyckiego okna. Wszystko się zgadzało. Dominik tak właśnie opisał mi ten dom.

Gertruda mieszkała na trzecim piętrze. („Pamiętaj, Aniu, drzwi na wprost schodów").

Zapukałam.

Otworzyła kobieta podobna do Barbry Streisand, głównie z nosa.

– Pani Gertruda?

Pokręciła głową i o nic nie pytając, wpuściła mnie do środka.

– Jest pani w kolejce za mną, piąta – oznajmiła, zamykając drzwi. – Proszę sobie usiąść na tamtym krześle.

Do krzesła dotarłam, idąc za głosem Barbry Streisand, ponieważ w pomieszczeniu, w którym się znalazłam, jedynym źródłem światła była świeczka, stojąca na półce przy drzwiach. Dwa kroki dalej zaczynała się ciemność. Prawie po omacku doszłam do kąta, gdzie na wysokości mojego biustu majaczyły głowy jakichś postaci, zapewne siedzących na krzesłach.

– Dzień dobry – szepnęłam, zastanawiając się, czy nie powiedzieć „dobry wieczór". – Prąd wyłączyli?

– Nie. – Różne głosy.

Domyśliłam się, że ciemność jest zabiegiem marketingowym, mającym wywołać odpowiedni nastrój w duszach klientów. Takie urabianie w fazie oczekiwania na wróżbę z herbacianych fusów. Cóż, nie mój interes.

Ponieważ zapowiadało się długie siedzenie w kolejce, postanowiłam spędzić ten czas na towarzyskiej pogawędce.

– Państwo wszyscy do pani Gertrudy? – zagaiłam.

W ciemności rozległy się potakujące pomruki i nic więcej.

– Jak długo trwa jedna wizyta?

– To zależy – odpowiedział bardzo cichy głos, na pograniczu niesłyszalności.

Rozmowa kulała, jednak spróbowałam jeszcze raz.

– Ile płaci się pani Gertrudzie za wróżbę?

– Co łaska. – Dziewczęcy głos.

– To tanio – westchnęłam. – Ale nie wiem, ile mam dać...

Nikt się nie ustosunkował, zrezygnowałam więc z kontynuowania rozmowy. W tej poczekalni ton nadawały dwie panie C – Cisza oraz Ciemność, której nie mogła rozproszyć paląca się w oddali świeczuszka.

Średnio co pół godziny otwierały się drzwi „gabinetu" Gertrudy. Wówczas dwie osoby mijały się w oświetlonym przejściu i znowu zapadła ciemność. Do następnego otwarcia.

Po dwóch godzinach kiwania się na krześle nadeszła wreszcie moja kolej.

W pokoju, do którego weszłam, było jasno, to znaczy dużo jaśniej niż w poczekalni. Co prawda, okno zasłaniała kotara, lecz wisząca nad stołem lampa naftowa dawała wystarczającą ilość światła, miłego dla zmęczonych ciemnością oczu.

Pierwsze moje spojrzenie padło na tę lampę, a drugie na panią Gertrudę. Przy komodzie stała niewysoka pani otulona czarną wełnianą chustą.

– Dzień dobry. Nazywam się Anna Obrycka. Przyjechałam...

Nie dała mi dokończyć.

– Woli pani herbatę z rękawiczki Norwida czy z cedrowego pudełka?

Powinnam od razu wyjawić powód swojej wizyty, ale jak tu się oprzeć takiej propozycji? Herbata z rękawiczki Norwida!

– Wolę tę pierwszą – bąknęłam, siadając przy stole.

Gertruda przystąpiła do przygotowania magicznego napoju. Nie spiesząc się, postawiła przede mną porcelanową filiżankę, z szuflady wyjęła irchową rękawiczkę w naturalnym kremowym kolorze i wysypała z niej do filiżanki trochę herbacianych listków. Potem schowała rękawiczkę do szuflady (*notabene*, Norwid miał wyjątkowo duże dłonie).

– Niech pani pomyśli o drogiej sercu osobie – nakazała. – Ja idę po wrzątek.

Nie powiedziała, dokąd idzie, bo to było zbyteczne. Blisko okna, na kozie, w której buzował ogień, stał osmalony czajnik.

Po chwili herbata z rękawiczki Norwida została zaparzona.

Upiłam pierwszy łyczek... hmm... poezja.

– Widzę, że pani smakuje. – Siadając naprzeciw mnie, Gertruda uśmiechnęła się z zadowoleniem. – Proszę pić powoli. Mamy czas.

Zanim znów sięgnęłam po filiżankę, wyjęłam z torebki list, który Dominik napisał do dawnej przyjaciółki matki. Prosił w nim, aby Gertruda na kilka miesięcy przyjęła go pod swój dach, ponieważ musiał zniknąć z Samborzewa.

Teraz mam nowe nazwisko, nowy Ausweis *i zaczynam nowe życie, najchętniej u Pani boku* – zażartował.

– Proszę, to list do pani.

Spojrzała na mnie czujnie, z niechęcią.

– Od kogo?

– Od Dominika Polanisza.

– Od Dominisia?! – zawołała, biorąc do ręki okulary. – Jakaś zła wiadomość?

– Nie, ale on potrzebuje pani pomocy.

Szybko przeczytała tekst, potem przymknęła powieki. Coś rozważała.

– Polówkę postawi się w kuchni – oświadczyła, zdejmując okulary. – Nogi będą mu wystawały, ale to sobie ryczkę podsunie. Pomieścimy się.

– Czyli... zgadza się pani?

– No pewnie! Dominiś jest synem mojej Marianny.

Kropka. Szlus. Przyjaźń jest przyjaźnią i działa nawet zza grobu.

Później pani Gertruda pokazała mi swoje mieszkanie.

W poczekalni nie było już klientów, więc zamknęła drzwi wejściowe na klucz i zapaliła światło. Zobaczyłam zwykły korytarz z odrapanymi ścianami oraz kilkoma krzesłami. Ciemność wespół z jedną świeczką każde wnętrze mogą przeobrazić w tajemniczą grotę.

Oprócz pokoju i korytarza w mieszkaniu znajdowała się jeszcze tylko kuchnia – przytulna, z dużym piecem. Pomyślałam, że Dominikowi będzie tu dobrze... i, nie wiadomo dlaczego, serce mi się ścisnęło.

Do kuchni przylegała spiżarnia, w której stał koszyk z ziemniakami.

– Pani Gertrudo – odezwałam się, gdy wróciłyśmy do pokoju. – Dominik przyjechał z zapasami... zorganizowaliśmy na lewo trochę mąki, kaszy, cukru, smalcu. To pójdzie do spiżarni, ale węgiel trzeba zrzucić do piwnicy.

– Co pani opowiada? Dominiś przyjechał do Poznania z mąką i węglem?

Wyjaśniłam, że... nic nie mogę wyjaśnić. Zostało to przyjęte z pełnym zrozumieniem, ponieważ ciekawość jest pierwszym stopniem do piekła, szczególnie podczas wojny. Gertruda zapytała jedynie, o której godzinie Dominik zjawi się na Mottego.

Spojrzałam na zegarek.

– Przed drugą powinien tu być. Prosił, żeby dała mi pani klucz od piwnicy, bo ten węgiel...

Dostałam klucz, ucałowałyśmy się na pożegnanie, a gdy wychodziłam z mieszkania, w ostatniej chwili złapała mnie za rękę.

– Dziękuję, że wyratowałaś go z nieszczęścia.

– Skąd pani to wie? – W liście nie było słowa o tym.

– Z fusów.

Schodząc po ceglanych, oślizgłych od wilgoci schodach, włączyłam latarkę, bo w piwnicy nie było światła. Były natomiast szczurze odchody.

Schody zaprowadziły mnie do zatęchłego korytarza.

Trzecie drzwi po prawej. To tu. Namęczyłam się jeszcze z zardzewiałą kłódką i w końcu weszłam do piwnicy Gertrudy. Pod okienkiem leżało trochę węglowego miału, obok stała oparta o ścianę łopata. Takim widokiem Poznań przywita swojego Dominika.

Rozwinęłam obraz z modrzewiem.

Bach!

2011

– Załatwione! – zawołam, wchodząc do sypialni.

Lampart wkładał do plecaka zdjęcia, które zrobiliśmy sobie kiedyś w nocy i które oddałam do wywołania na papierze. Zobaczywszy mnie, podniósł głowę.

– Co powiedziała pani Gertruda?

– Że będziesz spał w kuchni, na łóżku polowym z dostawką w postaci ryczki.

– A o pościeli coś wspomniała?

– N... nie – bąknęłam zdumiona takim szczegółowym pytaniem.

Zostawił nagle plecak, podszedł do łóżka i capnął mój jasiek.

– Aniu, mogę go wziąć? Bo nie wiadomo, czy pani Gertruda...

– Oczywiście, weźmiesz całą pościel. – Uśmiechnęłam się, lecz Dominik tego nie widział. Stał jakoś bokiem.

– Nie potrzebuję całej pościeli.

– To ją dasz w prezencie pani Gertrudzie – fuknęłam, po czym zabrałam się do zwijania kołdry.

Pakowanie pościeli trwało moment i właściwie nic więcej nie było do zrobienia.

Mój przyjaciel miał już na sobie ciuchy podróżne: długą dwurzędową marynarkę, spodnie zbliżone fasonem do bryczesów i oficerki. Na ulicach Torunia tak ubrany facet nie każdej by się podobał, ale Ania Obrycka i Anka Duszkowska uważały, że wygląda świetnie.

– Masz ochotę na kawę?

– Nie, dziękuję, Aniu. Lepiej posiedźmy chwilę.

Usiadł w fotelu. Ostatni raz.

Pomilczeliśmy.

A potem:

– Jesteś gotowy?

– Tak. Jestem gotowy.

2011/1942

Wiele razy krążyliśmy między łazienką na Słowackiego a piwnicą na Mottego, przenosząc towar, który Dominik zabierał na nową drogę życia: węgiel, niepsującą się żywność, broń z amunicją, lekarstwa, środki czystości, ubranie oraz takie drobiazgi jak papierosy, żyletki, nakręcany budzik, papierowe chusteczki do nosa, scyzoryk, portfel z markami.

1942

Piwnica na Mottego zamieniła się w nieźle zaopatrzony magazyn. To było miejsce naszego pożegnania.

– Aniu... Życzę ci szczęścia.

– Ja tobie też, Dominiku.

– Nie wiem, co powiedzieć...

– Nie mów nic.

Ujął moją głowę w obie ręce i wzrokiem zapytał, czy może mnie pocałować.

Przymknęłam powieki. Smutno. To znaczyło: nie.

Poczułam jego usta na brwi, tam gdzie miałam niewielką bliznę, pamiątkę po uderzeniu gestapowskiego buciora. Później Dominik przytulił mnie rozpaczliwie. Z całej siły.

Wydawało mi się, że za mocno.

Wydawało mi się, że za słabo.

❦

Na peronie poznańskiego dworca podróżni spokojnie czekali na przyjazd pociągu. Tylko jakaś kobieta z rulonem pod pachą chodziła tam i z powrotem, jakby ją własne myśli goniły. I paliła już drugiego papierosa.

Zaciągając się dymem, rozmyślałam o dzisiejszym dniu.

Powinnam być zadowolona. Przeniesienie Dominika do roku 1942 przebiegło bez przeszkód. Prawie. Bo pojawiła się pewna mała przeszkoda. Stworzyłam ją sama.

Jeden pocałunek, którego nie było, wprawił mnie w stan smętnego rozżalenia. Zachowałam się małostkowo, coś straciliśmy. Niepotrzebnie.

Gdy pociąg przyjechał, odsunęłam tę refleksję, bo teraz najważniejszy był modrzew. Musiałam dojechać z nim szczęśliwie do domu. Pamiętając poranną podróż oraz podpitego marynarza, postanowiłam nie szukać miejsca w przedziale. Lepiej stanąć w korytarzu i w razie zbliżania się niebezpieczeństwa w postaci jakiegoś Niemca zrobić unik, to znaczy schować się w ubikacji. Oczywiście, taki plan nie dawał żadnych gwarancji, jednak zmniejszał ryzyko utraty obrazu.

Korytarz w wagonie był zatłoczony. Niektórzy podróżni jeszcze nie znaleźli miejsca w przedziale i przepychali się z walizkami dalej, inni wyglądali przez okna.

Trzymając modrzew blisko ciała, przesuwałam się z trudem do przodu.

– Przepraszam panią... Czy pan może przestawić ten karton? Dziękuję... Tak, tak, przecisnę się... Czy mógłby pan...

Mężczyzna, do którego się zwróciłam, obrócił twarz w moją stronę. Spojrzeliśmy na siebie oniemiali. Przestaliśmy oddychać.

To był mój Olek! Mój mąż! Aleksander Obrycki!

Nie padło żadne słowo, żaden okrzyk radości, a jednak stojący wokół ludzie zauważyli, że tu się coś dzieje. Patrzyli na nas w ciszy.

Jak się przywitać w takim tłoku, wśród obcych? Jak się pocałować? Powiedzieć ważne słowo, powstrzymać łzy?

Olek ujął moją rękę i całując, przybliżył ją do swego policzka. Przytuliliśmy się.

– Aniu, chodźmy do przedziału, mam miejsce – szepnął.

– Tak, Olku.

Nareszcie usłyszeliśmy swoje imiona wymówione przez najukochańszą osobę. Kilka dźwięków zaledwie, a uszczęśliwiały. Moja łasiczka z szyi zsunęła się na plecy i jak szalona zaczęła biegać wzdłuż kręgosłupa, nie dbając o to, że pazurkami kłuje mi skórę.

W przedziale nasze oczy i ręce nie mogły się od siebie oderwać, a kiedy pierwszy szok minął, zaczęliśmy rozmawiać. Szeptanymi słowami, mową ciała.

– Gdy cię zobaczyłem, to pociąg oderwał się od szyn.

– A mnie łasiczka chciała zadusić. – Dotknęłam krtani.

– Olku! Nie mogę zrozumieć, co ty tu robisz?

– Zaraz powiem, kochanie. – Uśmiechnął się, jakby w zanadrzu miał jakąś niespodziankę. – Ale najpierw powiedz, czy Walentynka zdrowa? I dlaczego wieziesz obraz?

– Walentynka zdrowa, a ja...

Wytłumaczyłam, że Bruggen wysłał mnie służbowo do Poznania, wykorzystałam więc okazję i zabrałam nasz obraz do wyceny u pewnego historyka sztuki, lecz go nie zastałam.

Moja historia była prosta, natomiast historia Olka – zdumiewająca.

Otóż w środę został wezwany do Arbeitsamtu w Bremie, gdzie poinformowano go, że zostaje przeniesiony do innej pracy dla Rzeszy. Mój mąż sądził, że to zmiana na gorsze, że z fabryki dywanów zostanie skierowany do zakładów produkujących myśliwce, lecz urzędnik kazał mu zgłosić się do pracy w majątku ziemskim Annopol na terenie Warthelandu. Olek nie mógł uwierzyć w swoje szczęście, choć oczywiście rozumiał, że to nie jest zbieg okoliczności.

– Czy ty przypadkiem nie maczałaś w tym palców? – wymruczał mi do ucha.

– Bardzo bym chciała, ale nie...

– Więc to cud?

Koła pociągu stukały w swoim rytmie: tu-tu, tu-tu, tu--tu, za oknem przesuwały się białe pola, a przed moimi oczami przesuwały się kadry z filmu pod tytułem: *Oskar i jego pan Bruggen.*

– Już wiem! – zawołałam. – To ozłocenie za Oskara!

Olek nic nie wiedział o moich zasługach w ratowaniu psa Bruggena. O tym w listach nie pisałam. Streściłam więc sprawę, naturalnie nie wspominając o dwudziestopierwszowiecznym weterynarzu. Opowiedziałam Olkowi także o wdzięczności Bruggena oraz o jego wysoko postawionym zięciu, Ottonie von Plottnitzu, który był dyrektorem personalnym w fabryce samolotów Messerschmitt.

– Pewnie Bruggen zadzwonił do zięcia z prośbą, aby sprowadził cię do Annopola, a zięć zadzwonił tam, gdzie trzeba – szeptałam rozgorączkowana. – Rozumiesz? To akt wdzięczności za uratowanie psa.

– Chyba polubię Oskara – powiedział wesoło i ścisnął mi rękę. Poważnie.

Później rozmawialiśmy o wszystkim: o tym, jak ucieszy się Walentynka, o świętach, o Wierzbińcu, naszych zwie-

rzętach, plackach ziemniaczanych na kolację, nawet o ciek-
nącym kranie, który jutro Olek naprawi.

Słowo jutro mój mąż wymówił z rozmarzeniem, bo –
raz, że czekało nas wspólne jutro, a dwa, że między dziś
a jutro będzie noc. Nasza. Pierwsza od trzech lat.

Podróż do domu minęła tak szybko, jakby czas spalał się
w czystym tlenie. Piętnaście po piątej, gdy pociąg stanął na
stacji w Samborzewie, Olek otworzył drzwi wagonu.

– Tysiąc razy marzyłem o tej chwili.

– Ja też o tym marzyłam, kocha… kochanie.

Nie zaczęłam się nagle jąkać, po prostu w dokończeniu
słowa przeszkodziło mi głośne: „hau, hau, hau!". To Bajka
biegła przez peron. Mój mąż zeskoczył ze schodków, a ona
rzuciła mu się na piersi. Sama miłość w psim futrze.

Przez łzy patrzyłam na ich powitanie – przytulanie, li-
zanie po twarzy, całowanie w jasne miejsce między oczami,
które kochały.

Nagle usłyszeliśmy czyjś nawołujący głos:

– Bajka! Bajka!

Zza rogu wybiegła Walentynka. Bez czapki, w niezapię-
tym płaszczyku, z szalikiem w ręce. Na nasz widok stanęła
w miejscu jak skamieniała, szalik upadł na śnieg.

– Tatuś! – krzyknęła z płaczem.

Olek podbiegł do córeczki, uniósł ją i zamknął w ramionach, do których my z Bajką przywarłyśmy.

Epilog

Toruń, 27 lipca 2014

Na biurku stoi wazon z margerytkami, bo dziś są moje urodziny.

Któreś tam.

Któreś tam urodziny Anki Duszkowskiej, która przestała być Anią Obrycką i żyje tylko jednym, zwyczajnym życiem.

Bajka się skończyła, to znaczy skończyło się moje bajkowe życie z Olkiem. Od trzech lat jestem sama. Mam dużo czasu, mogę więc sięgać myślami, dokąd chcę: do lat trzydziestych, czterdziestych lub tych następnych. Zacznę od czterdziestych.

W styczniu 1943 roku zamieszkaliśmy w annopolskiej oficynie. Przez dwa lata Olek administrował majątkiem, ja zaś po staremu byłam sekretarką Bruggena.

Kiedy zbliżała się Armia Czerwona, nastąpiło wielkie przetasowanie. Figury i blotki przelatywały z dołu do góry, z góry na dół albo ze wschodu na zachód.

Rudolf von Bruggen, uciekając do Niemiec, zabrał tylko Oskara. Wszystko inne zostawił: odznakę NSDAP, portret Hitlera, dwór, folwark i setki hektarów.

Potem ulicami Samborzewa przejechały ciężarówki z rosyjskim żołnierzami, którzy krzyczeli: *„Hitler kaput!"*. Wa-

ga tego przelotem podanego komunikatu była nie do prze-
cenienia. Ludzie tańczyli z radości, na stołach rozlewał się
bimber, a w sercach nadzieja na normalne życie.

Olek planował naszą przyszłość.

– Aniu, gdy wojna się skończy, kupimy kawałek ziemi
pod Toruniem i będziemy gospodarowali na swoim.

– Dlaczego pod Toruniem?

– Żeby być bliżej twojej rodziny. Przecież Duszkowscy
i Rawiczowie niedługo wrócą.

– Tak...

Nie powiedziałam „nie", ale moje „tak" było słabiutkie.
Czułam, że los zdecyduje inaczej, bo „kuzynka" Obrycka
powinna zniknąć z powojennego życia swojej rodziny.

Los odezwał się w marcu. Właściwie zapukał w szybę.

– Otwierać! – krzyknęła pani Krajewska, uderzając pa-
rasolką w okno oficyny.

Przyjechała do nas z Lulą i Krzysiem, bo dawni poddani
przegnali ją z Wierzbińca. Tasowanie kart trwało.

Tej samej nocy zrobiliśmy naradę, podczas której Hektorowa przedstawiła klarowny plan:

– Olesiu, musimy wiać przed Sowietami.

Oleś pokręcił głową, jednak propozycję czcigodnej damy
nieoczekiwanie poparła Olesiowa.

– To dobry pomysł. Wyjedźmy na rok, potem się zobaczy. Zawsze możemy wrócić.

Spieraliśmy się długo, padały różne za i przeciw, lecz nad
ranem wspólne stanowisko zostało uzgodnione: wyjeżdżamy. Ciszej mówiąc: uciekamy z Polski.

To było smutne, skomplikowane i ryzykowne.

Pewnego ranka na stacji w Samborzewie zatrzymał się wojskowy transport wiozący rosyjskich żołnierzy na front. Jakiś lejtnant w zamian za kanister wódki, papierosy oraz znaczną ilość wędliny zgodził się wziąć pasażerów na gapę. Kiedy wsiedliśmy do pociągu, wojacy z hałasem zasunęli za nami obite blachą drzwi. Metal uderzył o metal, klamka zapadła.

Kilkaset kilometrów dalej rozległ się podobny zgrzyt, ale tylko ja go słyszałam. To zasuwała się za nami żelazna kurtyna.

Nasza pełna perypetii podróż zakończyła się w Szwajcarii, w miejscowości Montreux (co wcale mnie nie zdziwiło).

Na leżącej u podnóża Alp stacyjce wysiedliśmy z pociągu w takim samym składzie, w jakim opuściliśmy Samborzewo: trzy kobiety, dwoje dzieci, jeden mężczyzna oraz trzy psy, kot i modrzew. Nie było z nami Ciotki, karej klaczy mojego męża, ponieważ kilka miesięcy wcześniej została pochowana w rodzinnej ziemi. Ciotka miała dwadzieścia pięć lat, umarła ze starości. Ale najważniejsze, że doczekała powrotu Olka z Bremy. Przez dwa lata każdego dnia rżała ze szczęścia, gdy podchodził do boksu, a potem czesał jej ogon i zaplatał go w warkocz.

Brylant od cioci Marysi, który przewiozłam w pudełku z wazeliną, bardzo ułatwił nam początki życia na obczyźnie. Pani Hektorowa dorzuciła do niego swoje precjoza, starczyło więc na przezwyciężenie wszelakich urzędowych trudności oraz na zakup dużego domu o nazwie Szarotka. W ten sposób zdobyliśmy dach nad głową, a także możliwość zarobkowania, ponieważ Szarotka została przerobiona na pensjonat i dawała nam stały dochód.

W pensjonacie razem z nami zamieszkały dwie Miłości – *Miłość niebiańska i miłość ziemska* Tycjana. Zabrałam je ze sobą, wyjeżdżając z Annopola. Ujmując sprawę jaśniej – ukradłam je. Musiałam to zrobić, bo wydawało mi się, że obie Miłości uciekną z obrazu, jeśli zostaną same w opustoszałym, czekającym na dewastację salonie frontowym.

W szwajcarskim domu mieliśmy też inne pamiątki: albumy ze zdjęciami, namalowane przez Olka akwarele, trochę książek, szkatułkę z Nałęczowa, srebrną solniczkę oraz dwanaście podstawek pamiętających pewien dworek pod Grodnem i dotyk rąk mojej teściowej.

Przedmioty te darzyliśmy wielkim sentymentem, bo były czymś, co obrosło mchem, były własną dawnością, której nie można kupić w sklepie.

Lula mieszkała z nami krótko. W 1946 roku, gdy odnaleźli się z Jerzym przez Międzynarodowy Czerwony Krzyż, wróciła z dzieckiem do Polski.

Dwa lata później zgasła pani Hektorowa. Pochowaliśmy ją na cmentarzu w Montreux, Zadworni zaś zajęli się umieszczeniem odpowiedniego napisu na grobowcu Krajewskich w Samborzewie.

W Szarotce została tylko rodzina Obryckich. I toczyło się nasze zwykłe, szczęśliwe życie – bez lęków przed wojną, ale z tęsknotą za minionymi ludźmi i miejscami.

Oczywiście były listy do Polski i z Polski. Przez wszystkie te lata pisaliśmy do siebie: z rodziną, z Lulą i Kardynałem, z Bibi, Ireną Bożenko, z panią Celińską i Wandzią, z Lusią Tarnowską i Reginą Mleczko. Co prawda w kraju stalinowskie władze nieprzychylnie patrzyły na obywateli, do których przychodziły listy z Zachodu, jednak oficjalnego zakazu korespondencji nie było.

Najwięcej listów wymieniłam z Marysią Rawiczową, moją matką chrzestną.

Wiesz, Aniu... – napisała w lipcu 1945 roku. – *Żona Józka całej rodzinie przypadła do serca. A właściwie, co tu kryć – wszyscy kochamy naszą Stasię.*

Listy od mamy były mniej impulsywne, lecz równie ciepłe, a ojciec i Babcia Helena zawsze na końcu dopisywali kilka zdań od siebie.

Z nałęczowską rodziną (która nie wiedziała, że łączą nas więzy krwi) korespondowałam rzadziej, jednak w bardzo serdecznym tonie. Już pod koniec wojny z naszych listów zniknęło słowo „pani". Babcia Zofia pisała mi o córkach i codziennych gospodarskich sprawach w domu. Czasem zwierzała się ze swoich myśli:

Dobrze mi teraz jak nigdy. Mam pociechę z dzieci, wnuków i zięciów, a starości się nie boję. Będę się starzała razem z naszym ogrodem, jak ten orzech, co rośnie przed werandą.

Dzięki listom od pozostawionych w Polsce przyjaciół wiedziałam, co dzieje się w ich życiu.

Wiosną 1945 roku Wysoccy wrócili do swojego domu w Samborzewie. Stefan dostał pracę weterynarza w państwowej lecznicy, a w ogródku – według słów Bibi:

...powyłaziły z ziemi tulipany, czerwone i żółte. Chce się żyć!

Pani Celińska i Wandzia opuściły dwór w Annopolu, który został przemieniony w budynek mieszkalny dla pracowników PGR-u. Felicja przez jakiś czas była kierowniczką restauracji Niespodzianka, ale nie podobało jej się tam. Szybko przeszła do szarej strefy, to znaczy za opłatą gotowała u siebie w domu obiady dla bliższych oraz dalszych znajomych.

Wandzia zdała eksternistycznie egzamin maturalny i znalazła zatrudnienie w Banku Spółdzielczym w Bydgoszczy. Długo nie trwało, a zakręcił się koło niej dyrektor tego banku. Po ślubie Wandzia wzięła męża pod pantofel, co nas z Olkiem absolutnie nie zdziwiło.

Irena Bożenko żyła krótko. Umarła w 1958 roku. Pewnie dlatego, że była za dobra dla tego świata. Na inowrocławskim cmentarzu znajduje się jej grób – prosta płyta z rosnącym u wezgłowia krzewem bukszpanu. Odwiedzając tam Irenę, zawsze zawożę jej kwiaty ozdobione koronkową wstążką.

Państwo Mleczkowie przygarnęli siedmioletniego Adasia, wojenną sierotę, który stał się dla nich drugim prawdziwym synem.

Zadworni osiedli na ziemiach odzyskanych, konkretnie w Szczecinie, w jednym z ładnych domów na Pogodnie. Kardynał pracował w urzędzie celnym, natomiast Lula opiekowała się Krzysiem i teściową. W 1947 roku Dunia, Edyta i Krysia Zadworne przyjechały do Szczecina. Ich podróż trwała dwa lata – tyle czasu zabrał im powrót z Kazachstanu, dokąd na początku wojny zostały wywiezione przez NKWD.

W Szczecinie Edyta i Krysia wyszły za mąż i założyły własne domy, Dunia zaś pozostała u młodych Zadwornych.

Tarnowscy nie zmienili adresu. Wciąż mieszkali w Samborzewie na Kolejowej, z tym że ich lokum powiększyło się o dodatkowy metraż. Mianowicie wybili dziurę w ścianie i przyłączyli do siebie małe mieszkanie od podwórka, w którym spędziłyśmy z Walentynką trzy wojenne lata. Zrobili to oczywiście za zgodą właścicieli kamienicy oraz odpowiednich władz.

Seweryn uczył geografii w liceum, Madzia była kasjerką na dworcu, dzieci rosły zdrowo, a Lusia starzała się na wesoło. Kiedyś spytała mnie w liście:

Pani Aniu, czy my do śmierci będziemy sobie paniować? Jestem Alicja, ale wszyscy mówią do mnie Lusia.

Obok, na marginesie, narysowała uśmiechniętą buźkę z jednym okiem otwartym, zaś drugim przymrużonym.

Odpisałam natychmiast:

Kochana Lusiu, tak bym chciała Cię przytulić, a potem zjeść budyń ugotowany Twoją ręką...

W 1957 roku wysłałam Sewerynowi Tarnowskiemu jego „Action Comics #1". W dołączonym liście wspomniałam o kolekcjonerach, giełdach oraz rosnących cenach pierwszego wydania „Supermana". Seweryn odpisał, że dostał nagrodę od losu, i bardzo, bardzo serdecznie mi podziękował.

To było w lutym, a w maju przyszedł list, którego pierwsze słowa sprawiły, że zadrżały mi ręce.

Dominik czeka na Annę...
Dominik czeka na Annę u zbiegu ulic Keibelstrasse i Wadzeckstrasse w Berlinie, 30 czerwca, w samo południe.
Kochana Aniu,
Twój adres dostałem od pani Lusi Tarnowskiej...

W następnych linijkach prosił, abyśmy się spotkali, a jest okazja ku temu, ponieważ pod koniec czerwca wyjeżdża służbowo do Berlina Wschodniego.

List kończył się stereotypowo:

Łączę serdeczne pozdrowienia dla Ciebie, Twojej córki
oraz Twojego męża, którego nie miałem przyjemności poznać
Dominik Polanisz

Jednak w postscriptum zapachniało dawnym lampartem:

PS Jeśli będziesz mogła spotkać się ze mną, to zarezerwujesz
sobie hotel w Berlinie czy przyjedziesz z obrazem? Wolałbym to
drugie...
D.

Olkowi powiedziałam prawdę:

– Wyobraź sobie, że dostałam list od Dominika Polanisza. W czerwcu jedzie służbowo do Berlina Wschodniego i chciałby się tam ze mną spotkać.

– Powinnaś pojechać, Aniu.

– Tak.

Rzecz jasna zarezerwowałam hotel, ale przedtem musiałam załatwić wizy, bo w roku 1957 z Montreux do Berlina, szczególnie Wschodniego, było dużo dalej niż obecnie.

Trzydziestego czerwca w samo południe zbiegły się nasze drogi.

Dominik wyglądał trochę inaczej. Był teraz przystojnym mężczyzną w średnim wieku.

A ja...? Wiadomo.

– Aniu! Poznałbym cię na końcu świata – powiedział, podchodząc do mnie na Wadzeckstrasse. – Piękna jak zawsze.

– Miło mi to słyszeć – odezwałam się oficjalnie, a potem zmieniłam minę na swojską i rzuciłam mu się w ramiona. – Dominiku! Dominiku!

Spędziliśmy w Berlinie dwa słoneczne dni, spacerując, rozmawiając, ciesząc się smakiem lodów i wspólną tajemnicą.

– Często odwiedzasz swoje toruńskie mieszkanie? – spytał, gdy płynęliśmy stateczkiem po Sprewie.

– Raz na kilka miesięcy.

– A twój mąż nie domyśla się, że...?

– Skądże!

Z tematu męża przeszliśmy na temat żony.

– Ożeniłeś się?

– Tak.

– Masz dzieci?

– Tak. Dwoje.

– A jaka jest twoja żona?

Nie palił się z odpowiedzią. Wciąż śledził smugę spienionej wody ciągnącą się za rufą statku.

– Jaka jest twoja żona? – powtórzyłam.

– Nie jest tobą, Aniu, ale dobrze nam ze sobą.

Później, podczas pożegnania na dworcu, Anna i Dominik spojrzeli sobie głęboko w oczy. Jak ludzie, którzy rozumieją się bez słów i wiedzą, że pewne słowa nigdy paść nie mogą.

⁂

Jadąc pociągiem do Montreux, zmieniłam nieco swój wizerunek, ponieważ Dominikowi pokazałam się bez makijażu postarzającego, w którym powinnam wrócić do domu.

W drugiej połowie lat pięćdziesiątych dobrze już wiedziałam, w jaki sposób tu i tam maznąć twarz, aby dodać jej... powagi. Stosowałam też inne sztuczki: ciemne sukienki, odpowiednie fryzury, lekko pochylone plecy.

Problem młodo wyglądających dłoni rozwiązałam metodą psychologiczną. Otóż wspominając moją mamę, lubiłam powtarzać, że do końca życia miała ładne ręce, podobnie jak babcia i prababcia.

A najbardziej na korzyść Ani Obryckiej przemawiało zwykłe ludzkie przyzwyczajenie. Wszyscy wokół przywykli do mojego wyglądu i mawiali, że górskie powietrze wyjątkowo mi służy.

Mojemu mężowi też służyło górskie powietrze. Mimo upływających lat zachował męski wdzięk, który wyróżniał go spośród innych mężczyzn. Wciąż miał tę wrodzoną elegancję ruchów, seksowne nadgarstki oraz błyszczące, dobre oczy.

Monsieur Aleksander Obrycki...

Pewnego razu, gdy szusowaliśmy na nartach, zagapiłam się i wpadłam w zaspę.

– Ale łamaga! – zawołał, podjeżdżając do mnie z roześmianą twarzą. – Zaraz cię wyciągnę.

Śnieg się skrzył, powietrze się skrzyło i spojrzenia też.

– Olku, zastanawiałeś się kiedyś, jak wyglądałoby nasze życie, gdybyśmy się nie spotkali w Nałęczowie?

– Wyglądałoby tak samo – odparł bez zastanowienia.

– Co masz na myśli?

– Oj, Aniu, przecież to pewne, że gdzieś byśmy się spotkali. Jeśli nie w Nałęczowie, to na przykład przy tej zaspie. – Podał mi rękę i dodał z filuternym uśmiechem: – Pani pozwoli, że się przedstawię: Aleksander Obrycki.

Chciałam coś wesoło odpowiedzieć, ale do rzęs przykleiły mi się płatki śniegu i musiałam strząsnąć je rękawiczką.

❦

Nasza Walentynka wyfrunęła z domu w roku 1964. Pofrunęła daleko na północ, do norweskiego miasteczka Stjørdal, ponieważ tam mieszkał Brynjar Halvorsen, brodaty weterynarz, który dla swojej żony nauczył się mówić po polsku.

Zostaliśmy z Olkiem sami, to znaczy bez Walentynki, bo przecież mieliśmy siebie.

Jeszcze przez dziesięć długich lat.

Mój mąż umarł podczas snu, we własnym łóżku. Byłam obok.

Od tego momentu nic mnie już nie trzymało w Szwajcarii, a przeprowadzać się do Walentynki i Brynjara nie chciałam, choć nalegali. Żyjąc z córką, wnukiem i zięciem pod jednym dachem, coraz trudniej byłoby mi ukrywać swą biologiczną młodość, stałabym się norweskim dziwolągiem.

Wiedziałam, że rozstanie z Walentynką na zawsze okaleczy mi serce, jednak szóstym zmysłem przeczuwałam, że pora opuścić scenę.

Pół roku po pogrzebie Olka sfingowałam własną śmierć. W gazetowym stylu wyglądało to tak:

Tragiczny wypadek

W rejonie Alp Berneńskich spadła w przepaść siedemdziesięciosiedmioletnia mieszkanka Montreux, Anna Obrycka. Służby ratownicze zidentyfikowały czapkę i rękawiczkę ofiary. Ciała nie odnaleziono.

Ciała nie odnaleziono, bo ciało przemknęło nocą do domu, po czym zniknęło za obrazem przedstawiającym modrzew na tle zamglonego nieba.

Koniec. Smutek. Zimno.

W mieszkaniu na Słowackiego owinęłam się kocem i dygocząc z zimna, śledziłam wskazówki na cyferblacie mojego zegara, jakbym chciała się czegoś od nich dowiedzieć.

Rano usłyszałam w radiu, że jest: „Sobota, piąty listopada dwa tysiące jedenastego roku”. Potem już zwyczajnie szedł dzień za dniem. Anka Duszkowska powróciła do pracy i znajomych. Jednak tej jesieni coś musiało się wydarzyć w jej życiu, bo mocno się zmieniła. Przycichła, spoważniała, zaczęła nosić czarne ciuchy.

Moja żałoba trwała do następnej jesieni, do pewnego październikowego ranka 2012 roku, kiedy spod lodówki wygramoliła się łasiczka. Licha, jakby zreumatyzowana, ale pyszczek miała uśmiechnięty. Tego samego dnia poszłam do fryzjera i kupiłam sobie granatowe szpilki.

A w nocy zdecydowałam się na mały wypad z latarką w ręku.

Z łazienki za modrzew.

Zrobiłam niepewne: bach!, po czym znalazłam się w salonie Walentynki i Brynjara, czyli w Stjørdal. Zgodnie z moimi przypuszczeniami córka zabrała malowidło z modrzewiem do swojego domu. Wszak wiedziała, że jestem wyjątkowo przywiązana do tego obrazu, i pamiętała go jeszcze z Annopola.

Świecąc latarką, obeszłam pokój w asyście psa Hetmana (który mnie znał i nie narobił hałasu). Na kanapie leżała szkolna teczka mojego kochanego wnuka Emila. Zajrzałam do środka. Już w pierwszym z brzegu zeszycie znalazłam aktualną datę: 16 października 1975 roku!

Zatem czas posuwał się teraz równoległym torem – tu minął rok i tam minął rok.

Mogłam odwiedzać córkę i jej rodzinę, kiedy chciałam, byle ostrożnie, cichutko, nocą.

Od tamtej pory raz w miesiącu odbywam zamorską wizytę, która zajmuje mi godzinę lub dwie. Gdy świeci księżyc, lubię stanąć w progu sypialni i przypatrywać się śpiącej Walentynce. Prawdę mówiąc, uwielbiam to robić. Ale najczęściej siedzę w ciemności na kanapie, głaszczę Hetmana, rozmyślam.

Niedawno, w jednej z leżących w salonie książek, znalazłam kopertę zaadresowaną ręką Walentynki: Anna i Aleksander Obryccy.

To był list, który córka napisała po naszej śmierci.

Najdrożsi moi,
tak mi pusto na świecie... tak mi tęskno... i nic nie pomaga,
tylko nadzieja, że jesteście blisko.
Mamusiu, Tatusiu,
kocham Was

Walentynka

Włożyłam list do koperty, kopertę do książki i uciekłam za modrzew. Musiałam się wypłakać, ale to nie były słone łzy. Ja też kiedyś napisałam taki list do mamy, a wcześniej mama pewnie napisała do Babci, w zaświaty.

❧

Od powrotu łasiczki moje toruńskie życie sprawia mi coraz więcej przyjemności. Smakuje mi poranna kawa, smakuje mi piątek, świątek i niedziela.

Nie lenię się. Polsko-niemieckie tłumaczenia furczą, zrobiłam remont w mieszkaniu, a na dodatek wydałam (pod pseudonimem) dwie autobiograficzne książki: *Powrót do Nałęczowa* oraz *Zapiski z Annopola*. Dzisiaj, w swoje urodziny, kończę pracę nad ostatnim tomem, zamykającym historię Anny Obryckiej, której już nie ma. Jeszcze nie wiem, jak będzie zatytułowany. Może *Miłość niebiańska i miłość ziemska*? A może *Noc nad Samborzewem*? Zastanowię się.

Przy pisaniu książki towarzyszyły mi dwa łaciate koty, bo od roku mieszkam z Szarotką i Duszkiem. Szarotkę znalazłam w parku miejskim, zmarzniętą i wynędzniałą, a Duszek wprosił się do mnie sam. Pewnego dnia wskoczył przez otwarte okno, wypił trochę mleka i postanowił zostać na zawsze.

Z Szarotką i Duszkiem tworzymy zgraną trójkę. Innej rodziny nie będę miała. To, co najważniejsze, już zdarzyło się w moim życiu – przez kilkadziesiąt lat byłam otoczona miłością.

Kiedyś, dawno temu, myślałam, że jestem jedyną osobą na świecie, która znalazła tajne przejście do minionych czasów. Ale teraz już tak nie myślę. Bo skąd mogę to wiedzieć na pewno?

Może niektórzy czytelnicy moich książek, śledząc losy Anny Duszkowskiej, trą skronie i mruczą: „Ho, ho! Nie jestem jedyny, inni też podróżują z prędkością światła".

Ludzkość od niepamiętnych czasów miała swoje sekrety: zbiorowe, indywidualne, dobre i złe. Mnie trafił się ten najlepszy i nigdy nie przestanę za niego dziękować.

Łasiczka wyraźnie się postarzała, lecz oczy ma uśmiechnięte. W ciągu dnia polęguje wśród książek, a w nocy śpi ze mną w łóżku. Czasem przytula mi się do twarzy. Wtedy czuję, że Olek jest blisko. I wszystkie moje anioły.

KONIEC

Wydawnictwo NASZA KSIĘGARNIA Sp. z o.o.
02-868 Warszawa, ul. Sarabandy 24c
tel. 22 643 93 89, 22 331 91 49,
faks 22 643 70 28
e-mail: naszaksiegarnia@nk.com.pl

Dział Handlowy:
tel. 22 331 91 55, tel./faks 22 643 64 42
Sprzedaż wysyłkowa: tel. 22 641 56 32
e-mail: sklep.wysylkowy@nk.com.pl   www.nk.com.pl

Książkę wydrukowano na papierze
Ecco Book Cream 60 g/m² wol. 2,0.
Antalis Polska

Redaktor prowadzący *Katarzyna Piętka*
Opieka redakcyjna *Joanna Kończak*
Redakcja *Bogumiła Widła*
Korekta *Joanna Morawska BAHARAT*
Opracowanie DTP, redakcja techniczna
Agnieszka Czubaszek-Matulka

ISBN 978-83-10-12737-2

PRINTED IN POLAND

Wydawnictwo „Nasza Księgarnia", Warszawa 2015 r.
Wydanie pierwsze
Druk: Zakład Graficzny COLONEL, Kraków